m

———————— 阅读之前 没有真相

午 夜 文 库

莎拉·派瑞斯基
芝加哥首席女侦探系列

莎拉·派瑞斯基
Sara Parestsky (1947—)

  莎拉·派瑞斯基是美国侦探小说史上著名的冷硬派女作家。她将芝加哥打造成与纽约、洛杉矶等地齐名的冷硬私家侦探的诞生地。她笔下的维·艾·华沙斯基（V. I. Warshawski）是世界侦探之林不多见的女性私探，因兼具美貌与果敢，而被誉为"芝加哥最美的私人侦探"，并被美国推理作家协会票选为"最受欢迎女侦探"前三名。

  一九四七年，莎拉·派瑞斯基生于美国爱荷华州的埃姆斯，长于堪萨斯州。她是个很会念书的聪明人，先在堪萨斯大学拿到政治学和俄语双学士，之后同时在芝加哥大学取得工商管理硕士和历史博士学位。她曾在芝加哥都市研发局工作，以自由撰稿人的身分评写商业文章。一九七七至一九八六年间，则在 CAN 保险公司担任行销部经理。此后，才成为专职作家。

  派瑞斯基自幼就开始创作，但是那些儿时的作品却从未出版发表。后来，她回忆成名前的经历时曾认为，自己对侦探这个角色的设定一开始就出错了："一九七九那一年，"她如是说，"我才了解到我一心想要创造的私探，原来是在模仿雷蒙德·钱德勒笔下的主角，差别只在于性别不同。如今我已明白，我要写的是一个女人,一个和我一样做事情过日子的女人,而且试图在男性主宰的领域中获得成功。"

就是因为这份企图心,使得派瑞斯基和苏·格拉夫顿、玛西亚·穆勒(Marcia Muller)并称美国三大冷硬派女杰。同样是崛起于上世纪八十年代,派瑞斯基的风格笔触却更为强悍泼辣,令人不禁想起文风野蛮残暴的米基·斯皮兰。但她所描述的绝非反社会行为,而是要藉由揭露谋杀案的真相来发人省思,进而突显更大的社会议题,尤其是隐藏在芝加哥这个工业城其黑暗腐败的一面。

除了在美国本土饱受好评外,派瑞斯基的作品还极获英国评论家的赞誉,一九八二年,她的第一本犯罪小说《索命赔偿》出版,立刻引起侦探小说界的极大反响。一九八八年,以《血色杀机》(Blood Shot)赢得英国犯罪作家协会的银匕首奖,二○○二年,她已荣获象征终身成就的钻石匕首奖。二○○三年再以《黑名单》(Blacklist)摘得金匕首奖。

派瑞斯基是知名作家,也是杰出的编辑,她编过几本短篇故事选集,其中的《女性之眼》(A Woman's Eye)曾获安东尼奖。此外,她还成立了"最有影响力的女性犯罪作家协会",同时兼任第一届主席。

二○一一年,美国推理作家协会宣布,将"大师奖"颁给莎拉·派瑞斯基。至此,她已将侦探小说界最重要的几个奖项尽数收入囊中,她的作品被翻译为二十多种语言,在全球销量逾千万册,是当之无愧的大师级作家。

重要作品年表：Warshawski novel

Indemnity Only (1982)

Deadlock (1984)

Killing Orders (1985)

Bitter Medicine (1987)

Blood Shot (1988)

Burn Marks (1990)

Guardian Angel (1992)

Tunnel Vision (1994)

Hard Time (1999)

Total Recall (2001)

Blacklist (2003)

Fire Sale (2005)

Hardball (2009)

Body Work (2010)

Breakdown (2012)

黑名单
Blacklist

（美）莎拉·派瑞斯基 著
王伟 译

新 星 出 版 社　NEW STAR PRESS

目录

1	第一章 在荒野中前进
11	第二章 坚强的老贵妇
19	第三章 水中的双手
28	第四章 又一次进牢房,亲爱的朋友们
38	第五章 随机的旅程
46	第六章 邻里的纠缠
56	第七章 带病也要坚持工作
65	第八章 一闪一闪亮晶晶
75	第九章 冰块编辑
82	第十章 无迹可循的沙漠
92	第十一章 诗中的儿童乐园
103	第十二章 沃巴什炮弹
112	第十三章 流沙?
119	第十四章 新闻录影中的裂痕
128	第十五章 死者的家
138	第十六章 伯克与海尔
145	第十七章 井里的提米
152	第十八章 护城河里的鳄鱼
163	第十九章 龙的咒语
173	第二十章 一个委员会明星成员的巢穴

目录

182	第二十一章 拼图游戏
188	第二十二章 丢失的拼图在哪里？
195	第二十三章 家庭老仆
200	第二十四章 带着水肺潜水
208	第二十五章 从北面爬上去
213	第二十六章 巨蚌的双颌
222	第二十七章 哦，你好，警官
229	第二十八章 当你想乘车的时候——偷一辆
234	第二十九章 重返荆棘丛
242	第三十章 热身
248	第三十一章 超级英雄
256	第三十二章 高尔夫灵车
260	第三十三章 爱国者法案
266	第三十四章 什么人权法案？
277	第三十五章 在朋友中——寻求改变
283	第三十六章 临床态度
293	第三十七章 男孩最好的朋友
302	第三十八章 两个死脑筋的对话
309	第三十九章 不可告人的秘密
320	第四十章 纠缠，纠缠，纠缠在一起的人生

目录

328	第四十一章　在家里开始的慈善
334	第四十二章　沉默是——
339	第四十三章　被停尸房赖账
348	第四十四章　天才少年
359	第四十五章　冰块人来了
370	第四十六章　滚轮上的仓鼠
379	第四十七章　犀牛皮的坚韧
385	第四十八章　发病
392	第四十九章　恐怖分子或乘SUV逃跑
400	第五十章　爱人们的工作丢了
407	第五十一章　死人说话
414	第五十二章　某些人的包装
418	第五十三章　死得不值得
425	第五十四章　诡异的睡眠
429	第五十五章　伊格尔河畜栏的枪战
437	第五十六章　死亡留言
442	第五十七章　爱人失而复得

第一章 在荒野中前进

拂过月亮脸庞的阴云让我很难看清前面的路。昨天早上我来过这个地方，但是在黑暗中一切都变了。我不停地被树根和砖块绊倒，跌跌撞撞地向前走。

我极力不弄出任何声音，可能有人潜伏在附近，但是我更在意的是我自身的安全：我不想扭伤脚腕让自己不得不一路爬回到公路上。在一个地方，我绊在一块松动的砖头上，然后一跤跌倒，尾椎骨着地。疼痛让我的眼泪夺眶而出；我使劲吸气不让自己哭出声音。揉着剧烈疼痛的部位，我在想吉拉尔丁·格里厄姆是不是也看见我摔倒在地。她的眼神不是那么好，可是她的望远镜不仅有图像稳定功能，还有夜视功能。

困倦让我很难集中注意力。现在是半夜，通常对我的时间表来说不算太晚，但是我这些天睡眠非常差——我很焦虑，也感觉孤单。

九一一事件刚刚发生，我和其他美国居民一样麻木且恐惧。一段时间后，当我们迫使塔利班隐藏起来并且发现炭疽事件好像是国内某些疯子的杰作，大部分人就把自己裹在美国国旗里然后回归正常。但是我做不到，因为莫雷尔还留在阿富汗——即使他迷恋于睡在山洞里，追随着从军阀变成外交官再变成军阀的人。

二〇〇一年夏天，人道医学医疗小组前往喀布尔，莫雷尔紧接着签了一份合同，要写一本关于塔利班日常生活的书。我是如此艰难地生存下去，他会这么说，同时我担心他可能会与塔利班臭名昭著的反不道德行为局有冲突①。

那是在九月十一日以前。之后，莫雷尔消失了十天。我从那时就失眠了，虽然有个与人道医学组织在一起的人从白沙瓦给我打电话说，莫雷尔仅仅是去了一处不在电话信号服务区内的地方。世贸大楼攻击事件发生后，团队大部分人都立刻逃往巴基斯坦，可是莫雷尔想方设法和一个老朋友前往乌兹别克斯坦，那样他可以报道难民北逃的情况。一辈子就这么一次机会，打电话的人告诉我这是莫雷尔的原话——他在科索沃的时候也说过一模一样的话。也许这只是另外一个一辈子的机会。

当我们于十月份开始轰炸的时候，莫雷尔首先留在阿富汗以个人名义近距离报道战争，然后一路跟随新的联合政府。旁注在线，费城老牌月刊《旁注》的网络版，雇用他搞战场报道，正好他一直在努力攒一本书。《卫报》也时不时地付钱买他的新闻报道。我甚至在CNN见过他几次。看见电波传送来一万两千英里之外你爱人的脸庞是一种很奇怪的感觉，知道有一千万人聆听那个在你耳边低语情话的嗓音是一种很奇怪的感觉。过去经常低语情话。

当他在坎大哈重新露面的时候，我起先如释重负地抽泣，然后在卫星电话中冲他尖叫。"可是，亲爱的，"他抗议道，"我在战争地带，这个地方没有电也没有手机信号塔。难道鲁迪没有在白沙瓦给你打电话吗？"

在接下来的几个月，他不停地变换地点，所以我真的是搞不清楚

---
①反不道德行为局，即伊斯兰宗教警察。

他在哪里。不过他待在信号较好的地方,大多是他需要帮助的时候:维艾,你能不能查一查为什么艾哈麦德·哈齐兹在库利斯监狱被单独关押?维艾,你能不能查一查联邦调查局有没有告诉过哈齐兹的家里人他们准备把他移送到哪里?我现在得赶紧走了,马上要进行对本地头目三老婆的大儿子的热门采访。以后再补偿你。

我有点生气自己被当成免费调查所。我从来没有想过莫雷尔是一个迷恋肾上腺素分泌的人,是那些置身灾难中以获得快感的记者中的一员,于是我发给他一封略带责备的电邮,责问他想证明什么。

"自从战争开始以后,十几个西方记者被谋杀,"我写到这一点,"每次我打开电视,都准备好听到最坏的消息。"

他的回答几分钟后就到了:"维多利亚,我热爱的侦探,如果我明天就回家,你会不会真诚地承诺退出侦探行业?我也很关心你的人身安全啊!"

一条让我更生气的信息,因为我知道他是对的——我正在耍手段,并没有公平地处事。我需要看见他,摸到他,听到他——活生生的,而不是在网络空间。

我开始厌恶跑步。当然我也厌烦与楼下邻居共同抚养的两条狗:当看到我大汗淋漓地回来,它们马上缩回孔特雷拉斯先生的卧室。

尽管我跑很长的路——这些天我跑十英里而不是通常的五六英里,仍然不能让自己因疲惫入睡。九一一事件后,我的体重在六个月里掉了十磅,这让我楼下的邻居很担心:孔特雷拉斯先生曾在我长跑回来的时候给我做煎蛋奶面包配火腿,最后胁迫我去洛蒂·赫切尔那里做一次全面检查。洛蒂说,我的健康没有问题,只是遭受了太多精神上的疲倦。

不管你怎么说,这些天我对工作也是三心二意。我专精于经济和产业犯罪。以前经常要花大量时间走路，前往政府大楼查阅记录、进行人身监视等。但是在互联网时代，你只是从这个网页逛到那个网页。你要能在电脑前长时间集中注意力，我现在可没有那样的精力。

这就是为什么我大半夜还在拉彻蒙特庄园附近徘徊。当我最重要的客户请我去寻找可能会在晚上偷偷潜入那里的人，我是那么渴望干些体力活儿，我甚至会用衣服袖子把这幢房子喷泉周围的石头板凳都擦一遍。

几乎从我的事务所开张的第一天起，达罗·格里厄姆就是我的客户。他的公司，大陆联合集团公司驻纽约办公室在世贸大楼被袭事件中失去了三个人。达罗很难接受这个事实，但是他的冷酷、悲痛造成的苍白脸色比这些天我们不停地从别人嘴里听到的话更加感动人。他不会总惦记着损失和后果，领着我到他的会议室，然后打开了一卷西边郊区的详细地图。

"我因为个人原因请你来这里，不是业务上的事。"他用中指敲着新索尔威非自治村内波威耶西北边的一处绿色区域。"这是私有土地。大型住宅都属于那里的一些老家族，比如埃伯斯利家、费利提家等。他们以前可以保留这块地的完整性——比如一处私有森林保护区。这处一指宽的棕色区域是塔弗纳在一九七二年卖给开发商的十英亩土地。那时还发生了一次抗议，但是他并没有越权。我想，他不得不支付法律费用。"我的目光跟随着达罗长长的食指指向的一处嵌在绿色中好像一根胡萝卜的棕色区域。

"东边是一处高尔夫球场。南边，我妈妈住在那里的社区。"一般情况下，达罗是一个冷酷且拒人于千里之外的人。很难用正常的状态描绘他，他好像天生如此。

"我妈妈九十一岁了。她独自生活。不管怎么说，我不想这样——

她不愿意和我一起生活。她住的地方是一片新开发的区域——阿诺丁公园。市内住宅、公寓楼、小型购物中心,如果她需要医疗服务,那里还有疗养院。她看起来很喜欢那里。她喜欢交际。而我儿子是我们家里社交缺失的一代。"他的冷笑一闪而过。"那块地方的名字真可笑,阿诺丁公园,听起来让人反感。当你想到疗养院的老年痴呆症部分,妈妈告诉我说语言有'抚慰'或'治疗'的功能。

"她的公寓房俯瞰拉彻蒙特庄园的空地。那是大型建筑之一,周围有很大一片空地。那里空置了一年——原本的所有人是杜鲁蒙德家。三年前继承人把这片地方卖掉,但是买地的人破产了。费利提正在谈买地的事情,所以他可以阻止更多的开发商进入这片地方,可是到目前为止他已经失败了。"

他停下来。我等着他说正题,他可从来不会客气,但是一分钟过去了,他还在沉默,我只好开口道:"你是想让我找一个富豪把这个地方买下来,不让它从富裕的地方分割出去?"

他阴沉着脸道:"我不是叫你来闹着玩的。我妈妈认为她看见有人晚上在那里进进出出。"

"她没有想过叫警察?"

"警察去了几次,但是没发现什么人。控股公司经营土地的代理人在那里安装了保安系统。系统没有遭到过破坏。"

"周围有住户看到过什么吗?"

"这就是那地方的问题,维多利亚:邻居彼此看不见对方。那里都是独幢房屋,有上百年的大树、花园等。当然,你可以找周围的邻居谈谈。"他的手指又一次在地图上比画,给我指明距离,但是他的语气有点飘乎,不太像他。

"你有什么利益在这里,达罗?你想自己把这块地买下来?"

"天啊，不是。"

他没再说别的，走到窗户旁看着外面瓦克大街上的建筑工地。我脑子有点混乱地盯着他。几年前他找我帮他儿子教训一个毒贩子的时候，他也没有像现在这样躲躲闪闪。

"妈妈总是有自己的原则。"他对着窗户喃喃道，"当然，在我们这样的环境中，人们得到警方的重视总是比别人多。但是她感觉受到了侮辱，因为警察没有严肃处理她的事情。当然，有可能她看到的是幻觉，毕竟她有九十多岁了，可是她每天都要给我打电话抱怨警方不重视她的事情。"

"我会试试看能不能找到警方没有发现的事。"我轻轻地说。

他的肩膀放松下来，转过身对着我。"你的报酬，维多利亚，去找卡罗琳签个合同。她还会给你我妈妈的具体情况。"他带我出去找他的个人助理，助理说还有一个与科伦坡的电话会议在等着他。

我们在星期五下午谈了一次，那是阴沉沉的三月一日。星期六早晨，我最先开始的工作变成了去索尔威的长途跋涉。在开车出去之前，我去办公室找西部郊区的测绘地图。我看看电脑，然后坚定地弃之而去。过去的十个晚上，我已经登录了三次，没有收到莫雷尔的一个字。我感觉我像一个酒瓶子就摆在面前的酒鬼，随后我锁上办公室的门，没有检查我的邮箱，开车前往四十五英里外的富人居住区。

往西去的路总是让我觉得我正在前往天堂，至少是去资本家天堂。这条路开始于芝加哥浓烟滚滚的工业区，经过老旧的蓝领工人住宅区，这里和我小时候住的地方挺像——小平房里住着面相有四十来岁的妇女和因工作饮食过早患心脏病的男人。你开车经过他们来到城市边缘的贫困小镇——西塞罗、伯温，在这些地方，为了一美元你都可能会被狠狠地揍一顿。再往前，空气开始变得清新，财富逐渐增加。这时，我到达了新索尔威，实实在在地乘坐水上飞机落在股票海洋的浪尖上。

我把车停在公路出口的收费站查看地图。卡佛得尔路是一条穿过新索尔威的主干公路。它从镇区的东北角开始，形成一个巨大的四分之一圆弧，在东南角与德克森路交会。沿着德克森路向南可到达鲍威尔路，这条路从吉拉尔丁·格里厄姆居住的阿诺丁公园开始把新索尔威一分为二。这在地图上看应该是条主干线，于是我沿着这条路线驶向西北方向的入口。

顺着卡佛得尔路向下开了还没有五十英尺，我就到达了达罗说的地方：在那里相邻住户之间没法窥视彼此。马匹在围场里吃草；果园里的树上还挂着去年秋天的干苹果。透过光秃秃的树林，在公路上可以看见几幢大宅邸，但是多数都在宽阔车道遥远的另一头。更可怜一些的乡下人的确可以从房屋侧面的窗户看到别人家的车道，但是这里的多数宅院坐落在数目可观的不动产上，或许有十英亩到十二英亩。大多是老宅。没有新房子。更没有像麦克大厦的建筑，在三万平方英尺的小地块上闪闪发光。

向南走了一英里半之后，卡佛得尔公路转了个弯向东延伸。我沿着这个弯道向前走，几乎走到头，石头柱子上一个"请谨慎驾驶"的标志提示我拉彻蒙特庄园到了。

在卡佛得尔路最东头，我开车直接通过收费站拐往西南方向，这样我可以看看达罗的妈妈居住的小区。我想搞清楚她是不是真的能观察到拉彻蒙特庄园。因为篱笆墙的阻挡，马路上的人看不见新索尔威的大楼，但是格里厄姆女士住在一幢小公寓楼的四楼。从那样的有利地势，她也许可以观察到那个建筑。

我又返回卡佛得尔路，开车通过一段布满弯道的马路来到拉彻蒙特庄园。我把车停在一处来到这里的人都能看见的地方，然后把自己完美地伪装起来：一顶安全帽和一个文件夹。安全帽会让别人以为你是修空调的或者是搞建筑的。他们一般都是这副打扮。我希望不会查工作证。

当我到达目的地的时候，我不禁暗自惊叹：以前的所有人在如此广阔的地方干了很多事。除了宅第本身，这片地产上还有车库、马厩、温室，甚至还有一间农舍，我想一定是给照料这片土地的佣工们住的，或者是将会照料这片土地的佣工们，如果有人能付得起钱。房产经济人没有花多大精力维护这处房产，在宅第和外屋之间有一个喷水池，里面堵满了落叶和枯死的百合花。我甚至看见一条鲤鱼翻着白肚皮漂在水面上。一排排的花圃长满了野草，草坪也没有人定期修剪。

众多的建筑和缺乏维护让人觉得有些压抑。如果你相当奢华地买下这片地方，你怎么才能照料它？每一处建筑我都转了一圈，查看地基和窗户上是不是有洞，但没发现什么。我抱着双臂。抱怨只会让工作更艰难，以前我不想洗碗的时候我妈妈总是这样说。我决定从最小的房子查到最大的房子，也就是说我要最先检查的是农舍。

我扒着窗户看完农舍，颤颤巍巍地站在篱笆桩上查看暖房顶棚的玻璃有没有破损，确定马厩和车库的门不仅关得很严，还没有闯入的痕迹，等这些事情做完，已经到下午了。虽然我又渴又饿，但是夜色在三月的第一个星期仍然来得很早。我不想花费白天的时间找吃的，所以我坚定地在宅第周围查看。

这真是一幢大房子。从远处看，房子造型秀美，在设计上有一点像联邦政府大楼，纤细的立柱，方方正正的前门脸，不过我只关心四层楼的窗户、一楼四周的门、二楼以上阳台的门——入室窃贼的天堂。

一二层所有窗户都有安全系统的报警器。我用电表检查了一楼，没有发现什么地方于近期被破坏过。

确实有人到这里来过：啤酒瓶，包装薯片的锡纸，捏扁的纸烟盒，意料之中的避孕套，都在诉说着它们的故事。也许格里厄姆女士仅仅看见了一群本地孩子在干私事。

当我正在犹豫是否要爬上立柱检查一下阳台门的时候，一辆警车停在附近。一个中年警察不紧不慢地向我走来。

"你到这里来有什么事情？"

"可能和你一样。"我用手里的电表指向宅第。"我为机械工程师弗洛瑞和卡波工作。我们听说某些女人认为晚上有小妖精这里在游逛。我过来检查一下线路。"

"你动了车库里的东西。"警察说。

我笑了。"噢，先生，我在进行暴力测试。他们在伊利诺伊工学院曾经提醒过我们，但是我想看看会不会有人真的可以举起那几扇门。很抱歉让你跑到这里来。"

"没关系，你把我从第八十三个请求检查可疑信件的电话中拯救出来。"

"真是麻烦，对吗。"我说，心里盼望他千万不要检查我的身份证。"我在芝加哥警察局的一个朋友说他这几天感觉自己快崩溃了。"

"这里也一样。我们这儿还有水库和几个电站要看守。联邦调查局抓住那个散布炭疽的混蛋只是时间问题。我们浪费了巨大的人力，回应那些歇斯底里的电话，称接到了忘记把回信的地址放在信封里的老梅奇婶婶的来信。"

我们像近来所有人一样杂七杂八地聊着当下的局势。警察受到不好的影响，因为他们必须全力应付数不清的恐怖攻击，实在没有精力继续处理地区犯罪的重担。过去几十年来已经跌至最低水平的驾车枪击案件在过去六个月跳跃性上升。

警察的手机响了。他接起来哼哼了几句。"我还是要走了。你在这里行吗？"

"好的。我也准备要走。在我看来这里很干净，除了那些普通的垃圾——"我的脚指向墙角的一个空烟盒。"我不明白这里能用来干什么。"

"要是你在顶楼找到本·拉登，给我打电话：我会得到特别嘉奖。"他挥挥手跟我道别，钻进警车。

我想不起来还有什么要检查的，总之，天很黑了，看不清东西。我走向花圃的边缘，那里再往前就是一大片树林，我又打量着这所大房子。我从这里可以看见顶楼的窗户，但是它们都向天空呈现出一张空洞的脸。

第二章 坚强的老贵妇

我必须通过不同的安全检查点才能到达吉拉尔丁·格里厄姆家。阿诺丁公园是一处警卫严密的小区，在入口处有一个警卫登记了我的驾驶执照号码并且询问我的来意后给格里厄姆女士打了个电话，得到同意才放我进去。我呈蛇形行驶在郊区开发商钟爱的弯弯曲曲的路上。这个小区比从外面看要更大一些。除了市内住宅[①]、公寓楼和像小型医院一样大的疗养院，这里竟然还有一小排商店。几个不把沉闷天气当回事的高尔夫球四人组把他们的车停在这些商店边缘的一家酒吧门口。我随便走进一家设计得像阿尔卑斯山木屋一样的食品杂货店买了一瓶价钱超高的水和一根香蕉。让血糖升高有助于我去见客户的母亲。

当她打开门，我有些困惑：吉拉尔丁·格里厄姆看上去太像他的儿子了，我几乎可以认为站在门口的人是穿着玫红色丝裙的达罗。她长着他的长脸、大鼻子和同样冰冷的蓝眼睛，虽然她的眼睛因为年龄的缘故有些浑浊。唯一的区别是她的头发：多年过去了，达罗的头发由金黄变成花白；而她的头发是深色的，深棕色的一束中夹杂着一缕一缕的白色。她的身体挺得和她儿子一样直。我脑子里浮现出她妈妈给她系维多利亚式矫正背板的情景，然后这个情景又转移到达罗身上。

[①] 在乡村地区有住宅的人在城里买的宅第。

直到吉拉尔丁·格里厄姆离开门口，灯光照在她脸上，我才看见她脸上的皱纹是多么深。"你就是那个我儿子派来检查拉彻蒙特庄园的年轻女人，嗯？"她这个年纪的人嗓音很尖。"我还在想警察是不是要逮捕你，结果你好像说了几句话就摆脱了。他怎么来了？"

"你在观察我，夫人？"

"老年人的爱好。从窗户偷看，从钥匙孔里偷看。不过我觉得我的爱好是你的营生。我正准备泡茶。可以给你也来一杯。或者是波本威士忌，我知道侦探们习惯喝烈酒而不是茶。"

我大笑道："那只是菲利普·马洛①一个人。我们这些现代侦探不喜欢白天喝酒，那会让我们想睡觉。"

她穿过短短的门厅走进厨房。我跟在后面，看到双开门冰箱和陶瓷灶台，我真是羡慕极了。我自己的厨房是前两位租客改造的。我想知道安装像这样一个光洁且表面下隐隐有色彩的电子火圈的独立灶台需要花多少钱。也许要两年的分期付款。

格里厄姆女士注意到我的目光，说道："那种设计可以让原先的火圈避免把房子点着。如果火圈上没有锅它会自动关火，或者是如果你没有特别设定时间，几分钟后也会自动关火。然而有人说原先的火圈应该点着且入夜之前关闭。"

她缓慢地把一架活动扶梯推到跟前，去拿茶叶。我走上前想帮她，但是她像她儿子一样粗鲁地把我赶到一边。

"虽然我又老又慢，但这并不代表又年轻又利索的人可以让我靠边站。我儿子老想着给我派个管家，然后我就可以在电视机前或者是在望远镜后过着无聊的生活。你看，在这个小小的地方，我们两个人都

---

① 美国侦探小说大师雷蒙德·钱德勒笔下的侦探形象。

磕磕绊绊。当我从那个大房子里搬出来的时候，我非常开心，那些扯淡的事情都跟我没关系了。管家、园丁，不考虑别人的想法和时间表你都没法走路。我的一个老帮佣现在每天都来帮我收拾房子、准备吃的，并且来确定我没有死在半夜。这样的打扰已经足够多了。"

她向纤薄的瓷杯里倒入的热水没过了茶包。"如果我妈妈看见我用茶包，而且用大口杯喝茶，她一定会很吃惊。甚至在她九十岁的时候，每个下午我们必须用英国皇冠德贝瓷喝茶。大口杯和茶包感觉像是很自由，但是我从来不能确定这是自由还是散漫。"

这些镶着金边和花色图案复杂的茶杯好像不是太平洋花园救济所提供的。格里厄姆女士对我点头示意把杯子拿上，我几乎没法把手指伸进口杯的把手。热茶透过蛋壳一样薄的杯壁灼烫着我的手指。跟随她迟缓的步伐走入客厅，感觉像是某种圣经里炼狱的折磨。

如果吉拉尔丁·格里厄姆住在路对面那些房子里，公寓的面积看起来会稍小一些，然而仅仅是客厅的面积就和我在芝加哥的整个公寓一样大。灰白色的中国地毯铺在锃亮的木地板上。墙壁中间的壁炉两旁摆着几把麦秸色缎子面扶手椅，但是格里厄姆女士领着我来到一个壁橱前，这里正对拉彻蒙特庄园，有一张多层桌和一把沙发椅。这看上去是她每天活动的地方：书本、老花镜、望远镜，还有一部覆盖了桌面的大部分的电话。在沙发椅后面的墙上挂着一幅穿爱德华七世时代长裙的女人的肖像油画。我仔细比对这张脸与我的女主人和她儿子的相似之处，但是这是一张美女的标准鹅蛋脸，只有蓝眼睛里的冷酷让我想起达罗。

"是我妈妈。她最大的遗憾是我继承了我父亲的长相。她年轻的时候被公认为芝加哥最漂亮的女人。"吉拉尔丁·格里厄姆不慌不忙地把望远镜和老花镜挪到书上，给两个茶杯垫上杯托。坐在她的椅子上，她告诉我说我可以去壁炉那边搬把椅子过来坐。当我还在客厅中间时,她尖利的嗓音响了起来。

"我也许不应该买这间朝向庄园的单元房。我女儿提醒我这里可能会很难看到陌生人,当然我也很少看到,除了那些人可以承担房费的那几个月。一个电脑大亨在去年的经济动荡中像雪一样化没了。我一直认为当他们把马匹卖掉,这对孩子们来说是多么羞耻。自从他们走后,我再没有看到任何人,直到这几天。是在半夜里。白天时,我从来没有发现什么异常。虽然我儿子没这么说,他可能认为我得了阿尔茨海默症。至少,我猜他会这么想,所以星期四晚上他竟然自己开车到我这儿来。这可很少见。我没有发神经,可是,我知道我看见了什么。毕竟今天下午我看见了你在那儿。"

我忽略了她最后的表白。"拉彻蒙特庄园是你的家?达罗可没告诉过我。"

"我在那幢大房子里出生。在那里长大。可是我的孩子们没有一个愿意负担这处地产,哪怕是为他们的孩子留着。当然我女儿不住在这里,她和她丈夫在纽约;他们家的产业都在雷诺贝克[①],我以为达罗会愿意让他的儿子有机会住在拉彻蒙特庄园。可是他很固执,当达罗拿定主意以后,他会像钻石一样强硬。"

为什么达罗没有告诉我他在那里长大?吃惊之余有些恼怒的我没在意她的话。他还隐瞒了什么?我可以理解照看拉彻蒙特庄园是一项全职工作,不是一位和工作结婚的单身汉愿意接受的事情。我想象着达罗过着达芙妮·杜穆里埃[②]式的童年生活,学骑马,学打猎,在马厩中玩捉迷藏。或许那只是像我这样蓝领家庭小孩的想象,你会怀念

---

① 雷诺贝克,纽约市一处地名。
② 达芙妮·杜穆里埃,英国作家,代表作《蝴蝶梦》。

这样的童年，而且你会发现很难不去这样想象。

"所以你观察这里，看看没有你这里会变成什么样子，然后你发现了有人在这周围徘徊？"

"不完全是。"她出声地咽下茶水，把杯子放在杯托上，杯子的晃动溅出几滴水落在木地板上。"你老了以后，睡眠质量有所下降。我半夜醒来，上个厕所，读一小会儿书，就在这把椅子上打个盹。可能是一个星期前，"她掐着手指头算了算，"上个星期二，应该是，我半夜一点钟左右起来。我看见有光闪烁着透出来。开始我以为是卡佛得尔路上的汽车。从这里你看不见那条路，但是你可以看见汽车灯照在房子正面反射的光。"

照在房子正面反射的光。她精确的表述让她的声音听起来比她那高高在上的举止更加令人敬佩。我站在窗户前，把手搭在眼睛上方以看穿冬季的暮色。在鲍威尔路的那一边，我只能分辨清楚将索尔威从世俗世界分割出去的篱笆墙。从我站立的地方有一条直线延伸到远端的拉彻蒙特庄园。那里离公路较远，甚至在傍晚我也能看清整个房子。

"用那个望远镜，年轻人，它能让你在晚上看清东西，即使像我这样的老年人也可以。"

这副望远镜是一套雷盖尔紧凑光学镜片，带有猎人常用的夜视功能。"你买这个是为了在夜里也能看见东西吗，夫人？"

"我并没有买这个东西来窥视我的老房子，如果你是想问这个问题，是我孙子麦肯齐给我的，那时我仍在经营拉彻蒙特庄园。他认为望远镜对我有帮助，因为我的视力下降得很厉害，他是对的。"

望远镜能让我轻易看见阁楼顶窗的浮雕。虽然在晚上看得不是很清晰，但是足以让我看清房顶天窗的形状。屋檐下的小窗有些模糊。主入口，就是我和那个当地警察停车的地方，朝向左边，角度正好在面对阿诺丁公园的一侧。要是有人从大路到拉彻蒙特庄园，从这里可以很容易看见，可是如果有人从后面的草坪进入，视线就会被马厩和温室挡住。

"我在周围检查的时候发现了一些空酒瓶什么的。"我说，仍然在检视庄园周围是否有任何灯光或生命体的迹象。"明显有人来过这里，因为这是空房子。你觉得你看到的会是这些人吗？"

"噢，我猜那些干活的人在这样的老式德拉蒙德花园①里做爱会感到得意扬扬，"她轻蔑地说，"不过我看见阁楼在半夜的时候有灯光闪烁。从外面可以透过天窗看见里面。我妈妈还在拉彻蒙特庄园里住的时候，那是用人们的公共房间。我小时候经常去阁楼里看女佣们玩扑克牌。她对牌局一无所知，而孩子与用人们是天然的同盟。

"我妈妈去世以后，我关闭了阁楼，让剩下的用人们搬到三楼住。我不喜欢巨大的房屋空间，所以我不再使用那些卧室。我妈妈那时为维护拉彻蒙特庄园请的用人数就好像布伦海姆宫一样。

"看到那里有灯光更让我感觉古怪，好像我妈妈在世时的用人们又回到那里玩扑克牌。我儿子向我保证你是一个能干的私人侦探。我非常希望你能认真对待我的问题，不像我们这里的警察。毕竟，我儿子付给你钱。"

我转身面对她，把望远镜放在桌面上。"你和达罗有没有告诉庄园业主，或者房产经纪人？他们最有可能是这件事的关系人。"

"朱利叶斯·阿诺夫。他很客气，但是他根本不相信我。我意识到我不再拥有这栋房子，"她说，"可是我还是极为关注它的好坏。警察已经没什么用处的时候，我告诉达罗有必要找一个私家侦探直接向我

---

①德拉蒙德，苏格兰城堡花园。

报告。我想起来了，年轻人，你还没有告诉我你的名字。达罗给我说过一次，不过我忘了。"

"华沙斯基。维·艾·华沙斯基。"

"哦，波兰人的名字。它们像是鳗鱼在舌头上滑来滑去。我儿子都给你说了什么，维多利亚？我以后就叫你维多利亚。你能把你的电话号码写在这个本子上吗？写大一点；如果有急事找你，我可不希望戴老花镜。"

想想就可怕，格里厄姆女士凌晨三点钟睡不着觉、无事可做，给我打电话，或者在白天某刻她感到很孤独，给我打电话。这让我只给了她我的办公室电话。我的问答服务会让她偏离日常生活。

"我希望达罗没有夸大你的能力。今天晚上我会看着你。"

我摇摇头。"今天晚上我不会留在这里。不过明天我还要来。"

这个答案让她很不满意，她认为如果她儿子雇用我，我就有责任在他们指定的时间开展工作。

"如果明天有人雇我，我是不是应该放弃达罗的任务转而满足那个客户的要求呢？"我说。

她鼻子周围的皱纹更深了。她试图要求把她的事优先，但是我不打算告诉她。值得赞扬的一点是，当她看见我不打算屈从时，就不再花费时间跟我争辩。

"不过你要直接向我报告你发现的事情。我可不想从达罗那里听到报告；我经常想他要是能更像他爸爸那样该多好啊。"

她的语气听起来不像是称赞。我站起来准备离开，她让我——命令式地，真正地——把茶杯拿到厨房去。我把茶杯倒扣在洗碗池中——科尔波特骨瓷[①]。大茶杯，毫无疑问。

[①]科尔波特，英国地名，该地原有一间工厂生产同名的高档瓷器。

我开车回芝加哥的一路上都在思考她令人惊奇的评价。我在想为什么达罗如此憎恨拉彻蒙特。我发现自己正在构建哥特式的情景。达罗是个鳏夫。也许他深爱的妻子死在那里，同时他那没用的父亲带着秘书和达罗老婆的钻石私奔。也许达罗怀疑吉拉尔丁，甚至是他父亲，把他妻子溺死在门前的喷水池里，因此他发誓决不踏足杜鲁蒙德这片地方。

在我经过芝加哥西区成片的小平房时，我意识到这件事可能没那么戏剧化。达罗和他妈妈之间毫无疑问仅仅存在任何一个家庭都会发生的矛盾。

不管他们有什么样的过去，格里厄姆女士怨恨他儿子没有如她所愿经常来探望她。我很怀疑顶楼莫名的灯光是一种迫使达罗关注她的办法。我预计自己可能会夹在这两位性格强硬的人之间。不过至少这事会让我不再为莫雷尔烦心。

第三章 水中的双手

考虑到吉拉尔丁·格里厄姆有望远镜，我决定星期天晚上不带手电潜伏在拉彻蒙特庄园附近，即使跌倒又崴了脚也不发出声音就站起来。白天她给我打过电话问我可不可以出来。我问她有没有再次看到那天晚上的灯光；她说没有，但是她不会像我一样整夜盯着那里。就在我强调我们之间的雇佣关系时，她一句话就让我缴械投降。"十年前，我还有精力通宵寻找入侵者。现在我是不行了。"

我穿上我的夜行服——黑色牛仔裤，毛衣外面套了一件深色风衣，黑色的帽子把头发压得服服帖帖，脸上还抹了些炭粉以使皮肤不反射月光。甚至配备雷盖尔光学镜片望远镜的格里厄姆女士都必须有好眼神才能发现我。

为了今天晚上，我把车停在新索尔威镇东北角的马路边。然后沿着德克森路向南走了两英里，这条路东边的一处高尔夫球场将新索尔威分成两部分。

迪克森路没有人行道，步行人的意愿明显不在新索尔威的预算之内，或是不在他们的设想以内。我不停地跳入路旁的排水沟以躲避来往的车辆。最后，我到达卡佛得尔路口的时候，已经累得气喘吁吁。我倚着无处不在的石柱，把牛仔裤上粘的草籽摘干净。

我一离开迪克森路就被夜色完全包裹。郊区的灯光——住家、路灯、川流不息的车河，都远去了。卡佛得尔路距离新索尔威的树林带较远，所以路灯和车流的光都被挡在外边。

漆黑的寂静将我从这个世界释放出来。月亮散出微弱的光，但是很快被云遮住，这让人很难看清脚下的柏油路面。我多次拐进路边的草丛里。昨天早晨我在汽车里测量了从迪克森路到庄园的距离：三分之二英里。对我来说大概要走一千二百步，不过在六百多步以后我就数不清楚了，黑暗扭曲了我对距离的感觉。夜行的生物们自顾自地来回奔走，开始离我越来越近。

我突然停住，因为草丛中传来窸窣的声音。我停下，它也停下，几分钟以后又开始响。这个声音离我越来越近，我握着手电筒的手心开始出汗。我紧紧攥住握柄以便于当武器使用，打开电筒，用最弱一档的光照了一下。光线里是一只浣熊，盯着我看了整整一分钟，然后大摇大摆地走回草丛，好像还不屑地耸了耸肩。

又走了几步，拉彻蒙特庄园突然出现在我面前，灰白色的墙面让它看起来好像一条在月光中漂浮的幽灵帆船。我现在用的是自己的夜视望远镜，没看见有任何人。我小心地沿着庄园外侧走了一圈，惊动了更多的浣熊和一只狐狸，唯独没发现人。

我顺着花园的边缘走，那里便于绕到庄园后方。阁楼的窗户漆黑一片，我找了条长椅，坐下休息守候。

我对达罗的家庭很感兴趣，并且做了小小的研究，花了一下午时间在芝加哥社会历史图书馆查阅以前的社会记录和新闻报道。在图书馆里，周围都是人，手捧真正的纸张，这比起独自一个人面对闪烁的光标更让人感到舒适。我了解到很多当地历史，但是我不确定有多少跟达罗的生活有关。

吉拉尔丁·格里厄姆的祖父于一八七七年在伊利诺伊河边开办了

一家造纸厂，并于十九世纪结束前发了大财。他在乔治亚和南卡罗来纳的杜鲁蒙德工厂曾经雇用过九千人。在过去十年的经济低迷期里，他们关闭了大部分工厂，却保留了乔治亚最大的工厂。实际上，我有一次到那里为达罗做了些工作，但是他从来没有提起过那里与他妈妈家的关系。一九四〇年杜鲁蒙德造纸与大陆工业合并，杜鲁蒙德这个名字只保留在造纸分厂。

一九〇三年吉拉尔丁的父亲为他妻子建造了拉彻蒙特庄园；吉拉尔丁、她的兄弟斯图尔特还有一个夭折的姐妹都出生在这里。《芝加哥美国人》报道了乔迁欢庆会的盛况，特凡那家、麦克考米克家、阿莫家和其他芝加哥的社会名流都参加了这次欢庆聚会。整个报道与现在电视公共频道介绍那个时期的景象一样。

你们的外派记者将深入报道拉彻蒙特庄园的启用仪式，她搭乘有轨电车去坐火车，在火车抵达最后一站后又搭公共汽车。车上的人们运送蔬菜、龙虾以及一切美妙的食物来装点这次盛会。她在众多贵宾之前抵达，有充足的时间观察那里。草坪上已经摆好了露天茶会的桌椅。当然，晚宴将在大厅举行，那里有一张三十人的雕花胡桃木餐桌。

镶嵌刻花的进口花了意大利工人八个月的时间才完工，但是物有所值。绿色、土黄色和淡褐色的地砖组成了豪华内饰之前奢华但低调的初步印象。你们的记者潜入杜鲁蒙德先生的书房，非常男性化的办公室，充满浓郁的皮革味道，方格窗上垂挂着的暗红色窗帘可以让这位杰出的人不会被外面的美景吸引而放下手中重要的工作。

当然，最美的风景还是在室内。马休·杜鲁蒙德夫人，出嫁前的劳拉·特凡那小姐，受到了万众瞩目，当她出现在大家面前，淡矢车菊色缎面裙子上罩着刺绣薄纱，金色雪纺绸束身上衣的边缘缀着一串串的莱茵石（沃斯先生手工制作，我亲爱的，此时杜鲁蒙德夫人的女佣耳语道，上个星期才从巴黎运到这里），抖动的驼鸟羽毛和钻石首饰让所有的女士艳羡。麦克·特凡那夫人，杜鲁蒙德夫人的姑姐，看上去几乎是黯淡无光。她发现她的玫红色软缎裙装是那么普通。当然，爱德华兹·巴亚德夫人的心思不在穿着上，每位见过这身紫色羽绸裙装一千次的人都承认——也许她丈夫额外的家庭活动均是从她买衣服的钱里出。

这个矫揉造作的记者毫不吝啬赞美之词描述了十三间卧室，台球室，音乐室，杜鲁蒙德夫人在那里以一出特别的钢琴表演让晚宴来宾听得如痴如醉，蓝色粘土勾线的喷水池，还有杜鲁蒙德先生新建车库里的三辆汽车。"车库，英语的意思就是存放这些现代化交通工具的建筑"。

老马休·杜鲁蒙德是多么时尚啊。这个车库，模模糊糊矗立在我的右边，可停下六辆现在的汽车，还有一间房可以用作机械修理。至今，庞大的财富还是需要炫耀，否则别人怎么会知道你有呢？

读完了拉彻蒙特的奇迹，我还查阅了不同的索引，寻找有关吉拉尔丁的新闻。我实在想知道谁是达罗的父亲，或者为什么当吉拉尔丁提起他的时候用的是那样的语气。这不仅是无聊的好奇心，而是我想知道在我客户的外表之下隐藏了什么样的暗流，以使我避免夹在他们中间然后被辞退。

我找到吉拉尔丁的出生日期是在一九一二年——"一件大喜事"，用一个世纪以前的语言来说，一位陪伴小斯图尔特·杜鲁蒙德的小妹妹。下一篇报道是她在一九二九年与其他维纳·菲尔茨学校女孩们的毕业晚会。报道细致描述了她的波莱特牌网纱礼服，还有衣饰边缘缀着的细钻。很明显，市场的崩溃并不能阻止这个家庭大秀财产。毕竟，有些人从这场灾难中赚钱，可能马休·杜鲁蒙德正是他们中的一员。

下一条家庭新闻是一九三一年春季迎接吉拉尔丁从瑞士返家的欢迎会，这次她穿着白色巴黎世家牌套装，"最近生了一场病让她看起来别有意味地瘦"。看到这里我扬起眉毛——这是结核病，还是劳拉·特凡那·杜鲁蒙德迅速将女儿送往欧洲处理不受人待见的怀孕？

三十年代仍然处于经济大萧条时期，但是你不会从社会记录中了解到情况。点缀着细钻的礼服值五千或一万美元。这笔钱足够让我父亲一家舒舒服服地过上一年。一九三一年他才九岁，在他父亲失业以后，他每天早晨上学前要搬运煤炭来补贴家用。我从来没见过我爷爷，他的健康在养家糊口的压力下不断恶化。他死于一九四六年，就在我父母刚结婚后没多久。

即使那样的社会状况也不能影响吉拉尔丁·杜鲁蒙德与麦肯齐·格里厄姆在一九四〇年的婚礼。这场无限制开放式典礼在北米其干大道的第四长老会教堂举行，有四对陪同，两位捧戒指的。随后又在拉彻蒙特庄园举行了盛大的招待酒会。我很惊奇的是鱼子酱的重量怎么没有把房子压垮。这对幸福的夫妻去南美旅行了两个月，因为欧洲的战争去不了法国。

字里行间的意思好像是吉拉尔丁被强行塞给他父亲商业密友的儿子。她唯一的兄弟——斯图尔特死于车祸，没有留下子女，所以吉拉尔丁是所有杜鲁蒙德产业的法定继承人。另一种可能是马休和劳拉两口子选择了一个他们认为可经营家庭产业的女婿；还有一种可能是劳拉选择了一个她可以自己控制的人——在婚礼照片上，新娘看上去心不在焉、郁郁寡欢。

麦肯齐·格里厄姆一九五七年去世之前一直住在拉彻蒙特庄园。所有的报纸口径一致，在家中自然死亡。这就意味着从癌症到中枪失血过多都有可能。也许正是这件事让达罗反感拉彻蒙特庄园——看着他的父亲死在那里。

寒冷渐渐渗入我的外套和汗衫。且不论变化多端的温和气候——这里是三月初，没有雪，整个冬天也没有严寒——在室外坐久了还是非常冷。我站起来走到后面的草地，从那儿可以看见顶楼窗户，什么都没有。

我又绕着这栋房子走了一圈，我的脚趾踢到我之前两次碰到的砖头上。我一边咒骂，一边坐到池塘旁的台阶上，倾听周围的夜色。我只听见夜行生物在拉彻蒙特庄园周围的灌木丛里穿行的声音。时不时有一辆汽车行驶过卡佛得尔路，但是没有一辆会停在这儿。一头鹿小心翼翼地穿过草坪。当它看见在月光下走动的我，又从草坪上逃跑了。

突然，风中传来比较响的刮擦声，就在车库草丛的那个方向，那不是狐狸或者浣熊。肾上腺素一瞬间流过我的身体。我一下跳起来。那声音停了下来。那个新来的看见我了吗？我将自己融入花园的灌木丛，屏住呼吸。过了一会儿，我听见脚踩在砖上的声音。这个新来的已经从枯叶上走到花园小径。是两条腿的，不会是四条腿的。这个人知道路，正在有目的地向前走。

我整个身子伏在地上绕过池塘向房子的方向前进，沿着路走可以避免踩到枯叶发出声音。当我躲到一棵大山毛榉树后面，我小心地探出头，尽量隐藏在大树和灌木丛的阴影范围之内。突然，一团黑影出现了，在月光下摆动四肢，摇摇晃晃的。身影纤细，背着包，所以侧影有一块隆起，迈着年轻人轻快的步伐向前走。

我把脸贴近草皮,不让我的白色鼻子反射月光。这个身影就在我的脑袋前两码处经过,没有停留。我听到他走向房子的北墙,于是爬起来跟在他后面。他一定看见了法国式大门上映出的影子,因为他要转身。在他反应过来之前,我一个加速,擒抱住他的膝盖。他一声惨叫倒在我身下。

这根本不是个年轻人,而是个小女孩。她有着苍白瘦削的面庞,深色头发梳成一根大辫子。她被吓得直冒冷汗。我把她翻过来,紧紧按着她的肩膀。她企图挣脱,我又加了把劲儿。

"你在这里干什么?"我盘问道。

"你又在这里干什么?"她说道,有些害怕却又很愤怒。我们两个人的呼吸在夜晚的空气中形成一团白雾。

"我是侦探。我听说这里有非法闯入者。"

"哦,我明白了,你为那些猪工作。"恐惧减弱了她的蔑视。

"我像你这么大的时候,这种辱骂都已经过时了。你以为你是派蒂·荷斯特[①],从你的同伙抢劫大王那里偷来东西再交给恐怖分子,或者你是圣女贞德,正在拯救国家?"

月亮高高挂在天上;冷冷的光照在女孩身上,她那娇嫩年轻的脸庞泛出大理石的光泽。她怒对我的嘲笑但是没有上钩。

"我正在干我自己的事。你为什么不忙你的事去?"

"是不是你半夜在这栋房子里点灯?"

在月光下很难读懂人的表情,但是我觉得她看上去像吃了一惊,

[①] 派蒂·荷斯特,二十世纪七十年代美国传奇报业大亨威廉·伦道夫·荷斯特的孙女,一九七四年二月被两个黑人和一个白种女人绑架后失踪,当年她才十九岁。两个月后却被发现她是一宗银行抢劫案四女一男疑犯之一。这是当时轰动一时的事件,案情扑朔迷离,相互矛盾,真相至今尚未有结论。

甚至有些害怕。她飞快地说:"我到这里来练胆子。别的孩子认为我太胆小,不敢在晚上来这个地方。"

"而且他们都藏在这周围,看你敢不敢履行诺言。换个借口吧。"

"你没有任何权力盘问我。我又没有触犯法律。"

"这倒是真的,不过呢,你的下一步就是破门而入。你和你男朋友是不是在这里做?"

她厌恶地翻了一记白眼。"你是不是扫黄警察?如果我想搞我男朋友,我宁可舒舒服服地在家搞,而不是在什么废旧的阁楼里乱晃。"

"看来你知道阁楼里有灯光。真是有趣。"

她抓住我的话头嘲讽道:"刚才是你说的阁楼。"

"不。我刚才说的是房子。你和我都知道你在这里干什么,所以不要跟我兜圈子。"

她对我狠狠地说:"我没有犯法,让我走。不然我告你故意伤害。"

"你年纪太小还告不了我,不过我猜你父母会帮你告。既然你是步行过来,一定是住在周围的房子。我想你跟我遇见过的所有富人家的孩子一样,被家里人溺爱,从来不为自己做过的事情负责。"

这句话激怒了她。"我都负责!"她喊道。

她扭动着挣脱我已经放松的手,翻身站起来。我去抓她的胳膊,却只抓着她的背包。当她挣脱的时候,一团毛茸茸的东西落在我手中。她从开阔地向花园猛跑。我跟在她后面,一边跑一边把手里毛茸茸的东西塞进口袋。

等我跑到花园,她已经消失在池塘附近,一头扎进房子背后的小树林。我沿着小路向前追,又被同一块砖绊倒。我跑着太快,没有掌握住平衡。双手无助地挥舞,企图保持平衡,然而身体一歪扎进水中。

野草和枯叶塞满了水面。池子里的水只有五英尺深,但是我惊惶失措，害怕没法把头探出这些纠缠的根茎。最后我拨开这些烂东西。我离岸边有几码远，已经快冻僵了，我的衣服浸透了这里的碱水，像是铁做的裹尸布。我的双脚在池塘底部的黏土里滑动，我还抓着池塘里的植物保持平衡。突然我麻木的手指抓住了一坨又湿又粘的烂肉——一条死鱼。我恶心地退了一步，一下又跌倒了。当我再次站起来的时候，我发现自己抓着的不是一条死鱼，而是一只人手。

第四章 又一次进牢房,亲爱的朋友们

我奋力走到这个人的头跟前。这是个男人,沉重的衣服压着他向下沉,只是身体下面纠缠的水草把他撑在水面上。我把胳膊插在他腋下,使劲拖动他,同时让他的头部浮在水面上,以防万一他还活着。我的双脚不停在泥泞的水底滑动。拽着他的衣服穿行在污秽之中让我的心脏剧烈地跳动。经过一段时间艰苦的挣扎,我设法把他拖到池塘岸边。水面比岸边低半英尺。我深吸一口气,蹲到水草那么高,奋力把他顶出池塘。

我的胳膊和腿因为疲劳而感到灼热。现在每条腿都有一吨重。我的上身趴在水池周围铺的大理石砖上面,然后努力把双腿也抬上来。我的牙齿疯狂打颤,以至于我的身体也不停地颤抖。我在坚硬的石头上躺了一分钟,但是我不能这么躺在这儿。能救我的人都在很远的地方;如果我不动就会被冻死在这里。

我手脚并用地爬到那个男人身旁。我把他翻过来使他面朝上,把他嘴里的杂草清干净,解开他的领带,用力压他的胸部,然后把寒冷颤抖的空气向他嘴里吹,五分钟以后,他还是像我在水池里抓到他的时候那样没有生息。

现在,我冻得要死,好像有个人拿着刀子削我的骨头。我拉开风衣口袋的拉链,摸出我的手机。我真是不敢相信我的运气——小小的

屏幕对我闪烁着绿光，我可以给急救中心打电话。

调度员很难听懂我说的话，我牙齿打颤的声音是那么响。拉彻蒙特庄园，我可以看见吗？从迪克森路拐进卡佛得尔路的第一栋房子？我可以打开车灯或者是房子的灯光让救护队可以看见我？我可以走出来吗？我在那里还要干什么？

"告诉新索尔威的警察到拉彻蒙特庄园来，"我呻吟道，"他们知道地方。"

我挂断电话，渴望地看向我身后的房子。也许那个网络富豪把他的浴袍忘在那里面，可能还有抹布，在他们搬走的时候。我向着房子走了一半，才想起来这可能是我唯一的机会与死者单独在一起。拉彻蒙特庄园被封闭得像是美国城堡。没有工具，只有一双冻僵的手，我得幸运地在警察来之前找到一扇打开的门才行，可是我会有足够的时间在尸体身上找到身份证。

在法式大门附近，就是捉住那个女孩的地方，我找到了我的手电筒。我带着它回到尸体旁边。

这会是那个女孩的男朋友吗？先不考虑她对作风和警察的那番高论，他们会不会在这栋空房子里会面——有办法避开安保系统？也许他今晚没有来会面是因为他也被绊倒我的那块砖头绊倒，掉进池塘，没能逃脱水草的纠缠。他没有想脱掉鞋子或衣服。我解开他的领带和衬衣扣子施以心肺复苏术，但是他身上仍旧穿着西服；腰带、裤子纽扣和拉链都很整齐。而且这套西装看上好像挺高档，是棕色平纹的羊毛面料。他的鞋上还有雕花，这可不是晚上去树林会穿的鞋。

我用手电扫了扫他全身。他大约有六英尺高，比较瘦，看上去不是非常强壮。他的皮肤是深棕色，头发有非洲人的特征，这也许可以解释为什么要来一所空房子里约会。又或许是和他的年龄有关——他看上去有三十来岁。我能想象那个女孩迷恋于与非裔美国人做爱——想要做些激动人心的事情,又有点冒险,她肯定很愿意。

他是谁?谁是他在这么一条遥远的死胡同里最后遇见的人?我使劲掏他的口袋。跟我的一样,这些口袋因为浸透了水而紧紧粘在一起。这个活儿很难干,我又很冷,掏了半天却没发现什么有价值的东西。在他上衣兜和裤子前面的口袋里只找到一把零钱。我紧咬着牙把手伸到他屁股后面的衣兜里。后兜也是空的,除了一支铅笔和一板火柴。

现代社会没有人穿西装打领带出门却不带钱夹,至少也该带本驾驶证。可是他的车在哪儿?难道他也跟我一样,把车停在两英里外,然后步行来这里秘密会面?

冷风让我的头很痛,所以我没办法清楚地思考,但是即使现在又暖和又干爽我也会很迷惑。我知道有人在洗澡的时候因为惊惶失措而溺死,我刚才头部没法摆脱水草纠缠的时候也很恐惧,但是为什么他把所有的名片都留在家里?难道他到这里来就是为了寻死吗,还是与那个小孩有关的出人意料的事故?他躺在那里看上去像个稳重的男人,不是那种会有出格举动的人。很难设想他会是那个年轻女英雄朱丽叶的罗密欧。

急救人员抵达的时候,我手里仍然抓着他的火柴和铅笔。我赶紧将这两样东西塞进口袋里,否则会因为侵犯尸体被捕。

除了消防部门的救护车,调度员不仅派来新索尔威的警察,还有杜佩奇县的警察。这具尸体发现于新索尔威的非自治村。从技术上来说属于杜佩奇县警察局,但是调度员也通知了新索尔威的警察。即使冻僵了,我也能明白,卡佛得尔路上的这栋房子是某个芝加哥大老板的——如果是本地的上层人士或女士,大发雷霆时新索尔威的警察会给自己留个后手。

两帮人都想方设法主导尸检。他们都想知道我是谁,在这里干什么。从颤抖的上下牙之间,我告诉他们我的名字,但是只有到了暖和的地方我才会和他们谈。

两方力量又吵了一会儿,其间我不停地打哆嗦,后来经过协商,新索尔威的警察回去,由县警察带我去威顿。

"我的天哪,你可真臭。"当我钻进警车时警察说。

"只是那些腐烂的植物的味儿,"我嘟哝着,"我里面都是干净的。"

他想开窗散味,但是我告诉他如果我以后得了肺炎一定会让他付医药费。"你后备厢里有没有毯子或旧的外衣什么的?"我加了一句,"我又湿又冷,而且你那些等着划分责任就不必出警的同事根本没什么用处,我打完电话等了四十分钟。"

"是啊,这群混蛋。"他说,然后他打断这个话题,被我搞得不痛快而发个牢骚。他很使劲地走到后备厢跟前捞出一条旧浴巾。那不会比我更脏。我连脑袋一起蒙住,在警车开出庄园之前就睡着了。

当我们到达威顿的县警察局时,我睡得很沉,直到某个强壮的年轻警员把我从后座上抱出来才醒。我跌跌撞撞地走进警局,湿冷的衣服下关节也僵硬了起来。

"醒醒,睡美人,"那个警察大喊,"你必须告诉我们你在那里的私人领地上干什么。"

"等我洗干净再说,"我从爆皮肿胀的嘴唇里嘟哝了一句。"你们应该有衣服能让我借来穿穿。"

这个带我进来的警察说这可非常不合规矩,在杜佩奇县他们不会把入室窃贼当宾馆的客人一样对待。我坐在长椅上开始拉开风衣上的拉链。一大撮枯草卡在拉链上。我的手指因为寒冷而变得迟钝,我不紧不慢地拉开拉链,这个警察站在旁边,简直不知道我想干什么。我的注意力都放在拉链上。当我最终把上衣脱掉，又把里面穿的湿毛衣也脱掉，开始脱最后一层T恤衫的时候，他抓住我的胳膊一把把我提起来。

"你在干什么？"

"你看见我在干什么。脱掉我的湿衣服啊。"

"你不能在这儿脱。告诉我你的身份以及你半夜三更跑到私人领地的原因。"

到现在，有几个警察，包括两位女警，跟他站在一起。我没看他，对着其他的警察说："达罗·格里厄姆请我检查拉彻蒙特庄园。大家都知道，前年他妈妈还住在这栋老杜鲁蒙德家的房产里。这房子一直没人住，她妈妈觉得自己看到了窃贼。我在池塘里发现了那个死人，跳进水里把他捞出来。在我洗干净之前我就说这么多。"

"你怎样证明你的故事是真的？"那个警察嗤笑道。

有一个女警厌恶地看了他一眼。"你多大了，巴尼，你连达罗·格里厄姆都没听说过？跟我来。"她又对我说。

我的眼睛因为头部受风而发涨。我瞥了一眼她的警徽——警官普罗瑟罗。

普罗瑟罗领着我来到女更衣室，我用毛巾把自己擦干。她甚至扒出来一条旧的制服裤子和一件汗衫，比我的衣服大一两个号但很干净。"我们在这里的备用衣服是为了那些正在经历艰难时期的警官。你出去的时候签个字条，下个星期把衣服还回来就行。你可以告诉我你的姓名和真正去那里的理由吗？"

我穿上干净的袜子，看了看令人恶心的鞋。地板砖很凉，但是我的鞋子更糟糕。我坐在更衣室的长凳上，告诉她我的姓名，我和达罗的关系，他妈妈坚信那栋老房子有人进去过，我毫无收获的监视，还有把我绊到的那具尸体……我不知道我为什么没有告诉她遇到的那位年轻的朱丽叶的事。也许是与生俱来的警惕,也许是我喜欢热情似火的年轻女人。我从风衣里掏出皮夹,向她出示我的私家侦探执照,很幸运执照是压塑的。

普罗瑟罗把执照递回给我,只是说政府的检察官想要一个关于发现死者的正式声明。当她看见我把脏衣服卷成一坨,她甚至从杂物箱里找出来一个大塑料袋。

普罗瑟罗带着我来到二楼的一个房间,用手机给别人打了个电话。"绍尔队长一分钟后要来。你现在手头有事吗?没有?好的,我知道库克县警察局是民主党支持的臭水沟。这里不一样。这里是共和党支持的臭水沟。所以别在乎那些人,他们没什么能耐。"

绍尔队长来的时候随行的还有两位男助手,还有一个名叫瓦娜·兰多的助理检察官。新索尔威来了一名警官已经在等着开会。第五个人一分钟之后急匆匆地赶来,边走边把领带结扶正。他介绍自己是拉里·约萨诺,来自处理拉彻蒙特庄园买卖的法务公司——明显是个非常新的新手。

"谢谢,斯蒂芬妮。"绍尔打发了我的向导。她冲我竖了一下大拇指然后走了。

我习惯于芝加哥警察局的审讯室,那里的桌子伤痕累累还到处掉漆,浓烈的消毒药水都掩盖不住呕吐物的味道。斯蒂芬妮·普罗瑟罗带我来的这个地方就像一间现代的会议室,浅黄色的柜子上摆着电视和摄像机。然而在现代化外表的背后,消毒水的味道和陈腐的恐惧就像不受欢迎的邻居一样问候我。

瓦娜·兰多,助理检察官,是一位小个子女人,斜倚在桌子那边,好像想让自己变得更高大,以便更多地统治这间房子。"现在说说你在那里干什么?"

在咳嗽和喷嚏声中,我尽量语气温和地解释了所有的事情。

"在半夜监视拉彻蒙特庄园?"兰多说,"最低程度说,也是非法闯入。"

我捏着鼻梁以保证自己清醒。"你的意思是我白天去更好了?吉拉尔丁·格里厄姆在半夜看到那里有闯入者之后很担心。在他儿子的要求之下,我去那里看一看。"

拉里·约萨诺,那个年轻的律师,正企图把瞌睡从他的眼睛里揉出去。"当然,从技术上说,这是非法侵入,但是如果你曾经与格里厄姆夫人打过交道,你会明白她从来不承认她不再拥有拉彻蒙特庄园。她很要强,很难说不。"

他对我说:"利昂信托是名义所有人。如果格里厄姆女士看到这个产业存在问题,你应该向他们反映。"

我没有说话,除了要包面巾纸。一名警员从抽屉里找出一些纸巾从桌子对面扔给我。

"或者是反映给警察,"绍尔队长说,"你曾经找过警察吗,私家侦探女士?"

"格里厄姆女士给新索尔威的警察打过几次电话。他们认为她是个疯狂的、没事找事的老女人。"

那个新索尔威的警察,我没听说过他的名字,怒冲冲地反驳道:"我们到那里去过三次,什么也没发现。就在昨天,有人真的去了那个地方,我们在接警后十五分钟内就赶到现场。甚至她的儿子也说她在这儿搅事是因为她想被人注意。"

听到这里我一下站起来。"我昨天下午同格里厄姆女士会了面。在我看来,她根本不是整天瞎想的人。我知道她上了年纪,但是如果她说她看见那栋房子里有灯光,那就是真的看到了。池塘里的那个死人怎么解释?如果没有别的解释,那个死者的存在就证明了一定有人在利用那栋空房子干某些事情。"

"我也不认为格里厄姆女士没事找事,"约萨诺赞同道,"可是她不听人劝。比如我们建议她卖掉了房产以后搬去新索尔威以外的地方住,但是她在当地社会的关系基础非常深厚。"

我可以想象到那个网络富豪拒绝了吉拉尔丁·格里厄姆帮助他经营好拉彻蒙特庄园的好意。

年轻的检察官好像感觉到讨论有些跑题了;她要求我说明与死者的关系。

"我们俩亲吻了一次,很深入……"我等了一下,直到一名警员急匆匆地开始记录我的话,我继续说道,"……在我给他做心脏复苏术的时候。他的嘴里塞满了池塘里的脏东西,我必须先把这些东西清理掉……你记好了吗?要不要我再说慢一点?"

"那么你不承认你认识他?"瓦娜·兰多说。

"动词'承认'听上去好像是你认为认识他是犯罪?"我又打了个喷嚏。"这是不是说你知道他是谁?某个因为太危险而不能承认认识他的杜佩奇县的职业罪犯?"

"地球上的黑人们,不管他们是干什么的,都是罪犯?"一个警员跟他的同事开玩笑。

我绕到桌子对面,从检察官的笔记本上撕了一页纸。"让我把这个评论逐字逐句地记下来,以保证明天我在给《明星先驱报》打电话时没有错误地引用一个字。好吗?"

"巴尼,在我们讨论的时候,你为什么不和泰迪一起去给我们大家倒杯咖啡来。"绍尔对他的警员说。他们离开之后,他从我的手里把那张纸抽出来，揉成一团。"时间很晚了，我们都很累，对这个问题想得都不是很清楚。现在让我们讨论最后几件事，然后让你回芝加哥。你知道，还是不知道，死者是谁？"

"在今天晚上之前我从未见过这个人。我再没有任何有用的信息。你们有没有法医的先期报告？"我感觉到喉咙开始刺痛。

绍尔和助理检察官交换了一个眼神。她噘着嘴但是仍然拿起桌子上的电话。她跟法医部门的技术人员简短地说了一会儿，然后摇摇头。在杜佩奇县太平间的日光灯下，没有发现任何我没注意到的线索。

"你将会在报纸和电视新闻里公布照片，对吗？"我对助理检察官说，"还有全面的尸检解剖报告，包括牙医痕迹？"

"我们知道自己该干什么。"她强硬地说。

"问问而已。我不会有因为他是个黑人你就不努力查明死因之类的想法。"

"你不需要操心那么多。"绍尔说，他说话时附带的幽默意味并不能掩饰他愤怒的表情。"你可以回家并且把调查工作留给我们。"

我告诉他我的车停在哪里，他夸张地叹了口气，然后说他可以找一个警员开车送我去，但是我得在前厅等一会儿。

坐着的时候，我的肌腱就已经僵硬了。我一瘸一拐地走出房间。拉里·约萨诺，那个年轻的律师，扶着我的胳膊防止我摔倒。我对他说谢谢的同时，也问他今晚为什么会加入我们这个快乐的乐队。

他打了个哈欠。"这个星期我是随时等待出勤的办事员。我们经营新索尔威大部分的房产；我们有钥匙，如果队长要进房子，我得让他进去。实际上，他们给我打过电话以后，我开车去了拉彻蒙特，但是你们这帮人已经走了。我又花了点时间检查了警铃；没有人关闭它，它仍然在工作。我快速检查了一楼，没有入侵者的痕迹。"

他打了个更大的哈欠。"我宁愿相信利昂信托，他们可以找到个买家。那个地方一直空着总不是太好。我们曾经建议雇一名看守，但是银行不想花那笔钱。"

普罗瑟罗警官，那个借给我干净衣服的女人，出现在我面前。她被派来送我。约萨诺和我们一起走出去。在进入他的宝马车之前，他给我一张名片。我用浮肿的眼睛快速浏览：他是勒波德和阿诺夫的合伙人，办公室位于橡树溪和拉萨尔大街。我从来没听说过他们，我很少会处理大富豪的房产问题。

"吉拉尔丁·格里厄姆下次再给你打电话的时候把我的电话号码给她，"约萨诺说，"我要跟她进一步谈谈拉彻蒙特的监控措施。"

我装在皮夹里的名片湿透了。我在一张小纸条上写下了我的办公室电话。

"你真的足够清醒可以开车回家？"普罗瑟罗站在我的野马车旁边问道，"我可不想在半个小时后去高速公路给你收尸。沿这条路往上走有一家六号汽车旅馆。你可以在那间房把今天晚上睡过去。"

我知道我太累了，开车肯定是冒险，但是我感觉极其难受，所以我一定要躺在自己家的床上。我竭力摆出可笑的姿态，伸出两根呈胜利姿态的手指，并且微笑。当我的小野马车驶向芝加哥的时候，中控台面板上的时钟显示三点十五分。

第五章 随机的旅程

我在一个山洞里寻找莫雷尔。有人给我一个哭叫的婴儿；我弓着腰，在许多巨大的根茎和岩石之间寻找出去的路。肮脏的空气让我无法呼吸；岩石把空气挤出我的身体。婴儿的哭声更大了。我旁边躺着一具穿棕色毛料西装黑人的尸体，他死于肮脏的空气。远处传来嗡嗡作响的空袭警报。从很远处我都能听见飞机从头顶呼啸而去。

飞机的尖啸，婴儿的尖叫，最终强迫我醒来。电话和楼下的门铃同时响了，但是感冒让我太虚弱，我没法清醒。我甚至没力气伸手去接电话，只是翻个身，希望能舒缓一下鼻腔的压力。

看到时钟指向两点四十分，我很惊讶，我已经把一天睡过去了。我努力回想有关昨天晚上发现的那个死者还有那个女孩的事情，但是努力失败了。

我正在陷入沉睡，这时有人在三楼我的门外按响门铃。三下坚定的声音，后来我听到有钥匙在开锁。这代表了一件事：孔特雷拉斯先生，有我房间钥匙的人，严守原则在紧急情况下使用钥匙——他和我对紧急情况的定义完全不同。我可不能躺在床上见他。当他沉重的脚步声行至客厅时，我穿上了昨晚从杜佩奇县警察局借来的汗衫和长裤。

他还没走进卧室门就已经开始说话了。"宝贝儿，你还好吗？你的车停在外面而你一天都没有出现，格里厄姆先生给你写了一封亲笔信。

你没有过来开门,我很担心。"

"哦,我还好。"我的声音嘶哑得就像一只被注射了麻醉剂的爱伦·坡笔下的渡鸦。

"你病了吗,宝贝儿?这是怎么回事?新闻报道说你从一个有死人的池塘里爬出来。你得了肺炎还是什么的?"

狗狗们从客厅跑过来围着我快乐地汪汪叫。只过了三天它们就原谅了我做的一切,三天前我强拽着项圈把它们扔到密歇根湖里——它们当时都准备咬我了。我抚摸着它们的耳朵。

"只是感冒。今天早晨四点钟我才到家——睡觉。等我几分钟。"我抽着鼻涕走进浴室,镜子中的脸把我吓了一跳。我看上去比我的声音还要糟糕。眼睛肿得好大。颧骨上有擦伤,胳膊和腿上更多。昨天晚上在拉彻蒙特庄园的池塘里把死人举起来的时候,我没有感觉到自己碰出那么多伤痕。

我打开沐浴的热水,在热气中蒸了一分钟。当我再出现的时候,干干净净,更要感谢上苍的是,我穿着自己的衣服,我的邻居已经给我泡好一大杯茶,加了柠檬和蜂蜜。不像吉拉尔丁·格里厄姆那蛋壳一样薄的口杯,我这个是真正的大口杯,又厚又笨重,并且很廉价。

"我听到新闻里说,你被带去杜佩奇县警察局接受调查,我还以为你被逮捕了。你在跟他们交手,还是有什么重要的事情瞒着我?"他皱着眉头问我。

"不是那么回事。"

我哑着嗓子解释了半天让他满意,突然他想起还有达罗的信。严厉的文字仿佛在鞭打我的手指。

> 我今天一直在找你,我想知道为什么你让警察去我妈妈那里

而不事先通知我。既然你不接电话也不回复邮件,我只能让人给你带信。收到信后马上给我打电话。

当这种人的感觉是多么好啊,在人群中推出一条路来,好似在建筑工地一样。我查询我的电话应答服务。克里斯蒂·威丁顿,我认识时间最长的电话接线员,接到我的电话。"是你吗,维多利亚?为了安全起见我还是进行安全验证。你妈妈娘家的姓是什么?"我说:"塞斯提里",她严肃地说,"你再藏起来的时候,能不能让我们知道?现在玛丽·路易斯离开了你的公司,你再没有人可以当紧急后援。达罗·格里厄姆办公室打来电话十一次,莫里·莱森打了五次。"

达罗,或者他的私人助理,从十点钟开始每半个小时打一次电话。吉拉尔丁·格里厄姆打了四次电话,第一次是十点一刻。那么,杜佩奇县警察应该是九点钟跟她见面。至少他们很重视这个案子。莫里打电话的时间较早,在八点以前,估计当时他看到了早新闻。我得先跟他聊聊,万一他知道什么有助于我跟达罗谈话的事情。莫里很生气,因为我没有第一时间和他联系。

"他们确定那个人的身份了吗?"我嘶哑着回答他一连串的问题。

"你的声音听起来像用芝士礤子擦一只青蛙,华沙斯基。到现在杜佩奇警察局仍然毫无线索。我想他们正通过自动指纹识别系统查找你发现的那个人的指纹。而且他们已经在电视里发布了照片。"

"他们找到死亡原因了吗?"我喘息着说。

"他是淹死的。你当时在那干什么,华沙斯基,在那个人跳到水里淹死后刚好遇上吗?"

"你应该给《调查》投稿,就写这样的小文章。你去过拉彻蒙特吗?没有人会在五英尺深的池子里投水自尽。要不他像我一样,绊了一跤然后掉进去,也许——"一阵咳嗽打断了我的话。孔特雷拉斯凑过来给我把茶水加满,嘟哝着说莫里就是个不会替别人着想的混蛋,在我生病的时候还跟我说个没完。

"——也许他去那里有不可告人的目的,也许他是被人溺死的。"莫里替我把话说完。"你怎么想的?他的外表有没有挣扎的迹象?"

我闭上眼,努力回忆那具尸体。"我只是用手电借着月光照了一下,我不敢说他有没有碰伤或抓伤。但是他的衣服很整洁——没有扯掉的纽扣,而且他的领带结也很整齐。我给他做心肺复苏术的时候才解开。"

"对天发誓,你从来没有见过他?"莫里盘问道。

"死都不可能。"我咳嗽着说。

"那么你去那里不是为了跟他见面?"

"不是!"我开始厌烦了。"他就是我上物理课时莱特教授说过的'随机的旅程'。"

"那'华沙斯基的旅程'又怎么说?"莫里问,"你到那片希望与光荣的土地上干什么去了?"

"让我在人生中得一次感冒。"我挂上电话,开始剧烈地咳嗽。

"你应该回到床上躺着,丫头,"孔特雷拉斯激动地对我说,"你不能再说话了,你根本就不应该说话。那个莱森,他就是在利用你。"

"马路的两边都能走人。"我抽着鼻涕。"我还得给达罗打电话。"

达罗中断了事关乔治亚造纸厂命运的会议来接我的电话。"今天早晨警察找我妈妈去了。"

"那一定让她很高兴。"我说。

"我没怎么听懂。"他言语中的寒冷让我耳边的听筒结了一层冰。

"她喜欢有人去看她。你去探望她的次数不够多,而且她报警说有人闯进你童年的家，警察也不予理会。现在她得到了她自认为理应得到的关注。"

"你在庄园发现那个死人的时候应当马上向我报告。如果我两眼一抹黑，什么都不知道那我还付钱给你干什么？"

"达罗，你是对的。"我气恼地一字一句地说，虽然你嗓子不好可还得这样说。"听听我的声音？我因为掉到你的池塘里才变成这样。我从那里面拖出一个死人，做了一次没用的急救。我在威顿的警察局里待了两个小时，之后是三点三十分。凌晨。我真应该给你家里打电话，但我还是上床睡觉了。我只后悔睡过了，没听到电话铃、空袭警报、门铃以及核弹爆炸。我真希望我不是那么有人性，但是你应该有。"

"那个人是谁，还有他在那里干什么？"达罗沉默了一会儿之后吼道——他不会认可我站在自己一边强调客观理由的话，但是他也不准备现在就上来掐住我的脖子，他做出了让步。

我重复了一遍莫里给我说过的消息，然后说："你为什么不告诉我拉彻蒙特是你小时候的家？"

达罗又沉默了，之后他粗鲁地说他还要开个很重要的会，但是他要求我一旦查到那个人的身份和动机要立即向他报告。

"你需要我调查吗？"我问道。

"顺道调查一下吧。等到你的嗓子恢复了再说，你现在这种嗓音没人会对你太严肃。"

"谢谢，达罗，给病人的心灵鸡汤。"我说，但是他已经挂断了电话。仅仅如此。他有好几个为他处理重大事务的大型安保公司可以选择。他仍旧雇用我不是因为他想支持小生意人，而是因为他知道我的行动不会泄露出去。他希望我的工作完全保密，但是，如果他得到了足够的信息，他肯定会去找别人干。

孔特雷拉斯先生带着他的狗离开以后，我躺在沙发上，我没有再回到床上睡觉——下床活动了一会儿让我感到舒服多了。我在唱机里放上莱昂丁·普莱斯歌唱莫扎特曲子的唱片，两眼望着天花板上变幻不定的影子。

我还有一个别人都没有的小小的信息：那个十多岁的女孩。有一张底牌不仅只是个愿望，虽然我也想要，但是她的勇气和激情让我想起自己的青春岁月；我感觉到她自我保护的意识，就像我们小时候一样。在决定是否应该由警察或记者发现她之前，我想单独找到她。

我推测她就住在卡佛得尔路的某个小区。我努力想出一个挨家挨户找她的办法。我是童子军团长，找她拿卖女童子军甜点的钱；我来找我走失的俄国大狼狗；我跑步的时候捡到一副祖母绿耳环，想还给失主。

或许我可以去学校找，虽然谁也不知道新索尔威那里的住户把孩子送到哪个学校。不仅如此，我只是跟那个女孩打了一个照面，还是在月光下。我不能肯定我还能认出她来，或者是描述她的长相。

我闭上眼睛仔细回想她的脸，可是我只是记得她的长辫子和粉嫩的面庞，体现特征的线和面一点也记不起来。她有没有说过什么可以让我找到她？我真是只猪。她与别的孩子打赌，她知道有人在阁楼里。我说过什么话会吓得她惊慌失措然后逃跑？好像是不负责任地——

这时，我想起她逃跑的时候有一件小东西掉到我手心里。我把那个东西塞到裤子口袋里了，而我的裤子装在警察给我的垃圾袋里。

今天早晨我进家门的时候把垃圾袋堆在客厅。用一只兴奋的手，我掏出来一条粘满泥巴的湿裤子。我抖了一下，烂叶子和根须掉了一地。好运气让我兴奋得血流加速，所以闻不到臭味。我得把扁平的口袋整个翻过来，拿出那个我从少女背包上扯下来的东西。这东西黑乎乎的，粘满了泥巴。

我飞快地跑进厨房，把它放在水龙头底下冲洗了几分钟，洗去泥巴后是一个很旧的泰迪熊。过去几年它变成了孩子们的某种吉祥物，把自己小时候用过的玩偶挂在背包或背带上。一个高中生曾经给我说过，最酷的孩子都用又旧又破的玩偶；跟风的人才买新的。所以，我的女孩很酷，或者渴望变得很酷。这个小东西两只眼睛都没有了，在我脏裤子的口袋里待了不到一晚上，它的毛掉了很多，好多地方还纠缠成一个个的疙瘩。

这只熊的明显特征是穿着一件带金黄色文字的绿色上衣。起初我以为那是绿湾包装工队①的衣服，这将会将我的调查限定在芝加哥密尔沃基走廊上百万的球迷之中，不过后来我看见在衣服上的长条形图案周围有两个字母 V 和 F——维纳·菲尔茨学校。

维纳·菲尔茨学校在吉拉尔丁·格里厄姆上学的那个时代还是女子中学，教授法语、舞蹈以及调情。自从七十年代男女合校后，这所学校不仅成为市里最昂贵的私立学校，而且还是一所重要的中学。泰迪熊衣服上的长条形图案可能是蜡烛，或者灯塔，或者是其他这个学校用来指代指路明灯的东西。

我只知道这些，因为我每次去密尔沃基大街的冬雾饭馆都会看见这件小上衣的原版。店主阿圭拉夫人不怎么以女儿西琳在维纳·菲尔茨上学为荣。她在一面墙上贴满了六年级时参加学校活动的照片，西琳与学校曲棍球队的照片，西琳接受班级连续三年数学最高奖金的照片以及这件上衣。

---

①绿湾包装工队，美国的一支橄榄球队。

我几乎有二十四个小时没吃东西了。看来我可以开车去阿圭拉夫人那里喝鸡汤、吃玉米面卷饼。

第六章 邻里的纠缠

　　我为自己在巴克镇南端的仓库签了一份七年的出租协议，那里的居民大多讲拉丁语，还有一群吃不饱饭的艺术家，他们需要便宜的住所。离我家前门半个街区外有两家墨西哥小馆子，半夜也供应玉米圆饼，而且我还可以去看看手相。

　　这天傍晚，我开车前往西南方的办公室，一路所见都是老式六间房公寓楼倒下去，新的联排式住宅立起来。商业街里一排排门脸永远相同的星巴克、移动通信服务商和住宅装修连锁店取代了工厂和小商店，好像富人们害怕在邻里社区冒险。墨西哥馆子是一段记忆。现在我不得不向南边走一英里多才能吃到离我最近的炸玉米饼。当然，像我这样的住户也是社区变化的原因，可是这并不能让我高兴，特别是我想到出租合约的下一轮谈判会是什么样子时。

　　我开车经过我的办公室，但是没停，虽然我看见楼北侧窗户的灯亮着；跟我一起合租的特莎·雷诺德还在加班刻画一尊塑像。

　　从我们的大楼向南几个街区是米尔沃基大道，这条路越走越窄，简直跟模特的T台一样，在这里一天二十四小时都很拥挤。我在遇到的第一根电子计时表处把车停好，走路穿过两个街区前往冬雾饭馆，从人群的夹缝中穿行而过，我小时候在南边就是这样的环境，很熟悉。衣着破旧的妇女们领着一群小孩，在路上走走停停，一会儿吃点东西，一会儿品鉴一下挂在路边摊的货架上的衣服。男孩子们在喧闹的小酒馆里跑进跑出，我还看见一个大约八岁的小女孩把桌子上的发夹偷偷放在自己口袋里。

我走到冬雾饭馆时，阿圭拉夫人一边和六七个妇女闲聊，一边给他们的家庭打包晚饭。西琳站在收银机后面，红棕色的头发扎成一束马尾辫。她正在收钱与做数学题两者间忙碌着。

"你好，阿圭拉女士。"我用沙哑的声音说。

"你好，维多利亚女士，"她回应道，"你生病了，对吗？你想来点什么？来碗汤吧？西琳，孩子，去倒一碗汤，好吗？"

西琳像其他烦恼的未成年人一样叹气，但是她敏捷地从柜台底下钻出去，为我倒了一大碗汤。我在旁边瞟了一眼她的书：微积分方程式学生帮扶组织学生数学用书。这名字真"短"。

我坐在远离前台的一张高脚桌前，慢慢地喝汤。等店里再没有其他顾客，阿圭拉夫人向我报怨她的背痛以及恶劣的房东，那个人不仅涨了房租，还拒绝修理漏水的龙头，因为这个龙头，上个星期餐厅关了两天。

"他就想把我赶走，然后把楼拆了重新盖公寓楼什么的。"

她也许说对了，所以我只有表示同情。我最终将谈话引到阿圭拉夫人第三个最喜爱的话题，西琳的教育。我问她有没有维纳·菲尔茨学校现在的年鉴。阿圭拉夫人走到前台，从收银机下面的抽屉里掏出一本书。

"曲棍球，我不太懂这个，但是在学校这个活动很重要，西琳是最好的球员。"西琳害羞地拿着方程式书挪到另一张桌子。当另一拨客人进来的时候，我把年鉴带回我的座位，请求再加一碗汤。

"喝汤的时候要吃点干的，维多利亚。"阿圭拉夫人严肃地说。她一弯腰从前台底下钻过去，回到煎锅旁。

我开始浏览班级合影,先从高年级开始。那么多清新的面庞和自信的女孩,那么多深色长发和优雅的身段。我看着每一张脸,企图与昨天夜里的精灵对比。我不认为是亚历克斯·杜荷斯特。最喜欢的运动,马术,最喜欢的歌手,超级男孩;也不是瑞贝卡·考黛尔,喜欢花样滑冰并想成为一名律师,两者都有可能。

"你在找什么?"

我看得那么投入,没有注意到西琳关上收银机站在我旁边。塞诺拉·阿圭拉正在擦洗柜台。到收摊的时间了。

"我昨天夜里工作的时候遇到你的同学。她丢了个宝贝东西,不过我不知道她的名字。"

"她长什么样?"

"深色长辫子,瘦尖脸。"

西琳提出要把我捡到的东西带去学校,然后在校内的布告栏上贴个通知,不过我告诉她也许那个女孩不愿意让别人知道她丢了东西。看完高年级学生后开始看低年级学生,我第一眼就认出了我的朱丽叶。她的眼神很严肃,而其他人都被摄影师引导得咧着嘴笑,法式辫散落的发丝弯弯曲曲地垂在她柔嫩的脸颊旁边,好像她没有耐心为了照相把头发梳整齐。凯瑟琳·巴亚德,喜爱莎拉·麦克拉克兰的音乐,最喜爱的运动是兜网球,希望长大以后做一名新闻撰稿人。她应该会如愿以偿。巴亚德与报刊杂志,在芝加哥这两个词放在一起就像是卡彭[①]与罪行累累。

我的目光没有在凯瑟琳的脸上迟疑,我不想让西琳第二天在学校惊动她。我反而耸耸肩,好像放弃了在照片中寻找。西琳盯着我。这

[①]阿尔·卡彭,美国三十年代著名黑帮头目。

些能解决高等微积分问题的女孩觉得像我这样的成年人很好对付。她知道我认出了某个人，但可能她不知道是哪一个。

在还书之前，我看了看教职员工的部分。校长是女人，名叫温迪·米尔福德，她有着校长们的强悍表情，你会认为孩子们并不会怕她。我请西琳指出她的曲棍球教练，并且记住数学和历史老师的名字。她永远不会知道。

我合上年鉴递给西琳，还有我的汤钱。三美元，两碗汤——你不会在九二三大街和莫夫路找到这种地方，或者那些起个时髦名字并且最终会把冬雾饭馆挤出市场的小餐厅也不会有这种价格。

回家的路上，我在办公室停了一下。特莎已经走了，大楼黑洞洞的。天气依旧十分阴冷。特莎主要是用大块钢材构建大型建筑，工作让她挥汗如雨以使炉温保持在华氏六十度①。我打开恒温器，把自己包裹在大衣里，陷入深思。

卡尔文·巴亚德，我年轻时的偶像之一。我曾经疯狂地迷恋他，他曾在我上芝加哥大学宪法学的课上演讲。我现在还记得他那迷人的笑容，对宪法第一修正案的熟练掌握，回应各种恶意问题的急智。他好像跟我的老师是两个世界的人。

听完他的演讲，我又去图书馆查阅了他在非美活动调查委员会②面前的陈词，这让我觉得骄傲且激动。伊利诺伊州议员沃克·布什耐尔，非美活动调查委员会的头目，在一九五四年和一九五五年无休止地纠缠巴亚德。但是巴亚德的陈词让布什耐尔听起来像个小心眼的窥阴癖。他就那样走出听证会，没有背叛他的朋友，没有牢狱之灾。除

---

①华氏六十度，既16摄氏度。
②麦卡锡主义促使成立"非美调查委员会"，在文艺界和政府部门煽动人们互相揭发，许多著名人士受到怀疑和迫害。

了他之外的很多作家上了黑名单，巴亚德出版社在五六十年代一直在成长。

我的法律学校是一处很保守的地方。相当一部分学生愤怒地写信给校长，说他们正在遭受自由主义的毒害，但是我一直非常开心，甚至申请去南迪尔邦的巴亚德基金会实习。那个夏天我只见过那个伟大的人两次——还有几十个人跟着他。我最终没有得到长期工作的机会，这让当时的我很受伤。我只能接受第三个选择，公设辩护人办公室。

那段时间以后，我记不清关于巴亚德出版社的很多细节。我知道正是卡尔文·巴亚德这个人把出版社从印制宗教书籍变成印制世俗书籍，那些书使得他和议会之间产生了很多麻烦。他对国民权利团体的支持被非美调查委员会认为属共产主义阵营。

我登录律商联讯查找这个公司的历史。这家公司由卡尔文的曾祖父母建立。他们是从马萨诸塞州安多佛市西迁来的福音派公理会教徒，印刷《圣经》和福音小册子。

一九三六年，卡尔文接手了这个公司，神奇男孩，那时他才二十三岁。一九三八年，他印制了他们的第一本非宗教书籍，阿蒙德·派勒提尔的小说《双国记》。他于一九七八年死于贫困，多年名列黑名单使他逐渐淡出出版界。律商联讯里没有这样的记载，只存在于我的记忆中。

我掐指一算：卡尔文·巴亚德应该有九十岁了。如果凯瑟琳·巴亚德是这个家里的人，她可能是他的孙女。

我转到律商联讯的个人信息搜索部分。卡尔文和瑞妮·吉尼尔·巴亚德有五个地址，其中一个在新索尔威的卡佛得尔大道。当然。我曾经看到过一篇描写拉彻蒙特庄园落成典礼的文章提到了爱德华·巴亚德夫人：她是一个心思不止于时装的女人。所以昨天晚上凯瑟琳穿行于十七大街和卡佛得尔大道与拉彻蒙特庄园之间，并且完全知道如何在黑暗中找到回家的路。

我复制了这个地址，还有在另一处位于芝加哥黄金水景班克路的地址。这一家子在伦敦、纽约、香港都有房产。我把这些地址也记下，然而凯瑟琳要是逃到那么远，我可没钱追她。信息记录中还包括卡佛得尔大道所有住户的信息。大概有七家人。我把他们的名字加入我的名单，看看谁离巴亚德家最近。

瑞妮比卡尔文年轻二十多岁。他们于一九五七年结婚——就在他击败布什耐尔之后。他们生了一个儿子，一个有三个姓的男人：爱德华·吉尼尔·巴亚德，生于一九五八年，住在华盛顿。

我揉揉酸痛的眼睛。为什么爱德华住在华盛顿，而他的女儿却住在这里？如果凯瑟琳有母亲，那为什么她没有被列入档案？电脑没有给我答案。我又返回公司查信息。

巴亚德出版社仍然是股权封闭型公司。虽然它没有美国在线、时代华纳或者兰登书屋那么大的规模，但是也差不了多少。除了出版社这个核心产业，这家公司还握有一家网络公司百分之三十的股份，一个名为"新狮"的音乐品牌、几本杂志以及《杜鲁蒙德报》的部分股权。

我趴在桌子上，好像要一头扎进面前的资料里。《杜鲁蒙德报》由吉拉尔丁·格里厄姆的祖父创建。我想巴亚德拥有部分股权一点也不令人惊讶——卡佛得尔大道的邻居们可能总是掺和在一起。当爱德华·巴亚德夫人穿着淡紫色缎子礼服出席拉彻蒙特庄园落成典礼时，她的丈夫可能正在"男性密室"中与马休·格里厄姆先生商谈生意，"男性密室"是一九〇三年社会作家用的词。有件让我感到头疼的事，因为我总是发现让新索尔威居民们联系在一起的地方——谁认识谁？谁和谁或谁对谁做了什么？

当我注意到《旁注》杂志和《旁注在线》，我贴近了电脑，就是这本杂志给莫雷尔付钱让他在阿富汗写报道。我突然幻想可以打电话给卡尔文·巴亚德，告诉他把莫雷尔照顾好；或者实际点，让莫雷尔回来，不然我就把你孙女揪出来。我闭上自己红肿的眼睛，设想着会有怎样的谈话及后果。莫雷尔回家，被我抱着——在他发现事情真相以后再也不会跟我说话。

我靠在椅子上，让律商联讯检查我的来信，包括我在来电应答的账户。在一堆电子邮件中有一封来自莫雷尔。我把它放在最后看，就当成工作之余的甜点。

我的电话自动应答条目有两个屏幕。我又闭上眼，想着干脆什么都不管，但是，如果我那样做了，情况只能比早晨更糟。

我眯着眼睛望向电脑。吉拉尔丁·格里厄姆在下午留了两条信息。她可以等到明天早晨回信。穆雷也有来信。他也可以等等。有三个客户发来询问信息，他们的案子已经快做完了。我给他们都去了电话，只有一个人接了我的电话。我解释说我正在忙他的事，两天内就会有报告。有一件事是玛丽·路易斯在我刚开始这个工作时教我的，跟每一个客户都在时间方面留有余地，包括准确的日期。我用大号红字标注这个客户，提醒自己不要忘了。

杜佩奇县警局的斯蒂芬妮·普罗瑟罗在下午四点半给我打过电话。我拨通她的电话，她说我一定会很想知道他们已经查到了那个死者的身份。

"他名叫马科斯·惠特比，是某个杂志的记者。"我可以听到她手里纸张翻动的沙沙声。"是这本《丁字尺》。杂志社的人在电视上看见通告，打电话来报告了他的身份。"

"《丁字尺》，"我重复了一句，"他去拉彻蒙特庄园干什么？"

"他们也不知道，或许是不想说。绍尔队长跟惠特比的老板谈过，可什么也没得到。你知道那个杂志吗？"

"那是跟《名利场》一样面向非裔美国人市场的杂志，报道黑人在娱乐、政治和体育界的明星人物。他们也有政治版。"特莎，我的合租伙伴，付过年费，去年他们把她刊登在"四十岁以下的四十人：关注兄弟姐妹们"里。

"他住在那里吗？"我问。

"哦，他的地址在芝加哥别的地方。"她再次笨拙地翻动记事本。"一条名为吉尔斯的路。我们还得出了尸检报告。他就在你发现他不久前死亡，也许有一两个小时。他死于溺水。他们说他喝醉了，找个他认为比较私密的地方去死。"

"他们说？那就是说他们发现血液酒精含量水平非常高？"

"我没有看过详细的报告，所以我只能告诉你这些。我只知道萨尔维局长下午告诉新闻媒体的内容。我想晚上就会播出。他的秘书说他告诉记者马科斯·惠特比来杜佩奇县是为了自杀。我觉得你一定想了解这些。"

"他们的尸检全面吗？他们轻易给出这样的结论因为他是个在白人至上国家里生活的黑人？"沙哑的嗓音让我的话语显得不如我预期中那样有力。

"我只能告诉你我了解的事。我的职务不高，但是简讯听上去像是他们检测过他的血液酒精含量。我们通过自动指纹识别系统找到了他的信息，结果是他有记录。局长在发言中提到过。"

我皱着眉头，回忆起我从池塘里拖出来的那个面容沉静的男人。

虽然我想我们死后都会那样安静，至少可能我会那样。

在挂电话之前我努力在我的感谢声中投入喜悦的情绪——普罗瑟罗毕竟没有义务给我打这个电话。

惠特比在拉彻蒙特庄园做什么？警察局长，或者新索尔威的警察们，关心这个问题吗？如果杂志社没有说，这意味着他们是不知道，还是不想说？也许马科斯·惠特比想把拉彻蒙特庄园买下来。或者为《丁字尺》杂志写一篇关于庄园的报道。也许有些富有的黑人企业家搬来卡佛得尔路居住，惠特比来看看买下这栋他母亲只能在这里当帮佣的庄园怎么样。

凯瑟琳·巴亚德可能会解释所有这些疑点。我必须尽快跟她谈谈。我想就是现在，就在这一分钟，但是这次见面需要我精心的设计；现在体现我的智慧的唯一一件事就是当前的状况下我没办法将那个狡猾的少女逼进死胡同。

我返回律商联讯查询马科斯·惠特比。他拥有，或者说曾经拥有在三十六大街和吉尔斯路的一处房产，他是唯一的业主。没有配偶，没有情人，没有租户分担贷款。

我在城市地图上查到地址。布隆泽维尔。芝加哥市的这部分土地被专门划给一战以后大量拥入本地的黑人移民。几十年的大萧条之后，惠特比买房的这个区又逐渐复苏。黑人专家们购买了这些芝加哥最美的房子，修葺肮脏的玻璃和华美的木屋，重新赋予它们爱达·威尔士[①]住在这里时的荣光。惠特比从迪尔班信托基金借了十万美元搬进二千七百平方英尺的大宅。当然如果他想买拉彻蒙特庄园，他还需要八十倍的钱。

[①]爱达·威尔士（1862-1931），美国著名黑人女记者，报业老板。

我退出网页,看着自从玛丽·路易斯辞职以后短时间就变得凌乱不堪的办公桌和工作台。我不需要电话应答服务的克里斯蒂·威丁顿提醒我玛丽·路易斯的辞职给我留下了急待解决的问题。玛丽·路易斯擅于组织我的行动,她有八年的经验,还有与芝加哥警方内部的关系人。她上法律学校的时候只为我工作;现在她在市中心的大公司有一份全职的工作。我面试了好多人,但是还没有找到既有城市生活智慧又有组织能力的人代替她。

过去几个星期还没发生什么问题,因为我总是昏昏欲睡,所以没有什么工作。像今天这样,当我整天在外奔波而且客户们变得脾气古怪,我意识到我最好还是花些时间找个新人。在玛丽·路易斯的办公桌上和我的办公桌上,文件已经堆到了一定程度,我不敢说自己有勇气收拾它们。

至少我不能把这个案子的文件扔到玛丽·路易斯的桌子上,这是我对待其他开放性调查案件的行为。我从杂物柜中翻出来一个吊挂式文件夹,像她以前做的那样摆放好,标签上注明"拉彻蒙特",子文件夹预备给达罗和他的妈妈,马科斯·惠特比,凯瑟琳·巴亚德。在前面订一张时间表。既然达罗付钱给我,我还得继续工作。

第七章 带病也要坚持工作

在今天关闭电脑之前,我打开莫雷尔的来信。它不是我希望看到的信件。

  亲爱的,我很抱歉这么长时间没写信给你,因为我的电话坏了。我现在在用人道医疗队优利奥·卡来拉的网络,所以我不知道什么时候能再上线见你。我爱你,我想你,我真希望你和我一起在这里——真想身边有个和我有默契的人。我正在进行一个有点难度的调查,在公共网络上不能多说,但不是很危险,我以童子军的荣誉发誓。优利奥和我不会单独外出。我们跟本地的能人们交上了朋友,他们对黑白两道都很了解,所以不要担心,亲爱的,虽然我还有一个星期不能联系你。

他的邮件令我感到空虚和寂寞这挺没道理的。我以为,相比于十分钟之前他并没有离我更遥远一点。但是要等一个星期后他才能给我写信……不知怎么,每天满怀希望的忧虑,想着会有他即将返家的消息,比知道他又将杳无音信要强得多。

"好吧，佩内洛普，现在是开始织寿衣的时间。①"我默默地说，并且意识到在我的寂寞之下，愤怒在迸发，对莫雷尔，也对我自己。我就像个传统妇女，独自在家并且忧心忡忡，而与此同时，我的英雄爱人走遍全球、四处冒险。

"这不是我的生活，"我高声嘶吼，"我不想坐在这儿等，等你或等别人，莫雷尔！"

我又登入我的自动电话应答账号，决定在离开办公室之前把所有积压的工作都做完。从一个了解到是我发现了惠特比尸体的记者开始，我回了十几个电话，甚至给莫里也回了电话。

这时候我的感冒还有酸痛的双腿让我渴望上床躺着，但是最后我决定再打一个电话。一位女士接了吉拉尔丁·格里厄姆的电话。"夫人"正在休息。我是华沙斯基女士？"夫人"想要跟我说话。

当听到吉拉尔丁·格里厄姆尖利的声音，我嘶哑地说出我的名字。

"你病了吗，姑娘？这是你不回我电话的借口？"

"我一有时间就给你回电话，格里厄姆女士。我下午跟达罗通过电话，因为他是我的客户。他有没有告诉你昨天晚上拉彻蒙特庄园发生的事情？"

"姑娘，我知道发生了什么事，因为今天早晨我家里来了一个极其没有礼貌的警察。他说他叫绍尔，我想他更应当叫'粗坯'。我非常不高兴，你没有及时告诉我昨天晚上在我的游泳池里发生的事情。"

"是拉彻蒙特庄园的游泳池，夫人。那时我刚从警察局回到家，已经凌晨四点钟了。我怀疑和你一样有失眠习惯的人会欢迎那个时候来电话——假使当时我有精力去打这个电话的话。但我没有。"

---

① 奥德修斯在特洛伊战争后在外冒险十年，在此期间，很多人以为他死了，向奥德修斯的妻子佩内洛普求婚，该女以为公公织寿衣为由拒绝各路求婚人士，详见奥德修斯的历险故事。

这个回答好像让她无语,我问绍尔找她干什么。我闭着眼,揉着鼻梁。

"一个黑人在那里淹死。他想知道有没有黑人曾经在庄园里工作过,但是过去二十年我们从来没有雇用过黑人。而且卖掉拉彻蒙特以后我相信我没有看见过有黑人在那里工作。有墨西哥人,是的,但是没有黑人。这个粗坯,绍尔,给我看了一张照片,可是这个人的亲妈从照片上都认不出他。他是谁?"

"一个记者,名叫马科斯·惠特比。我猜他肯定不是去采访你的。"

"采访什么,姑娘?我结婚以后记者就对我失去了兴趣。从那时起,我就再没跟记者说过话,即使我曾经有新闻价值的时候也没有告诉过他们。这个人是不是用拉彻蒙特庄园的阁楼从事什么活动?"

"有可能。"我想知道她隐藏了什么有新闻价值的事情。"很难搞清楚他是怎样避开安保系统的。"

"你说什么?你大点声音说,姑娘,你说得不清楚。我的耳朵没法听清楚你含糊的声音。"

我对着电话苦笑。"这是我今天晚上最好的状态了,格里厄姆女士。这个星期之内等我恢复一些了再和你谈。"

她企图威胁我亲自到新索尔威去见她,但是我让她改变了主意。如果她仍然看到阁楼的灯光该怎么办?

"报警,夫人。或者打电话给那个负责你事务的优秀年轻律师。"我眯着眼,使劲回想他的脸,他的名字。"拉里·约萨诺。"

"什么?那是谁?我不认识这个人。朱利亚斯·阿诺夫负责我的事务,他已经干了几十年了。"

勒波德和阿诺夫,在拉里·约萨诺名片上的公司名。当然吉拉尔丁·格里厄姆只交往负责人。我说"是的,夫人"然后带着头痛回家了。

孔特雷拉斯先生来到客厅，从他把自己房间门拉开的那一刻就开始责备我：我怎么能病得这么严重还在这种天气出去，而且还不让他知道；他希望我的感冒没有变成肺炎。

本来他监视我的进出已经挑起我的愤怒，不过今天晚上我累垮了。他的关心是一种安慰，感觉像是小时候妈妈隐含着爱与保护的责备。我同意晚上留在家里睡觉，同意把我自己裹进毯子里——针织毛毯，躺在沙发上，同时把晚餐端到我面前。

我们吃着肉丸意大利面，狗狗们趴在脚边，观看十三频道的九点新闻，看看杜佩奇县警察局如何编造惠特比的故事。我们不得不先看完对恐怖主义的报道，这次是某些埃及移民在联邦调查局询问他们与基地组织的关系前消失了。

一个我不认识的记者解释说这个人是一名签证已过期的十七岁的洗碗工。

"本杰明·萨达威两年前从开罗来芝加哥学习英语并想找一份比在家乡更好的工作。他寄居在他叔叔住宅小区的家里，然而，他叔叔去世以后，他的婶婶带着孩子回埃及去了。萨达威决定单独留在这里。联邦调查局说工作只是掩护，萨达威是一名恐怖分子。我们驻中东的记者正通过翻译跟他妈妈对话。"

"我的儿子是一个好孩子。"一位面带倦容的妇女盘腿坐在地板上，十来个人在她周围坐着。"自从我丈夫去世，班吉[①]努力工作，为了我和他的妹妹们，洗盘子，给我们寄钱。他怎么可能有时间与恐怖分子勾结？我们只想让他安全地回来。我们天天在担心，但是我们没有办法去美国找他，我们只有他寄回来的生活费。"

[①]班吉，本杰明的昵称。

主播把画面切给一名美国助理检察官,他解释说每一个恐怖分子都有精彩的掩护身份的故事,而且他们大部分人都有一位溺爱他们的母亲。主播谢过他,然后说,"不久前,在芝加哥最高档的郊区住宅发生一起可怕的死亡事件。"

当屏幕上充斥了一群人乱糟糟地喝着啤酒乱蹦乱跳,我把电视按到静音。

孔特雷拉斯先生嘟哝道:"孩子可能真与那些基地组织的恶棍勾结。这就是为什么他妈妈不亲自来这里找他的原因——她明白当移民局看了她的护照就会发现她的秘密。"

"你不认为她只是担心她的儿子吗?莫雷尔上个月做过一个报道,关于在巴基斯坦对一名死在库利斯监狱的人的反应。他在里面关了十一个星期,而我们的政府没有一个人告诉他的家里人他在哪里。"

"我是想说,宝贝儿……"孔特雷拉斯先生又开始了。我们已经就同一个问题争论了几十次,自从九月份联邦调查局和移民归化局开始以恐怖分子嫌疑围捕中东人。

"我懂,我懂,"我赶忙说,"希望他不是恐怖分子,也没有被绑架。孩子总干傻事。"

拉彻蒙特庄园再次出现在屏幕上,我打开电视声音。马科斯·惠特比的死是专为电视节目而生的故事:新索尔威有钱有势的人,废弃的豪宅,长满杂草的不祥池塘。节目组把二十多年前在拉彻蒙特举办慈善花园晚会的影像片断也挖了出来。我们可以看见马儿在草坪上散步,当时的花园里鲜花盛开。如果被细心照料的话,那就是一处美丽的地方。十三频道对比了现在的喷泉景象,傍晚时分,还给了水面上那条死鲤鱼一个近照。

"这里就是芝加哥私人侦探维·艾·华沙斯基发现惠特比的地点。

十三频道不知道是什么原因驱使华沙斯基找到马科斯·惠特比；只知道她来得太晚，没能够救活他。"

杜佩奇县警员里克·萨尔威继续说着，旁边的孔特雷拉斯先生因为电视中提到我的名字而感到十分得意。萨尔威通过驳斥任何有关马科斯·惠特比被谋杀的猜想挤出这个故事大部分的水分。"这里没有犯罪的迹象，没有枪伤或者头部创伤表明某人可能故意将其投入池塘致死。我们询问了惠特比工作的杂志社。他们说他没有与新索尔威有关的报道。

"出于我们不知道的某个原因，他选择了这个被遗弃的角落结束他的生命。如果那个芝加哥的侦探没有检查这栋住宅，我们不会发现他的尸体，也许是几个月以后维护工人清理水池才会看见。我们很庆幸发现他的时候仍然能分辨出他长什么样。"

"据说他喝过酒。"福克斯的某个人说。

"没有人面对那种水会不醉的。"这个警员忍着笑说。

十三频道把画面从新闻发布会切换到在《丁字尺》杂志社采访惠特比上司的记者贝斯·布莱克辛。一位衣着朴素、大概五十岁的瘦长脸男人，他说他不想谈论一桩正在调查的案件。"甚至于我们的媒体同行。"但是惠特比目前的工作没有一件与新索尔威有关。

"马科斯·惠特比的家在亚特兰大，"布莱克辛总结道，"他的父母和他的妹妹，哈丽埃，已经来芝加哥申领他的遗体。"

我们看见了三个悲伤的人，老惠特比夫妇和一个年轻的女人，抵达奥亥尔国际机场。当摄影机和麦克风伸到他们跟前时，他们马上跳进出租车。

"惠特比夫妇震惊于他们儿子的死亡，并坚持声称儿子不存在任何会导致自杀的心理问题。来自威顿的现场直播，我是贝斯·布莱克辛，十三频道。"

"谢谢你,贝斯。"主播说,"下面,十三频道,兰·金普森正在塔克森与童子军们在一起。他们在这个星期的训练中会祷告吗?别走开,一会儿回来。"

我作为童子军迷的时间太久,已经没有加入的希望了。我关上了电视。

"那就是你掉进去的池塘,宝贝儿?"孔特雷拉斯先生说,"不像是一个男人会选择跳水自尽的地方啊。除非他住在这个城市,而且这个巨大的湖泊就在他家门边。"

"说这些没有任何意义。除非他在那里与什么人会面。"我告诉这个老头关于凯瑟琳·巴亚德的事。"我不知道她是不是他会面的目标或者是情人——"

"情人?十六岁的小孩和一个黑——"他逮住我的眼神然后改口道,"和那个岁数的男人?"

"拜托,"我咳嗽道,"你是唯一知道我在那里发现她的人。今天晚上我才知道她的名字,我正急着想找到她。如果惠特比不是去索尔威见她,又是去那里干吗?或许他的杂志社会告诉我一些情况。我知道他们对记者很不屑,可我毕竟是找到他们同事遗体的人。"

孔特雷拉斯先生安慰性地拍拍我的胳膊。"明天早晨你会有更好的主意,宝贝儿我了解你。现在你需要上床睡觉,好好养病。"

我起身帮助他收拾餐具的时候,电话响了。我看看表,九点四十分。我一点儿都不想接,可能是贝斯·布莱克辛或者莫里·莱森,想跟我讨论警察对马科斯·惠特比案的报告;也许,更糟,是吉拉尔丁·格里厄姆想得到更多的关注。可万一是莫雷尔呢,我赶忙跳到电话旁,在应答服务接电话之前。

"维·艾·华沙斯基在吗？你是——你声音怪怪的。我是艾米·布朗特。"

"布朗特女士？"我很惊讶。我们曾在去年夏天打过交道。她当时正在完成经济历史学博士学位并且撰写一本有关一个我正在调查的保险公司的书。在调查期间，我们在某种程度上达成了相互尊重，可我们不是朋友。

"很抱歉这么晚打电话给你，但是，哈丽埃·惠特比跟我在一起。我们曾经是斯贝尔曼学院①的室友。她想和你谈谈。"

"当然可以。我跟她说。"我试图掩饰自己的无奈。我实在没有力气跟死者的妹妹谈话。"我能告诉她的事情不会比警察更多。"

"她想跟你当面谈。这很难解释，我不应该替她这样做，可是，因为我认识你，所以我比她更合适给你打电话……我不知道你是否记得，去年夏天你给了我你家里的电话号码。"

无疑马科斯·惠特比的妹妹想要和发现他兄弟遗体的人当面谈谈。我明天早晨有空，我告诉艾米，如果她和惠特比女士不想到我办公室来我很愿意开车去她位于海德公园的家。

"现在可以吗？我知道很晚了，你还在感冒，但是她想今晚见你。就在葬礼各项准备安排妥当之前。"

我极其思念我的床，但是我强打精神说我马上就出发。孔特雷拉斯先生不满地看着我，故意把盘子捣腾得很响。

艾米·布朗特听到了。她再一次为这么晚打扰我道歉，但是仅仅是敷衍，她还是想让我现在就见哈丽埃。然而她提出可以带惠特比的妹妹来见我：哈丽埃在德雷克跟父母在一起，艾米在把她送回旅馆之

---

①斯贝尔曼学院，位于乔治亚州亚特兰大市。

前可以带她到我这来一趟。

我挂断电话,设法将孔特雷拉斯赶回去。他极为恼火地反对我在这么晚还要安排会面。我生病了,他不认识这些人,有什么重要的事不能明天早晨谈呢。

"你说得都对,"我说,"我也知道你说得对,可这是死者的妹妹。她需要特别照顾。如果你把狗带回楼下,我在她来之前还能休息二十分钟。"

他吹胡子瞪眼地嘟哝着,但是当我把毯子拉到脖子上,伸展开,他把盘子叮叮当当地放到厨房就走了。

第八章 一闪一闪亮晶晶

四十分钟后,很大的敲门声把我惊醒。我没有听见门铃响,因为孔特雷拉斯先生正在等着我的客人,他请他们进来,并把他们带上楼,在他们表明身份之前。我们俩之间总是存在这样的冲突,他一直在关注我的事务。至少我对他行为的恼怒足以警醒我迎接两位女人。

艾米·布朗特比我上次见她长胖了,她的拉斯塔法里式小辫子扎成一束,表情谨慎且严肃。她一只手搂着另一个脸色苍白、显得疲惫失神的女人。我们低声介绍了彼此并表示安慰。我让他们在沙发上坐下,给自己和哈丽埃·惠特比倒了杯花茶,给艾米·布朗特倒了杯酒,然后我劝说孔特雷拉斯先生回他的一楼去。他嘟嘟哝哝地责备我,并暗示我的客人我不能聊得太晚,我生病了,记住了吗?

他一出门,艾米开口说道:"我们在电视上一听到名字,我就告诉哈丽埃我认识你。我们一直在讨论现在应该干什么,因为只要想到马克[①]自杀就觉得很扯。他是最,哦,不能说是乐观,我或许不该这么说——"

"满怀希望的人。他是个满怀希望的人。"哈丽埃·惠特比说,"他知道我们的父母不仅非常爱他,而且期望他有不一样的生活。你知道

---

①马科斯的昵称。

吗,他的美国黑人剧院计划曾经入围普利策奖的决赛,他还赢得过好多奖。他不会对他的爸爸妈妈做这样的事。"

我含含糊糊地应了几声。这让人很难过,当大家都对你十分期待,你却告诉大家说这让你很失望,可是我不认为这能说明什么。

"你怎么发现他的?"哈丽埃问道,"我完全不了解芝加哥,但是艾米说他死的那个地方有四五十英里远,在某个富人区,好多人都没听说过那里。"

"你哥哥有没有对你或你父母提到过新索尔威或拉彻蒙特庄园?"

她摇摇头。"不过他报道的事情很多。如果他正在做调查,或者他在那里有朋友——我们一个星期才通一次话,可是他不应该会去那种角落,除非那里有什么东西是他生活的一部分。你认为他有危险吗?这是不是他去那里的原因呢?"

我告诉他们达罗·格里厄姆和他妈妈的事,以及他们家与拉彻蒙特庄园的关系。在哈丽埃的鼓励下,我又讲了怎么发现她哥哥,把他举出水面,试图救醒他。但是我没有说凯瑟琳的事情。

我希望她们赶紧离开,可是她们之间默默地无声交流,好像老朋友或情人。哈丽埃点点头,艾米·布朗特说:"我们希望你能对马克的死提出疑问。惠特比夫妇太伤心了,没法做任何事,但是我们想,我们想得到关于这件事更好的答案,至少比杜佩奇县警察局给出的答案更好。"

哈丽埃点点头。"问题不在马克喝不喝酒,而在于他不是个喝酒的人,如果你理解我的意思,他从来不依靠酒精带来勇气。他们在电视上讲的话比今天下午他们对我和我父母讲的更粗俗,说他喝完酒掉进那个池塘里淹死。如果他——噢,这很难解释,但是我对他的死真的是难以理解。即使他想死,对我来说毫无疑问的是,他也不会选择那

66

样的死法。他们说现场检查表明了他死于溺水并且喝过酒。他们可能在掩饰什么呢?"

"不。他们对所有的尸体都不会做到完全的尸检。那样花钱太多,你哥哥的死肯定看起来很简单。如果他们发现了酒精,那么就不会再检测毒品或药剂。"

哈丽埃与艾米相互看看,仍旧是艾米开口说道:"你认为他们会不会在掩盖什么,用酒精?"

我皱皱眉头,想了一会儿。"不太可能。你可以通过律师调阅尸检报告。你有什么理由认为他们在掩盖什么事情?"

"他们都对这事很冷淡。"哈丽埃说,"我们没有见到县治安官,只见过了发言人。他对我妈妈很礼貌,却不是很积极。他们看起来根本不关心马科斯去那里干什么。他们想让他醉酒并且——摇摇晃晃进了那所房子把自己淹死。无论是意外还是有预谋,他们都不关心。"

"那就是我们想知道的事情。"艾米说,"他为什么会到那里。他是怎么死的。"

我很有兴趣接手这个工作,但是我必须说明我不会白打工。我恨自己跟失去亲人的人谈钱,可是我大概说了一下收费结构——如果哈丽埃·惠特比赚的钱与艾米·布朗特那种毕业生一样多,她可能会发现账单累积的数量远超她的预期。

"好吧,我不像艾米,在我们离开斯贝尔曼学院的时候我有能力找个真正的工作。"她笑了一下。"我知道你病了,但是如果你接受这份工作,我需要你马上开始。"

"今天晚上,你的意思是?"我很惊讶,"今天晚上我干不了什么事。所有我要找的人,比如说杂志社认识他的人、他的邻居,都直到明天早晨才会有时间。"

"你没明白我的意思,"艾米说,"惠特比夫妇明天早晨要去处理马克的遗体。他们想带他回亚特兰大举行葬礼。所以如果关于他的遗体有什么问题,我们认为你会知道找谁问,甚至从现在就可以开始。我是说,他醉酒这件事让人觉得很不寻常,我们想知道到底有没有进行过解剖。"

我的眼睛因为酸胀和疲惫流泪,这让我难以思考。但是我突然听到了这个未言明的问题:杜佩奇县的法医有没有对马科斯·惠特比的死亡进行及时细致的检查?就因为他是黑人,并且死在富人区的新索尔威?

我在杜佩奇县不认识人,除了那个借给我衣服和裤子的警察。她的职务不可能迫使法医重新验尸。如果他死在库克县,我倒是认识……

我猛地跳起来,拨开写字台上的文件,寻找我的奔迈手机。不在那里,我又翻开我的公文包。手机埋在最底下。我找到布莱恩特·维什尼科夫的号码。他是库克县的法医副主管,当然现在太晚了,他不会在办公室。现在已经过了十一点。我犹豫了一下,最终拨通了他家里的电话。

被叫醒让他很不高兴。"你最好有要紧事,维克。明天早晨六点我还要上班。"

"尼克,你认识杜佩奇的法医吗?"

"这可不是要紧的问题。"他厉声说道。

"我很认真。马科斯·惠特比的尸体在他们那里。就是那个星期天在那波威尔附近的大房子里淹死的人。我发现了他。"

他嘟哝道:"我可没能力跟进你在六个县里绊到的每具尸体,华沙斯基。库克县的尸体已经让我很烦了。"

我忽略了他的嘲讽。"我想杜佩奇县的人只是简单地查了查,在他们明天把他交给他家里人之前,对他进行全面的解剖很重要。"

"你说怎样就怎样?"维什尼科夫讥讽道。

"不,维什尼科夫医生,你说的算。县治安官说他醉酒,但是这不太可能。需要做彻底的检查,看看他们忽视了什么。"

"比如说?"他吼道。

"我不知道。头骨或胸骨的创伤,或是血液毒素,或是——我不是病理学家——任何因素,任何导致他掉到池塘里的因素,确定他在那里淹死。也许他死在密歇根湖,然后有人把他转移到拉彻蒙特。"

"你是《法律与秩序》重播看多了。省省吧,让我回去睡觉。"

"除非你说你会找杜佩奇的法医谈谈。"

"你还有什么想法,不,明显没有。这可不是给我们库克县的同事打电话。我和杰瑞·哈斯廷不熟,如果他打电话来让我去看尸体,我会告诉他滚一边去。所以我想他会对我做同样的事情。"

"你不能说你有一具相同死因的尸体要和他们的对比一下?或者用同样的借口你自己去看看马科斯·惠特比?"我又开始咳嗽,然后用茶水压了一压。

"不行。我能做的是——他家人以个人名义雇我做解剖。如果杜佩奇县把尸体还给他们,他们有权利做出这个决定。"

我把话筒捂住,对正在担心的艾米和哈丽埃解释了他的建议。"妈妈她不会同意的,她只想尽快带马克离开那个地方。你还有什么可以做的?"

我把这个答案告诉给布莱恩特,他说:"那我就彻底帮不了你了。你想做解剖,就让那家人把尸体带来给我或者是可以做私人检查的人。要么给杰瑞·哈斯廷某种有说服力的理由让他重新验尸。"

"我需要为一个调查争取时间!"我沮丧地大声说。

"你看,华沙斯基,如果他家里人不同意做私人解剖,那你就让他们明天早晨领了尸体赶紧走。再说,天马上要亮了,我要睡觉了。说到你,你需要开始漱口,不然你很快会躺在我的停尸板上——如果你能死在库克县的话。"

维什尼科夫挂断电话,就在我向哈丽埃解释的时候他又把电话打回来。"在我的停尸房,我总是与丢失尸检文件的低级职员斗来斗去。"

他在我讲话之前又把电话挂掉。我对客人们挥挥手,让他们安静,我思索着他的建议。我只有一个可能。我梳理着公文包里的纸片,找到了斯蒂芬妮·普罗瑟罗的手机号码。

"我看了今天晚上的电视新闻,"她接起电话后我这般说道,"县治安官似乎很坚定地相信惠特比先生是投水自尽。"

"我们没有发现能够证明不是这样的事情。"她说。

"警官,我和惠特比先生的妹妹在一起。他们联系很紧密;她很难相信她哥哥会自杀。"

"对于家里人来说都很难接受。"普罗瑟罗说。

"他们找到他的车了,"我问道,"或者发现他是怎样到达拉彻蒙特庄园的?这是问题,到最近的火车站都有五英里远。那里有出租车吗?"

一段时间的沉默告诉我普罗瑟罗意识到他们对惠特比的死亡结论有一个大漏洞。我没有深究这一点。

"惠特比女士雇用我问几个问题。按常理,当家里人对尸检不满意的时候,我会建议他们做私人检查。但是这位母亲只想带她的儿子离开芝加哥赶紧安葬;她不会同意上电视或其他的什么。"

"你现在有问题了,是吗?"普罗瑟罗没有敌意,只是警觉。

"当然,如果尸检报告归错档三四天,我可能会着手调查惠特比先生为什么会出现在新索尔威的原因,而不是他仅仅去那里自杀。我可能会找到他的车。还可能会找到促使哈斯廷医生重新尸检的理由而不让任何人难堪。"

"我凭什么要担这分责任?"普罗瑟罗责问道。

"哦,因为我认为你进入执法机构的原因跟我一样:与果冻面包圈相比,你更在意法律的正义。"

"不要挖苦果酱面包圈。它救命的次数要比我的凯夫拉防弹背心多很多。"她挂断电话。

"和你说话的这个人有帮助吗?"哈丽埃急切地说。

"我想应该有。在你妈妈明天申领遗体之前我们不会知道结果。"

艾米·布朗特充满敬意地看着我,我感觉到她从没期望我能对她有什么帮助。"我们应该让你睡觉了。你是因为救马克而生病的吗?"

"只是感冒。"我不在意地说,"明天我要找哪些人,谁可能会知道惠特比先生的动向,或者因为什么原因让他前往新索尔威?他有女朋友吗,或者来往密切的男性朋友?"

哈丽埃揉着鼻梁。"如果他正式和某个人约会,那说明时间太近而没有告诉我和妈妈。他的编辑是一个叫西蒙·亨得里克的人;他应该知道马克最近在干什么——如果他在给《丁字尺》写稿的话。马克是自由职业者,你知道。至于他的朋友,我现在想不到。我认识他的大学同学,不认识他在芝加哥的朋友。"

"明天早晨我就去杂志社,"我说,"也许我能问问你妈妈认不认识他的朋友。"

她又笑了一下。"最好别,妈妈如果知道我雇了你会非常伤心。"

我只能暗自想,这就是说我这个星期的第二个客户也需要我小心地在母亲与孩子之间行走。"你哥哥的住所呢,你能不能进去?我们可能会发现记录什么的。我摸了他的口袋,希望能找到身份证,他连一个钥匙都没有。直到刚才我跟警察谈话的时候才想到,他身上没有房门钥匙也没有车钥匙,除非它们都从他的口袋掉到池塘里。"

哈丽埃为难地看着艾米。"那么,他的车,我从没想到过这个。"

"他开什么车?"我从写字台的纸堆里抽出一个本子。"一辆土星牌汽车?我们看看他是不是把车留在房子那里。"

艾米主动提出她负责找律师打开马科斯·惠特比的房门。我没有说如果需要我也可以开门,我会保留开门技巧,直到用得上的时候。说到我搜查过他的口袋,我想起了那个火柴盒和铅笔。我先从口袋里拿出凯瑟琳的泰迪熊,然后把它们扔到门口的碗里。我把火柴盒拿回来给哈丽埃和艾米。

水浸透了火柴皮,粘在一起没法撕开。表皮透出原有的绿色。因为浸水而发黑,不管上面印的是什么图案,现在看就是小孩子的涂鸦。上面没有记录地址或电话号码。我应该找证据鉴定室打开火柴皮看看,里面会不会有惠特比写的东西。铅笔是常见的二号,没有刻名字。

哈丽埃把火柴皮拿过去。无论她还是艾米都不知道这是哪儿来的,但是哈丽埃想自己留下,作为她哥哥最后用过的东西。我再一次认真检查火柴皮与铅笔,它们没有告诉我任何事情。我又递给哈丽埃·惠特比。

把她们送出门以后,我疲惫极了。我把脸对着热锅蒸了几分钟,我妈妈发明的方法——用花茶、柠檬、姜整成。然后我爬到床上,一下掉进睡眠的黑洞。凌晨的电话铃声把我从洞里拖出来。

"是维·艾·华沙斯基吗?"电话应答服务夜班操作员问道,"有一个电话来自麦肯齐·格里厄姆夫人。她说有要紧事并且坚持要我们叫醒你。"

"麦肯齐·格里厄姆夫人？"我重复了一遍，有点迷糊。我认识达罗的儿子，麦肯齐，可他没有结婚啊。这时，我想起来麦肯齐也是达罗父亲的名字。我打开灯，在床头柜上摸索出一支笔。

我记下吉拉尔丁·格里厄姆的电话号码，想着早晨再给她打电话。可是，星期天晚上我才在她幼年时玩耍的池塘里找到一个死人。也许有人经常往那里扔尸体并且她现在正好看见。我拨通了电话。

"我要你马上来，姑娘。"她说话的口气好像我是一个在宾馆值夜班的清洁工。

"为什么？"

"因为你的工作就是找出谁闯入拉彻蒙特庄园。昨天晚上你没有找到他们，他们现在就在。"

"你看见什么了？"我哑着嗓子问。

"什么是什么，姑娘？别跟我含含糊糊地说话。"

我清清嗓子。"你看见什么了？人？鬼影？车辆？"

"我看到阁楼上有光。我没告诉你吗？如果你现在来，当场会发现是谁。"

"你需要叫警察，格里厄姆女士。我住在离你四十多英里的地方。"

她根本不管距离。警察已经证明他们有多么无用；她也不会希望我做同样的无用功。

"如果有人在拉彻蒙特堆放尸体，你需要马上叫当地的警察。我到那里需要九十分钟而且起不到任何作用。如果你想让我报警，我现在就打电话。"

她认为我只是在要面子。"能直接打给你的号码是多少，姑娘？通过服务找你总是慢半拍，这让我很烦。他们一点都不合作。"

"他们是你找到我最好的选择,格里厄姆女士。晚安。"

我不想再给斯蒂芬妮·普罗瑟罗打电话。晚上的一个帮助已经达到了我的期望值。我最终想起来还有那个为富人名流们处理要紧事的小律师。我找到他印有传呼号的名片,呼了他一下。十分钟以后他给我打电话来,他像我一样睡得迷迷糊糊,但是他同意找个新索尔威的警察开车去拉彻蒙特看看。

"你能让我知道他们找到了什么东西吗?"我问,"我为格里厄姆家工作。"

"奇怪的人生,是吗。"他说,"为了巨富的需求服务。我从来没有听过像我们这样工作的律师笑话。"

在等待期间,我给自己又沏了一壶花茶。我妈妈教育我说平时喝咖啡没事,但生病期间只能喝茶。我把茶壶端到卧室,喝完两杯,观看奥黛莉·赫本忧郁地盯着格里高利·派克来打发清晨时光。看到赫本黑黝黝的大眼睛,我就在想新索尔威的警察会不会抓到凯瑟琳·巴亚德非法闯入拉彻蒙特庄园。

过了一个小时,拉里·约萨诺打电话给我。"是华沙斯基女士吗?我跟新索尔威的警察去了一趟,我们谁都没看见。我们在房子外转了一圈,没有发现闯入的痕迹;保安公司也确认没有触动过警铃。我们再次检查了池塘。很高兴地通知你那里面没有新的尸体。也许格里厄姆女士把卡佛得尔路上车灯的光与阁楼顶的光搞混了。"

我感到有些荒唐,长出了一口气。我预感到找年轻的凯瑟琳·巴亚德谈话肯定会困难重重,但是如果她是吉拉尔丁·格里厄姆在拉彻蒙特看到的那个人,我依然很高兴她能在警察到达前完成她的事情。

第九章 冰块编辑

　　我醒来的时候已经日上三竿了。我，从另一方面说，身体僵硬，眼睛红肿；我试试声音，听起来更像山姆·雷米①而不是芮妮·弗莱明②。我起床摇摇晃晃走向我的衣服，昨天半夜哈丽埃·惠特比和艾米·布朗特——随后是吉拉尔丁·格里厄姆，已经掏空了我的精力。我的嗓子哑得连电话也讲不了。最后，我决定奢侈地给自己放一天假。我播放着妈妈以前的音乐会录音带，听莱昂坦·普莱斯唱莫扎特，同时喝着孔特雷拉斯先生从市场上买回来的汤。

　　星期三，尽管我还是鼻塞，可是有了足够的精力可以投入工作。我起床太晚，没能在家里逮到凯瑟琳·巴亚德。所以我应该可以在回家或者去学校的半路上拦到她，我打电话给维纳·菲尔茨中学，假装自己是巴亚德家的一员。校长秘书接的电话。

　　"凯瑟琳·巴亚德昨天有没有按时去上课？虽然我不喜欢监视她，但是她的祖父母很关心她的学时。他们想知道需不需要对她实行更严格的夜间管理。"

　　为了保护学生，他们要考验我身份。有钱人孩子聚集的学校一直是绑匪的目标。我从律商联讯上了解到关于巴亚德家的大概情况足够

---

①山姆·雷米，美国演员，导演。
②芮妮·弗莱明，美籍女高音歌唱家。

让他们相信我并告诉我说她昨天代数课迟到了。今天呢？今天她很准时。我没指望问他们凯瑟琳什么时候能放学这样的问题，至少她在芝加哥，那里地方不大。

休息一天让我有精力做足一整套运动，伸展我僵硬的肌肉，适量地出汗，最后牵着狗狗们到附近溜达一圈。

等我回来以后，我感觉好多了。有时真的很难相信运动比卧床对你更好；我希望自己舒展的肌肉可以让我度过今天。

洛蒂·赫切尔打电话提醒我晚上一起吃饭：我们每个月在固定的日子一起吃饭，保证不会彼此失去联系。"是的，我能听出来天气对你的影响，亲爱的，不过我一个小时内见到的细菌肯定比你喷到我身上的要多得多，所以除非你病得走不动，过来吃饭并且找个人让你高兴一点。"

她干巴巴的、带着揶揄的关心让我感觉挺开心。我快速打扮好，换了一套我喜欢的带黑绿条纹裤子的套装，虽然是专业套装，可是配上收腰夹克还是很有型。

走到我办公室楼下，我开始打电话，其中一个是打给达罗的，我要向他汇报他妈妈昨天凌晨的事情。达罗在纽约，他的助理卡罗琳说她保证会让他知道县警察没有发现任何闯入的痕迹。她补充道他们已经两次接到格里厄姆女士的电话。

"我还不了解马科斯·惠特比在那里做什么。"我对卡罗琳说，"杰瑞·哈斯廷，杜佩奇县的法医，只是草草做了尸检。如果我们能仔细检查，找到准确的死因，而不是以溺水身亡的估论了事将会很有帮助，即使我们到最后确认了马科斯·惠特比确实在那里淹死。你觉得达罗会不会愿意打电话给哈斯廷？哈斯廷不理会芝加哥的私人侦探，但是，你知道社会上的事，达罗家在杜佩奇县统治了很多年。"

"下次见到他的时候我会说。"卡罗琳许诺道。

我下一个电话打给住在德雷克的哈丽埃·惠特比。我解释说我正找人督促杜佩县法医更细致地进行尸检,包括用什么办法争取推迟移交尸体。

"万一这些方法都不管用,你应该说服你妈妈同意私人尸检。"

"我可以试试。"她说,热情不怎么高。"你现在准备做什么?"

"我准备去勒威林出版公司,看看是否有人会告诉我你哥哥死之前正在做什么工作。他们拒绝媒体的采访,但是可能会告诉我一些事,因为我是为你工作。我今天一整天都在外面跑;记下我的手机号,有事打电话——特别是艾米能找到人进入你哥哥的房子。你在市里住多长时间?"

在去勒威林出版公司之前,我又完成了三项工作。我查阅了马科斯·惠特比以前的工作。他给《丁字尺》写的报道主要集中在非裔美国人的作家和艺术家:谢莉·格里厄姆、安·佩里、勒瓦·马罗·琼斯、三十年代的美国黑人剧院计划。他详细记录了布朗兹威尔的崛起、衰落和近些年的复兴。他在那里买了房子。惠特比偶尔给《滚石》杂志投稿,一年前刊登的文章介绍一位年轻黑人作家第一部批判小说。十年前,惠特比发表了一篇观点尖锐的文章讲述他因在马萨诸塞州参加反种族示威游行而被捕入狱的经历。他就是这样开始写作的。据我所知他除此之外还没有被捕记录。

在出门之前,莫里·莱森打电话来问我知不知道比官方说法更详细的有关惠特比的情况。

"他穿的是奥克斯福牌的西装,"我得说有用的。"我想鞋子应该是强斯顿莫菲牌,不过我不敢百分之百肯定。"

"他穿着很保守。他写文章很时髦却穿着很守旧。还有什么?"

我想了一分钟。职业人不会全部说实话。"杜佩奇县法医对尸体的解剖好像太草率了。有些人想知道如果惠特比是白人他们会不会像这样不负责任。"

"哪些人?"莫里对这些很感兴趣,就像跳蚤对狗感兴趣。

"不能透露姓名,"我严肃地说,"是我的一个客户。随便谁都能找到他在《丁字尺》上发表的文章。"

"勒威林已经封锁了。那个编辑,西蒙·亨得里克,如果你看了星期一晚上的新闻,你会知道就是那个脸板得跟印第安斧头一样的人,你要是问他问题,他就像是被侵犯了编辑的尊严一样要把你的腿砍断。"

我希望这种情况不会发生在那个死者的家庭派出的使者身上,但是这表示直接去见面比通过语音邮件绕圈子要好。我最后又检查了邮箱,即使我清楚地记得莫雷尔说他要出去一个星期。收件箱里的新信息不是垃圾邮件就是工作信件。

莫雷尔的旧情人,一个英国记者,也在阿富汗。莫雷尔跟苏珊·荷斯利一起去的。我努力把这些想法赶出大脑。佩内洛普到底怎样度过那二十个年头,当时尤利西斯[①]与卡利普索睡觉并与独眼巨人战斗?只有男人才会设想她用所有的时间织了又拆,拆了又织。她可能找过情人,而不是一个人度过那段时光,在英雄回家后感到内疚。

我锁上门前往南边的时尚地段,好像叫河北岸。勒威林的建筑是一栋八层的大楼,那里属于神奇一英里的西段,建楼的时候还是处于卡布雷尼环保住宅项目与黄金水景之间的一片荒无人烟的土地,土地很便宜,距离河流与高速公路只有吐口唾沫那么远,对于每周需要进

---

①尤利西斯是奥德修斯的拉丁语名。

出成吨纸张的印刷厂来说很有价值。

现在，老仓库改成了几个故作时尚的艺术画廊，塞满各处空荡荡的高层公寓楼俯视着低矮的勒威林大楼。这里的繁荣让我很难找到停车位，最后我在大楼西边几个街区外才找到一处电子计时表。

勒威林大楼的门厅与它的外表一样小。在等待区只摆了几把米黄色的沙发椅以及后面坐着接待员的、高高的马蹄形前台。没有艺术品，没有浮华的装潢，只挂了一张勒威林本人的肖像，以中和等待区单调的格局。一名穿制服的保安在前台与电梯之间游荡，虽然前台巨大得足以使接待员在没有保安的帮助下挡住任何入侵者。她郑重地皱着眉头听我介绍自己并说我想见西蒙·亨得里克先生。

"你有没有预约？"

"没有，可是——"

"他不会见没有预约的人。"

"我有张便条给他。你能帮我递一下吗？"

她从我手中接过信封并打开，即使信封是封着的并注明亨得里克收。我写的内容很简单：

亲爱的亨得里克先生：

　　我是星期天晚上在拉彻蒙特庄园发现马科斯·惠特比尸体的那位私人侦探；我把他拖出水面并试图进行人工急救。他的妹妹，哈丽埃女士，已经雇用我调查他的死因。我很想了解惠特比先生是否因工作原因在星期天前往新索尔威。

维·艾·华沙斯基

接待员不慌不忙地看完信，好像希望刺激我的耐心以便找理由把我赶出去一样,她打了个电话,用很小的声音说话,像是怕我听见。她无声地点头示意我在大厅坐一会儿。我坐在粗制滥造的米黄色沙发椅上,想着我的信能有足够的说服力打开对莫里那种进攻性方式而关闭的门。

等待了很长一段时间,我读完大半本一月份的《丁字尺》,那本杂志与其他勒威林集团的刊物一起放在一张小桌子上,一个女人从电梯向我走来。她大概有六英尺高,瘦得像条惠比特犬,穿着碧绿色紧身皮裙和高跟靴子,鞋跟得有三英寸。闪亮的皮草衬得我的条纹套装如此过时且普通。

这个女人没有坐下,所以我也站了起来。平常我没觉得自己很矮,但是我的眼睛只能够到她的胸口。我微笑着介绍自己并伸出右手,她对此未予理会。

"我是亨得里克先生的助理。你为什么想要见他?"

我收回伸出去的右手,用比坦诚的敌意更刺激人的虚假的真诚说道:"我很抱歉接待员没有让你看我的字条。我是私人侦探;马科斯·惠特比妹妹雇我调查他的死亡原因。如果能知道他这些天因为什么原因前往新索尔威会对调查很有帮助。"

她鄙夷地撇嘴。"你有什么证据证明——"

我从钱夹里取出侦探执照。她看了看,说让我证明的确是哈丽埃·惠特比雇用了我。

我拿出手机给德雷克打电话,哈丽埃不在她的房间;我又给老惠特比夫妇的房间打电话,我的客户正跟她妈妈在一起。她小心翼翼地与我说话,不敢离她妈太远。

"我正在出版公司,惠特比女士。有个秘书想确定是你雇的我,而不是我借着你的名字放烟幕弹然后混入勒威林出版公司。你能跟她说话吗?"

"可以的,可我不能,哦,让我跟她说吧。"哈丽埃吞吞吐吐地说。

这位助理皱着眉头,接过电话与我的客户简单说了几句。最后,她把电话交给我。"我会跟亨得里克先生汇报。"

她咔嗒咔嗒地走到前台开始拨电话。我也跟着走过去。

"她说是他妹妹……不,我没有……好的,我告诉她。"她挂上电话转过身。"亨得里克先生想让你证明刚才说话的就是哈丽埃·惠特比。"

到现在为止已经有几个人开始围观。警卫和两个准备走入大楼的人在前台旁边看着我们。他们没有说话,但是笑意和关注示意亨得里克先生的助理应该表现得好一点。

我靠着前台,眼睛里燃烧着怒火。"你真的要让那个悲伤的女人离开她妈妈身边只是为了你照一张身份照片吗?你是不是想掩盖什么涉及马科斯·惠特比的丑闻,还是杂志社指使他去新索尔威导致了他的死亡?"

助理修过的眉毛扬得高高地成了半圆形。"当然不是。我们只是要保护自己的隐私。"

"那现在就带我去看西蒙·亨得里克。如果他知道什么事情涉及马科斯·惠特比的死,他越快告诉我,我就能越快帮助惠特比家里人把他们死去的儿子带回去安葬。"

"她说得对,德拉妮,"一个围观的人说,"别胡闹了,带这个女人去找西蒙。"

其他的人也纷纷帮腔。德拉妮犹豫着,意识到这些人的情绪,并且他们都站在她对立面。她昂头阔步地走向电梯,头也不回地告诉我跟上她。我跟着她前往六层的编辑办公室。

第十章 无迹可循的沙漠

亨得里克本人表现得像星期一晚上电视新闻上的那样阴沉。当助理介绍我的时候,他没有一点笑容;当我解释哈丽埃·惠特比为什么雇用我的时候,他没有一点表示;当我提到杜佩奇县的部门没有进行彻底的尸检,他连眼睛都没眨一下。

"我听到了,那个,"他看看我的名片。"华沙斯基女士。他的家人相信你能比警察查到更多的东西?他们真的雇用你调查这件事?"他在暗示我做的事是越俎代庖。①

"你的看门狗已经跟哈丽埃·惠特比通过电话,"我说,"并且他家里人相信我,是的,否则他们不会让我去做这份工作。"

他和德拉妮在听到"看门狗"这个词的时候都僵住了,但是亨得里克只是冷冷地说,"关于惠特比先生近期的工作你想了解什么?"

我于是又天花乱坠地说了一通,表明自己想了解惠特比为什么要去新索尔威。

"我们都想搞清楚,那个——女士,我不认为是工作的原因。你跟惠特比的妹妹说话了,德拉妮?你确定真是他妹妹?"

德拉妮迟疑地表示同意。

---

① 原文是"替萨米·索萨接球"。索萨是美国著名棒球外野手。

亨得里克拿出一沓文件，这个大忙人中断了手头的工作。"惠特比先生正在写一篇关于美国黑人剧院计划中作家的报道。你知道那是什么吗？"

我讲了些从惠特比文章中了解到的内容。亨得里克撇撇嘴。"我知道。我早应该想到他的家里人——但是我觉得他们最了解他。好吧，那个，女士……你可以看他给我的计划书，但是他还没有完成整篇报道。这个计划书里面没有任何内容会让他前往西部郊区。并且我也不知道有什么事情会让他去那里。他是自由职业者，但是他有什么计划总会跟我说清楚，不至于跟我们公司其他的计划冲突。德拉妮，带她去找阿丽沙。再给她一份计划书的复印件。"

在我们离开之前，他坐到打字机前。我问阿丽沙是谁，她简短地说："与惠特比一起工作的研究助理兼事件核实员。"让我放松的是，阿丽沙·卡宁与德拉妮是各方面都完全不同的人，她的身高穿着软底鞋有五英尺；身材微胖，曲线突出，待人热情。

"我们都很难过，"当德拉妮蹬着三英寸的高跟鞋走了以后，她说，"德拉妮也是，虽然她不承认。她非常爱慕亨得里克先生，所以她想学他的作风以让他喜欢上她。我劝过她，但她根本不听，不管怎么说，她把我吓坏了。我很高兴马克的妹妹能找人调查他的死因。他是一个非常好的人，一位真正有创造力的记者。《大先生》和《名利场》都想聘他，可他还是想待在这里。有时候我在想亨得里克先生在压制他，因为马克太杰出。不是马克不想做管理工作，是因为他太热爱写作和追根问底。"

她说话的时候，一直低头看着她的旧鞋子踩到的地方。她跟我走路的速度一致，总是与我保持两步的距离。我们经过许多办公隔档和办公室，全部都堆满了纸张。我一一观察着钉在门上的生产进度表，塞满勒威林出版的旧杂志和参考书的书架和一间库房——那里有一对男女正在低声激烈争吵。

我们最后来到一间会议室，简陋到只有一张伤痕累累的会议桌以及十几把折叠椅。"这里是写手们开会的地方。"阿丽沙说，"他们和我们研究助理的条件都不好。编辑们才有红木家具、冰箱和各种东西。我只能到自动售货机那里给你拿一杯软饮料或咖啡。"

我嗓子很干，柠檬汽水比自动售货机的咖啡要强。阿丽沙走出会议室，我开始翻阅德拉妮给我的计划书。这张纸是给那些了解美国黑人剧院计划的人准备的。惠特比建议考查几个芝加哥的投稿人——"……不是名声卓著的西奥多·沃德或谢莉·格里厄姆，而是众所周知的人，特别是凯莉·巴兰丁。他们的故事可以与布朗兹维尔的历史交织在一起。"

我把它读了两遍。阿丽沙回来的时候，我正在研究墙上挂的可擦写白板。上面涂满了箭头和圆圈、关于哈莉·贝瑞和丹泽尔·华盛顿以及即将颁布的奥斯卡奖。

她笑了笑。"我们要派两个记者参加奥斯卡。我真希望有我一个，我超爱哈莉·贝瑞。我觉得赢得奥斯卡奖跟赢得十年杰出人物一样[①]，即使和诺贝尔奖有所不同。我们有对托尼·莫里森和德雷克·沃尔科特的独家报道。"

噢，《丁字尺》。W.E.B.杜波瓦评选二十一世纪初十年杰出黑人的报道最终变成一本名人杂志。

"你正在协助马科斯·惠特比撰写美国黑人剧院计划吗？我实在不是很了解这个计划。"

[①] 十年杰出人物，二十世纪头十年美国人 W.E.B. 杜波瓦评选的杰出黑人。

"这是美国公共事业振兴署搞的,你看,在三十年代,罗斯福总统为了失业的演员们实施美国剧院计划。他们想给艺术家和剧作家们提供就业机会,并且把它称作人民的剧院。你能想象今天的政府也能做同样的事情吗?"她迷人地一笑。

"所以出现了犹太人剧院、实验性木偶戏等各式各样的东西,包括在二十二个州建立的黑人剧院,虽然只在三个城市发挥了作用,芝加哥、纽约,还有我很不能理解的西雅图。所以在芝加哥有理查德·莱特与西奥多·沃德,他们都是剧作家,凯莉·巴兰丁是编舞。谢莉·格里厄姆——她是杜波瓦的妻子,也是著名的舞台指导。他们做了很多很牛的事情,《摇摆的天皇》[①]是最著名的,但是沃德写了一部《大规模白雾》描写这个国家真正的种族关系状况。国会里的共和党员都快被搞疯了,像是现在的那些老顽固极力反对国家紧急状态法案一样,他们声称美国剧院计划是共产党的前沿阵地,然后在两年后把这个计划中止了。"

"是吗,你怎么看?"我很感兴趣。

她身体前倾,棕色方格夹克衫的袖子紧紧勒在她略胖的胳膊上。"你看,那个年代《飘》已经出版,所有的人——哦,很多美国白人——对玛格丽特·米切尔的描述很买账,认为我们是一群心满意足的黑崽子,直到邪恶的北方佬跑来终结奴隶制。那时的确有一些利用这个计划四处旅游的人,但是大部分人还是有时间和机会将真正的戏剧搬上真正的舞台,除了那些白人演出的黑人剧或是扮演黑鬼保姆,还有斯蒂芬·费切特。[②]"

"那惠特比先生的兴趣点在哪儿,意识形态的冲突?"

[①]《摇摆的天皇》,小歌剧。
[②] 斯蒂芬·费切特,美国黑人丑角,饰演角色有种族歧视的色彩。

她使劲摇摇头,短发辫在空中飞舞。"不是。有些人认为黑人剧院计划只会让白人中产阶级剥削黑人艺术家,但是马克对意识形态不感兴趣。他想追踪拥有很多艺术家的芝加哥作家工坊,来考查他们的事迹。他特别关注凯莉·巴兰丁。她是个非常复杂的人,她跳舞,也是编舞,还是一位人类学家,并且写了好几本关于非洲舞蹈与宗教仪式的书。她在布朗兹维尔的家里建立了一间工作室。马克想买她的房子,他曾经想把它改成博物馆,曾经,"她悲伤地说,"可是新的房主把房子隔成几间小公寓并且拒绝出售。所以马克在附近买了一间房,然后他开始四处活动申请将她的房子列入国家历史建筑名录。也许我应该接手他的愿望。"

她顿了一下,低头查阅记事本。我一直等到她重新平静,然后问她知不知道马科斯关于凯莉·巴兰丁的工作进行到什么程度了。

"好像是,他在做最后的删减。他有很多凯莉的材料,马上快成书了。给《丁字尺》写的文章将近结束。他偶尔在写布朗兹维尔的历史,你看。你知道布朗兹维尔,对吗?"

我做了个抱歉的表情。"不太了解。那里是棉花丛大道旁的长条地界,第一次世界大战后非裔美国人大量拥入芝加哥,被限制在那里居住。"

"不完全准确。"她说,友善地冲我一笑,这让我很愿意听她的讲解,而不是德拉妮或西蒙·亨得里克。"你只说对了一点,我们沿着城南棉花丛大道旁的狭长地域居住。但是布朗兹维尔——哦,从某方面看那是心灵的土地,它包括国王路的豪宅,就在棉花丛大道西边一点——伊达·威尔士曾在那里住过,比如,理查德·莱特在那里住的时候,丹尼尔·黑尔,他在那儿开了一家诊所,因为即使他做了世界上第一例开放式心脏手术,也没有一家白人医院愿意雇用他。因为市区所有的商店都被种族隔离,所以在第三十五街周围有一个商店区。没有人怀念种族隔离,但是那些商店和小生意的消失实在令人伤感。"

我们都沉默了一分钟,为小商店的离去默哀,可能也是为马科斯·惠特比的离去。

阿丽沙的辫子又一次摆动。"总之,马克被布朗兹维尔深深地吸引。他从亚特兰大来,所以他有如此不同的经验——有些很好,有些不好,但是完全不同。感觉上他好像有义务去保存并记录布朗兹维尔。然后他感觉爱上了凯莉。"

"她不会还活着吧,对吗?"我惊奇地问道。

"哦,不。她死于一九七九年。但是你知道如果你被一个死去的人深深吸引,就会感觉到他对你来说还存在。我经常用这件事取笑马克,还有我从没——"她突然泪如泉涌。

我从早晨出门前收拾好的包里取出几张干净纸巾,但是没有阻止她哭泣。在他活着的时候,她爱他,感情有多深,一目了然,现在她好像也有死去的英雄来怀念。

"这不公平。他是那么聪明可爱,他不应该那样就死了,"她哽咽道,"我不相信他会自杀。我知道德拉妮那样的人会嘲笑我,就像我嘲笑她愚蠢地热爱西蒙·亨得里克一样,但是马克不一样,他很特别,他永远不会喝醉了,然后去跳那个怪异的老池塘。"

"他妹妹也是这么想,他不会那样做。"我一边说着,阿丽沙的哭声渐渐变弱,开始擦脸。"不,别难过。悲痛总是在想不到的时候打击我们,让人窒息……但是你知不知道马克——惠特比先生,为什么去那里?凯莉在新索尔威有房子吗?"

她压抑着哭声。"不,她只在布朗兹维尔住过,除了去非洲居住的那几年。她从未在西部郊区安家:我查阅了马克的记事本,因为我也在思考同样的事情。"

"惠特比先生有没有提到过卡尔文·巴亚德?"我问道。

"他掌管巴亚德出版公司吗?我们不能找他们;亨得里克先生害怕他们抢了我们的报道,因为他们的杂志比我们有更多的记者和经费。马克肯定知道这一点。"她停了一下。"哦。巴亚德先生住在新索尔威吗?你看马克会不会瞒着我们去那里见他,因为他不想让亨得里克先生困扰?"

我摇摇头。"就这一点来说,我没有足够的事实支持这个理论。听着倒是有可能性。"

"我可以查阅他的笔记,看看马克是否想过巴亚德的事情,但是他从来没有对我提到过,哦,不管是巴亚德先生,还是巴亚德出版公司都没有过。"

"我能看看马克的笔记吗?"我尽量使自己的口气听起来不像佩皮。

她疑惑地看着我。"我觉得亨得里克先生不会同意把他的东西拿出办公楼。不过你要是在这里看,我可以看看马克的办公桌上留下了什么东西。"

我跟着她出了会议室,走进办公区。像大部分的办公室一样,楼层设计都是围绕电梯与厕所展开。我们走到进门处附近的一个角落,面对内墙的一行隔档。有几个人正在桌子前工作,大部分人都倚在桌子旁聊天。他们直率地看着我,却没有中断谈话。

马科斯·惠特比的名字刻在倒数第三个黑色装饰板上。不像我看到的别的办公桌,他的桌子极其整洁——地面上没有成捆的纸张,也没有歪歪斜斜的文件塔。我问阿丽沙是不是在他死后帮他收拾过。

"没有。马克是个极其爱整洁的人。每个人都用这件事开他的玩笑。"她的声音颤抖着但没有哭出来。

"说得对。"一个正在和远处隔壁同事聊天的男人对我们说,"惠特比是强迫性先生。如果你没有还给他上个星期借的东西,那么他就不会再借给你任何东西。你是他的律师?"

"不是,为什么?他需要律师吗?"

这个男人笑了。"只是猜测。知道你不是杂志社的人。我是杰森·汤普金。"

"维·艾·华沙斯基。我是私人侦探,他家里人雇我调查他的死因。他有没有对你提到过要去新索尔威?"

汤普金摇摇头。"马克是个独行侠。这里大部分人都喜欢分享——你知道,被困住的时候,你会寻求帮助,你让你的同伴来帮助你加速完成工作。马克不是这样。他只自己拥有资料。"

"他很愿意帮助别人,"阿丽沙打断他的话,"你只是懒,汤普金,你自己知道。"

汤普金笑道:"你应该当领导,阿丽沙,你是我见过的升迁最快的人。但是你不能否认惠特比从不让别人插手他的事情。西蒙和他也只是偶尔谈过。"

"这就是为什么亨得里克先生不愿意让我知道惠特比先生工作的原因?"我问道。

汤普金放声大笑,但是,当阿丽沙的眼睛盯着他,他马上停下扭头跟旁边的同事说话。阿丽沙快速搜出一个碟片包。"这就是布朗兹维尔,我知道马克把大部分凯莉·巴兰丁的资料都放在家里。他的笔记,他的笔记本,他都是手写,我没有看见过。很可能也在家里。很多作者都在家里完成大部分工作。你能想象每天跟碎嘴不断的杰森·汤普金一起工作吗?"

最后一句声音大到足以让汤普金听清楚,他只是放声大笑说:"激励,亲爱的。我一直在激励他,但是马克太古板,理解不了。"

我跟着阿丽沙前往她的办公桌。研究助理兼材料核实员的桌子跟写手们的又不一样:她的办公桌不在小隔档里,而是四张桌子放在一起,拼成一个大方块。她把光盘塞进电脑,检查其中的内容,说没有什么事跟现在有关。

我从她肩膀上方看着屏幕。她打开凯莉·巴兰丁的历史文档。上面有他来源的注解,大部分私人文件的标签都是"VH"——"维维安·哈什在芝加哥图书馆收集",阿丽沙解释道。当她看见我正在本子上潦草地抄写,她打印了一份给我。

"我还可以给你以前《丁字尺》上他关于布朗兹威尔的文章。你会了解一些历史。没有他的新文章。如果他妹妹收拾他的东西,肯定会有他的笔记。你觉得你能不能问问他妹妹,我很想得到一本他的笔记……"

我答应她一旦能进入他的房间,我一定会帮她拿些他的个人笔记。我很失望,我希望从这里能找到突破口或者是线索,却什么都没发现。也许马科斯·惠特比找过卡尔文·巴亚德,可是为了什么?巴亚德可能知道的列入黑名单的作家?他没有说过,因为你不可能去找巴亚德问。后来他在找车的时候迷路了。踩到松动的砖块掉入池塘淹死。这种事可能发生。

"这里又没有什么秘密,为什么西蒙·亨得里克不想让我了解马克的工作?"我问阿丽沙,在我们等电梯的时候。

她表现得有点不自然。"哦,团体的事情,你知道……"

"哦。"我笑了,突然间理解了杰森·汤普金笑声的含义。"他不想让一个白人女性四处打探?"

她脸红了。"不是个人原因。但是亨得里克先生,哦,当勒威林先生仍然在努力前行,争取资金和配送的时候,他来到公司管理层。我想他会希望惠特比家的人雇用一位不同的侦探。"

当我乘电梯返回门厅,我希望亨得里克是错误的。

第十一章 诗中的儿童乐园

宝马和奔驰在阿斯特路排成三行，父母和保姆们在维纳·菲尔茨学校等着接孩子。芝加哥纳税人正在摆脱困境：警察已经封锁了这条街，并且指挥外面的人，比如我这样的，绕开这个区域。在伯顿广场，我发现一处合法地点，于是转身前往，但是学生们仍然没有出现。

我改变主意了，因为我可以去勒威林公司的门口转转，希望杰森·汤普金出来吃午饭，他不像是会在办公桌前用餐的人。四十五分钟后，我几乎准备放弃了，他和两个同事出现在我眼前。其中一个是德拉妮，西蒙·亨得里克的助理，当她看见我时，表情很不好。第三个人是我去马克·惠特比办公室时，跟杰森聊天的女人。

杰森·汤普金向我走来，歪戴着贝雷帽。"啊，特别调查员，正在寻找 X 档案。我能为您做点什么呢？"

他的口气和笑容没有恶意；我必须回敬以笑容。"X 档案还好，我希望的是，既然你在马克·惠特比的邻桌工作，你可能听过什么，任何事，能解释他去新索尔威的原因。阿丽沙说你们都不准与巴亚德的人谈工作，所以我很想知道他是否与卡尔文·巴亚德私下接触。"

德拉妮说："马科斯·惠特比觉得自己是明星记者，他可以书写自己的规矩。如果他无视亨得里克先生的这个命令，我也一点都不觉得惊讶。"

"他是这样吗?"我问汤普金。

"我喜欢给谣言工厂送更多的货,但是我没有听头牌记者谈论过巴亚德帝国。他正在努力干一件他认为非常劲爆的事情,我只能告诉你这么多了,但是我的确没有听他说过具体是什么。"

"什么时候的事?他的行为也表现得像是有什么劲爆的事情吗?"

杰森耸耸肩。"也许在他去世一个星期前,他开始不停地打电话,挂上一个电话又准备跳到电话跟前接下一个。入围普利策奖让他尝到了荣誉的味道。他一直希望能得到那个大奖。"

"你们为什么不允许跟巴亚德的人说话?"我问道,很想知道会不会和阿丽沙的答案一样。

"这是我们对所有竞争对手的政策。"德拉妮说。

"勒威林先生是这个星球上最骄傲的人。"杰森补充说,"不,德拉妮,这不是侮辱。是事实。巴亚德的政策自从——"

"J.T.,不要再说了,"德拉妮说,"我们不用对每个马路上的陌生人讲我们的事情,勒威林先生会比亨得里克先生说得更大声。听到了吗?"

汤普金眼珠一转,瞥见另一个同事面色也不善,于是闭上嘴。德拉妮推着他的肩膀走到大街上。我跟着他们走了好长一段路,把名片发给他们三个人。德拉妮把名片打飞到人行道上,但是杰森和另一个女人把名片收起来。

我转身走向自己的汽车,没及时给电子计时表投币。一张橙色的信封,给这个城市捐五十美元的机会,卡在我的挡风玻璃上。我泛泛地骂了两句然后开车去冬雾饭馆喝碗汤。

马科斯·惠特比到底是什么样的人?家里人眼中热情可爱并有希望——还有阿丽沙·卡宁——拿到普利策奖?好强的不与人沟通的同

事？特立独行的明星？

蜷在饭馆的窗户旁，远离柜台的吵闹，我查看自己的信息。有一条哈丽埃的紧急信息。我打通电话，知道警官普罗瑟罗来找过我们。惠特比夫人在亚特兰大的葬礼指导准备安排遗体运输的时候，杜佩奇县的法医办公室找理由敷衍他们，他们需要多一点时间准备文件方面的工作。

"我妈妈很生气，因为我提到你的事，争取时间开展调查。后来我必须跟她承认我雇了你，这让她气疯了。我恨不得地板上有条裂缝让我钻进去，这时我爸爸突然说他认为我的想法很好。他从来没有反对过我妈妈，哦，在家庭事务上，所以她结结实实吃了一惊。他搂着我说，感谢神我这样有勇气，他不想用模糊不清的死因判定损害马克的名声。但是，他也不同意，哦，让别人检查马克的遗体。"

促使她的父母同意调查是最重要的第一步：我应该想更多的办法，持续推动独立尸检。哈丽埃说艾米·布朗特没有找到马克家的房门钥匙。我们约好明天早晨九点见面，不管艾米能不能找到钥匙。

我几口喝完剩下的鸡汤，草草看完其他的信息，马上离开饭馆前往维纳·菲尔茨学校。不是我没来过黄金水景，而是以前我从来没有注意到这儿还有个学校，它十分小心地藏身于一群建筑之中。它的外表与这条街上的其他宅邸一样平凡和内敛，像一条看门狗坚定地拒绝外人的靠近。只有两扇门旁边的铭牌标明了这栋石头建筑。一群妈妈和保姆在台阶下等候。两个男人站在人群中，一个在缓慢地踱步，另一个夹着一份《纽约时报》。

学期快结束了，那些站在学校门口的人好像互相认识，至少也是面熟。他们谈论着孩子们的成绩，还有是否能卖掉学校分发的校园戏剧门票，偶尔好奇地向我这里扫一眼。

十分钟后，大门打开了，孩子们尖叫着跑出来。小学生先放学，一群一群叽叽喳喳的女孩子，男孩子们大声地相互争吵打闹着，两帮人都忽略了单独走着的孩子，他们蜷缩在大衣里，好像是八岁就要辞别人生的局外人。许多男孩子只穿长袖衬衣，大衣随意地搭在肩上，好像在说嘿，我们是男子汉，我们壮得很，冬天不需要穿女里女气的大衣。

许多汽车开始轰鸣，不停按喇叭并让别的车腾地方，父母们互相大声吵架。一位言必称每周出席沙龙的发型服帖的金发女人从她的雷克萨斯里探出脑袋，咆哮着让卡车司机都觉得羞愧的脏话；她前面的捷豹车主只是回应了一根中指。

步行的大人们在等待年轻的孩子，年长一些的学生住得离学校很近，可以步行回家。高年级的学生一小堆一小堆地慢慢走出校园，我是唯一站在台阶上不动的人。

我的手指碰到放在包里的破旧的泰迪熊。时间一分一秒流逝，我开始有点急躁是不是错过了我的猎物，或者她现在在参加兜网球训练或者高年级写作社。就在我决定回班克路公寓的时候，凯瑟琳·巴亚德出现了。

她的脸色比我在月光下看到的还要苍白，但我立刻就确定是她。她的嘴型比较宽，而且看上去怯生生的，脸瘦长，颧骨的角度几乎快跟鼻子一样尖。缺乏睡眠让她有很重的黑眼圈。

她和两个女孩走在一起，那两个人之间大声争辩着某个人的奇怪举动，但是凯瑟琳明显没有听她们说话。虽然一个女孩是金发，另一个是印度人，但是她们三个的紧身牛仔裤和半长外套，让她们的外表非常相像。或许是因为她们流露出的健康和自信，也许是财富微微显露，比如金发女孩的钻石耳钉，还有印度女孩的克什米尔羊绒帽子和围巾。

"说到凯瑟琳,"印度女孩说,"你在听吗?"

凯瑟琳眨眨眼睛。"对不起,阿丽克斯。我昨天晚上没有睡好。"

"因为杰瑞?"金发女孩笑着暗示道。

凯瑟琳挤出一丝笑容。"是啊,如果奶奶晚上来学校就不会丢掉它。"

这三个人向南走到阿斯特路的时候,我走到她们面前。"你好,凯瑟琳。我是维·艾·华沙斯基。"

三个女孩停下来,我都能听到她们脑袋里响起了关于陌生人找你搭讪的警钟声。刚才提到杰瑞的女孩扭头准备寻找帮助。

"我们星期天晚上见过。"我真诚地说,"在我们都决定在午夜慢跑的时候。你给我留了点东西,还记得吗?"

"我去叫雷吉利过来。"金发女孩转身向学校走去。

"不要,玛丽沙,没事。"凯瑟琳又努力挤出一丝游移的笑容。"我差点儿忘了。我半夜跑步的时候撞到这个女人。"

"跑步?在半夜?你天天说跑步的人是这个星球上最大的废物。"玛丽沙惊奇地喊道。

"是啊。只是,你知道,学业倾向测验的事,我爷爷的健康之类的事,我想我能做到而且半夜又不能骑车出去。"

"就在这附近,"我说,笑得很和蔼。"我们能私下谈谈吗?在班克路,或者你愿意来我的办公室?"

"前面有一家咖啡厅。"凯瑟琳说。

"那里太吵。我的办公室就在两英里外,北方大街西边。或者,你想去参观老格里厄姆的房子。你自己选。"

她一脸不悦地看看她的朋友,看看我,看看学校,最后决定我们一起去她的房子。她的朋友不安地站在旁边，显然不能确定留下她一个人是否安全。后来，阿丽克斯坚定地说凯瑟琳有她的BP机号，如果需要可以呼叫她。

"我们要去休闲广场看看书什么的，到六点钟。"另一个女孩说，"你可以去那里找我们。"

我们一起在路上走着，很尴尬的四人组，直到凯瑟琳的朋友们在第一个十字路口要往西边去。阿丽克斯提醒凯瑟琳有事呼她，如果她需要叫警察的话。

"我曾经为巴亚德基金会工作过一个夏天，那时我还是法律学校的学生，"就剩我们俩的时候我说，"在我加入扫黄警察之前。我是你爷爷众多崇拜者中的一个，他生病让我也很难过。"

她把头扭到另一边，她不想理我。

"我星期天晚上追你的时候掉进池塘，"我说，"这是我感冒的原因，但是也是我发现马科斯·惠特比的原因。"

"我管是谁呢。你也说了，你星期天看到我。你真的有我的东西吗，或许只是要挟我跟你过来？"她的头还是扭在一边，我只能看见她左边的耳朵。这显示出她的年轻，那层苍白无力的外壳，这让她显得如此脆弱易碎。

"我的确有你的东西。所以我很容易找到你。我不理解的是你为什么星期一晚上又去拉彻蒙特。"

我的话让她很吃惊地转过来看着我。"你怎么能，我不在，星期一晚上我在城里。"

"你奶奶肯定会支持你的说法。到你家的时候我会问她。"

她想了一下，说："你可以问保姆。我奶奶还在办公室。星期一她到家的时候我已经上床睡了。"

我点点头。"保姆是兰纳女士吗？她来往于新索尔威的宅邸与班克路之间？"

"你怎么知道我们家所有的事情？"她说，"我住在哪儿，干什么，我怎么知道你是谁？"

"你不会知道。你也没问。我星期天就说了——我是一个私人侦探，以前做过律师和公设辩护人。我不知道你应该相信谁对我的评语，但是我可以建议你去找《明星先驱报》的记者打听打听，或者芝加哥的警察。还有更好的人选，达罗·格里厄姆。我为他做过很多事。你绝对认识他，对吗，像你那样在他小时候的家里游荡。"

她咬着嘴唇不说话。

"给这些人打电话问他们认不认识我，对你来说不是个好主意。你不应该信任在大街上跟你搭讪的陌生人。但我们还是得谈谈，因为我们要是不沟通，我就会把你的名字和电话交给杜佩奇县的治安官。目前我是唯一知道星期天你在犯罪现场的人，一旦治安官知道你的事，他会把所有的办法用在有钱有势的纳税人的孙女身上。"当然她也会像牛蝇一样盯在我屁股后面为她保密，不过我希望她没有足够的经验想到这些。

"你想说什么？你认为里克·萨尔威会关心我侵犯私人领地吗？"

"好极了，你还知道治安官的本名，但是我们根本不是在讨论侵犯私人领地的事情。即使你小的时候他还抱过你，他也想知道你在拉彻蒙特干什么。"

"生在有钱人家里也不是我选择的，但是那不意味着我认为自己有权受到特别对待。"她爆发了，眼睛明亮。"我明白如果你处于特殊的位置，你就得承担特殊的责任。"

我点头同意道："你长得不像你爷爷，但是说话像他。你的班级年鉴说你希望进入出版公司工作。你现在做得怎么样？"

"上个夏天我在公司当实习生。与海尔·塔尔波特一起工作，我只是给他倒咖啡——"她突然停住，想起我们是敌人，然后再不跟我说话，直到我们转过一个路口走到班克路。

我庆幸没有试图按自己的方式来谈话。她在城里的家是一栋五层楼，被一面石头墙与街道隔离开，一道铸铁的大门，门上的镂空花纹中间填满安全玻璃。大门旁的凹陷处安装了袖珍电话，我可以在那里低声下气地说话并说服某个人"哔"的一声把我放进去。

凯瑟琳打开门，领着我穿过石板铺路的庭院。小花园里种了两棵果树，一张老旧的石椅位于大楼东侧，再往前，我觉得应该到后墙了。我们沿着灰色石板路走到前门，也是锁着的，然后乘电梯来到四楼。没有看门人。凯瑟琳可以出来进去而不被人看见。

电梯就在入口通道处，这里很大，足够我把办公室挪过来，并且至少一个月内不会绊到别人。我们穿过拱顶门廊进入住宅主体。

一名穿着用人制服的中年女人从后面的房间走出来。"哦，是你啊，卡特琳娜小姐。是你朋友吗？"

"生意上的熟人，艾斯贝塔。我们去我的房间。"

"我给你们端茶、咖啡还是果汁？"她的英语说得很简单，但是她的声音温柔且口音较重，词尾的发音含糊跟我的妈妈一样。

"什么都不用，"凯瑟琳毫不犹豫地说，"我不是客人，我不需要茶点。"

"星期一晚上你在这里？"我问艾斯贝塔。

"这里？是的，我睡这里。"

凯瑟琳瞪着我，说："这个女人想知道我是不是也在这里。"

"你是什么意思，你也在这里？是的，当然你在这里。你跟朋友们吃饭,回家,十点三十分,你上床睡觉,然后我也睡了。"艾斯贝塔对我说,"瑞妮夫人不在这里的时候,卡特琳娜小姐睡觉以后我才会睡。"

凯瑟琳微微露出胜利的笑容,领着我进入她的房间。颜色很鲜亮,户内装修不断地提醒你已经进入了生来就承担特殊责任的人的房间:一进来先看见B&O①电视,然后是古董大衣柜和书桌,破旧的纳瓦霍地毯显示了它是前机器时代印第安人的作品。这些东西都放在打磨闪亮的硬木地板上,我们走在上面都能看见自己双腿的倒影。还有两块土耳其织毯挂在燃烧的壁炉前。

房间的窗外是花园。我打开阳台门,站在小阳台上看外面。你不用具备伟大运动员的素质,只要有点自信,就可以够到距阳台一码远的钉在砖墙上的火灾逃生楼梯。

"你在十点三十分上床,等到艾斯贝塔房间的灯熄灭,然后从这里爬下去,走出后门前往西部郊区。你有驾照,可以开车。你在拉彻蒙特把事情做完,然后原路返回。你非常疲惫,所以昨天睡过头没有上代数课。"

她愤怒地盯着我。"你想证明什么,你跟踪我?你明白这触犯了伊利诺伊州的法律。"

"这里很多事情都犯法。我不想跟踪你,我只是个合格的侦探。如果我想找麻烦,我会在逃生楼梯上找到你衣服的痕迹,像那样粗糙的金属总会蹭掉一些纤维。"

当她思考如何回应的时候,我走到壁炉架跟前,看到卡尔文·巴亚德和八九岁的凯瑟琳在玩飞蝇钓的照片,他的笑容随和,她一脸专注。还有卡尔文与一个深色皮肤的矮个子女人的照片,凯瑟琳与这个

---

① B&O, Bang & Olufsen, 世界顶级视听品牌。

女人的照片。不同的家庭成员照片。很难马上搞清楚谁是她的父母。

"你有我的什么东西?"她对我的后背说。

"你的小泰迪熊。星期天晚上你撞到我之后,它就从你的背包掉到我的手里。"

"啊,那个东西。你留着好了。"

我可以从壁炉架上的镜子中看到她。她的小脸因为焦虑而紧张。她不像她试图表现得那样无所谓。

"你难道不知道你去拉彻蒙特的星期天晚上马科斯·惠特比死在那里吗?"我对着奖杯说,从镜子里盯着她。

"你在说什么?"

"你一定在担心他错过了你星期天的行动。或者你仅仅猜测是我吓着他了?"

"我不认识什么马科斯·惠特比,不要假装自己是杰克·麦考伊①。"

我转身面对她。"你不知道马科斯·惠特比,我从拉彻蒙特的池塘里捞出来的那个人?你不知道他死了吗?"

她的眼睛和嘴都张得大大的,好像真心在吃惊。"你在那里发现了死人?他怎么死的?"

"你不看报纸和新闻吗?当你用你的高档电脑上网,CNN或NBC什么的没有告诉你黄金水景发生的事吗?"

她呆住了。"根据你说的话,我卷入了流行事件。但那并不能说明我看过世界上每个死人的新闻。这就是你去拉彻蒙特的原因?去那里找他?他是什么人?"

我坐到壁炉前的土耳其地毯上,举手示意她到另一块地毯上坐下。

---

①杰克·麦考伊,美剧《法律与秩序》的重要核心人物。

"马科斯·惠特比在《丁字尺》杂志工作。"

她耸耸肩，表达了青少年的冷淡。

"黑人艺术和娱乐，中产阶级。"当她继续表现出冷漠时，我补充说，"他写了一篇关于海尔·塔尔波特的文章。我以为这是你跟他见面的原因。"

"我不认识他。马科斯什么的。我不太了解海尔·塔尔波特。做过他的私人助理不表示我伴随他从事媒体工作。这些事由他的代理人做。"

"那你去拉彻蒙特见谁？"

她咬着嘴唇。"没有谁。我去那儿玩勇气游戏。你正好遇到我。现在你可以把泰迪熊还给我然后回家去。"

我摇摇头。"不对。我知道你星期一晚上又去了，所以即使我非常容易上当——"

"你还说没有跟踪我？"

我无视她的插话。"我在进门前告诉你了，要么是我，要么是警察。既然你不想跟我谈，那就跟警察谈。发生离奇死亡的时候你在现场，犯罪现场，你逃跑了，他们对你会怀有极大的兴趣。好消息是他们只会与你的父母或目前的监护人谈。所以，你的爸爸妈妈，爷爷奶奶，我要跟他们哪个人解释？"

她的目光无助地黯淡下去，但是在她想说什么之前，有人敲门，然后很快把门推开。照片里深色皮肤的矮个子女人一阵风似的走进来，快得像沃巴什炮弹一样来到凯瑟琳面前。

第十二章 沃巴什炮弹

"奶奶！"凯瑟琳跳起来，警惕地看看奶奶又看看我。"你怎么这么早就回来了？"

瑞妮·巴亚德亲亲凯瑟琳。她比壁炉上的照片更显老。黑色头发里夹杂着一绺一绺的白发，但是，在薄薄的粉底霜下，她的皮肤难以置信地光滑干净。她的红外套的羊毛料子非常柔软，连我都有去摸一摸的冲动，看上去好像是为她矮壮的身材定做的。在拥抱孙女的时候，她的手上戴的象牙麻将牌手链咔咔作响。

"在同样的会上翻同样的老账让我很烦。晚上我还要到你的学校参加家长会，讨论如何应对司法部检查学生档案的事，所以我想先回家，如果你没有约会我们一家人一起吃饭。"

凯瑟琳从土耳其地毯上跳起来。"我希望你让那些傻货赶紧动起来。他们好多人都跟玛丽沙的爸爸一样，唠叨个没完没了，说全力合作是我们的义务，我们在战争状态，不用顾及普通的隐私权。如果学校给他们查阅学生档案的所有权限，他那样的人永远不会明白他们会在他孩子的档案里找到什么。玛丽沙——哦，不会介意。无情的联邦调查局找莱拉谈话，因为她从巴基斯坦来。他们以为既然她是穆斯林，那么她肯定认识班吉，可她是一个完全的势利小人，如果他们认为她会与洗盘子的人说话对她来说都是一种侮辱。还有玛丽沙的爸爸，他会愿意联邦调查局的人查他自己的档案吗？我打赌如果他们刚开始查，就能发现安然公司那样的事情。"

"好的，亲爱的，我知道你准备骑上马突破奥尔良的包围圈。"瑞妮慈爱地对她孙女笑道，"我们吃晚饭的时候再谈。除非你的朋友要留下？"

"哦。哦。这不是我的朋友。是——"她犹豫着，想不起来我的名字。

我站起来。"我是维·艾·华沙斯基，巴亚德夫人。我是私人侦探，虽然我学的专业是法律。"

凯瑟琳很快跟上来。"我在写她的报道。关于她的工作，给《葡萄叶》，哦，学校的报纸。很多孩子了解谁在帮他们的父母离婚，但是我想对谋杀案的调查没有多少了解。"

如果瑞妮·巴亚德发现她孙女焦躁的举止不同寻常，她也不会说出来；她更关注我，说话的语气带有浓重的指责意味。"谋杀案调查员？你为什么找到我的孙女？"

凯瑟琳再次跳起来解释。"不是她，奶奶。我是说，我找的她。我有这个想法，而且我知道格里厄姆先生认识很多侦探，所以我给他打电话，请他给我推荐人。"

"格里厄姆先生需要凶案侦探？"瑞妮·巴亚德坚持道，目光凌厉地看着我。

"我大部分的工作是调查金融和产业犯罪，"我说，"但是我也有些关于谋杀的案子。对年轻人来说凶案总是比有人损毁公司文件保护假账秘密更有吸引力。"

瑞妮·巴亚德微微点了点头，好像承认我说得对。"你现在在为格里厄姆先生做事吗？"

"想想，奶奶，她在格里厄姆先生老房子的池塘里发现了一个死人。"凯瑟琳插话道。

"那么就是你发现了那个可怜的年轻人,"瑞妮·巴亚德对我说,"什么原因让你开始调查?是格里厄姆先生雇你做这件事吗?"

我笑着说:"我的客户们更愿意将个人事务列为隐私,夫人。但是我要告诉你发现马科斯·惠特比纯属意外。我当时正在找某些东西,正巧发现他。很巧。"

"你在用这个故事取悦我的孙女?"

"我们还没谈到这些。凯瑟琳对搜集信息的侦探技巧更感兴趣。对于如何规避法律,她有很好的理解能力。"

瑞妮·巴亚德若有所思地看着我,也许因为她发现我的话有不可接受的轻率,也许因为她不想让我鼓励她的孙女不守法——有胆量翻越卧室窗户半夜开车出去的女孩肯定有过多次胆大妄为的行为。

"对那个年轻人,惠特妮,是吗?——在拉彻蒙特的死你有什么看法?是意外还是有预谋?"瑞妮·巴亚德问。

"惠特比。我不知道杜佩奇县治安官怎么想,但是凯瑟琳刚才说里克·萨尔威是你们家的老朋友。萨尔威告诉你的事情肯定会比他告诉媒体的多。"

瑞妮·巴亚德扭头对凯瑟琳说:"泰利娜,你不应该给萨尔威治安官打电话,把他当作家庭的朋友。他是政治层面的熟人。"

她又对我说:"我知道你不愿透露客户的秘密,但是你是不是正在调查惠特妮:不,惠特比的——死因?如果他不是被谋杀——我的丈夫现在一整年都在新索尔威。"

"我们应该给保安打电话,"凯瑟琳说,"如果新索尔威发生谋杀案,他们需要警惕一些。"

我摇摇头。"如果惠特比先生死于谋杀,这应该是别的地方恨他的人干的。我推测我发现他是个偶然:可能他约了某个人见面,踩到了池塘边松动的砖头,然后掉了进去,然后我碰巧发现了他。"我停下来看着凯瑟琳,土耳其地毯让我烦躁。"做些笔记会更有帮助,万一你真的决定写一篇访谈呢。"

"对啊,亲爱的,"瑞妮·巴亚德附和道,"你不要以为自己能准确地记住别人说的话。"

凯瑟琳对我怒目而视,却仍旧走到房间远端的写字台前,从她的背包里摸出一个笔记本。

她的奶奶在思考我的话。"可是如果他在那儿和某个人见面,为什么他们不继续?"

"他可能与住在那里的某个人有关系,并且利用格里厄姆的空房子,虽然他需要有钥匙避开安保系统。"

凯瑟琳把铅笔插进笔记本的洞洞里,翻到最后几页。

"这是你的想法?"她的奶奶问。

"刚开始我是这么想的,但是他身上没有带任何钥匙,甚至没有车钥匙。有可能钥匙也掉进池塘了,可他的车不在那里。我想警察会查出他是如何到达那里的——他有可能坐火车。"我对这件事没有期待——萨尔威想着把这件事包起来然后处理掉。"今天早晨我见了惠特比先生在《丁字尺》的同事以后,我就在想他到那里是不是去找你丈夫。"

巴亚德夫人的手抬到她的喉咙处,这是下意识的自我保护动作。"什么事情会让你有这样的想法?"

"这是另一件事。惠特比先生正在写一篇关于三十年代美国黑人剧院计划的作家们的文章。你可能知道他们被国会判定为共产主义分子。我就在想——如果巴亚德出版公司的作家们上了黑名单,惠特比先生肯定想了解你丈夫对他们所受到的影响的私人看法。"

"巴亚德先生近期不接受会见。如果有记者给他打电话——哦，我们的工作人员非常注意保护他。他们会劝他改变主意。"

"也许惠特比先生未经许可就去找他。"我说，想知道是卡尔文还是瑞妮的决定不让他见客。《丁字尺》的人不知道惠特比先生去新索尔威的原因，除非他的编辑，西蒙·亨得里克，不想或不愿说。亨得里克说他们有规定不准公司任何人与巴亚德出版公司的人接触。"

瑞妮·巴亚德笑得很苍白。"奥古斯图·勒威林付出了极大的努力成为期刊界的巨人，他开始建立《丁字尺》的时候，我丈夫刚接手《旁注》。那时没有银行愿意向黑人出版公司投资。我的猜测是奥古斯图只是不愿意白人企业利用他的记者网络。"

"爷爷不是帮他闯出来了吗？"凯瑟琳说，手里不停玩纸。"我以为他整合了——"

"是的，亲爱的，但是我们现在不说你爷爷。你为什么不与——女士完成采访？"

我从包里取出一张名片。"华沙斯基。如果你认识勒威林先生，你觉得他会和你谈一谈马科斯·惠特比的事情吗？"

她无奈地笑了笑。"我的丈夫在资金上帮助了他并不会让他自动成为我们的盟友，如果有时间我会给他打电话。"

艾斯贝塔出现在门口。"瑞妮夫人，请原谅，有个人从电视台打来电话。你想跟他通话吗？"

巴亚德女士扭头说："你没问有什么事情，艾斯贝塔？没有？"她用手指帮凯瑟琳拢拢头发，迅速从房间消失，像进来时的速度一样快。

"你奶奶真是精力充沛，"我评论道，"经营出版公司并且照顾你，我可做不到。"

"没人让你做，"凯瑟琳说，"你可以停止纠缠我然后回家去。"

"我想应该先给你个忠告。为了《葡萄叶》。"我坐下来，面对她。"你对你奶奶说了一个涉及达罗·格里厄姆的谎言。别，别插话，这个谎言对她来说很容易拆穿。他们两个人认识；她问他有没有推荐过我，达罗会很惊奇并且他不会费事地帮你掩盖。"

她脸红了。"你可以让他说我打过电话。"

"我为什么要为一个欺骗我辜负我的女孩做这件事？我承认用星期天发生的事情把你吓着了，可是我到现在仍然不知道为什么你在马科斯·惠特比死的当晚去拉彻蒙特。"

"只是巧合，"她发牢骚地说，"你不相信吗？"

"不完全相信。你是一个相当成功的骗子——你奶奶，了解你一生的人，都相信你所说的。"我在说话的时候听到电话铃响了，随后门铃也响了。

凯瑟琳反抗道："我当时不知道那个人死在那里。我也从来没有听说过马科斯·惠特比，除了在电视新闻上，虽然我也没有看。并且我不是他在那里约见的人。"

"那你在拉彻蒙特跟谁见面？"

"这跟你一点关系也没有。你想什么就是什么，如果你想当扫黄警察，就去当，我绝不告诉你。"她开始惊惶失措。

"有人在格里厄姆的老房子。并且你知道一条不会触动警报的路。我说得对吗？"

"你错了，没有人在那栋房子里。如果老格里厄姆夫人认为那里有人——她都快一百岁了怎么能看得见。"

"她没有瞎，只是近视，而且也不可能精神错乱。见过她以后，再见到你，哦，如果她说你的头发是绿色的，你说你的头发是棕色的，我宁愿相信她的话。"

我停了一下，希望她说点什么，她的泛红不安的脸显示出她不是一个习惯说谎的人。过了一会儿，我继续说道：

"你不可能去那儿见男朋友。像你这样知道翻越火灾救生楼梯的聪明人，如果想与你奶奶不喜欢的人见面，你会寻找更容易的办法，除非那让你觉得非常刺激……你是怎么进入拉彻蒙特的？你从排水管还是什么地方爬到没有装警铃的三楼窗户？"

"不是。你会这么做吗？"她抱着胳膊，典型的极不友好的青少年，但是对我来说更像是一种姿态而不是行动。

"不论和你见面的是谁，你不想让你奶奶知道，因为不论她怎么问你，你都能马上糊弄过关。她显然为你和你强烈的信念而自豪。我想我得知道她不喜欢什么。我不会认为是吸毒，即使你是瘾君子，你肯定有比那里更好的地方享受。"我低着头。"这真是个谜，不过谜会让我好奇，即使不关我的事。什么时候会——我没有办法了解一件事情是不是——哦，我会刨根问底。"

凯瑟琳恨恨地说："夏天的某个晚上，我睡不着觉，看见我爷爷走入树林。我跟在他后面，他要去拉彻蒙特——那是保姆们走了以后。我不知道他哪里来的钥匙，我想自从格里厄姆住在那里时，他们就是好朋友，他打开门进去。后来，后来我跟着他也进去了。所以星期天我没睡着，我到他房间看他睡了没有。奶奶因为要参加星期一的晨会回芝加哥了。我第一节课要到十点钟。无论如何，爷爷不在他的房间，所以我想去看看他会不会在拉彻蒙特。那个地方很隐秘。在我们的房子里，你知道，到处都是工作人员，很难找到隐秘的地方。"

"这就对了。"我和蔼地笑道，"星期一晚上你睡不着觉的时候，开车去拉彻蒙特找你爷爷聊天，私密地。是吧。"

她的脸愈发地红了,但是在她说话之前。瑞妮·巴亚德又冲进来。"泰利娜,发生了一件意想不到的事情——欧林·特凡纳去世了,本地的电视台想找我谈谈。我不知道要多长时间,所以我们不能在一起吃晚饭了。艾斯贝塔会在厨房给你留饭。"

"不,我想让你做自己的事。我希望他被痛苦折磨。"

哦。欧林·特凡纳。他曾是沃克·布什耐尔的高级律师,这个伊利诺伊州的国会议员是非美活动调查委员会要人,那些年一直骚扰卡尔文·巴亚德。作为这个家庭的反派角色,凯瑟琳在成长过程中肯定没少听他的故事。

瑞妮搂着她孙女的肩膀。"亲爱的,你绝对不要公开说这种话。公开包括在陌生人面前。我们站立——"

"在这些事情上没有人能利用我们的公众形象要挟我们。"凯瑟琳跟她一起说完这句话。

"没关系,"我说,"我非常敬佩你丈夫的工作,他在我的宪法课上发表演讲以后,我在巴亚德基金会当过实习生。"

瑞妮没理我,告诉她孙女说她要去十三频道录制新闻讨论节目,《芝加哥谈话》。"你可以体会,但是不能陷进去。明白了吗,泰利娜?这十分重要。"

"别担心,奶奶。假如你说欧林·特凡纳是法律界广受爱戴的人,我决不会在镜头前呕吐。"

"你应该把你的客人送到门口。我十分钟内就去摄影棚。我给他们说要么现在录,要么别找我,因为我还要去维纳·菲尔茨开家长会。"

"我们完事儿了,奶奶。"凯瑟琳从土耳其地毯上蹦起来。

"是的。"我笑了笑,拿着我的名片。"你需要我的地址,还有名字和电话,便于你继续跟进采访。完稿后要送给我一份。"

"好的，一定。"凯瑟琳嘟哝着，在我可能对她奶奶说什么之前，催我赶紧走。

第十三章 流沙？

我离开巴亚德家的时候感到迷惑且烦躁。车上的橙色信封也没有让我高兴一点——又是五十美元，这次是因为车头越过了黄线。今天已经付了一百零一美元的停车费。我应该沮丧地尖叫。我的眼睛和关节因为感冒疼痛，这让我无法清醒地思考。我把驾驶座的靠背调到最低，闭上眼睛躺下。

严格地说，凯瑟琳关于她爷爷的话是真是假与我没有一点关系。唯一与她有关并能证明我的调查的事是她是否认识马科斯·惠特比。我认为她不认识他。她还不是一个老练的骗子——在不断的实践中，她手足无措的举止将会在她绕开真相的时候消失。

她编造的她爷爷和拉彻蒙特的烂故事实在让人恼怒，但是我想她仅仅是没有注意到马科斯·惠特比。她只是在处理自己的事情；她怎么可能不理会死在池塘里的惠特比同时专心做自己的事情！通常我不相信巧合，但是惠特比和凯瑟琳，还有我，同一时间都在那里会是一个巧合。

被我追问她去拉彻蒙特的原因已经让她足够烦恼。而且我不可能毫无理由地让哈丽埃·惠特比付钱给我去追查一个未成年人，除非她让我觉得愚蠢。

我打开收音机看有没有关于欧林·特凡纳去世的报道。坎大哈外围又发生了多起爆炸，阿富汗军阀之间的纠纷，伊利诺伊州削减教育和医疗经费以平衡州预算。自从"九一一"事件后，几乎所有的美国公众人物都一直在否认我们是一个天主教国家；我想这就是为什么寡妇和孤儿要承担财政义务的原因。

在没完没了的商业广告期间，我开始打瞌睡，但是特凡纳的名字让我清醒过来。

芝加哥最杰出的人物之一，最有争议性的人物之一，去世了。欧林·特凡纳在五十年代的时候声名狼藉，当时他是非美活动调查委员会成员伊利诺伊州议员沃克·布什耐尔的律师。二十年中，特凡纳是美国保守主义最重要的喉舌之一。晚年的时候，他过着平静的生活，几乎与世隔绝，住在那波威尔附近。他的私人陪护今天早晨在椅子上发现他，死于心脏病。他没有直系家属。欧林·特凡纳，九十一岁去世。

你厌倦十年如一日地上网浏览网页吗？好吧，完美解决方案——

我关上收音机。在那波威尔附近的家中去世？是在阿诺丁公园吗？也许特凡纳在那处高档退休胜地是吉拉尔丁·格里厄姆的邻居。也许我可以跟她谈谈他。并且有些许机会搞清楚凯瑟琳·巴亚德说她爷爷有拉彻蒙特庄园大门钥匙这件事是真是假。

一个芝加哥警察有目的性地沿街而来，准备给我第二张罚单。我挂上挡就走，回我的办公室。无论如何，在见格里厄姆女士之前，我想查几件事。想到这里，我可能会从网上找到对特凡纳的完整报道。

我走进大楼里面，特莎正在锁门。她看到我感冒了马上后退几步。她对病菌的抵抗力很差。我假装用围巾把嘴捂住。她哈哈大笑，但是仍然贴着墙边从前门溜出去。

我从门厅走到楼后部，打开我们放在那里的灶台。我们共用一个浴室和冰箱，但是我们的电表和天然气表是分开的，因为特莎的金属雕刻极其耗能。我"借"了一袋特莎的茶包，认真地留了一句"欠一包"——一包柠檬叶姜茶，带到我的办公室。

等待开机的过程中，我忍不住给莫雷尔在纽约的编辑打电话。唐·斯特泽佩克与莫雷尔认识很多年，从他们在约旦的和平团体一起工作到现在，我期望唐知道莫雷尔在干什么。一听到电话留言，我想还是不用麻烦留口信了。

我想听到人的声音。我想要莫雷尔。电子邮件太遥远了。传统的信件显得更亲密——你可以把他触摸过的纸拿在手中，可是电子邮件却只能把字打进去然后发送，却永远没有具体的实感。莫雷尔本人开始变得如此遥远，很难让我感觉到他是真实的。我端详着桌上的照片，他坚韧的卷发，瘦削的脸庞；他亲过我的嘴唇，但是我无法召唤来他的声音或是他细长手指的抚摸。

奥德修斯选择了他的路，佩内洛普，别让他控制你，我坚定地告诉自己。"不要为自己哭泣"，我妈妈曾经这样告诉我。我八九岁的时候，因为经常与我一起玩的女孩去参加没有邀请我的生日聚会而痛苦异常。"找点事情做。"那天下午她放弃准备晚餐的工作，让我穿她的晚礼服玩化妆游戏，给我讲故事，就像西耶罗和泰拉的西格诺拉·维多利亚。今天我在网上搜索关于卡尔文·巴亚德的报道。也许我可以知道为什么不让别人见他，或者瑞妮是不是在糊弄我？

在网上找到巴亚德的电话号码，我打到新索尔威的宅邸，我的心跳稍稍有点加速，万一我能跟他说话，我应该对我的英雄说什么？

一个女人接的电话，我说自己是卡尔文以前的实习生。"我这个星期才来；如果能见到他对我来说意义非凡。"

"他现在不安排这种会面。"这个女人说话暗含着粗暴。

"在电话里跟他打招呼也行。"我讨好地说。

他不能接电话。没有合适的时间再打过去。我应该试试巴亚德夫人公司的号码，如果我和巴亚德家有业务的话，说不定还有希望。她还没把再见说完就挂上听筒。

发生了什么事？如果他生病了，为什么他们不提这个原因？新索尔威发生的事让我忍不住想起哥特风格的剧本：卡尔文死了，为了控制公司，瑞妮构建了一个巨大的阴谋让世界认为她的丈夫还活着。卡尔文的木乃伊躺在庄园冷藏室的巨大冰柜里。马克发现了那个地方，然后瑞妮谋杀了他。

编故事比做调查有趣多了，但是调查才能把工作搞定。我开始浏览律商联讯上的新闻报道，期望查明卡尔文什么时候最后一次公开出现。五年前，他从巴亚德出版公司的正式领导位置引退，瑞妮接手了首席执行官。《明星先驱报》和《纽约时报》都对这些事做了长篇报道。产业八卦说她已经掌管公司四年多了。

网络只能告诉我这么多。自从退休以后卡尔文再没有出席过慈善晚会或其他公共场合，至少没有被媒体报道。为了查出更多的事，我需要做传统的跑腿工作，找他的朋友与邻居了解情况。达罗绝对不会为了这些事给我付钱。虽然想到了这一点，但是他可能知道，下次我们通话的时候这会是个简单的问题。

结束对欧林·特凡纳的搜索，我重新开始检索很多的热门消息。我选择了国家公共电台新闻，选它是因为我可以闭着眼睛听。我登录实时播放器，靠在椅背上听新闻。

特凡纳在阿诺丁公园去世，但是他在新索尔威长大。他和卡尔文不仅是老敌人，他们也会是老玩伴，毕竟他们几乎同岁。他们以前在新索尔威骑着矮马飞奔或者用鞭子抽用人，或者干一切富人家小孩从中可以取乐的事情。

可能马科斯·惠特比前去会见特凡纳，但是被死亡阻止。我站起来找出那个地方的地图，查看是否有条路可以从阿诺丁公园步行到拉彻蒙特的池塘，这时，巴亚德的名字再次引起我的注意。

近年来，《华盛顿时报》和《华尔街日报》这样的刊物一直在努力改变公众对特凡纳、布什耐尔及其他麦卡锡时代领袖人物的看法。现在的许多人认识到左派损害了真正的爱国者的名誉，他们主张重新回顾历史。在正名活动中最不同寻常的一件事来自爱德华·巴亚德，瑞妮和卡尔文·巴亚德的儿子。卡尔文曾经在国会前与特凡纳决斗。几年前，爱德华·吉尼尔·巴亚德加入自由转向保守的专家阶层。现在他为影响力很大的斯帕多那基金会工作，这是个定期举行当代政治演说的右翼智库。我们的政治事务记者乔林·帕克在华盛顿办公室对巴亚德先生进行采访。

乔林的沙哑嗓音开始简要解说巴亚德的履历：芝加哥大学经济学博士，国际货币基金组织固定工作人员，执行将波利维亚的饮水供应卖给美国和法国的工程公司的计划，现在主管斯帕多那基金会经济政策部。

"你父亲在自由主义政治圈是一个传奇。他会怎么看你在斯帕多那担任职务，这与他很多的政策和政治观点相对立？"

"我们举行了几次有趣的圣诞晚会，"巴亚德说，"我的父母都擅长即兴演讲，我也一样，我们都认为，在美国，人们可以容忍许多不同的政治观点。"

"为什么你的政治观点与你父亲完全不同？"乔林问。

"这是我在芝加哥大学的工作，当时智利阿连德政府已经快结束；我逐步确信支持阿连德那样的共产党，像我父母那样，有损美国在那里的利益，同样对智利人民也不公平。"

"有些人说美国插手颠覆另一个国家的选举是不公平的，特别是鉴于皮诺切特政府在八十年代逮捕并处死了几千人。"

巴亚德干巴巴地笑道："我经常听到这样的议论，乔林，可是现在智利的经济比以前繁荣得多。"

我点击停止图标。我想知道那些有趣的圣诞会谈以什么形式举办，为什么凯瑟琳选择她祖父母的价值观而不是她父亲的？她妈妈在哪里？网上找不到关于爱德华婚姻状况的闲话。我关闭律商联讯开始检查电话留言。

令我惊奇的是，吉拉尔丁·格里厄姆没有再给我打过电话。但是，艾米·布朗特打电话来说惠特比的钟点工早晨会过来给我们开门。

达罗从纽约打电话来，只是说他妈妈和助理卡罗琳都跟他说过了；他对我能力有足够的信心，但是他认为现在我们应该投入更多的精力解决他妈妈的问题。

我的应答服务有一个简单的小程序，可以显示来电号码；它会通过电邮向我报告。达罗住在纽约的耶鲁俱乐部，我在酒吧里找到他。

"什么事？你没有收到我的口信吗？"他问道。

"收到了，两分钟之前，我今天早晨就完成了任务。然而还有两件事：第一，那个死者的家属雇我查明他的死因，所以我会继续前往新索尔威开展调查。"

"我希望你不要——"

"我告诉你这件事是出于礼貌,达罗,因为你是我的重要客户。你知道平常我绝不会在一个客户面前说另一个客户。"我停了一下让他消化我的意思,并赶在他开口之前说,"第二,我下午找卡尔文·巴亚德的孙女聊了聊。她说巴亚德先生有拉彻蒙特的钥匙。有这种可能性吗?"

"可能性?他可能有我家里的钥匙吗?你最好不要把这事传得尽人皆知。"他怒吼让听筒都快破音了。

"达罗,别激动。那孩子告诉我他有钥匙。"

"她说得不对。她因为我们不知道的小孩子原因而撒谎。"他的声音从盛怒转为平静的冰冷。

"我明白。"我揉着鼻梁,希望自己真的明白。"我想找巴亚德先生谈谈,但是被拒绝了。你知道这是什么原因吗?"

"没有任何罪恶的原因。他的健康太差;瑞妮在尽她所能保护他。关于我妈妈的事我会给你按小时付钱。我希望你在调查那个死人的时候记住我花钱雇你工作已经很多年了。不管什么原因促使你去新索尔威开展调查,我希望你把这件事记在心里。你会发现你在流沙里陷得太快,没有人能拉你出来。"

在我说话之前他挂断电话。我认识达罗·格里厄姆十五年了,却从来没有见他威胁过我。

第十四章 新闻录影中的裂痕

"很多人认为欧林·特凡纳是你丈夫最大的敌人,瑞妮。你能不能向我们解释为什么卡尔文·巴亚德经常在社交场合与欧林·特凡纳见面?"丹尼·洛根用极其真诚的目光面对瑞妮·巴亚德,使后者向椅背靠了靠。

洛蒂和我还有马克斯·勒文塔尔坐在一起,在洛蒂放电视的后屋观看访谈秀。马克斯,这个几乎了解洛蒂整个人生的人,是贝斯以色列医院的执行主任[①]。洛蒂有权在那里做外科手术。他们两个人保持情侣关系很多年了,但是自从去年夏天他们的关系更进了一步。从某种角度说,我恨洛蒂再不会像以前一样经常跟我在一起,但是我喜爱并尊重马克斯。

消灭了烤鸡和从马克斯巨大酒窖拿出的一瓶酒——我还在感冒鼻塞没法品尝——我们随意地闲聊了很多事,包括马克斯长年以来一直寻找一个办法为医院带来更多的付钱的病人。他委员会的一个同事建议为有钱的病人设计病号服。

"好主意,"我喝彩道,"如果我们不用衣服示范,如何能说明我们有两个阶层的医疗服务系统?给个人保险的病人穿阿玛尼软金丝绸病

[①] 该医院主要为犹太移民服务。

号服,给贫穷的病人穿洗得发白的灰尼龙病号服。"

马克斯哈哈大笑,洛蒂却不想取笑这种事。她把她的巨额手术费投入几个医疗项目用来资助没有保险或保险额不足的病人,但是她清楚地知道这点努力在医疗的大木桶里是多小的一滴水。

我连忙转移话题,描述我如何遇到年轻的凯瑟琳·巴亚德。洛蒂和马克斯在五十年代晚期从英国移民到美国。当他们抵达这里的时候,非美活动调查委员会的听证会已经逐渐消失,所以她和马克斯不知道这些历史关键人物的名字,可是他们在吃完晚饭以后很有兴趣地跟着我来看电视。

令我惊讶的是,节目的开头不是欧林·特凡纳的去世,而是凯瑟琳提到的在维纳·菲尔茨举行的家长会。我没想到这有什么新闻价值,但是我想愤怒的有钱人在一起吵架肯定有戏剧性。

节目的开始是贝斯·布莱克辛站在维纳·菲尔茨学校的大门前。"这处不起眼的石头门脸隐藏了通往芝加哥权势名人的入口。格里厄姆家,巴亚德家,费利提家和其他芝加哥的权势名流们都把孩子送到这里。这里距离卡波里尼·格林住宅建设计划只有一英里,但是距离老城区学校的混乱有一光年。这里没有帮派,没有枪支。最近这栋安静的建筑卷入了混乱不是因为它是否藏匿帮派分子,而是国际恐怖分子。父母们和学校管理者都万分痛苦,对于学生们的各种记录,包括图书馆的借阅记录,是否应该向司法部门调查人员公开。这次巨变的中心是一名洗碗工——本杰明·萨达威,他于三个星期前失踪。"

电视台播放了一张照片,这个年轻人穿白衬衣系领带,孔特雷拉斯先生和我昨天晚上见过。"司法部声称他正隐藏在恐怖分子的巢穴。他们想要检查学校的所有记录以寻找可能与他的失踪有关的线索。第一自由论坛正在努力阻止司法部的企图。在进入家长会之前我们先与朱迪斯·奥哈那律师说几句。朱迪斯,谁会获胜?"

一位高个苗条的女人老练地接过麦克风。"这简直是女巫大审判,贝斯。如果这个学校有一名孩子在开罗,军队因为一个失踪洗碗工的会议跑到学校来没收书籍、报纸和电脑,这将激起所有美国人的义愤。有些事情正在发生:几个家长正在煽动暴民疯狂的火焰。他们真的想让自己孩子的隐私成为联邦调查局和移民归化局探员的睡前读物吗?"

贝斯领着我们进入学校,所以我们可以看到家长们在讨论应该让学校领导做什么。人们相互冲对方吼叫,就像在冰球比赛中那样恶毒。一位怒气冲冲的男人走到麦克风前说他女儿是维纳·菲尔茨学校的学生。"我孩子的安全是第一要务。我不会因为宪法第一修正案的官样文章让学校庇护恐怖分子并将我女儿的生命置于危险之中。"

其他家长也加入战斗,然后瑞妮·巴亚德来到麦克风前。她依旧穿着红衣服,在一群灰衣服扎领带的人群中显得很突出。

"我们都希望自己的孩子有安全保障,在学校,在家里,在路上,在任何有空气的地方。当孩子有危险,我们不在乎法律、正义或抽象概念,我们只关心他们的安全。我同样是这样做的。这也是为什么我不想让警察干涉我孙女的学校记录。我不愿让我女儿在文章中的个人观点被联邦调查局仔细检查,以查看她是不是有安全风险。青少年的想法偏激。这是他们的本性。如果他们在写作读书时必须预见到每件事,那不久以后,我们的国家将充满机器人。我们将不会再有自由思考、富有创造力、勇于探险甚至冒险,并使美国处于世界领先地位的年轻人。"

在另一位愤怒的家长炮轰之前反对宪法第一修正案的家长时,镜头又切回来。"那是瑞妮·巴亚德,巴亚德出版公司的首席执行官,"贝斯说,"她的丈夫卡尔文,一位拥护宪法第一修正案的领袖人物,与芝加哥律师欧林·特凡纳有过值得纪念的斗争，欧林·特凡纳于今日去世，享年九十一岁。新闻过后请收看《芝加哥谈话》，我们将讨论欧林·特凡纳的一生与事业。瑞妮·巴亚德将讲述她丈夫与特凡纳在众议院的那次碰撞。我是贝斯·布莱克辛，在芝加哥黄金水景维纳·菲尔茨的现场报道。"

一系列广告开始播出；洛蒂把声音关掉。"联邦调查局有没有可能真的拘留了那个孩子，却没有告诉他的母亲或学校的人？"马克斯很难做出回答。

我一脸厌恶地说："莫雷尔才为《旁注》写过一篇报道，一个巴基斯坦移民去年十月在城区的家里失踪。他的家属疯狂地寻找他，但是这个人死在库利斯监狱以后，联邦调查局才通知他的儿子说他们把他父亲拘押了十一个星期。我跑去为莫雷尔了解这件事。好像有个邻居报告说看到一辆外表可疑的面包车在九月十五日装了一个大箱子走，后来证明是一个新马桶。到联邦调查局已经动手的时候，移民归化局也不认为那点信息有什么关联性。"

"这个男孩？他们会对这个男孩做同样的事吗？"洛蒂问道。

"他有十六七岁。如果他真的是恐怖分子，那他的年龄足够策划一些事情。"

"所以你认为联邦调查局或其他部门为了寻找他有权力把学校翻个底朝天？"

"我可没这么说。在恐怖主义势力下，比他还小的孩子正在制作和使用炸弹。对于联邦调查局是否有权力，我不知道爱国者法案赋予他们什么权力。如果他是非法移民，在新法律下他没有任何的权利，但是能不能延伸到他工作的地点，哦，我想这就是第一自由论坛跳出来的原因，来检验法案的界限。"

马克斯和洛蒂相互看看。他们相遇的时候还很小,是从欧洲纳粹手里逃出来的难民,他们见过自己的家人和朋友在没有任何审判的情况下被逮捕并处决。他们都没有说话,直到洛蒂小声说她去给我倒一杯热饮,有助于我康复。我想跟她去,马克斯对我摇摇头。她回来的时候,手里端了一大杯柠檬水。没完没了的天气预报和广告终于结束了。

洛蒂回来的时候刚好是丹尼·洛根开始介绍他与瑞妮的访谈。

"我没有想到这是场谣言秀,丹尼。"瑞妮回应道,"很多年以来,我丈夫看到欧林却从不说话。当然,他们在一个地方成长,并且认识相同的人;你不会不参加参议员或州长的会议因为你不喜欢他们的某个客人。"

瑞妮身体前倾,她的浓眉皱在一起。"你知道,卡尔文和我致力于建设巴亚德出版公司,后来是基金会——维护宪法第一修正案不是全职工作,而且,我们没有时间考虑欧林·特凡纳。当然,我们以前经常在交响乐中心或芝加哥俱乐部看到他,自从搬到退休住宅以后,他再没来过城区。我已经有很长时间没有想起他这个人了。"

"你没有想到有些评论员,包括你儿子,一直在要求我们重新回顾麦卡锡时代,并且将那些人比如特凡纳、布什耐尔议员视为保卫这个国家不受内部敌人侵害的美国英雄?"

丹尼看起来真的知道或关心她说的话:他真实的想法是刺激瑞妮在电视上做出什么反应。但是她早已掌握了她给凯瑟琳的建议——超然物外。

"我认为把企图颠覆宪法的人变成英雄是很危险的行为。这些日子我们需要特别小心地思考,我们让自己更难于听到任何对当前政府决策持不同意见的声音。不像一些脱口秀主持人或社论作家,我不认为不同意我意见的人应该进监狱,或者被赶出这个国家。我对他们的希望是尊重我保留与他们意见不同的权利。"

"即使你儿子加入其中并带头攻击?"

瑞妮·巴亚德的笑容变得僵硬。"爱德华在《评论》和《国家评论》发表的文章并不是带头攻击,丹尼。他对待这个问题的方式与他父亲和我有所不同,不过我至少知道了我们抚养的孩子会自己思考。孩子,当然,他现在是成年人,生了一个卡尔文和我特别感到自豪的女儿。她坚持今晚要和我一起来上节目。"

当摄像机转而对着凯瑟琳坐的那个角落时,丹尼看上去有点酸酸的。他开始说话,迫使镜头又转回来对着他的脸。"说到将不同意我们观点的人投入监狱,瑞妮,人们经常会想你丈夫是怎样走出那场听证会而没有被法院传讯或审判的。"

"没有理由将卡尔文关进监狱。他没有犯罪,永远不会。不管我儿子有多么不认同我们的政治观点,我不认为他会声称他父亲应该被投入监狱。"

"卡尔文是社会思想与司法委员会的成员,"洛根坚持说,"并且他拒绝回答国会对此提出的问题。那次交谈有电视录像;今天下午在查找欧林·特凡纳影像片断的时候我找到了这段过去的录像。"

当这段有些许雪花的黑白录影开始播放的时候,瑞妮看上去相当震惊。它带着我们回到以前的国会听证室,那时的人们都穿双排扣西装。我立刻认出卡尔文·巴亚德——他瘦削的脸,浅色头发,甚至跟身后的人打招呼时脸上幽默的笑容,二十年后他在我的法律课上讲话也是这个样子。他独自坐在桌子前面对委员会成员,甚至没有律师和他在一起,他的长腿很随意地伸展着。在高一点的平台上,六个人坐在一丛麦克风后面面对他。

十三频道用白线在他们头顶上方标了他们的名字。欧林·特凡纳,衣着朴素,梳着背头,看起来像是正义的公众人物的模特。两相对比,沃克·布什耐尔议员,委员会主席,脸圆得像个棒棒糖,他的小平头让他看上去像漫画里的暴徒。

特凡纳先开口说道:"一九四八年七月十四日,你出席了社会思想与司法委员会的会议,在威斯康辛州伊格尔河,是吗,巴亚德先生?"

卡尔文·巴亚德轻声笑道:"我参加过很多重要的会议,欧林,跟你一样。我不记得所有的名字和日期。你的大脑肯定得有神奇的计算机器,如果你可以记得很久以前所有会议的确切日期。"

特凡纳身体靠前。"我们掌握了记忆力良好的证人的证词,说你于一九四八年七月十四日在伊格尔河出席了会议。你有什么异议吗?"

巴亚德不耐烦地说:"我不想讨论这件事,因为我不知道你到底有没有证词,并且我不知道究竟有没有人提供过证词。"

特凡纳一拍桌子。"我们有可靠的证词供认你出席了那次会议。参加会议的还有谁?"

巴亚德的手指挂在裤袢上,靠着椅背。"主席先生,特凡纳先生和我小时候居住在伊利诺伊州的农村,我们经常发现黄鼠狼和老鼠在鸡窝附近觅食。它们喜欢趁着夜色从裂缝里溜进去。黄鼠狼从不在大白天出来,不会像狗那样面对你。

"现在,我不会指认任何我在出版业或娱乐圈著名的朋友,甚至那些为委员会服务的人,因为每个人在今天结束的时候都要在卧室中面对自己的良心,我的良心会告诉我与你们或者是我的朋友们不同的事,跟那种行为的生物在一起我的狗怎么会知道应该做什么。"

坐在听证室里的观众们开始交头接耳。特凡纳喊叫着什么话,但是沃克·布什耐尔把手捂在他的麦克风上让他安静。

"那么你拒绝告诉委员会谁参加了一九四八年七月十四日的会议。"

布什耐尔说。

巴亚德坚定地看着他。"主席先生，美国的敌人们最愿意看到她的领袖们攻击我们的基石，言论自由的权利，新闻自由的权利，结社自由的权利。我决不会帮助我们敌人去侵犯这些权利。"

录像到这里结束了；镜头又闪回到瑞妮·巴亚德。她正在擦拭眼角的泪水。我感到相当不屑。

丹尼·洛根说："这是你丈夫的一次出色的演讲，可是人们仍然想知道为什么欧林·特凡纳和沃克·布什耐尔被打动了。毕竟，你丈夫是唯一一个被欧林抓住痛处却马上放走的人。卡尔文没有指出那些人的名字，他也没进监狱，甚至连罚款也没有。他有什么秘密呢？"

"可怜的卡尔文，他做的所有工作就是让你们这些人想说什么就说什么、想什么时候说就什么时候说——你都想让他进监狱。"

"瑞妮，这不公平，不是吗？这是一个合乎法律的问题。现在欧林·特凡纳去世了，告诉我们你丈夫是如何劝他放过他的又不会伤害到谁？"

"卡尔文总是很有魅力。"这次她的笑容是真诚的温暖——甚至有点胡闹，让她看起来很有感染力。"我二十岁的时候在瓦萨被他的魅力吸引。他也肯定能用魅力征服沃克·布什耐尔，虽然这是个艰难的工作。你太年轻了，不认识那位议员，对吗，丹尼？我打印一些——"

洛根可能感觉到这次访谈有些失控，于是急忙说："我们很希望卡尔文能就特凡纳去世发表评论，但是他连电话都不用。"

皱纹重新回到瑞妮·巴亚德的脸上。"对于欧林的死，你是这个意思吗？卡尔文讨厌用委婉语描述我们身体最常见的行为，死亡对我们来说再普通不过。"

洛根掩饰他的失败。"过一会儿回来，我们将与宪法学者们有更多关于欧林·特凡纳和国会委员会的探讨。瑞妮,感谢你的到来。我理解今天晚上对你来说并不轻松。"

电视台在瑞妮回答之前开始播出广告。洛蒂关上电视。

"我要说这是个游戏,为这位女士量身打造。"马克斯说,"他想要的东西都没有从她身上得到。"

"非常感人,他们播放的那段老录影。"洛蒂补充道,"我从来没有注意过那些听证会。他们儿子的背叛很不寻常。"

"不是背叛,"我反对道,"他们培养了他自主思考。"

"他不是自主思考,"洛蒂说,"他只是附和美国右翼的疯子们的话。"

"我想知道的是为什么他住在华盛顿,同时他的孩子在芝加哥与祖父母住。他为什么在政治观点上与父母如此不同。为什么卡尔文·巴亚德对特凡纳的死不做评论。很多事情都与我无关。我准备带我酸痛的鼻子回家上床,不管你在水里放了什么,洛蒂,我感觉真的好多了。谢谢——为你做的所有的事。"

她和马克斯送我到电梯,他们相互挽着对方。在电梯下行的时候,我不仅感觉到看见别人相爱而带来的信心,而且还感觉到被隔离出爱人世界所带来的剧痛。

第十五章 死者的家

　　对我来说，城南总是意味着南芝加哥破败的工厂，我在那里长大。在离家四英里外湖边的芝加哥大学拿到学位的时候，我常常嘲笑海德·帕克他们住在大院子里、上昂贵的学校和夏令营，同时还声称自己是城南的人——他们可能住在麦迪逊路南边，但是他们更多的时候在距离鲁普较远的家里、饭馆和剧院活动。

　　布朗兹维尔，马科斯·惠特比买房子的地方，是另一种城南。我只是从别人那里听说过。我提前到达，以便在周围转转。无论是因为洛蒂的神奇饮料，还是吉拉尔丁·格里厄姆让我睡了一整晚的好觉，我早早醒来，比睡懒觉还感觉精力充沛。我带着狗狗们在寒冷而清新的早晨散步，去我的办公室检查来信并完成了一份报告——仍然在八点三十分到达了二十六街与国王路，布朗兹维尔从这里开始。我在一尊纪念黑人移民芝加哥浪潮的雕塑面前停了一下。沿着国王路继续向前开到三十五街，我经过一排排曾经粉饰成黑人大都会的空洞洞的店面。就像昨天惠特比的助手阿丽沙·卡宁所说，没有人愿意让种族隔离的那段日子重演，但是看到这些曾经是重要社区心脏地带的废弃的建筑总是觉得心疼。

　　同样的事情也发生在南芝加哥；再回到成长的地方几乎让我不能承受，因为会看见我的老邻居的房子残破的样子。南芝加哥有百分之四十的失业率和这个城市最高的谋杀案发生率,布朗兹维尔却在缓慢恢复。事实上,尽管周围许多生意已经荒废,但是三十五街和国王路路口的一栋装饰精美的大楼已经变成保险公司,林荫道两侧的建筑都被很好地维修过。

马科斯·惠特比买的房子在吉尔路,是国王路西侧的一条窄街。我在吉尔路与三十七街路口把车停下,按律商联讯上的地址向回走。吉尔路的一些住宅好像即将熄灭的烛火,窗户破损、屋顶下陷。其他的房屋已经被修复,甚至比以前还漂亮,门廊和窗框上还画了维多利亚风格的装饰花纹。像惠特比的房子一样,大部分住宅都有新有旧。

我站在人行道上,注视着它,好像我可以通过研究他的住宅了解惠特比的人生。它被建造得窄而高,以适应狭小的地块。黑红色的砖很老旧,许多地方有裂缝,但是近期用水泥修补过,中庸的门廊和窗户木框也被重新修理和上漆。三层楼的百叶窗都关着,让这栋房子看上去像禁地,对世界闭上空洞的眼睛。

孩子们三三两两走在上学的路上,书包鼓鼓的。他们从我身边走过,就像鱼儿们划过一根木桩——我是成年人,不是空气。成年人上班,是另一种情况。我作为一名陌生人站在那里,除此以外,我还是一个白人。几个人停下脚步问我是不是需要帮助。我告诉他们我只是站在这里等人,他们的眼神都变得疑惑:郊区白种人到南部黑人地区买毒品,所以他们应该让他们自己的小镇保持干净与平安。我穿得比较庄重,是黑绿条纹的毛呢套装,不仅是对逝者的尊重,也是以示专业,但是那不会证明我不是一个瘾君子。

如果有人问得更深入,我会告诉他们我是谁,并且问他们认识不认识马科斯·惠特比。人们回答得很谨慎,不愿意与陌生人讨论死者,让我得到一个他的邻居都不了解他的印象。哦,对,他与每个人相处,但是他始终是他自己。不是说他自私，根本不是——如果你需要发动汽车，或者要人帮忙安装一扇窗户，他就会来。他只是不会晚上坐在门廊处与邻居一起聊闲话。

没有一个停下与我说话的成年人记得在星期天晚上看到了惠特比。只有一个十岁的孩子，当她爸爸和我说话的时候她很不耐烦，说她曾看到惠特比回家。

"那天下午他一直在外面，回家的时候在那边的路口买牛奶。我们看见他是因为我和塔尼娅去那里买德芙士力架。后来他又出去了。大概是九点钟。"

"你怎么知道？"我问。

"我的塔尼娅在跳绳，我们看见他沿着三十五街走了。"

"什么，在半夜？"她的爸爸怒吼道，"我讲过多少次了——"

"我明白，我明白，"我赶紧打断他。"很危险，你在马路上玩，因为你可以在路灯下看清楚——我和我朋友以前经常那样，我妈妈都不知道冲我吼过多少次了，让我不要玩到那么晚。你看见马科斯·惠特比离开家？"

她点点头，小心翼翼地看着她爸。"他锁上门，叫我们注意安全，然后沿着马路走了。"

"他有没有很匆忙的样子？"我问。

她一摆手。"我不知道。我和塔尼娅没有特别注意他。"

"也许他在那边停车然后开车走的。"我暗示道，"你知道他的车是什么样子的吗？"

她指指路对面一辆绿色的土星汽车，我说："他的车像那样？绿色四门车？"

"不，"她说，"那就是他的车。"

"你确定吗?它星期天晚上也停在那里?"

"我不知道。"她开始厌烦回答我的问题。"我们没有什么想法。他大部分时间搭公共汽车去上班。然后我们看到他死了。爸爸,我要迟到了,斯台森小姐会罚我留校的。开车送我吧,求求你了?"

"好吧,不过你知道我不想让你在大街跳绳。坎萨星期天晚上是不是和你们在一起?如果她在,你肯定——"

他们钻进一辆汽车,我没有听到你肯定后面的内容。我走到路对面查看惠特比的汽车。车表面积了薄薄一层灰,车体崭新,没有碰过划过,除了左前翼子板有一处凹痕。

我用手挡住阳光透过车窗往里看。如果我能相信那个小女孩,他是步行离开家的。他去了哪里?他怎样前往新索尔威?

一辆出租车停到惠特比房前。艾米·布朗特从副驾驶座下来,打开后门帮助一位穿黑衣服戴帽子的、矮得出奇的女人下车。一个男人缓慢地从另一边的门下来,后面跟着哈丽埃。惠特比一家都到了。我深吸一口气,这会让事情变得更加复杂。

那个男人弓着腰趴在司机窗前付钱。我走上前去,惠特比夫人转过身面对我。我看不见她的脸,即使穿着高跟鞋,她也就五英尺二英寸高,那顶帽子遮住整个脸,只有下巴露了出来。我按照习惯表达了我的安慰,并做自我介绍。

"是啊,这非常难,"她用干涩且死气沉沉的声音说,"自从我女儿和我丈夫让你揭开我儿子的生活,我想我应该尽一分力并且来看看你。可怜的马科斯,他活着我没有保护他,不知道为什么,我想在他死后保护他。"

哈丽埃咬着嘴唇;显然她过去二十四个小时一直在听这种伤痛的话。她介绍了她的父亲,一位又高又壮的男人。我猜他有五十多岁,但是他走路驼背的样子像是比他更老、更虚弱的人才会有的状态。

"你是找到马克的那个人。我不明白,我完全不明白。你觉得你能解释吗?查出他为什么在那里,怎样死的?"

艾米坚定而轻快地走上台阶,问我是不是已经进去过了。

"我在等他的家人,"我说,"莫齐森女士什么时候来?"

她早就到了。在我与邻居们交谈时她肯定站在门廊内观望,因为在我们解决了谁先走这个礼节问题,并且是否由惠特比先生或者哈丽埃扶着她妈妈登上陡峭的五级台阶走到大门之前,瑞塔·莫齐森打开房门。

像我和惠特比先生和她女儿一样,瑞塔·莫齐森也穿着黑色套装,选择证明自己不是一个清洁女工而是一个合情合理的哀悼者。当我们这个别扭的小团体从台阶走到门口的时候,她没有后退一步。恐怕在让我们进门之前她会要求我们出示身份证。

我迈步向前,迫使她后退。"感谢你到这里来,莫齐森女士。今天是你来给惠特比先生打扫房间的固定日子吗?"

她怒视着我。"我是一名管家。"

"你照看这栋房子?"我说,"那就是说你住在这里?惠特比先生星期天什么时候出去的?"

"我不住在这里,但是我照看这栋房子。"

惠特比夫人挤过我和瑞塔·莫齐森走进门厅。其余的家庭成员跟着她,把我和管家单独留在那儿。

"星期天的什么时候你在照看房子?"我追问道,她说她是基督徒,当然不在星期天工作。"在星期一工作?"

僵持了一分钟,她最后承认她仅在星期五来这里工作四个小时。"他是单身汉。他的生活很简单。他不需要太多的帮助。"

在我们身后，惠特比夫人说："我不知道这个住宅区有多大的尘土。因为我确定你上个星期五一定来过，现在是星期四，我们看到这里的尘土有膝盖这么深。"

瑞塔·莫齐森马上转过去。我的目光从狭窄的门厅越过她的肩膀落到楼梯中部。惠特比夫人找到房灯的开关。挂在楼梯侧墙上的海报画框上有一排聚光灯。那是一个非裔舞者的轮廓，向后下腰，衣着是三十年代社会现实主义风格；在这个闪亮的人物周围是一个设计复杂的非洲图案和面具。

页眉处写着"美国黑人剧院出品，"页脚处写着"凯莉·巴兰丁，芝加哥黑色芭蕾，四月十五、十六、十七日，英勒塞德剧院。"

灯光下也能看见楼梯台阶上积了厚厚一层尘土。惠特比夫人站在那里，在检查她的手指。瑞塔·莫齐森怒火中烧，准备随时开战。哈丽埃搂着她妈妈的肩，劝她说马克已经去世，别再关心有没有尘土。我从一家三口旁边走进右手边的一个房间内。艾米·布朗特跟着我进去。

"我劝过惠特比夫人留在宾馆，但是我不能因为她想看看儿子的房子而责备她。她这个星期一直都想找个人大闹一场，任何能转移她对马克的伤痛的人。哈丽埃和我不是，我想她肯定选择了你。"

我呵呵笑道："我觉得她也会。让他们先在外面，看看我们能不能找到他的笔记、日记，一切会告诉我们他为什么去新索尔威的东西。"

艾米点点头。"这里不大。有三层楼，只有九间房，第三层他根本不用。他一般在二楼书房工作，在卧室旁边的那间。想从那里开始吗？我们可以从后面厨房的楼梯上去。"

"你在这里住了很久？"我问。

"我们不是情侣——如果这是你想知道的事情。"艾米粗暴地说，"我们是朋友，哈丽埃和我在斯贝尔曼大学就是好朋友，我每年圣诞节都在他们家过,虽然马克比我们大六岁,但是我通过他的家人认识了他。三年前他在《丁字尺》找到了工作,于是搬来芝加哥居住。我把他介绍给别人认识。他很安静,不是外向的性格,不像哈丽埃。除非他在写报道的时候——那时他会愿意给别人打电话或与别人交谈。后来他把兴趣放在巴兰丁身上,把所有的空闲时间都投入进去。"

我跟着她穿过饭厅来到厨房后面的楼梯,我们的脚踩到没有铺地毯的木楼梯上,发出咯吱咯吱的声音。惠特比在客厅墙上挂着巴兰丁出品的面具,在楼梯侧墙上挂着《摇摆的天皇》的剧照。五斗橱上的玻璃罩里竟然还有一双巴兰丁的芭蕾舞鞋。

他在一点一点地修缮这栋房子。厨房墙壁抹了新油泥,并重新刷过。他买了新炉子和冰箱,但是还没有碗柜,所有的锅和碗碟都堆在一部小推车上。

冰箱里有剥皮的半熟鸡胸、脱脂牛奶、橙汁和一纸盒鸡蛋。没有看见啤酒和葡萄酒;一瓶美格波本威士忌还剩四分之三,与调料和意面放在一起。

"他喝酒。"艾米看到酒瓶子的时候说,"威士忌掺水。"

他最先装修卫生间,再装修了楼上的两间房——他的卧室和书房,其他地方都还在装修,或者是闲置。书籍都被整齐地摆放在靠墙的书架上。大部分是黑人历史和剧本,或是非洲艺术与舞蹈。他不太读小说。在他的床边,有一部从图书馆复印来的阿蒙德·派勒提尔写的《双国记》,卡尔文·巴亚德接手公司以后出版的第一本小说——巴亚德出版公司第一本非宗教小说。

艾米准备搜索这里。这个空荡荡的房间要不了多长时间。我从包里取出一双乳胶手套递给了她。

"我们把这间房分成四个区①，"我说，"接触的每一样东西，你都要准确地把它恢复到原来的位置。"

"你觉得这里可能会是犯罪现场？"

"他星期天晚上步行离家。他怎样去的新索尔威？如果他从这里出发去寻死，肯定会开车，而不是搭火车去偏远的小镇，然后再步行五英里去那个池塘。没有人会花费那么大的力气寻死。"

"那——警察怎么想？"

"如果我能说服那里的一个熟人。但首先我们要自己检查一下这里。"

艾米是一位知识分子，一位专业的研究人员。在推动我采取进一步行动之前，她愿意收集信息。她十分细心，第一次做搜查工作不像我这么快，但是很细致且小心。我们检查了抽屉，书架和上面摆的书籍，查看了墙壁挂画的后面，壁柜里放着的一摞毛衣的下面。没有发现。没有与凯莉、美国黑人剧院和新索尔威有关的东西。没有日记本，没有笔记本。我们打开他的笔记本电脑。所有文档都被删除。找不到任何有用的信息。

回到厨房，哈丽埃正在劝瑞塔·莫齐森和她妈妈停火。莫齐森女士正在做咖啡，嘴唇呈愤怒的形状。惠特比夫人在客厅，眼神空洞地看着她的儿子在老英勒塞德剧院前拍的照片。

我只见过马科斯·惠特比死的时候，还是匆匆忙忙。在照片上，他一脸笑容，手指剧院的大门，但是他本来的严肃依然清晰可见。除了长着父亲的大个子，他的长相非常像母亲，都有纤细的骨骼与古铜色的皮肤。

---

①美国人勘察一个特定区域的通用方法，把这个区域分为ABCD四个等分区域。

"那是我拍的。"艾米说,"我们当时在追寻巴兰丁的足迹,还有美国剧院计划的遗迹。他特别喜欢这张照片。"

惠特比夫人将照片紧紧按在胸口,她的脸庞充满悲痛。"我的孩子,我的孩子。"她喃喃道。

哈丽埃与艾米扶着她坐到椅子上,一左一右跪坐在她旁边。我走回厨房直接找那个愤怒的管家。

"你今天早晨来这里以后有没有发现这栋房子有什么不同之处?"

"别再跟我说尘土的事,我打扫过。如果不是因为惠特比先生去世而且我又认识他,我才不会在这里受你侮辱。"

"我不关心有没有灰尘。"我说,"是这栋房子。我在找他的文件;全部都没有了。"

"如果你指责我偷窃——"她重重地将咖啡壶掼在桌面上,"看看你干的好事。"

"听我一句话,"我说,我的声音因为愤怒高了半个声区,"我知道你和惠特比夫人在互相扯头发,但是别带上我。我需要知道他的文件放在哪里。我需要知道你进来的时候注意到什么东西。也许有人来这里偷东西,也许他把文件放在别的地方。"

她开始打扫玻璃碎片。"房门没有锁好。我想,也许他走得太匆忙忘了锁门闩,可是他是一个谨慎的男人,谨慎而且节省。你知道,因为他在那个杂志社赚不了多少钱,他的钱都花在这栋房子上,这栋房子还有那个他着魔一样入迷的跳舞的女人。在为他工作这一年中,我从来没有见过他不锁门闩。"

我点点头。那就是说有人来过这里。"你以前来的时候见过这里有别人跟他在一起吗,或者是情人的迹象?"

"他是个男人。他有男人正常的本能。"

我疑惑地看着她。她年纪不是很老，在紧锁的眉头和夸张的动作之下，她还略有姿色，当我抛出一个试探性问题后，她马上变得敏感。她很有兴趣而他不感兴趣？这可以解释当惠特比一家今天早晨来这里时她咄咄逼人的占有欲。有些事可以问邻居，是否有人在奇怪的时间来过这里。一个愤怒的情人可能有钥匙。她——他——可能促使马科斯·惠特比前往那个偏远的地方寻死。

其间，我在这里四处走动，请瑞塔·莫齐森跟我上二楼去检查有什么异常。她拉开我和艾米·布朗特检查过的抽屉和柜子，她只是告诉我说，他经常放在写字台上的一摞笔记本不见了。

第十六章 伯克与海尔[①]

我在地下室找到惠特比先生,他正在检查锅炉。"他买的型号不错,就是我给他说过的那种。燃料利用率很好。我告诉他说在北方住需要这个。当然他很了解冬天,上密歇根大学的时候他就知道。他不擅长手工活儿,我也从来没想过让他当工人,他决定自己装修这栋房子的时候,我对他说过有些事该怎样做。他很有办法,做得很好。你看见他在卫生间里铺的瓷砖了吗?他给我打电话,我们讨论了一下,他就做成了。当然,还有锅炉,我劝他别自己试了,找个水暖工,花点儿钱,他买的正是我推荐的牌子。"

我充满敬意地看了锅炉几分钟,然后带惠特比先生上楼与家里人汇合。我劝说瑞塔·莫齐森把钥匙给我,只是借给我,我说,提出按次支付她照看房间的钱。当家属们还在客厅的时候,我们一手交钥匙一手给钱。

我开车送这一家人前往德雷克,我努力劝说惠特比夫人返回亚特兰大。"现在局势很严峻,我不知道查明真相需要多长时间?"

"我明白这里面有事,"她用沉痛的语气说,"我儿子死了。"

"但是死亡的原因——"

[①] 伯克与海尔,两名连环谋杀案凶手,谋杀十七人并将尸体当作标本卖给某医生,后被拍成电影。

"我不在乎他怎么死的。"

"艾德维娜,"她丈夫说,"艾德维娜,到现在为止我们能做的只有这么多。听这位女士怎么说。你是什么意思,女士——对不起,我忘记了你的名字。"

"华沙斯基,"我说,"大家都叫我维艾。你儿子所有的文件都消失了。我认为有人用他的钥匙打开房门,然后抢先拿走了他所有的笔记本和电脑里的文档。他们甚至有时间抹干净他的硬盘。在这条街,至少会有孩子注意到是谁进出。我可以找邻居们调查了解有没有人发现星期天晚上这里有陌生人出没。其间,督促实施正确的尸检是最重要的任务。我们必须知道马克的真正死因。"

在我旁边的座位上,惠特比女士呻吟了一声,却没有再次打断我的话。

"我会调查你儿子过去几个星期的所有活动。"我继续说道,"我不希望他牵涉到任何坏事之中,但是——如果事实如此,我不会隐藏犯罪证据。在这个条件下,我会为你们工作——"

"我儿子在他一生中永远不会做犯罪的事,"惠特比先生低吼道,"如果你刚才是暗示他这样做,我们现在就中止业务并带他回家。"

"不,先生,我刚才不是暗示。我只是想提醒你们这种调查不会一帆风顺。"

"我不会接受任何诬陷我儿子为罪犯的调查,"惠特比女士说,"这就是为什么刚开始我不愿意让你开展调查。"

我瞄了一眼后视镜,看到艾米凑到哈丽埃旁边耳语。简短说了几句,哈丽埃说:"维艾不是要陷害马克。如果我们不让她完成调查,我们将会不停地想马克究竟是怎么死的。妈妈,爸爸,你们俩应该回家去。你在旅馆住着只是花钱,而我可以住在艾米家直到,直到把事情搞清楚，办公室我想待多久就待多久。"

"我只是不能忍受我们回家了，而我孩子还躺在停尸房的抽屉里。"惠特比夫人苦恼地说。

"哈莉说得对，我们不能一直住宾馆，鬼知道还要多长时间。"惠特比先生说，"如果你想住在这里，我建议我们可以搬到马克的房子。"

"那必须在法医勘验小组搜查完以后才行。"我说。

在他们相互争论的时候，我们来到滨湖路。这个湖正处于本世纪最低水位，看上去阴沉沉的，不像在以往冬季多风时那样激荡。阴沉的水面让每个生物畏惧。惠特比夫人目视窗外，好像在看很远的地方。

我把车停在德雷克，他们还没有确定谁走谁留下，不过惠特比先生同意我继续开展"我的业务"。艾米跟他们一起下了车，拥抱了哈丽埃和她父母后，她钻进副驾驶座。

"我可以把你放在火车站，"我说，"但是我没有时间送你回家。"

"我想跟你一起走，看看你需要什么帮助。"

我刚想开口拒绝可没说出口。我的确需要帮助，并且艾米·布朗特是经验丰富的研究人员。我邀请她一起去我的办公室，然后打电话给警察。"先看他们是什么反应，我们再计划下一步做什么。"

艾米看到我办公室胡乱堆放的文件很吃惊，却没说什么。她坐在玛丽·路易斯的椅子上，看着我给警察打电话。我先从泰利·芬奇利开始，第一区暴力犯罪组的警探。玛丽·路易斯在警察局工作时，泰利曾是她的上司。他也是一名我爱过的又失去的芝加哥警员的好朋友，他一直不原谅我对待康拉德的方式。不过，我们合作过几次，他会很严肃地对待我的意见。

等我摆完了已掌握的事实，芬奇利说："这是个陪审团式的难题，维克。他死在杜佩奇县。那是他们的地盘。"

"芬奇利，他住在城南。他的车在这里，房子被清理过。"

"空房子前面停着一辆车不是犯罪证据，维克。我不能派法医勘验小组去，也不能让二十一区指派一个人去。那里没有案件发生。"

"私闯民宅——"

"只是凭你说的。他可能把他的文件烧掉。可能因为停电丢失了所有的文档。没辙，维克。当然，你可以找队长，但是我不能接这件事。"

队长是鲍比·马洛里，我父亲在警界的老朋友。像芬奇利一样，他尊重我的工作却不喜欢我做这份工作。在他看来，作为他老朋友的女儿可以做所有事。他比芬奇利的话更少，最后说："我听完你的话，你的直觉不是一件能考虑的事。对于要求杜佩奇县出动司法力量，我们在城镇有五百件没解决的杀人案。我不会因为捕风捉影的事制造政治丑闻。依莲想让你去家里吃晚饭。给她打电话，定个日子。你的那个帅哥还在阿富汗当英雄？"

"他在那里有工作。"我急忙说。

"在他回来之前你要当心。"

意思是，别和太多人睡觉，佩内洛普，即使奥德修斯睡在英国女记者的怀里。想到这儿我猛地挂断电话。

"你现在看到的我效率不高，"我对艾米说，"至少我能找库克县的法医，看他能不能做个人尸检。"我打电话去停尸房找布莱恩特·维什尼科夫，他今天休息。

我又把电话打到他家里，他咆哮着说："如果我愿意让人拿着大喇叭不分白天黑夜地找我，我决不会学病理学。我家的电话没有公开啊。"

"没有吗？你没有对我说过。马克·惠特比的父亲想要对儿子做第二次尸检。你愿意接这个活儿吗？"

他沉默了一分钟，然后说，"这事我可以做，但是库克县不会付钱，维克。你也知道，如果我做完全的尸检并且只是发现这个人因为醉酒被溺死，家属可能不会接受那种结论。"

"你怎么收费？"

"做毒物筛查，加上花费的时间和地点，可能要三千美元。"

我不知道惠特比家有多少钱，但是我告诉维什尼科夫先着手了解如何把尸体转到他那里。

"最好找第三方做这件事，比如葬礼指导，所以不用我直接面对杰瑞·哈斯廷。那么，维克，"在我准备挂电话的时候他补充道，"别对媒体的人胡说。这会让我在职场很难混，好像我公开与杜佩奇县的法医唱对台戏。"

"总会有人知道，"我反驳道，"除非你计划把他的尸体从他们的停尸房偷出来，然后在你家地下室做检查。"

他爆发出一阵大笑。"你够猛，华沙斯基，搞得我好像是伯克与海尔。不过我仍然不希望这件事传出去。"

"把这个记下来，休斯敦。"我说，"你的屁股也会被包上低调的紫袍子，就像我们的政府用在司法现状上的一样。"

他又哈哈大笑起来，然后挂上电话。

在我打电话的时候，艾米一直在收拾文件。她已经把玛丽·路易斯的桌子清理出一块桌面，展开拉彻蒙特的档案仔细研究。

"你做得很好。"她说，抬头看着我。"你从不会威胁他人，除非这是最后的一条路，是吗？你下一步要做什么？在你搬马克的尸体时让我抓着惠特比夫人的胳膊？"

"不，我想让你查出所有你能查到的有关凯莉·巴兰丁的事情。"

她的眼睛睁得大大地看着我。"所有的——哦。你认为这是马克去那里的原因？为什么？"

我做出痛苦的表情。"我不知道，这就是原因。我只有两个出发点。他这几个月以来夜以继日地思考她，他正在写一部关于她的书；他所有的文件都消失了。"

我从公文包里取出阿丽沙·卡宁昨天给我打印的文档递给艾米·布朗特。我在睡前看过，并为布朗特画出特别关注的几点。

凯莉·巴兰丁既是舞者，也是人类学家。她受过经典芭蕾舞训练，后来她去非洲学习部落舞蹈，在法属赤道非洲。她回来以后开创了黑色芭蕾，是对佳吉列夫俄罗斯芭蕾舞故意的双关语，将非洲舞蹈融合进经典芭蕾，并使用非洲的服装和面具。在黑人剧院计划的资助下，她创作了一部雄心勃勃的芭蕾舞剧《新生》，描述了非裔美国人的觉醒与人们在重拾自己非洲血缘时的自我尊重。

"如果能看到就好了，"布朗特评论说，"虽然没有录影胶片。失去资金支持以后她在做什么？"

"她回非洲了吧，我觉得。"我翻动着文件纸。"我知道她写过两本关于部落舞蹈的书，在芝加哥大学还教授过这门课。"

"那一定很特别，"布朗特打趣道，"四五十年代在那所学校的黑种女人。不难理解她为什么早早退休。"她把文件拿过去查看惠特比在巴兰丁生平部分做的摘要。"好像马克只关心她的舞蹈生涯。然后——我明白了。她在布朗兹维尔的家里建了一间舞蹈工作室，直到她在七十九岁去世。好的。我看看能找到什么。你下一步准备做什么？"

"去他的房子，找邻居谈谈。我想，像他那么内向的人，可能会有一个你与哈丽埃都没听说过的情人。那个街区的孩子们什么都会看见。肯定有某个人看到了他的某件事。"

艾米从她厚厚的眼睫毛下若有所思地看着我。"你知道,作为研究人员,没人比我更好,我很愿意上网去查,或者查查《维维安·哈什研究文集》①。不过我觉得我在那条街上不会比你更有效率。"

我能感觉到自己脸红了,但是我记得今天早晨那些对我警惕的回答。孩子们对我说话可能与对一位黑人女性说话没有不同;然而成年人更愿意对艾米敞开心扉。

"明白了。你有手机吗?"我们交换了手机号码。"我不知道为了这事能付给你多少钱——在接手这个案子时,我没有把你的因素也列入给哈丽埃的报价。你的帮助会有很大的不同,我不期望你白干。"

她摇摇头。"能做点儿事的感觉很好。在马克搬到这里来以后,我还真的不怎么了解他,但是哈丽,哈丽埃,就像我自己的姐妹。积极地做些事情以查明马克身上到底发生过什么,是我唯一能为她做的事。你不需要付钱给我。"

---

① 关于中西部黑人历史和文学最全的书。

第十七章 井里的提米

我们上了一会儿网,我查找黑人剧院计划,艾米查找去西郊的火车。马克可以赶上九点三十分的火车,十点三十分抵达距新索尔威最近的车站。距拉彻蒙特庄园还有几英里。我们中的一个可以按时间点找一辆可能将他带到那里的郊区出租车或公共汽车。我充满了期待。

网页只能提供两段简短的黑人剧院计划的参考资料,而且完全没有凯莉·巴兰丁的内容,我开车向南十五英里去查看《维维安·哈什研究文集》真正的记录。

我前往图书馆,艾米前往布朗兹维尔。在我们分开前,她描述了《维维安·哈什研究文集》。哈什,第一位领导图书馆学分支的非裔美国人,曾经是黑人作家和艺术家资料的个人收藏家。她去世以后,捐献了所有的资料——照片、文件、书籍,给这座城市。《维维安·哈什研究文集》是美国这方面研究最好的资料,其次是哈莱姆区的资料。

令我吃惊的是,这些资料保存在图书馆主建筑之外的房间内——我可以想象文集在它自己房间内的样子。图书馆本身也忙着赢利,多数是女人们带着孩子们来读书,但是通常也有不少流浪汉和在图书馆聚集的上年纪的人们。这是很可敬的目的。很温暖,你可以和别人在一起。这就是网页不能取代图书馆的全部原因。这里除了有书籍,还有了解并热爱收藏的图书档案管理员。

起先，吉登·里德对我的请求不太情愿。是的，他很了解那些文档，可是为什么我要查阅它们？

"我知道马科斯·惠特比有一段时间在查阅这些资料。"我说，"这就是我来的原因。"

我解释自己在惠特比之死中的角色——找到他，为他家属工作，并向他出示我的身份证，这个图书档案管理员的态度放轻松了。惠特比先生是一个真正的学者。现在没有多少真正的学者，大多数是想要找一点马丁·路德·金的资料以完成学期论文的学生。不是他不愿意教年轻人如何使用书籍和文件，而是看到这些资料握在真正懂得它们的人手上而感觉到欣慰。

里德带我来到一间恒温的房间，四周墙上挂着黑人诗人和艺术家的照片。格温多林·布鲁克斯与兰斯顿·哈格斯对我微笑，我翻阅着马科斯·惠特比研究过的文档。信件和其他文件都封装在塑料膜里。我一目十行，寻找可能对我有意义的名字和事件。可是巴兰丁的字迹优美却潦草，她还经常用铅笔，光辨认字迹就快把我搞疯了。有时她用从学校练习本上撕下来的纸写字，有时用薄薄的绿纸，在这种纸上，她轻柔的笔触几乎无法辨认。

我读了巴兰丁与哥伦比亚的弗兰·博阿两人的信件，谈论她在非洲的发现，她与哈莉·弗拉那甘的信件讨论《新生》的上演，还有国会停止对美国剧院计划拨款后她向杜波瓦妻子表达了自己的愤怒。

我们在做好事，我们在做重要的事。《新生》芭蕾舞剧的想法，还有《摇摆的天皇》，有共产主义倾向——因为我们试图讲述这个国家种族的真相，这足以让我认真地看一看共产主义。我不知道现在靠什么生活？再回去给那些热情的小女孩上舞蹈课吗？

> 她们的妈妈每个星期给白种女人洗衣服赚一角钱,然后送她们到我工作室来学习她们在非洲与生俱来的舞蹈。

档案资料不完整。有的是巴兰丁给谢莉·格里厄姆的信,却没有格里厄姆的回信;有些信或打字机打印的便条根本看不出谁是收信人。有几封四十年代打印的信来自一个匿名的委员会……委员会很感谢你的参与。为此我们的资助人们筹集了一千七百美元。下一次委员会会议将于六月十七日在英勒塞德教堂举行。

就在第二次世界大战之前,巴兰丁在芝加哥大学的资助下赴非洲游学。她怎样渡过战争年代,在哪里,这些都不清楚。但是一九四九年她与芝加哥传媒大学签约出版了一本书《西赤道非洲班图族的宗教仪式舞蹈》。他们支付了五百美元,也许那是一九四九年的标准预付款。

她第二本书毫不掩饰地谈到奴隶制,以及可以从美国寻根溯源到非洲的舞蹈。《最远的跨越:美国奴隶制度下的非洲舞蹈》没有由大学出版而是由巴亚德出版公司出版这让人有一点吃惊。可能《西赤道非洲班图族的宗教仪式舞蹈》比预期卖得好;可能巴兰丁靠版税生活;也可能卡尔文·巴亚德跟她有私交并愿意资助她。

我打量着页眉巴亚德家族的标志,一只线条凌乱的狮子,好似它能告诉我些什么。最后还是得看这本书。照片中有面具,有演示舞步的羞答答微笑的非洲女孩,有羞答答微笑并跳着相似舞步的非裔美国女孩,从照片看不出什么。我跳着阅读,关于巴兰丁的所在、所见,以及与她在美国南部观察到的舞蹈之间的对比。她在文字中猛烈抨击白种美国人对黑人舞蹈高高在上的态度。

> 他们无视远比他们悠久的文明历史,非洲文明的每一个脚步

与宗教仪式密码。在他们眼中，我们非洲人在衣着上不知羞耻，我们的舞蹈仅仅是无知的现象，把智慧本身还是留给发明原子弹和毒气弹的高等文明吧。

纸质发黄的《每日卫报》上有一篇文章，时间是一九七七年，有一些传记的内容。巴兰丁于一九一一年生于堪萨斯的劳伦斯。她六岁的时候随家庭移居芝加哥。她曾在霍华德大学学习人类学和舞蹈。后来她去了哥伦比亚大学，因为弗兰·博阿招收黑人学生，她拿到了人类学硕士学位后返回芝加哥，在这里教授舞蹈，表演舞蹈和学习舞蹈。在《每日卫报》上的照片中，她骄傲地站在挂满非洲面具的墙壁前，穿着舞蹈紧身衣和印有非洲版画图案的短裙。

这个记者对她的舞蹈比她的学术事业更有兴趣。他东拉西扯地谈她精力过人——她六十六岁了，仍然每天练四个小时的舞，仍然在布朗兹维尔的家里给孩子们教课。他没有问从一九三七年到一九七七年她是怎样度过的，除了提及她的非洲之旅——包括两个我读到过的地方，她在加蓬独立以后，在那里住了三年。记者着重问她是否因为五十年代受到的对待而感到怨恨，她说怨恨只会消磨人的精力。

我快速翻阅了剩下的文件，希望找到日记之类的私人记录内容，但是极少。有一封芝加哥大学教务长写的信，日期是一九五七年十月，冷酷地声明第三季度结束后学校不再需要她的工作，没有看到她对此事的回应。她与巴亚德的合约只有一页纸。上面写着为她支付七百美元，终究不是给畅销书作家预付款。

卡尔文·巴亚德又黑又粗的签名笔迹在这张退色的纸上显得尤为突出，好像在这间房里看见了他本人。令人感到不解的是，一个商业媒体竟然会出版这样一本题目有很强学术性的书籍。他和巴兰丁曾经是朋友,或是情人吗?巴亚德为她出书,他们住在同一个城区——如果你认为黄金水景和布朗兹维尔是一个城区的话。如果巴亚德与巴兰丁是朋友,那会很容易解释马克为什么在星期天晚上去新索尔威,去了解卡尔文·巴亚德还记得她的什么事情。

我把所有的东西摞在一起还给图书档案管理员。吉登·里德正在认真地与一个小男孩说话,并给他展示一本巨大的参考书。

在我还给他一摞巴兰丁的资料后,里德意味深长地对我笑笑。"你发现了什么有价值的东西吗?"

"没有发现与促使马科斯·惠特比前往新索尔威有关的线索。有一点相关的内容,《最长的跨越》由卡尔文·巴亚德出版。他在那里住,我准备开车去,看看惠特比是不是找他了解凯莉·巴兰丁的事。惠特比曾经对你提起过巴亚德吗?"

里德摇摇头。"我不经常见到他。我肯定他还做了很多我不知道的研究——当然他还有全职的工作,有很多别的事件要报道。"

"我读了《每日卫报》对巴兰丁的采访。你知不知道五十年代她的经历?记者问她有没有怨恨,因为非美活动调查委员会攻击过她吗?"

图书档案管理员回忆了一下这篇文章,但是没有查看。"惠特比先生猜想她当时上了黑名单,我不认为他找到了什么证据去确认这个猜想。她从来没有在国会接受质询,除了那封信,我想你一定看过了她对国会停止向剧院计划拨款感到愤怒,她从不讨论共产主义。"

"那个'委员会'是什么?你知道我指的是哪个吗?那会是个煽动性的组织吗?"

他飞速翻阅包在塑料里的文件,直到他找到那张证明,但是他也对此毫无线索。"据我所知惠特比先生按照《信息自由法》要求查阅她的档案,可是像其他类似的档案一样:大部分你想了解的都被墨水涂了，所以没法阅读。自从九一一事件发生后，他们想方设法阻挠我们了解他们保存了什么样的公民记录。这让人很有挫折感。我们自己的政府在监视我们，然后不让我们知道他们声称我们应该知道的事情。"

我问别的地方有没有巴兰丁的资料——日记、金融单据等。里德摇摇头。"如果有，也不在公开的卷宗里。她没有多少遗产，即使她在黑人群体中有很高的名望，也没有人出钱维护她的住宅。她的住宅也被卖掉来偿还她的债务。如果要找有点价值的文件，我想现在只能去垃圾回收厂看看。"

里德回答完站在旁边等了几分钟的一名妇女的问题，对我说："惠特比先生去查看了她的房子。她死了以后，银行还是什么人把她的房子分割成好几间小的公寓，不过惠特比先生期望在地下室或角落里能留下些东西。"

"他找到了吗？"

里德缓慢地摇摇头。"也许这是他给我打电话的原因，大约七天到十天之前。那天我没上班，他留了口信给我。等我再把电话打回去的时候，就再也没找到他，很可能是这件事——他知道我也对凯莉很感兴趣。如果他发现了有关的文件，他肯定会拿来给我看。"

又一个客人过来找图书档案管理员。我转身离开，因为找到极少的信息而感到沮丧。

在我经过他的办公桌时，里德叫住我。"你要是查出惠特比先生的事情麻烦告诉我一声。如果你找到了真相，应该不会在电视新闻上看到，你懂的。"

一句悲伤的解释。凯莉·巴兰丁的生命应该在舞台上展示，在聚光灯下展示；可是她死于舞台侧面无人看见的地方，而现在吉登·里德害怕她孤独的桂冠将消失在同样的阴影中。

我想象自己会做出的情节剧一样的解说，浮现出自己变成安妮·奥克利①骑着马拯救巴兰丁和马科斯·惠特比的场景。也许我只是灵犬莱西，到处吠叫寻找帮助。

"井里的提米。"我在开车门的时候大声说。一个女人带着两个小孩恰好从我身旁经过，她只是扫了我一眼——自言自语说些奇怪的话的人通常都是刚从公共图书馆出来。

---

①安妮·奥克利，美国著名女神枪手。

第十八章 护城河里的鳄鱼

"我准备去新索尔威。"我打通艾米·布朗特的手机后说，"我在巴兰丁的档案里没发现任何确实的事，不过有可能马克试图与卡尔文·巴亚德见面，他出版过巴兰丁的一本书。我想找巴亚德谈谈，如果我能进去的话——他老婆在他周围挖了一条挤满鲨鱼的护城河。你发现什么了吗？"

"跟你一样，没什么确实的事。住在马克家南边的一个女人说她昨天凌晨三点钟看到房子里有灯光——她的小婴儿把她吵醒，她在窗户边哄孩子睡觉，没有特别注意。她不敢百分之百确定是在星期天。她几乎每天晚上都要起来，所以睡得很不好。总之，她没有注意马路，所以她不知道那是马克还是有贼。马路对面住的一个老人，他见过马克带一个女人回家一次或两次，但是好几个月都没有人在那里过夜，地方闲话专栏只有这么多内容。"

我在九十五街，一路向西去收费站，处于最恶劣的驾驶动作——方向盘夹在两腿之间，一只手拿手机，另一只手拿着覆盆子奶昔当作午饭。当我因为一辆突然变道的挂车踩刹车，手里的奶昔只好扔掉。

我骂骂咧咧地靠边停车，把黑绿条纹裤子上的粉红色液体擦掉。等我擦完衣服，发现电话已经断了。我重新拨过去，问艾米还剩多少人没有谈。她还没有找北边的人，以及孩子——学校要到一个小时以后才能放学。

"如果你有时间,在那里找一些小孩子问问。尸检的事情怎么样了?惠特比一家决定了吗?决定了?那我找个葬礼指导去杜佩奇县把尸体领出来,然后交给布莱恩特·维什尼科夫。"这种细节的事情都是玛丽·路易斯·尼利在警局工作时了解到的;我应该给她精美的新办公室打个电话。

"最后,"我对艾米说,"你认为哈丽埃会同意去《丁字尺》吗?我在想西蒙·亨得里克——马克的编辑——会不会了解比他告诉我的更多马克目前的计划。也许他愿意给你和哈丽埃提供消息。"

"我该怎么说?"艾米问。

"马克的助手,阿丽沙·卡宁认为亨得里克嫉妒马克的能力。先找阿丽沙,看能不能找到点特别的事当由头。通常,有两种情感能让人们交流,憎恨或同情。所以试试让亨得里克对哈丽埃和惠特比一家感到同情。最后谈谈他们的需求。如果这样没用,看阿丽沙告诉你的事里有没有什么可以刺激他泄露些事。奥古斯图·勒威林,《丁字尺》和其他一些杂志的老板,命令员工禁止与巴亚德的任何人交谈。我想搞清楚这是关于出版业竞争,还是勒威林集团与巴亚德集团之间存在什么特别的原因。在马克办公桌旁边那个隔档的人,杰森·汤普金,看起来很愿意说话。"

"我可以试试,"她迟疑地说,"我不是很熟悉那种办公室政治。"

我刚想激励她几句,可她的话触动了我对于瑞妮·巴亚德的记忆。"我觉得你会胜任这个工作,有些事情你可能会从网上、秘书甚至阿丽沙·卡宁那里了解到——卡尔文·巴亚德帮助勒威林获得了最开始的资金。这中间有点历史,有些事让瑞妮·巴亚德认为勒威林不会接她的电话。看看你能发现什么事。如果我能见到卡尔文·巴亚德,我也会问他。我们晚上再说,好吗?"

我喝完奶昔,给玛丽·路易斯打电话。我们谈了谈她的新工作,她说工作量更大而且也没什么激动的事,跟她想的不一样。跟我想的一样,她认识一个收费合理而且在停尸房有关系的葬礼指导。我先打电话给普罗瑟罗警官,告诉她马克·惠特比尸检报告可以准备出示了。然后我打电话给玛丽·路易斯的葬礼指导,他安排明天早晨就移交尸体。最后,我给维什尼科夫的语音信箱留了口信,让他等着接马克·惠特比的尸体。都做完了,我重新开车上路。

我的两只手都握在方向盘上,我成了好司机的模范,感觉比那些把书放在方向盘上边开边看的、耳朵贴着手机打电话嘴里还在啃汉堡的司机要高一等。作为对我的回报,我一路轻松地从凯德西开到收费站,然后交钱让华伦维尔路更好地存在,以便于我下午的狂奔。

我开到卡佛得尔路出口,把车停下仔细看地图。拉彻蒙特庄园后面的树林属于新索尔威中部的公共土地。如果从路上走的话,巴亚德家与拉彻蒙特相距四英里;如果从树林中穿过只有一英里。我想凯瑟琳在星期天晚上就是这么做的——踏过低矮的草丛回家。即使没有掉到马克·惠特比的头上,我也不会在黑暗中追上她,她很熟悉这片树林。

在去新索尔威的一路上,我都在思考一个有说服力的理由,让我进入巴亚德的家。但什么办法都没想到。也许我可以把车停在拉彻蒙特,然后从树林抄近路去。但是当我来到卡佛得尔路十七号,通往巴亚德庄园的大门是敞开的。我穿过大门往里开。像风一样呼啸前进,行驶了半英里。我看到一栋四层的建筑,石质外墙年代久远,呈现出闪亮的灰色。像拉彻蒙特一样,巴亚德庄园里有一系列的附属建筑:车库、马厩、温室、谷仓。住宅周围的花园和草坪与树林相接。

在住宅前面，车道被分为三条——一条岔路去车库，一条去另一间外屋，第三条延伸到住宅左边，那里有一个不显眼的标志指向货物出入的大门。我停车的正门面向南方；在几级台阶之上是竖有立柱的门口。

我听到房子北面传来说话的声音，所以我跳下野马汽车，循着前往货物出入门的标志前行。一辆面包车和一辆小卡车停在那里。三个男人在卸货，一个穿蓝色牛仔裤、高领毛衣和制服夹克的女人在监工。

在不远的地方，有个人在对付干草和四轮马车。多么娴静的田园风光啊。简直可以称这幅场景为"伊利诺伊的乡村"，跟我昨天看电视听卡尔文·巴亚德在听证会上说的一样。像其他伊利诺伊的农村男孩一样，凌晨四点起床，穿上工装裤，保卫他四十个房间的宫殿不受黄鼠狼侵害。

"你会在这个周末满意的，鲁丝。"其中一个男人大声笑道，同时递给那个女人一个板夹。

这个签字的女人，很不满意他过于亲近的态度，但是他再次放声大笑，拍拍她的肩膀，说他星期一起了床就来。他砰的一声关上面包车的后门，跳进驾驶座，快乐地吹着口哨，旋律是跑调的"男孩丹尼"。车后门上用绿色的草书字体写着"宅男——满足你所有家用所需"。

另外两个男人从小卡车上搬运日用百货。在每一件物品进屋前鲁丝都要检查一下。

"凯瑟琳小姐不喜欢这个牌子的酸奶。你为什么不带保加利亚酸奶来？我们指定的是红烧豆腐；她不会碰夏威夷豆腐。"我冒充是卡尔文·巴亚德以前的学生打电话时，就是这个女人接的；我希望昨天我的声音过于沙哑，这样她今天就不会认出我的声音。

那个人解释说保加利亚酸奶过期了。鲁丝严厉地告诉他星期五再来的时候必须要带来,即使他要去芝加哥买。

如果我注意到这件事,我肯定会猜凯瑟琳·巴亚德应该是个素食者。她是富人;她可以做一个吹毛求疵的素食者。

鲁丝沉着地看着我,说让我等一分钟。"你不是媒体的人,对吗?如果你是,最好现在就离开,我们没什么可以对你们说的。"

媒体。人们总是这么说,好像它是污秽的疾病——你不是下水道里流出来的霍乱,对吗?然而我们崇拜媒体并在摄像机前低头。我温顺地否认与那些污秽有关系。

鲁丝完成她的工作,告诉那两个男人可以到厨房去喝杯咖啡,然后面向我。"有什么事?"

我提高说话的声调来掩饰昨天的嗓音,我解释说我是侦探,正在调查马科斯·惠特比的死因。"你知道星期天晚上惠特比先生就死在拉彻蒙特。"

"我看过新闻,是的,我看了那个报道,他来这里是为了自杀,我不明白为什么你要来打扰我们?"

"哦,那个报道只是治安官萨尔威用来安慰社会的。"我随意地说,"我们了解得更多。我可以让你知道有证据表明惠特比先生不是一个人去那个池塘,不过你应该对他与巴亚德家的关系更感兴趣。"

她的眉头皱得更紧了,却没有说话。

"我们知道惠特比先生来这里是为了见巴亚德先生,因为——"

"那是谎言。巴亚德先生这个星期谁也没见过。"

"因为惠特比先生正在写一篇报道,关于巴亚德先生的作家。"我继续说道假装没听到她的话。"凯莉·巴兰丁,她在五六十年代过得很艰难。也许巴亚德先生没有和惠特比先生说过话,但是他的确来过,是吗?"

她想了想,好像在决定应该说什么话,然后开口说道:"这个人打过电话,但是我们不会允许记者与巴亚德先生说话。"

"所以你让他去找在芝加哥的瑞妮·巴亚德夫人,可她没提供什么帮助,他又来这里希望能遇到巴亚德先生。"

我举手阻止更多的反对。"我们知道凯瑟琳星期天和星期一晚上都在拉彻蒙特。她告诉我她的爷爷——"

"你说的全是谎言。"鲁丝轻蔑地说,"凯瑟琳星期一晚上在城里,她这个学年都在城里住。她没有理由晚上去拉彻蒙特。"

"我昨天下午才找凯瑟琳谈过。我们可以给她打电话。"我看看表。"现在已经放学了。除非她在参加兜网球训练,她可能跟朋友们在一起,在班克路或者咖啡店,在一个叫休闲广场的地方。我没有她的手机号码,你应该有。"

这是一种赌博。如果女管家打电话,我根本不知道凯瑟琳会说什么,她可能会说我虚张声势。所以我停了一下继续说道:"我会坦诚地告诉你,凯瑟琳不会告诉我她在拉彻蒙特干什么。但是她说当她爷爷睡不着的时候,会去那里,他有那里的钥匙,有时她会跟他一起去,他们喜欢在拉彻蒙特的个人自由。"

"别人家的钥匙?我从来没听说过如此荒谬的联想。"她的声音很坚定,但是她的眼睛游移在我和房子之间。

我拿出手机。"我同意这个说法很荒谬,可凯瑟琳就是这样告诉我的。我们可以打电话找她验证。我真正想知道的是,巴亚德先生是否去了拉彻蒙特,他是否见到了惠特比先生。我想找到最后一个见到他活着的人。"

鲁丝的眼神在我和房子之间摇摆。她不是瞻前顾后的性格。她犹豫了一会儿，命令我跟着她。我跟着她穿过侧门，来到一个通道，人们经常把大衣和沾泥的靴子放在这里。从另一扇门进入厨房，那两个搬运工正在喝咖啡，并且与另一个我看不到的人大声说笑。在右边，我看见食品室堆满了纸箱子。

鲁丝带我走上一段房后的楼梯，松木的台阶对每一个拿着大包脏衣服或圆木或任何需要拖动的物件的人来说都很危险。我们穿过一扇摇摇晃晃的门来到住宅主体，房间一下子宽敞了。深颜色的地板擦得锃亮，地板中间铺了一块蓝色地毯，而不是松木地板。我们脚踩在上面的声音极小。

鲁丝走得非常快，我几乎要小跑才能跟上她，所以我只记得在饭厅有一张巨大的餐桌上面摆满了银器物，后来有一系列小门去往小房间，然后是经过挂着像我们这样的人只有到博物馆才能见到的艺术品的白色墙壁。

我们到达大厅东侧，鲁丝打开一扇进入小会客室的门，命令我在那里等着。她继续向前走右拐，向房子前部走去。

这个小房间装修得很整洁，在空空的壁炉前摆放着两把木椅子。透过窗户可以看到庄园后部。花园逐级向下延伸到一条小溪旁，在更远处是新索尔威公共地区的树林。我呆呆地望着外面光秃秃的树木。

两只鹿从树林里走出来闯进花园。一只边境柯利牧羊犬冲出来把它们赶回树林。一个男人出现了，吹了个口哨把狗召回身边。一人一狗消失在附属建筑中。

当活动的物体从我眼前消失，我转过身，寻找可以让我阅读的书或可以做的事情来打发时间。这个房间有一种你在任何等待区都能感觉到的绝望。没有人在这里工作或居住，进来的人只是等待别人做出的决定。就像去看医生。

我突然沿着鲁丝走过的方向向前走去。我来到正门，精美雕刻的楼梯从大理石地板上升起。墙上挂着巴亚德家历代人物真人大小的画像。

我更喜欢马科斯挂着凯莉·巴兰丁"黑色芭蕾"海报的简单楼梯，但是我后退几步，更清楚地打量一位穿着紫色丝裙面容严肃的女人，想着她是不是参加一九〇三年拉彻蒙特庄园落成典礼的爱德华·巴亚德夫人。我可以看到她与年轻的凯瑟琳还有卡尔文·巴亚德相似的瘦长平坦的脸型。不是吉拉尔丁·格里厄姆那个大美人妈妈的脸型。

我听见鲁丝在我头顶上方说话，并且沿着楼梯慢慢向下走。"你只需要告诉她，他在床上睡觉。如果这种事情再发生，我必须得告诉瑞妮夫人。"

第二个女人低声说什么听不清楚。我匆忙跑回会客室，厚厚的地毯包住了我的脚步声。在鲁丝出现的时候，我站在窗户前，面无表情地凝视外面的风景。刚才低声说话的女人有三十来岁，脸庞瘦削，表情紧张。像鲁丝一样，她穿着牛仔裤，没穿制服，在退色的T恤外套了一件深灰色的对襟毛衣。

"这是特雷沙·吉克。"鲁丝从夹克口袋里掏出我的名片，大声地读出我的名字。"巴亚德先生病了，特雷沙帮助巴亚德夫人做护理工作。"

特雷沙的手因为经常做擦洗工作而显得皮肤发红。她把手缩在毛衣袖子里，紧张地看着我。

我重复了一遍我的简短说辞。"你接过马科斯·惠特比的电话吗？你有没有安排巴亚德先生跟他见面？"

特雷沙摇摇头。"我知道不能让记者进来。这是巴亚德夫人最严厉的命令。任何人想要做采访都必须先经过她的同意。没有人会来家里打扰巴亚德先生。"

"他自己会接电话吗？"我问。

特雷沙无助地望着鲁丝·兰特纳。"他房间里有一部电话，但是我们把铃声关掉了，以便不打扰他。除非他——我想我应该检查一下。"

"他的确在星期天和星期一晚上出去了，对吗？"我说，把内心的摇摆放在一边继续努力前行。"是你把他带回家的？"

"他没有出去，"特雷沙说，"他在睡觉，睡得很沉。"

"你整晚都和他在一起？"我问。

"他不需要有人在他房间，"特雷沙说，"他没有那样的病。如果他离开，我床前的警铃会响，我就能知道一切正常。"

"那个警铃从来没响过？"我坚持问道，希望能从她的话语中发现一些细微的线索，鲁丝在下一次发生这种事时将如何汇报——她会任意解释我被放进庄园的原因。"很可笑的是，凯瑟琳着重说了她用他的钥匙进入拉彻蒙特庄园。"

特雷沙表情有点震惊地看着鲁丝。后者对前者摇摇头，说，"凯瑟琳星期一晚上不在这里。巴亚德先生星期一没有离开家。星期天也没有。你正在设计什么阴谋——"

"如果这里什么事情也没发生，你根本不会让我进来。"我无情地打断她的话。"我有这里住着的每一个人的名字；会有人说话，说真话。"

"我不知道的事别人也不会知道。"鲁丝用结束式的口吻说道，"特雷沙，你回去到楼上卡尔文先生那里，让泰伦继续打扫卫生。"

特雷沙把皲裂的手揣到衣兜里，飞快地走向大厅的楼梯。我想不出办法来达成我的目标。如果鲁丝在星期天晚上见过惠特比或其他陌生人，她不会告诉我；如果卡尔文·巴亚德不顾他的病情离开家，她同样也不会告诉我。

我应该想个办法找那个在干草边干活的男人,但不是今天,在鲁丝严厉的监视下。特雷沙看起来好像承受了很大的压力,我应该找她单独谈谈。

我讥讽地向她妥协,跟她握手,感谢她的帮助。我沿着楼梯向正门走去,但是鲁丝叫我跟着她走进来时的那条路。

我温和地笑道:"我的车就停在正门前。我没道理走侧门出去。"

在她命令我离开大厅前,卡尔文·巴亚德步履蹒跚地沿着正门楼梯向我们走来,一边走一边喊:"瑞妮!瑞妮!"

特雷沙在他旁边,一只手搀着他。"瑞妮不在家,巴亚德先生。她现在在工作。"跟病人在一起,她像是变了一个人——坚定,温柔,完全没有紧张。

"瑞妮,这个女人不愿意走。我不喜欢她,让她赶紧走。"卡尔文·巴亚德抓着特雷沙的手,看着鲁丝,这个女人的黑短发和矮胖的身材的确有一点类似瑞妮。

我在学生时热爱的嗓音还是那样低沉,但是它已经带有颤音和迟疑。他瘦削凹陷的脸颊布满皱纹,面色泛红。我能想到的病都不像他的情况。我的指甲嵌进手掌,让自己不会惊恐尖叫。

他突然看见我,然后摇摇晃晃走过来,一把抱住我。"迪妮,迪妮,迪妮。欧林。我看见欧林了。有麻烦,有麻烦。欧林是大麻烦。"

穿着坚硬面料夹克的他几乎快把我挤碎了。他身上带着爽身粉味和尿味,像婴儿一样。我努力挣开他的拥抱,但是尽管他很老,还有病,他仍然强壮。

"好了,"我说,在他继续使劲抱我的时候。"欧林去世了。欧林现在不是麻烦。欧林走了。"

"我看见他了,"他又一次说道,"你知道的,迪妮。"

特雷沙和鲁丝努力把他的手从我背上扳开。"他看了报道欧林·特凡纳的电视新闻。"特雷沙气喘吁吁地说,"他很受刺激,认为这个人要来带走他。他一直说看见那个人在窗户外面。"

"你为什么要让他看新闻?"鲁丝问道。

"没有人告诉过我那段历史,否则我也不会让他看。"特雷沙高声反驳道,"这个房子里所有的人都不愿多说话,现在指责我没干好工作,难道我就应该用超能力了解这些事情?如果你需要这样的护理,那就别让精神病人看电视。"

令我惊奇的是,面对特雷沙尖锐的话语,鲁丝说:"没有人对你保密,特雷沙。这同样也是我来之前的事情,在巴亚德一家的生活中,这件事情很重要,到现在他们还在说——我以为有人给你说过。"

"谁是迪妮?"我一边问一边揉着肩膀上卡尔文·巴亚德刚才抓过的地方。

"是巴亚德夫人的外号,"特雷沙说,"他不高兴的时候就会这样叫她。巴亚德先生,我们去给你拿一杯热饮料,然后散散步。跟我来。你不是喜欢看桑迪烧牛奶吗?有我和桑迪照看你,没有人能伤害你。记住。"

第十九章 龙的咒语

我坐在车里，浑身颤抖。当我还是学生的时候，我梦想有一天能挽住卡尔文·巴亚德的臂膀。当梦想以这样一种噩梦般的方式实现的时候，我只觉得想吐。那个英勇地站在美国的沃克·布什耐尔和欧林·特凡纳面前的男人现在以观看煮牛奶取乐。这实在令人无法接受。我无法接受。

我注意到房前的窗户里有人影晃动。鲁丝正在等我离开。我在后座找到一瓶水，一口喝完。不是菲利普·马洛喝的一品脱黑麦威士忌，但对我来说镇定作用是一样的。

我开车缓缓驶向卡佛得尔路。走到拉彻蒙特庄园，我把车停在大门口，重新让自己冷静下来。在暮色中，白色砖墙的豪宅看上去比以往更像是哥特风格的建筑。但是我对为什么瑞妮·巴亚德要在她丈夫周围挖一条护城河的哥特式想法是错误的——她只是不愿意让人们知道他得了老年痴呆症。

也许卡尔文的确有拉彻蒙特庄园的钥匙。也许他的确在那里游逛，而且凯瑟琳的确跟在他后面——保护他以及家庭的秘密。可是为什么要保密，这是瑞妮的痛处吗？她不能承受丈夫的失能并且不想让世界知道？或者巴亚德集团大多数的出版商只想让瑞妮当首席执行官，因为他们认为卡尔文在幕后指挥？我完全不能理解。

我走出汽车,沿着车道向那个池塘走去。天越来越黑,能见度越来越低,治安官手下的警察不认为这是犯罪现场。没有录音带,没有任何侦查的迹象。只有我拖动马科斯·惠特比尸体时在草地上留下的痕迹显示曾经有人来过。

我厌恶地望着那摊水。那条死鲤鱼已经开始膨胀。明天我再过来,带泳衣潜到水底,万一惠特比的钥匙或别的私人物品从他的衣袋里掉出来呢。不过我不会太轻松。

我回到车上,继续沿着卡佛得尔路向德克森驶去。等我看到吉拉尔丁·格里厄姆住宅楼的粉色墙砖,我才意识到马上要到收费站了。达罗让我放弃调查,所以我放弃了。如果不去拜访他妈妈并说再见会很没礼貌。

阿诺丁公园的保安同意我进去。这次,格里厄姆女士从拉彻蒙特庄园带来的女佣允许我进房子。她接过我的夹克,请我在门口稍等,她进去找"夫人"。我的身份比在巴亚德家还低,连把椅子都没有,还看不见树林。这里可以看到一幅小画,柔和的粉红和绿色交织在一起,我觉得应该是山水画。

女佣回来带我去客厅,格里厄姆女士正坐在那里喝咖啡。这是烦琐服务中的一项。也许有用人的时候,她还摆脱不了她妈妈的仪式。我开始理解为什么她在那么大岁数还享受一个人居住的乐趣。

"没你的事了,丽沙。"格里厄姆女士让用人退下,从咖啡杯的上沿看我。"哦,姑娘,我叫你来的时候你不想来,你有兴趣的时候,不打招呼就来。"

"达罗告诉我停止调查你的老房子,你不知道吗?"

"今天早晨他才打电话告诉我。"她欲言又止。

"他解释过原因吗?"我走到餐桌旁从皇家德贝瓷壶里给自己倒了

一杯咖啡。

"他从来都不喜欢拉彻蒙特,也不想花精力照看它。我想他怀疑是我制造的阁楼灯光,为了迫使他关注这个地方,或者迫使他关注我。"

她尖利的嗓音里包含的痛苦,促使我问道:"为什么达罗不想保留这栋庄园?那里有他不愉快的回忆吗,在成长期间?"

她看我的眼神让我觉得是维多利亚女王的眼神:臣民应当记住不得质问皇权。过了一会儿,她生硬地说:"达罗从来都不喜欢乡村的生活。"

我眉毛一抬。"他的整个童年都必须放猪,所以他一直厌恶乡村的景象和味道?"

"你很粗鲁,姑娘。"

"早就有人说过。"我拉过来一张椅子,在小圆桌的另一个侧面对她坐下。"我对于非常富有且很有地位的人们有一个看法——因为他们在任何时候都能得到任何想要的东西,所以他们认为自己有资格享受特权。并且我猜他们觉得剩下的像我们这样的人存在是为了让他们高兴。这就是说,半夜召唤我们,对我们说谎,为他们一时的幻想工作,都是理所应当的,因为对他们来说,我们离了他们就活不下去。"

我听见了周围有喘气的声音。吉拉尔丁·格里厄姆用严厉的眼神看着我。"你真的这么想吗,姑娘,我什么时候想要什么就有什么?如果是这样的话,那你对家庭生活的理解少得可怜。"

我有点吃惊,我支撑自己说这么多抨击的话,以为她会指使达罗不再给我工作。现在我记起来在她婚礼新闻照片上有许多张不高兴的脸。

"你父母威胁你嫁给麦肯齐·格里厄姆,"我平静地说,"你觉得没有能力对抗他们。"

她的嘴唇颤抖着，比这个年纪的人颤抖得更厉害。"我妈妈不是那种容易对付的人。"

我看着她身后画像里那双冰冷的蓝眼睛。在亚马孙女战士的双眼中看到的是枯萎的蕨类植物。

"你和你的丈夫不想跟你妈妈分开住吗？拉彻蒙特对你有那么重要吗？"

吉拉尔丁·格里厄姆没有说话。等她再开口的时候，好像是说给自己听，而不是我。"我丈夫和我都不认为与妈妈住在一起会比搬出去住更容易。"

"你在这里保留她的画像是为了提醒自己她羞辱你的每一天？"

"你很没礼貌，姑娘。"吉拉尔丁·格里厄姆重复道，这次带一点讥讽的幽默。"在你走之前你会喝掉我更多的咖啡。先用热水洗杯子。"她在我提起咖啡壶的时候说。

我若有所思地看着她——想要什么就有什么。在我大声说出这个想法撞大运之前，丽沙从角落里快步走进这个房间，拿走了我的杯子。她把一个小茶壶里的热水倒进去，涮了涮，把水倒进一个碗里，随后给吉拉尔丁的杯子里续满咖啡。

无视吉拉尔丁让我离开的暗示，我把自己的杯子也倒满，只是没有涮杯这一步。我的胳膊拄在桌上。"我仍然在想是什么驱使马科斯·惠特比前往新索尔威。我认为他是去找卡尔文·巴亚德，却没想到巴亚德先生病得很重。"

她拿着杯子的手停在半空中。"病得有多重？瑞妮不让任何人进去。"

"他好像得了老年痴呆。他知道自己是谁，但不知道在跟谁说话。"

"老年痴呆症。"吉拉尔丁缓慢地重复道，"那么邻里间的传言是终于正确了一次。"

"为什么巴亚德夫人对他的健康状况向外界保密?"我问。

"对于瑞妮·巴亚德这个人,没有人了解她做事的缘由。保守猜测,她很享受在我们这些人之上的权力——对卡尔文,把他关起来——对他的老朋友们,不让我们见他——也可能是对出版公司所有的员工。"她气愤地抿着嘴唇。

"卡尔文和我从幼儿时代开始就是朋友,这些年来,她非常成功地阻止我与巴亚德见面。如果你那个黑人作家想见卡尔文,瑞妮会确保他没能力这样做。为什么你猜想你的黑人想见卡尔文?"

我讲述了惠特比对凯莉·巴兰丁的兴趣和她与巴亚德的合约。令我惊讶的是吉拉尔丁认识巴兰丁。

"卡尔文对她的工作很有兴趣。在他最热心的时候,他想让每个人都分享他的兴趣,所以我们都开车进城去看她的舞蹈。他购买她的艺术品,我们都必须在他的带领下购买她的非洲面具。她一有表演,我们就开车进城观看。一九五七年,我想,也许是五八年。他只带瑞妮去那里,我记得。我实在为她感到难过,还有一点高高在上,一个上年纪的专横跋扈男人的二十岁的新娘。这是多么大的一个错误!"

她表情有些苦涩。"我见到巴兰丁的那天晚上,她有五十多岁,但是她的动作就像一个年轻姑娘。我不怎么关心舞蹈。那是非洲舞,我可从来没有注意过非洲艺术或音乐——对我来说,听起来都是砰砰作响。但是上天借给她优雅,这让我崇拜。"

"真可惜惠特比先生没有机会和你谈谈。"我靠在椅背上。"他会发现你的记忆很有用。在麦卡锡听证会期间,巴兰丁有没有被列入黑名单?是这个原因才让巴亚德先生注意到她吗?"

吉拉尔丁迟疑地摇摇头。"我不知道,姑娘。那时我丈夫去世了,妈妈和达罗在——我记得芭蕾演出的那天晚上,因为印象太清晰了,不过除此之外,那一年我一直很悲伤。"

我十分想知道妈妈和达罗在做什么。我猜是在用撕心裂肺且不高雅的方式哀悼麦肯齐的去世。在礼节性的沉默以表示对她痛苦记忆的尊重之后,我从包里掏出惠特比和他妹妹的照片。

"你很注意观察周围的事。你见过他吗?"

吉拉尔丁从我手中接过照片,戴上她的老花镜仔细观看。她的双手因为衰老和关节炎有些变形,还有些发抖。她把照片放在腿上,双手扶住老花镜。

"我从来没见过他,但是丽沙可能见过。她总是晚上来帮助我准备晚饭和我每晚的惯例。"

她拿起桌子上的铃铛。丽沙仍然在听着我们这边的动静,在吉拉尔丁响铃前就走进来。"就是这个人在我们的池塘里淹死了,丽沙。"她把照片递给那个女人。"这位侦探想知道我们有没有在星期天见过他。"

丽沙把照片拿到窗户跟前近距离地观看。"不是星期天,夫人。可是我相信他去过那里,也许在一个星期前。我不能确定,我没见过几个黑人,他看起来就是我见过的那个人,当时是午饭后我从你这儿离开。"

"什么时间?"我问。

她抿着嘴唇,使劲回忆。"那天是我给夫人洗头的日子,因为我刚好发现我把香波瓶子带下来了。我站在车旁边,想着我是现在就回去,还是明天早晨再带来,这时他在路对面停车。我觉得站在路上看香波很傻,于是开车走了。"

"那是什么时间呢?"

"我总是在星期一、星期四和星期天给夫人洗头。"她好像很惊诧于我不知道这件事。

"到底是哪一天?"我问。

她又想了想。"星期四,应该是。"

"一个星期前!如果不是来见你,那他为什么会来这里?格里厄姆女士?"

吉拉尔丁·格里厄姆又一次令我惊讶。"如果他对那个跳舞的人感兴趣,如果她被列入黑名单,可能他到这里来找欧林。欧林·特凡纳,我是说,毕竟他也住在这里。"

特凡纳,当然。他是非美活动调查委员会利器。现在,他也死了,我没办法找他问马科斯·惠特比的事情。或者凯莉·巴兰丁。

"你对欧林·特凡纳了解多少?"我问。

"了解很多。我们从小一起长大。他是我的表兄弟。"

我依稀记得一九〇三年新闻的内容:吉拉尔丁的妈妈与名叫杜鲁蒙德的人结婚前是特凡纳家的人。"特凡纳先生的去世是一大损失。他住在这里的时候你们经常见面吗?"

"很少。"她的声音又显得冰冷。"有血缘关系不一定要走动亲密。知道他去世让我觉得悲伤,是因为我自己的生命中又结束了一个篇章。"

我努力转变想法。如果惠特比来这里找特凡纳,而不是卡尔文·巴亚德,那样的话离拉彻蒙特庄园更近。但是我不能理解为什么特凡纳会在那里见他,或把他送到那里。我问格里厄姆女士特凡纳是不是一个人住。

"我跟他没什么交往,不过我想肯定有人在照顾他。丽沙应该知道。"

丽沙再次被召唤进来。她知道特凡纳家用人的名字，他一天工作多少个小时，甚至还知道他在发现老律师遗体的时候说的话和做的事。

"特凡纳有家庭吗，孩子或是亲戚什么的？"

吉拉尔丁·格里厄姆又一次不由自主地看看她妈妈的肖像。"他没结过婚。他的品位跟女人完全不同。这也是五十年代让卡尔文特别感到恼火的一件事情——欧林的虚伪。"

我将这个信息归纳到会迷惑我的信息之列。特凡纳是同性恋，这是秘密。也许惠特比发现了特凡纳的秘密并且——什么？特凡纳由于害怕暴露，谋杀了惠特比，把他扔进拉彻蒙特的池塘，然后回到家，因为剧烈活动导致心脏病发作？这个想法让我发笑，这马上引起了吉拉尔丁的注意，并问我"高兴的原因"。

"对不起，夫人，我没有在嘲笑你，而是在嘲笑我自己荒谬的想法。我在来你这里之前，先去了巴亚德的住宅，因为我最初的想法是马克·惠特比想找巴亚德先生。用人们说没有见过他。我应该相信她们吗？"

"鲁丝·兰特纳，"吉拉尔丁·格里厄姆说，"当我说我不想要用人的时候，最先想到的就是她。她和她丈夫为卡尔文和瑞妮·巴亚德服务，哦，他们做得不错，自从那个男孩出生——他们就在卡尔文家。爱德华，大家喜欢给自己的孩子取一个古老家庭会用的名字。我敢说，一点都不比达罗叫他儿子麦肯齐更加奇怪，虽然我妈妈当时想让他改变主意。我还记得爱德华·巴亚德夫人——她和我妈妈是众所周知的不和。我妈妈认为她是个伪君子，因为她不寻常的原因和习惯——她不允许在家里出现任何的酒精和烟草，虽然她丈夫的行为在我们的圈子里是公开的秘密。爱德华夫人认为我妈妈是后宫妻妾。然而我妈妈比那种更危险。"

其实我想继续沿这条历史的小路走下去——爱德华·巴亚德先生有什么行为？但是我还得谈主题。"鲁丝·兰特纳会不会在惠特比来访这件事情上说谎？"

"哦，别问我关于用人性格的事情。我根本不了解她。我敢说为了保护卡尔文她肯定会说谎，可能为了瑞妮也会一样。"

所以她期望丽沙为了保护她也可以说谎。这就是说，如果吉拉尔丁·格里厄姆隐藏了什么有关惠特比或巴亚德的事情，丽沙会支持她。多么优秀和封建啊。

"我前两天和巴亚德的孙女见过面。"我说。

"凯瑟琳？那是个悲伤的故事，两个孩子还不到一岁的时候妈妈就死了。那个男孩，爱德华，当时因为这件事伤心欲绝。站在瑞妮的角度，我要说她毫无埋怨地抚养起了孙女。她在干什么工作？"

我笑着说："凯瑟琳是一个富有热情和活力的年轻人。我对她念念不忘。她极其像她爷爷。凯瑟琳说卡尔文晚上去拉彻蒙特游逛。"

"他去那里？多么令人惊讶。"她干笑道，"也许他认为那是个隐秘的地方可以躲开瑞妮。"

"凯瑟琳说她爷爷有拉彻蒙特的钥匙，晚上他会用钥匙开门进去。这事可能吗？我问达罗的时候，他勃然大怒并挂掉我的电话。这是为什么呢？"

格里厄姆女士把杯子放下，下巴一动一动的。"你有孩子吗，姑娘？没有？他们是个秘密。你的身体生下他们，你看着他们长大，但是他们变成了陌生人。达罗的愤怒对我来说也是一个秘密。"

她又开始闲扯达罗和拉彻蒙特。我把话题转到钥匙上——卡尔文·巴亚德会不会有钥匙？

"我应该是最惊讶的人。我们生活在一个奇怪的世界。他们把他照顾得好吗？他看上去怎么样？"

"护工看着还可以。他身体健康。他以为我是他妻子，紧紧抓着我叫我'迪尼'。我一直很崇拜他——这让我很难过。"

格里厄姆女士在端起咖啡杯的时候手很抖。咖啡从杯沿溢出来滴在她的水蓝色丝裙上。"这个笨蛋，"她喃喃道，"一想到卡尔文丧失智力就让我真切地感到不安。你出去的时候让丽沙进来，姑娘。"

这是赶我出门的信号。我不需要叫丽沙，这个女佣一直在周围偷听。在我出门的时候，我可以听见她叽叽喳喳地在安慰吉拉尔丁·格里厄姆，就像妈妈安慰婴儿。巴亚德先生身上的气味，尿味和爽身粉味，一阵一阵地向我袭来。我们都会变成这样，不管我们走得多远、跑得多快，我们终究会变成这样，无法逃避。

第二十章 一个委员会明星成员的巢穴

一下午的各种情绪让我精神疲惫。我没有上车，只是漫无目的地在阿诺丁公园里的路上走着。我在吉拉尔丁家的时候，夜幕已经降临，路旁立着仿煤气灯的路灯。我很容易看清路面，而现在，我根本不知道我的路在哪里。

晚上的这个时段，人们都会带狗出来，或前往商业街的酒吧喝一杯。我想跟着前面一对脸色阴沉的情侣找一家酒吧，但是过去几个小时我见了太多的人。我继续向前走。

我太累了，没力气思考下午听到的所有事。但是吉拉尔丁和她妈妈不断在我心里萦绕，吉拉尔丁无用的抗争以她不愉快的婚姻告终。最终的结果，就是他儿子达罗冷酷的性格。我可以想象到早餐桌前的景象，劳拉·杜鲁蒙德一边给她女婿咖啡，一边嘲讽他的人品，吉拉尔丁摔门而去做什么？我不能想象她在桥上或商店里消磨时间。我不知道她怎样度过一九三七年到她妈妈去世这段时光。

酒吧再往前，有个下坡的小路。经过一家又一家店面，我发现自己来到鲍威尔路，经过前面的上坡就是阿诺丁公园的高尔夫球场。球场一片黑暗，偶尔有个路灯让我看清路面。一个晚归的高尔夫四人组从我旁边经过，开着电瓶车向相反的方向走。在上坡的最高点，我来到一家俱乐部，里面灯火通明，占地面积挺大，远处那一端还有高尔夫电瓶车的停车栏,两个服务员在移动车辆。一阵大笑声扑向我。我哆嗦着远离这些快乐的人。

我在一个小土丘顶上躺下,望着天上的星星。草地平整又柔软,却很凉;没过多长时间我就开始发抖并打喷嚏。我坐起来,拿出手机。也许我可以找多明戈·里瓦斯,照顾欧林·特凡纳的人。他没有登记电话号码,我打电话给阿诺丁公园管理办公室并表明自己侦探的身份,他们很愉快地给了我他的电话号码。他和他已婚的女儿住在附近的莱尔。

"我希望没有什么问题,侦探。多明戈照顾特凡纳先生就像是他自己的父亲,我们已经把他推荐给另一个住在我们受助生活区的老先生。"

我让她放心,解释说我只是想和里瓦斯先生谈谈马克·惠特比访问欧林·特凡纳的事情。她让我稍等一分钟,然后回来告诉我说里瓦斯一小时后会到这里来,与那个准备雇用他的"老先生"的家属见面。

"我们可以让他早点儿来办公室跟你见面。"

她给我指了来办公室的方向。我找到了从高尔夫球场前往阿诺丁公园社区的高架下的通道。一进入小区,黑暗而曲折的道路就让我迷失了方向。我从包里取出一个小手电,但是看不见任何一栋我认识的建筑。我推测所有的路都会通向出口或那个酒吧,于是我一直往下走。我判断错误,这条特别的人行道突然在一大丛挂住我长裤的灌木那里中止。

我弯腰摘掉灌木树枝的时候,手电筒掉了。电筒光束照出常绿灌木旁有轮胎印迹。我很好奇,循着印迹向前走来到一个涵洞的入口。地面很湿,可以很容易地看到印迹。看上去好像是有人开高尔夫电瓶车经过这里。

我想跟上去看看这条车辙是不是去往新索尔威，但是我不想让我的好鞋子在湿滑的土地上沾得都是泥，并且我不想错过多明戈·里瓦斯。

我转身往回走。因为幸运而不是技巧，我找到了去小区主建筑的路。一个牵玩具贵宾犬的女人向我指明了去管理办公室的方向。

这个办公室占据了专业护理设施大楼的一侧，这栋建筑巧妙地隐藏在阿诺丁公园欢乐的部分之外。所以我没有去想不愉快的事情，比如老年痴呆或死亡。值夜班的女人说，噢，对，他们正在等我。多明戈随后就到了，那个女人还没来得及请我出示证件。

里瓦斯是一个矮个子男人，跟我年纪差不多，穿着像个服务员，下身黑裤子，上身白衬衣。当管理员解释说我是一名侦探，想问他几个与上周末在路对面死的"那个黑人"有关的问题之后，他用忧虑的眼神看着我。

催促了几次，她才让我们使用会议室，在那里我们可以私下谈——她明显想参加谈话。我劝说里瓦斯坐下，耐心地哄了他几句，甚至直言他最担心的事情——有人投诉说他没有照顾好欧林·特凡纳。

"他的标准非常高，我也是。他的寓所，我离开以后总是一尘不染，他的衣服也一样。他的餐点，我都是亲自做。对于那些不吃硬东西的老人来说，我是个好厨子。"

"没有人投诉你对他的照顾。"我向里瓦斯保证。"我想跟你谈谈其他的事。"

我取出马克和哈丽埃的照片。"这个人上个星期来拜访特凡纳先生，是吗？"

他点点头说，是的，这个人星期四来过。我继续说，"你知道，他在星期天被杀。我在想他会不会星期天晚上又来这里找特凡纳先生。"

里瓦斯迟疑地摇摇头。"星期天晚上，我离开得比较早，和家里人在一起。也许这个人来的时候我不在。特凡纳先生在星期一什么都没说，没说过有客人。"

很让人失望。"星期四，惠特比先生见到了特凡纳先生，你知道他们都说了什么吗？"

"文件。特凡纳先生想给这个人看一些旧文件。他平时把它们锁在写字台的抽屉里。我只是扶特凡纳先生走到写字台，有客人在的时候他不喜欢用轮椅，他不想让自己看起来无用。许多我照顾的老人都像他这样，非常骄傲，而他是骄傲的人之中最骄傲的。我扶他走到写字台前，帮他打开锁，扶着他又走回那个人面前，后来他们谈话的时候我在厨房候着，万一他需要茶、水、威士忌或者突然需要帮助，你懂的，方便方便，有时说来就来。"

里瓦斯严肃的举止会让那机能减退但以尊严为荣的人觉得很舒服。"那些文件是打印的还是手写的？"

"都是手写的。我只知道这么多。至于他们说什么，我就不知道了。"

"他有没有把文件给马克·惠特比？"

"没有，特凡纳先生只是给他看。那个男人把文件内容抄写在一个随身携带的小笔记本上，他走以后，特凡纳先生又把文件锁到写字台的抽屉里。"

"特凡纳先生有没有对你说过什么关于文件的事情？"

"他说的话就像老人们都会说的，他说，'我快死了，保守秘密的时间要结束了。'"

我感谢他，但是当我想为占用他的时间付钱的时候，他挺直了身板轻声说他不会为了这点事情收钱。我觉得有些尴尬，像一个犯了礼节错误的人,然后在他之前离开这个房间,来到管理员柜台索取特凡纳的住址。

里瓦斯在出口叫住我。"我想有人在星期一晚上拜访了特凡纳先生,而不是星期天。星期一,像往常一样,我九点三十分离开特凡纳先生,他准备上床睡觉,但是还没躺到床上,这事他要自己做。他喜欢坐在椅子上喝威士忌,有时读书,有时写字,等准备好了他就上床睡觉。为了晚上方便时用,椅子那里有一个瓶子,床边也放了一个瓶子。"

"星期二属于我自己,那天我不工作。特凡纳先生会按床边的铃,如果他需要——哦,"他在找一个合适的词汇,"如果他需要紧急帮助。他是个骄傲的人,我不在的时候他就自己动手。如果有东西掉落,或者如果有东西倒了,他会留到我来的时候,所以陌生人不会看到。"

"可是星期三早晨……可是有人的确在星期一拜访了特凡纳先生。"

"也许是星期二,你休息的那天?"我提示道。

他仔细回想。"我想他在星期二已经去世了。因为所有的物品比如他的瓶子,再没有被用过。直到现在,我还没想过,但是我看见,不,在我星期一对他说晚安以后,他再没有离开那把椅子。"

我的心脏加速跳动。"你把那个玻璃杯放在哪里?"

"我放在碗柜里,和其他杯子放在一起。有人来找他的东西的时候,会发现他所有玻璃杯放得很有条理,每一件物品都很有条理。"

"你还有特凡纳先生寓所的钥匙吗?我知道你要去和别人见面,但是你可以给我五分钟,让我看看是哪个玻璃杯吗?可能我们会发现上面有东西,指纹什么的。"

然后我可以留在那里,撬开锁着特凡纳给马克看过的文件的抽屉。一小时前还包裹着我的疲惫消失了。激动让我的手指微微刺痛。

里瓦斯表情严肃地带我从护理设施楼来到附近的一栋单元楼。他的话不多，只是说他要与他的"新老先生"的家属在这栋楼里见面，所以他有足够的时间。

从外面看，这栋受助生活区的建筑看上去很像吉拉尔丁·格里厄姆的楼，但是内部专门为使用轮椅或助步车的人设计，特别加宽的正门走廊墙上安排了扶手。特凡纳在一楼居住。里瓦斯从口袋掏出一个钥匙串，动作简洁的同时也反映了他的性格。他打开了前门。

他打开灯，我看到的寓所与吉拉尔丁的也很相似，也是特别加宽的门厅和走廊以便于容纳轮椅。这样的结果是房间变小了。里瓦斯带着我穿过客厅来到厨房，像他夸耀的一样，真的是一尘不染。打开碗柜，玻璃杯整齐地摆在里面。他指出那个他刚才提到过的玻璃杯。

"你认为特凡纳先生有问题，他的去世也有问题，因为这个玻璃杯？"

"我跟你一样，觉得这个洗过的玻璃杯让我有所怀疑。你能带我看看你找到特凡纳先生的地方吗？"

里瓦斯带我来到卧室，一个很大的房间，推拉门上挂着拖地门帘。床上跟他星期一晚上离开的时候一样，被子拉开一角以便老人钻进去。一把安乐椅放在离床五步远的地方。旁边有一张桌子，架子上挂着两根拐杖；光亮的桌面上放着一部电话、星期一的报纸和一瓶伯格霍夫十四年陈波本威士忌。

"你见过很多人去世，对吗？"我问，"当你发现特凡纳先生的时候，你看他的遗体有没有什么不寻常的地方？"

他迟疑地摇摇头。"他在睡梦中走了。我想，我们都希望这样，而不是在医院，那个——设备，那些让我们觉得受伤的东西。"

"可是有什么事情不对……"我提示道，看到他显得困惑和紧张。

他环顾四周，又一次摇摇头。"你说得对。确实有什么东西不对，不仅是那个玻璃杯。是枕头吗?我想是的,它上面有——"他不知道用哪个词,于是用拳头比画睡觉时头部会在枕头上形成一个窝——"是的,一个窝;从枕头上看他睡过床,而他却坐在椅子上。现在……"他走到床前——"现在是正常的,不过,不是很对头,不是我放的位置。并且,我觉得有人移动过这张椅子。"

他指向离床较远的一张藤椅,紧挨着推拉门上挂着的门帘。你可以看见放了好几个月的椅子在地毯上留下的四个印痕,搬动椅子的人没有将它准确地放在原地。

我还想检查房间的其他地方,但是里瓦斯担心等会儿的见面他会迟到。我请他把钥匙留给我,并告诉他说警察会派物证小组来,不过里瓦斯不愿意接受警察的询问。如果特凡纳死的那天晚上有人在这里,移动过家具,移动过枕头,会让人觉得里瓦斯并没有把他的老先生照顾好,即使特凡纳先生总是坚持一个人睡觉。如果里瓦斯被警察带去问话,新的雇主会感到不适。如果警察需要进一步搜查特凡纳先生的寓所的话,管理会会提供钥匙,并带人进来的。

我点头表示理解。跟着他从门厅走出大门。我利用他急于赶时间的机会偷偷压住门闩,这样在我们离开的时候门不会锁住。里瓦斯朝电梯走,我向外走。等电梯门刚关上,我一个箭步回到走廊,推开特凡纳的房门,并打开灯。

一张老旧的皮面写字台放在客厅远端的拐角。离我近一点的是几把扶手椅,特凡纳和惠特比可能就坐在上面谈话。我走向写字台,明显警觉起来。我回到厨房,在水池下面找了几双橡胶手套戴在手上。

当我再一次返回客厅的时候,我察觉到这里明显要比厨房和卧室冷。我在前往写字台的半路停下脚步。我看见浮花锦面的门帘下露出文件纸张的一角,并且随风摆动。

我几步穿过房间,猛地拉开门帘。有人打破了通往露台的房门上的玻璃,从里面把锁打开。我拉开延伸到墙面的厚重门帘。一个男人身体贴着墙面藏在墙角。他一边骂一边猛地向我冲来,低着头。我拉门帘的速度不是很快。这个男人一头撞在我腹部,一把拉开破损的露台房门,一溜烟地跑掉了。

我弓着腰捂着肚子,大口大口地喘气,然后又被门帘绊倒。我奋力摆脱厚重门帘的纠缠,跟在这个贼身后摇摇晃晃跨过露台,跑过一个小花园。我可以听到他的脚步声正在远离我,但是我因为喘不上气,实在跑不快。在追到住宅区小路上的时候,他消失了。

该死,真该死该死!我竟然没有看清他的脸,只有模糊的印象是一个白人男青年,有一头浓密的深色头发,穿牛仔裤和运动鞋。他是知道这是间空房子的窃贼,还是来找特凡纳秘密文件的人?

我找到去专业护理设施楼的路,返回特凡纳的寓所。找到那个加锁的抽屉不是很难。然而锁被撬了,抽屉里面空空如也。

像多明戈·里瓦斯一样,我不想跟警察耗费太多时间,特别是郊区的警察。我考虑开车回芝加哥,把烂摊子留给阿诺丁公园的管理层处理。我想到了在凌乱的床上的枕头凹陷,洗过的玻璃杯。万一特凡纳在星期一晚上的客人在他的酒里放了点东西让他昏昏欲睡,然后从床上拿来枕头捂在他脸上直到——哦,直到,是的。

我无法想到一件我不会鄙视的有关欧林·特凡纳的事。整个黑名单时期他毁掉无数事业,他在社会上追剿同性恋,而他自己隐藏得如此深,这份名单可能继续了一段时间。如果有人加速了这个非美活动调查委员会老枪手的毁灭又有什么关系呢?

从另一方面说,在他给马克·惠特比出示了秘密文件不久之后就死了。惠特比会对谁谈到这些文件?他年轻的助手?那么,她为什么没有对我说过?也许她更愿意向哈丽埃和艾米提供消息。

我揉着疼痛的横膈。这个撞我的人不是太幸运就是受过训练。也许他谋杀了惠特比和特凡纳然后回到房内搜查。可这没有意义——在特凡纳死的时候他有充足的时间搜查,除非他刚才才知道惠特比看过那些文件。

我取出手机给普罗瑟罗打了个电话。

"华沙斯基,你男朋友不会嫉妒你在我身上花的时间过多吗?我已经借给你衣服,为了你丢失又发现了文件。现在又是什么事?"

"你说得对,"我说,"我一直在占你的便宜。也许这件事我应该告诉新索尔威的警察。"

她叹了口气。"好吧,服了你了。什么事?"

"今天下午我去拜访吉拉尔丁·格里厄姆。她和欧林·特凡纳住在一个小区——那个在星期一或星期二去世的人。在我离开她住处的时候,我发现有人闯入特凡纳的寓所。"

"这人不是你,对吗,华沙斯基女士?"

"不,夫人。那是个男人,在我查看的时候他把我击倒在地。白人,也许有四十岁,头发浓密——我没有看清细节。"

"好吧,"她再次叹气道,"我们派人过去。"

"还有,警官,马克·惠特比在上个星期四晚上拜访了欧林·特凡纳。我不知道惠特比死之前会不会在星期天来这里,但是这可能值得调查一番。并且特凡纳在星期一有一个不知姓名的客人,这个人洗干净了特凡纳的酒杯。只是个你会愿意知道的想法。"

第二十一章 拼图游戏

回到家里不久,我突然记起延伸进入涵洞的车辙。我实在太累了,没有精力进一步思考这件事,先把决定是否应该追查放在一边。我在浴缸里泡了半个小时,吃了一碗罐头鸡汤。这与阿圭拉夫人做的完全是两个味儿,可我只有这个。

我正准备提早睡觉,普罗瑟罗警官的电话就来了。当她解释她后来做了什么的时候,我努力让自己的精力水平提升得跟她一样。阿诺丁公园入口的保安可能无法认出我说的入侵者——每天有太多的人进出,既有搬运工也有串门的,根据我模糊的描述他无法辨认。

她几乎是随意地补充道:"你没有撬桌子上的锁,对吗,在你查看的时候?"

"警官,如果我动过那张桌子,我是不会让你知道的。你有物证鉴识小组的报告吗?"

"阿诺丁管理处不想让警察大规模调查,这会降低他们的人气并导致官司。"她干笑几声。"但是为了防止你一个小时给我打六次电话,我把那个玻璃杯送到实验室去了。"

"你会让我知道结果吗,只是为了防止我一个小时给你打六次电话?"

"很难说,我也会这么干。"

她挂了电话以后，我回到床上，但是我清醒得太彻底而无法放松。时间还早，只有九点。我给艾米·布朗特打电话，看她在《丁字尺》或马克的邻居那里会不会有运气。不幸的是，那个照顾孩子的妈妈是唯一一个在半夜起来的人，或者至少是唯一一个看到在马克住宅处有人活动的人。

"当我问到以前谁来拜访过他，孩子们认为我是那种会嫉妒的女朋友前来搞监视活动。他们记得曾看见我从马克的住宅里出来，但是没有别人。他们开始编造故事说是我谋杀了他。这让我发笑，然后让我痛哭，我不敢相信他会觉得那么孤独，我不能相信他已经去世了。"

"是啊。有的时候调查像是游戏，直到你记起这个对朋友和家人都很重要的人已经去世了……马克的编辑怎么样，西蒙·亨得里克？"

"嗯。冷酷的人。他必须见我们，因为哈丽埃在。我们按你的建议开始，先找马克的助手阿丽沙，但是她不认为在他和亨得里克之间存在什么特别的、超越职业危险的紧张关系。马克有一份合约，出版以凯莉·巴兰丁为主题的书，我们在他办公室抽屉里找到这份合约。阿丽沙说亨得里克对此非常愤怒，因为他，亨得里克，努力了五年，就为了卖一本关于马丁·路德·金在芝加哥过夏天的书。"

"那为什么马克要告诉他关于他的出书合同？"

"必须要说，根据雇佣条款。"

"你认为亨得里克会不会因为痛苦和嫉妒谋杀马克？"

她想了一下。"我不善于思考人们谋杀对方的原因。可是，哦，为什么亨得里克要引诱马克去那个池塘？"

"问题就在这儿，"我承认道，"马克的同事怎么说，杰森·汤普金？你有没有让他告诉你关于这个公司与巴亚德的关系？"

"他不停地说，很难知道应该相信他的哪句话。有价值的是，公司的政策是禁止与勒威林出版公司以外的人讨论正在进行中的工作。但是，他说亨得里克特别强调了与巴亚德出版公司的关系。JT[①]说这是勒威林吩咐下来的，卡尔文·巴亚德与奥古斯图·勒威林之间相互厌恶，没人知道为什么。而他，JT，认为这是因为勒威林在巴亚德的资助下开创《丁字尺》，巴亚德做事总是高高在上，好像勒威林就是一个证据，证明巴亚德自己是个好心的自由主义者。有一件实在让人觉得奇怪的事情，据JT所说，亨得里克与马克在上个星期大吵了一架，因为马克想见勒威林本人。"

我非常惊奇，你要是背着上司去找公司老板，那你今后在公司肯定活不下去。"为了什么事情？"

"没有人知道。也许马克想劝说勒威林先生放宽公司的政策，同意他采访巴亚德，因为巴亚德是凯莉·巴兰丁报道的一部分。"

"如果马克想见巴亚德，他肯定会悄悄地去。"我说，"今天我查到马克至少到新索尔威来了两次，并且第一次不是去见巴亚德，而是欧林·特凡纳。"

我告诉她，据我所知与欧林·特凡纳之死有关的怪事，还有闯入特凡纳家的贼。"我愿意付一个月买巧克力酱的钱，为了知道特凡纳的文件里写的是什么。马克什么也没有对阿丽沙·卡宁说，是吗？"

"她没跟我们说过。"艾米说，"你知道，那是大事，一个老人打开锁着的抽屉，给他看秘密文件。如果马克曾经提到过，我想她会说的，哪怕他让她发誓要保密。我可以明天早晨给她打电话再确认一下。"

"好的，"我记下这件事，"我们需要上个星期四马克在特凡纳家里记录的那本笔记。或者我们需要知道特凡纳和凯莉·巴兰丁之间的联

[①]杰森·汤普金。

系——我推测肯定与黑名单有关。也许她接受过非美活动调查委员会的审问,虽然哈什文集里没有任何内容提到过这件事。"

"我明天可以去大学图书馆。"艾米提议道,"所有听证会都有微缩胶卷记录。我试探过亨得里克看他会不会有马克的笔记——我仿佛能看到当马克的死讯传来他跑到马克的办公桌前自用自取,万一有什么内容他也能用到,或者需要掩盖自己的行为。他绝对嫉妒马克的成就。杰森·汤普金也一样。汤普金认为马克独来独往是为了赚名声。他的理论是马克握有危险的事实,但是他只看见在世界独家报道带来的奖项,所以他不告诉任何人。我不喜欢这种想法。JT这样的人会让马克重新缩回到他的壳里面,而不是摆脱因为JT的嫉妒和野心。还有就是,马克不喜欢太多噪音。"

"调查和你亲近的人的事情很难,"我同情地说道,"我表兄波波死的时候我开展调查——当人们谈到你的时候,就好像墙上的苍蝇。是吗?"

我检查记录的内容。"马克拜访特凡纳在一个星期前,星期四。他什么时候想找勒威林?在哪一天他和亨得里克吵架?"我问,"在马克会见特凡纳之前还是之后?"

"我不知道。"她翻阅自己的笔记时纸张沙沙作响。"你认为特凡纳告诉了他有关勒威林的事情?会是什么事情?"

"我一点都不知道。"我不耐烦地说,"我没有足够多的事实去推断。"

"吵架是最近发生的事,"她慢慢地说,"可能是上个星期五。我明天打电话给JT再问问他。"

"现在就打,这可能非常重要。"我说。

在挂电话之前,我们安排了明天的工作。我告诉艾米,图书档案管理员认为马克有可能在凯莉·巴兰丁的老房子里找到一些旧文件。

"我会做最后的努力找到那些文件,哪怕是他记录的纸张。这很不寻常,所有东西都消失了。"

我们说好明天早晨在马克家碰头。我要打破马克的土星汽车的车窗看有没有文件放在里面,同时艾米将对那栋房子做地毯式搜查。以防万一我们昨天错过了什么东西。然后艾米将前往大学图书馆,我去找瑞妮·巴亚德。毕竟,瑞妮遇到巴亚德的时候志愿为接受国会质询的人做文书工作,她可能了解在特凡纳和巴兰丁之间有没有联系。

在我们交谈的时候,我对关于特凡纳的秘密文件,有了另一个想法。年轻的拉里·约萨诺,这个律师替勒波德和阿诺夫做跑腿的工作。现在这个时间打业务电话有点太晚,但是这个星期他值应急班。假设特凡纳曾经是勒波德和阿诺夫新索尔威的客户,我想我会更快地进入情况,然后开始说特凡纳的死一定为办公室制造了大量的工作。

他表示同意,但是补充说,"你看,华沙斯基女士,这话不是针对你说的,但是我确实有个人生活。当所有新索尔威的客户认为我是日本管家,可以半夜随叫随到,那我就难过了。我们可以明天在我办公室谈吗?"

我不得不同意,虽然我真的不想在拥挤的星期五日程里加入去西部郊区的旅程。我们把时间定在下午三点钟——约萨诺想定早一点,但是我想先把惠特比住宅里的事搞清楚,然后我才会知道是否要抓住最后一根稻草,潜入拉彻蒙特池塘的水底。

最终我爬到床上躺下,这时电话响了。我很惊讶听到达罗的声音,充满冷冰冰的愤怒。

"我难道没有对你说清楚不要再打扰我母亲吗?你有三十秒解释为什么你无耻地不听我的命令?"

我强硬地说:"达罗,你不是陆战队的上校,我也不是你的士兵。我欠你妈妈一个礼节性的拜访,解释我做了什么事,并且说明为什么我会更深地卷入她的难题。我不会为了见她而向你道歉。"

"你让她伤心的行为很过分。那不是礼节性拜访,而是审问。"

"她给你打电话诉苦了?哦,不。丽沙给你打电话告状。你妈妈伤心是因为她了解到卡尔文·巴亚德病得有多重,而不是因为我问她的问题。我认为可以允许一个女人为她老朋友的衰弱而流泪。"

"跟我妈妈了解情况对你的谋杀调查没有任何用处。我之前警告过你。如果你还希望继续为我工作,我现在命令你离我妈远点。"

"我会考虑的,达罗,关于我的期望。我的意思是,晚安。"我挂断电话,在愤怒的绳索将我绑在正义的辞职声明上之前我想起了他每月一千美元的预聘金。一个人有时为了金钱会付出很高的代价。

第二十二章 丢失的拼图在哪里？

当我抵达勒波德时，阿诺夫在欧克布鲁克塔楼的办公室。拉里·约萨诺带我去会见朱利叶斯·阿诺夫。最好让高层合伙人了解是谁卷入了公司最重要客户的事务。总之，这样对约萨诺更好。

我到达的时候比见面的时间晚了一些，我已经度过了很长的一天。我从狂躁的梦境中很早醒来，我穿行在坎大哈的洞穴中寻找莫雷尔，然后这个洞穴变成了阿诺丁公园道路下面的涵洞。涵洞足有一英里长，地面上堆积了一层一层腐烂的鱼和老鼠。我不再寻找莫雷尔，而是逃脱撞击我肚子的那个男人。我尽力奔跑，可我穿着布鲁诺·马格利矮跟皮鞋的双脚陷在恶臭的地面中。那个男人开了一辆高尔夫球电瓶车。当我最终转身绝望地对抗他，看到马克·惠特比躺在轮子底下。

我醒来的时候气喘吁吁且大汗淋漓。看了一眼表，才五点钟。我试图再次睡着，可我的心里疙疙瘩瘩的，不可能再让清醒的头脑昏睡。最后，当深冬的天空出现一缕一缕的红色，我爬起来带狗狗们出去跑步。

我想有多远跑多远，能跑多快跑多快。我想逃离自己疲惫的灰色心情，但是在三英里的终点，米奇与佩皮再不愿跑了，它们把自己定在自行车道上，拒绝移动，不管是命令还是贿赂都不行。

最后，我转身带它们回家，用很慢的步伐取悦它们，但是我始终摆脱不了梦中不安的画面。我无法忘记这些包含了不仅是不安的画面和感觉。

回到家,我冲了个澡并做好早餐——鸡蛋,希望蛋白质可以克服我不安的心情并给我工作一天的能量。今天早晨我感觉自己不适合工作,但是我没有收入或依靠去放纵自己。

在我黯淡的想法背后,我可以看见我妈妈坐在厨房桌旁补袜子。现在是凌晨三点钟;我爸爸还没有换班回家。西区是充斥暴乱和抢劫的地狱。我听到她的声音,或者感觉到她的焦虑,我不知道是哪一种,轻手轻脚地从阁楼窗户旁的床上爬下来。她把我拉到身旁,给我做了一杯牛奶红茶,然后给我展示怎样织补袜子的后跟。

"我们不向忧虑屈服,维克,"她说,"那是贵妇们做的事情,他们可能因为情人没有写信或者新衣服太普通而幻想自己生病。我们不像那样自我放纵。我们找工作做,像这样,我们做得很好,我们让忧虑离开我们。"

我父亲将近五点钟回到家,看到我们都趴在厨房桌上睡着了,脸压在他的袜子上。一个警察的女儿,一个记者的恋人,这让你有足够的经历说明你不是贵妇,也不能自我放纵。我十五岁以后再没有补过袜子,但是我有很多别的杂事要做。

我先找吕克·爱德华,一个帮我修车好些年的忧郁的修理工。汽车锁很难搞定;我不想用我的开锁工具对付惠特比的车,不仅我会卡住锁,如果有警察看到我使用可疑的违法工具,我还会被抓。

不管什么时候跟吕克说话,我都得先忍受一段很长的说教,关于在他开始修理我的车之前我对汽车做的每一件错事。不过他的确是《汽车有话说》节目里的兄弟俩那种很了解汽车的人。听说我想打开土星汽车的锁,他让我坐下听了五分钟他对于现代美国汽车不正确的安全特点的评论,最后说他会派他的锁匠去吉尔路等我。

下一个我要找的人是瑞妮·巴亚德。自然而然，我只能找到秘书；自然而然，巴亚德夫人正在开一个很重要的会，我留给她一个精心设计好的信息：我是巴亚德夫人星期三晚上见过的那个侦探，发现马科斯·惠特比遗体的那个人。在欧林·特凡纳死之前惠特比曾经与他有短暂的会面，我推测他们在讨论凯莉·巴兰丁。我想问问巴亚德夫人是否知道巴兰丁和特凡纳的事。秘书带着疑惑又把信息读了一遍给我，说她会转交给巴亚德夫人。

内心挣扎了一会儿，我又打电话给奥古斯图·勒威林的办公室。再一次只接通秘书，具有行政人员气质的老练圆滑的女人，不像他们的前台接待员那样盛气凌人。我又一次解释了惠特比家属给我的任务。

"上个星期马克·惠特比想见勒威林先生。他预约的时候，有没有说原因？"

"对于作家团队和所有公司成员，想要会见勒威林先生都有固定程序。他来八楼的时候，我对他解释了这个程序，让他给我发个备忘录说明会见的原因。"她让我等一下，同时回应另一条线。

"马克给你发备忘录了吗？"她回到我这条线的时候我问道。

"他不想给我。"她的语气变得强硬。"他说材料太敏感了，他不想写在纸上。他也不想找他的编辑谈。我告诉他不能仅凭他的判断就决定有没有价值惊动勒威林先生。他是我们最好的作家之一，但是我真的不能为一个人破了规矩，他是明星也不可以。"

"我明白，"我飞快地说，"我也很困惑。这听起来不像他做的事，他不像那种违反公司的政策的人。我认为他被欧林·特凡纳说的事情所困扰，他可能找勒威林先生请教这些事。"

"是什么呢？"

"我不知道，"我坦承道，"如果我能知道，就可以解释谁杀害了他。惠特比先生上个星期了解到一些不寻常的事,与以前的非美活动调查委员会有关。我找不到一个与他讨论此事并在世的人,所以如果这是他想会见勒威林先生的原因,我很想知道。你有可能跟勒威林先生核实一下,看马克是否真的跟他谈过吗?他可能在等你去吃午饭,或者给勒威林先生家里打电话。"

她生硬地说,当她离开办公桌时,她的助手会坐在她的座位上应答所有的电话。在回应别的电话前,她仍然记录了我的信息。

我凝视着桌上的照片,好像可以看见在模糊颜色中的马克·惠特比。到底是什么事让他甘愿冒丢掉《丁字尺》工作的风险要直接面见杂志的老板?当然,可以是任何原因——可是他家里或办公桌既没有记录也没有文档。所以我不得不认为这与驱使他在上星期会见欧林·特凡纳的原因是同一件事。如果在他的车里找不到任何文件,那我只能抓住最后一根稻草,看他是否在落水时有东西遗落在池塘里。为防万一,我四下打听出租潜水设备的商店。

我在迪佛西找到一家店。在去城南的途中我把车停在那里。他们租给我一套潜水服。我购买了头灯、潜水眼镜和潜水刀;在马克家附近的五金店,我买了一捆细绳。如果我必须下去,这会有所帮助。

在上班与上学的早高峰结束之后,我抵达马克的住宅。一个居家母亲推着婴儿车经过时好奇地看着我,街上没有什么人。艾米到了以后,我们开始比以前更深入地搜查,检查地下室,翻开一堆堆的杂物,敲打未装修完房间的墙面。所有工作都是为了真正彻底地搜查。

大约中午的时候,吕克的锁匠到了。他有一箱子的钥匙和警铃代码。他打开土星汽车的门,给我一把解码的钥匙可以操作火花塞和警铃——要一百美元。

艾米继续在住宅内搜查的同时,我对汽车进行同样彻底搜查,同样毫无成果。我拿手电筒躺在底盘下面的时候,两个当地醉鬼问我要不要帮忙,这时瑞妮·巴亚德给我回电话。

我从车底下钻出来坐进驾驶室,可以私密地与她交谈。这个沃巴什炮弹全速划过天空。

"华沙斯基女士,没有经过我的允许,你在星期三找我孙女谈话。昨天你到新索尔威去找我工作人员问话,却不先给我说。现在,最后的补充,你想跟我谈。你应该在一开始找我。"

我握着电话的手微微出汗。"我想凯瑟琳告诉过你,我为什么找她谈。"

"相信我,华沙斯基女士,我不是刚从树上爬下来并开始直立行走。我已经跟达罗谈过。除了让我确定凯瑟琳根本没有找达罗要侦探的名字,他还说他已经告诉你停止从新索尔威开始的调查。"

"他不是我唯一的客户,巴亚德夫人。我正在调查马科斯·惠特比之死。惠特比先生死在新索尔威并且——"

"并且据我所知这跟我的丈夫和孙女没有一点瓜葛。"

"这与欧林·特凡纳有绝对的瓜葛,他这个星期死在一个奇怪的环境中。"烦恼使我的态度强硬。"惠特比先生在特凡纳死前不久才与他见过面。特凡纳向他出示了一些秘密文件,现在已经找不到了。我推测他们的共同兴趣在凯莉·巴兰丁,我希望你了解特凡纳与巴兰丁的纠缠是什么。"

""我就应该是你的研究档案?因为我们出版了一本巴兰丁写的书?"

"因为你在非美活动调查委员会的听证会上遇到了巴亚德先生,你可能会记得巴兰丁是否是欧林·特凡纳的一个目标。"

在说话之前,她沉默了一会儿,好像决定让我知道这个答案。"以前有个社会思想与司法委员会，一个左翼智库。欧林一直认为他们是共产主义阵线。巴兰丁可能参加了一些他们的会议，我不太了解。如果她参加过，欧林可能私下询问过她，可我不会了解。什么是欧林死于一个奇怪的环境？"

"这是警方正在调查的一个案子，"我认真地说，"我没有权利说。"

"真神奇，你有那么多没有授权的权利。其中一个权利你不会再有了，不要再接近我的孙女或我的家庭。"

她连再见都没有说就挂上电话。我下了汽车，感觉心绪不宁，就像一个被高速列车迎面撞击的人。我离开汽车和那两个酒鬼，他们还在喋喋不休，说可以发动引擎。

在住宅里，艾米和我结束了搜查，只是做个样子。我们都知道在地板下面或秘密隔间里什么都没有，马克可能不会把文件留在JT或亨得里克的眼皮底下，但是他也不需要在自己家里藏文件。

"我真希望可以发现凯莉·巴兰丁的信件。"我说，"我昨天晚上说过，马克给哈什文集的图书档案管理员留了口信，大约在他死亡的十天之前。吉登·里德知道马克准备查看她的老房子；他认为马克如果真的发现了什么肯定会让他知道。"

"我可以查看她家，"艾米自告奋勇说，"跟房主房客或是谁说一声，看看他们是否知道马克找到了什么东西。"

巴兰丁的旧房子就在国王路的路口。"如果你有时间就去吧。不过还有些事我希望你可以做。"

我对她转述了与瑞妮·巴亚德之间令人泄气的谈话。"你去芝加哥大学图书馆的时候，看看能找到多少关于社会思想与司法委员会的内容。这条线很细，却是我们目前唯一掌握的线索。在巴兰丁的档案里两次提到一个未署名的委员会——极可能就是那个委员会。想想，特凡纳询问巴亚德参与这个委员会的情况……该走了,我们在这里不会有所发现。"

搜查的时候我穿牛仔裤和套头衫,我换上带来的商务套装,会见新索尔威的律师们。我在马克·惠特比的客厅换好衣服,带了一块家里自制的饼干当晚饭在车上吃,然后加入下午从城市提早归来的人潮。

第二十三章 家庭老仆

即使我两点三十分抵达艾森豪尔，交通已经很拥挤了。等我找到地方停车，找到在大型商场与办公综合区域中正确的建筑，在女厕所里把身上的饼干渣掸干净，就迟到了十五分钟。拉里·约萨诺急匆匆地带我直接进入高层合伙人的办公室。

朱利叶斯·阿诺夫是一个骨瘦如柴的矮个子，可能快八十岁了，眼睛深陷、眼皮半垂。他没有跟我握手，只是冲我和约萨诺挥挥手，示意我们坐在离他办公桌较远的两把直背椅子上。"年轻的约萨诺告诉我你是芝加哥的侦探？一名私人侦探，不是芝加哥警方的？"

"正确。"

他发出一声冷笑。"你不是第一个对我们客户事务感兴趣的芝加哥侦探。"

"我希望不是，"我说，"从吉拉尔丁·格里厄姆女士一直告诉我的事情来看，你的客户们让整个侦探局的人忙个不停。"

拉里·约萨诺倒吸一口凉气，无助地看看我又看看阿诺夫，但是这个高级律师说："如果格里厄姆夫人已经对你吐露什么秘密，那约萨诺很难告诉你不知道的事。"

"她只是讲了一些片断，不是全部的连贯的事。她说了她与母亲的斗争，她妈妈……说服她嫁给麦肯齐·格里厄姆。她还告诉我欧林·特凡纳是个同性恋。我知道卡尔文·巴亚德患了老年痴呆症，并且瑞妮·巴亚德在痛苦中不让外界知道他生病。不过很多有关联性的细节丢失了。"

"你希望我们告诉你五十年前我们没有告诉那些在此地乱嗅的侦探和记者们的事？"他的语气非常傲慢。

"我关注的不是新索尔威五十年前在佩顿广场的旧事，而是两个现在的凶手。我在调查马科斯·惠特比的死——他是那个死在……"

"我知道所有那个死在拉彻蒙特的人的情况。即使格里厄姆家出售了拉彻蒙特庄园，但是我们还在继续管理那处产业。我知道里克·萨尔威认为那个男人是自杀，而你要让我们配合谋杀调查。"

"只要发生谋杀，调查通常都是好主意。"我平静地说。

"不总是这样，姑娘，不总是这样。"他打断我的话。

"我一直在自己开展工作。"我假装是深思熟虑的表达。"昨天在欧林·特凡纳的寓所里，我发现了证据让我怀疑他可能是被谋杀。然而，我必须问这是否需要调查。有人催促一个老人赶紧提前几个月离开这个星球，这有什么关系呢？我是不是为了一个毁掉许多人生活的男人的死亡在浪费精力？"

"欧林·特凡纳在西奥多·勒波德的办公室开始他的法律培训。"阿诺夫说，"在我加入公司之前，他已经在从事更重要的工作，但是我们依然很尊重他。"

"所以你认为他的谋杀应该调查，而马克·惠特比的不需要？"

"不要曲解我的话，姑娘。"阿诺夫把目光转向约萨诺。"关于特凡纳先生的死我们知道什么，约萨诺？"

约萨诺马上坐直。"只有华沙斯基女士在他的寓所里发现了不寻常的状况，先生。她准备在下午见面时给我讲。"

"那个状况是——"阿诺夫的目光又转向我。

我靠在椅背上，跷着腿，努力营造出我并不比人低一头的气势。"特凡纳死的那天晚上，在他寓所里还有别人。那个人精心掩盖他的，或她的，存在。尽管如此，还是留下了痕迹。昨天我是第一个知道有人闯入他寓所的人，我阻碍了他。很不幸，他撞倒我以后逃跑了。我知道马科斯·惠特比在上个星期四找特凡纳了解情况——一个星期前的昨天。我还知道特凡纳给他看了一些锁在抽屉里的文件。那些放在寓所里的文件已经被盗了，我希望你会知道那些文件的内容。"

阿诺夫缓慢地摇摇头。"我们的客户不会经常向我们泄露秘密。当然，我们是特凡纳房产的遗嘱执行人。"

"谁是继承人？他又没有家庭。"我问。

"几个他认为有价值的基金会。"

"包括斯帕多那基金会？我想知道瑞妮·巴亚德是什么感觉，看到她儿子使用父亲老对手的钱制定她和卡尔文都反对的政策计划。"

阿诺夫古板地笑道："如果卡尔文把自己的文件保存得更好，爱德华·巴亚德也许不会走到今天这个位置。"

"什么意思？"

"意思是这些大家庭都有不愿他人知道的事情。很抱歉我无法在欧林的文件方面对你有所帮助。我从来没见过它们。"

我问阿诺夫关于凯莉·巴兰丁与特凡纳的关系他知道多少。

他又一次傲慢地干笑。"那个跳舞的非洲人？我不认为欧林跟她有关系。"

"那卡尔文·巴亚德呢？"我问。

"卡尔文资助了很多艺术家。我认为巴兰丁曾经是他提携过的人。当然，是在他与瑞妮结婚前。"

在说出"被提携的人"这几个字之前，他想了一下，这让我了解到他们曾经是情侣。我真想知道年轻的约萨诺需要多长时间能学会这种欲说还休的习惯。

"今天早晨瑞妮·巴亚德告诉我说社会思想与司法委员会就是特凡纳的帽子里的蜜蜂。据传言说卡尔文·巴亚德为他们提供资金。"这是我刚制造的传言，而他很可能是巴兰丁档案里提到过的资助人。

"哦，在三四十年代的时候，卡尔文对很多左翼团体都很慷慨。他的政治立场从来没有任何疑问。只是因为他出版了知名共产主义分子阿尔蒙德·派勒提的书，我不认为会有人真的以为他本身也是一个共产主义分子。即使在五十年代纠缠他的欧林也不信。我认为他们只是不喜欢对方。卡尔文当时是阔绰的年轻成功人士，欧林则是缓慢地向上爬。而且欧林受到同性恋倾向的困扰。另外，我理解达罗·格里厄姆雇用你查找他妈妈看到的在拉彻蒙特阁楼的人。你有没有发现是谁？"

我慢慢地摇摇头。不知怎么，我忘记了最初促使我去新索尔威的调查。"凯瑟琳·巴亚德说是她爷爷，他有去格里厄姆老房子的钥匙。"

阿诺夫发出一阵类似冬天发动汽车的声音；我愣了一下之后，意识到他在大笑。"年轻的凯瑟琳具有所有的巴亚德的精神。人们永远不知道有了大笔财富的下一代会如何行事。"

"可是当我问达罗这件事情，他变得极为恼怒。"

"我恐怕还没有得到格里厄姆的信任，姑娘；他把法律事务交给了别人，"阿诺夫说，"他很依恋他的父亲，但是，麦肯齐·格里厄姆死的时候杜鲁蒙德夫人的态度造成达罗在夏天离家出走。他当时有十四五岁。最后他返回爱克塞特大学完成学业，但是我不认为他曾经回到拉彻蒙特。"

"关于麦肯齐的死有什么特别麻烦的事情?"我问。

"所有的死亡都很麻烦。而麦肯齐是上吊,据我所知。"

"可为什么呢?"拉里·约萨诺十分吃惊地说。

"他在那个年龄段,"阿诺夫说,"以我经验来看,世间的不幸不是四十五岁才知道死亡很麻烦,就是清楚再努力也没有用。特别不幸的是,达罗发现了他父亲的尸体。麦肯齐非常依恋他的儿子。我怀疑他要是自杀,也不会挑那个时间,因为他知道达罗在家。"

我努力消化这些事情。"根据格里厄姆女士所说,那是不幸福的一家人。为什么她与格里厄姆先生当初要结婚?为什么他们从来没有搬出去自己住?"

"如果你了解马休·杜鲁蒙德夫人,你就会知道这两个问题的答案。麦肯齐先生和夫人年轻的时候让他们的父母很忧虑。杜鲁蒙德夫人与布莱尔·格里厄姆先生——麦肯齐先生的父亲——认为婚姻会让两个年轻人安定下来。当然,当我来到公司时,杜鲁蒙德夫人六十五岁,却仍然是个难对付的权势人物。实际上,她拒绝与——"阿诺夫突然停下。

"她不想与犹太律师共事?"我提示道。

"她有老派的偏见。"他严肃地说,"西奥多·勒波德找我当合伙人的时候,几个人把业务转移到别家,就像我们把约萨诺带入公司的时候有些人做的一样,但是大部分的新索尔威人看到了,像他们现在做的一样,勒波德发自内心地关心他们的利益。"

第二十四章 带着水肺潜水

晚霞使池塘表面显得柔和，模糊了纷乱的杂草丛，为了凸显百合的花苞，甚至那条死鲤鱼看上去也像游到水面准备跃上陆地。

我离开阿诺夫办公室的时候，想返回芝加哥，把池塘放到明天早晨再说，但我迟早都要去西郊潜水。毕竟，塞满杂草的水面下会很黑，不管我是早晨六点钟下去，还是晚上六点钟下去，都是一样的。

我贫瘠的弹药库里只剩下顽强的意愿要查明特凡纳告诉马克·惠特比的事情。阿诺夫抛出暗示，我应该能查到。他显然很自豪于了解纠缠在新索尔威周围的秘密。比如卡尔文·巴亚德永远不应该对文件太随意——至少保证不要放在他孩子的眼皮底下。

我顺利转向由东向西去的收费站，加入了一英里长的等待队伍。阿诺夫说过没有人，甚至特凡纳，会真的认为卡尔文·巴亚德是个共产主义分子。那他到底做了什么，让他儿子震惊并转变成一个极端保守主义分子？文件又是什么内容？

我一寸一寸向前挪。这使得大家都很沮丧，并变成一队高音歌唱家。他们的生活相互纠缠，因为历史，因为婚姻，因为共同的谎言。他们就像一群玩三张牌游戏的人，在我一直押花牌的时候大笑。我开始怀疑城南的混混儿们能否配得上如此圆滑的骗子。

我一点一点挤出收费站来到华伦威尔路。现在从收费站到拉彻蒙特庄园的路线可以用自动驾驶。在拉彻蒙特,我把野马汽车停在谷仓后面,有人从路上或从毗邻巴亚德庄园的树林里过来都不会看见。如果有人——比如说,年轻的凯瑟琳,甚至是鲁丝·兰特纳——来到拉彻蒙特庄园,他们不可能会看见这辆汽车。

在离开奥克布鲁克之前,我在购物中心停了一下,换掉商务套装,穿上泳衣、套头衫和牛仔裤。现在我脱下最后一套衣服留在车里。我蠕动着挤进潜水服。橡胶太硬,不便于行动。等穿完衣服,我已经开始出汗,但是同时我感觉到包在皮肤上的冰凉的橡胶又湿又黏。

我戴上早晨买的头灯。将细绳、渔刀、脚蹼和面镜一起夹在胳膊底下,小心翼翼地绕过谷仓,穿过野草蔓生的花园前往池塘。

我从来没有在水底工作过,不过我在密歇根湖学习游泳。实际上,我表兄波波和我以前经常在家附近的卡鲁梅特湖的脏水里扎猛子,这让我妈妈极其担心。这很有意思,当你还是经常受妈妈教育的孩子时,觉得刺激的事在你长大成人后会觉得很恐怖。如果波波在这里,这会是场探险;如果波波还在世,我不会感觉到如此孤单。自怜自艾的泪水喷涌而出。我狠狠地把眼泪擦掉。你是一个用行动证明自己的女人,我嘲笑自己——穿上那双该死的脚蹼赶紧工作。

水脏得与我想象的一样。我一脸苦相,把面镜戴到眼睛上,把呼吸管塞进嘴里咬住,一头扎进水中,努力不理会冷水对脑袋的冲击。几乎在同时,我缠在一大堆根茎里。在这堆植物里又拉又拽奋力前进让我的血液快速流动以抵御寒冷,同样这样的动作也搅起水底的泥巴,使我更难看清楚任何东西,头灯在这么混浊的水下只能照到前方几英尺的地方。像我想的一样,晚上开展这项工作完全不碍事,阳光根本无法透过水面上纠缠的植物。

我估计要搜查四百平方英尺的面积。我准备按泳道形状开展工作：扎下去，拨开草根，摸索水底，上水面换气，重复进行。呼吸管没什么用，所以我把它放在池塘岸边。每次碰到池壁，我会把细绳绑上。我从池塘西侧开始，星期天我就是在那里绊到马克的尸体的。

一个小时后，我搜查了大约一百平方英尺。我找到了三个生锈的罐头盒子、一块生锈的手表、断碴儿被水流打磨光滑的瓷器碎片和一只奇迹般保存完整的水晶香槟酒杯。我还找到了许多块因吸水太多而沉入水底的木块。

现在是七点，上面的世界黑透了。我的肩膀因为拉扯水草而感到酸痛，鼻子不停地流鼻涕，我从来没有觉得这样对不起自己。我把酒杯放在岸上的碎瓷片旁边，绑好绳索，再一次潜入水中。

七点三十分，我为寻到的宝物里增加了更多的罐头盒子、一些叉子和汤匙、更多碎瓷片还有一个女式的戒指。戒指在水里泡了有一段时间了，根据上面粘的泥巴判断，但是看上去好像应该镶了一块挺大的石头。我把它掖进潜水服的口袋里。

八点钟的时候，就在我又冷又失望准备放弃的时候，我找到一个手包。我浮上水面盯着它看。我已经麻木了，没有产生一丁点儿的激动，然而我知道这肯定不是马克的，就是凶手的——在脏水和草梗的淤泥里，棕色皮革的纹理仍然清晰可见。我的手指因为寒冷而变得僵硬，没法在这里打开它。我站直在水面上，足够高，把它掖到放戒指的那个口袋。

我已经搜查了大部分的池塘。我想结束了，可是还剩一个区域。如果不搜查到底，我会整夜睡不着觉，想着有关键证据被我忽视。我潮湿的肺呼吸了几分钟冰冷的空气，然后潜入水底。

除了几块木头，什么都没有。有一块摸上去好像是个手工艺品，不是干树枝。我把它带到水面上。谢天谢地，我终于从脏水中爬上来了，我绕着池塘走了一圈，解开之前绑住的绳索，一圈一圈缠在我肩膀上。两个小时的水下活动让我的双腿不停颤抖。

在我准备收集找到的碎瓷片和玻璃杯之前，我听到草坪那边传来沉重的脚步声。我抓起呼吸管塞进嘴里，然后滑入池塘，在最后一秒还没忘关掉头灯。

水可以放大声音。这个脚步——是凯瑟琳·巴亚德的，还是鲁丝·兰特纳的？——声音听起来像是带平头钉的靴子。我等了一分钟，让她有时间查看池塘并从草坪走向住宅。在我又开始往岸上爬的时候，我听到另一阵在我旁边的铺砖小路上咯吱咯吱的脚步声。我又潜入水中。脚步声停下。一束灯光扫过池塘表面。

我的心跳几乎停止了。我屏住呼吸，这束灯光逐一照过纠缠的杂草、百合花苞和死鲤鱼。我的呼吸管肯定没有伸在这些垃圾外面。过了一会儿，灯光转到别处，脚步继续移动。

今夜没有风。如果我现在爬出池塘，声响可能会传到嫌疑人耳朵里。如果我待在这里，有人可能攻击凯瑟琳。我把头伸出水面，尽力看透黑暗。在我前方，住宅的附近，一束手电光上下晃动。我听到有人说话。一声惊叫？然后是低语。听起来不像是袭击。

在冰冷的水里待得太久，我的牙齿打架的声音是如此之大，我不相信房子那边的人会听不见。这个声音不会比我从池塘里爬出来的声音更大。我第三次爬上岸，尽可能小心地移动。我脱掉脚蹼，一路小跑去池塘对岸我放鞋子的地方。在我穿上鞋子之前，说话声音更大了。如果还要让我进入那塞满杂草的冰冷的水里，那我一定是被诅咒了。手里提着鞋子，我躲在一个石头椅子后面。

"凯瑟琳，你对我说谎，我不喜欢你这样。鲁丝告诉我说，星期三在班克路的那个侦探昨天去找她，声称你拿了你爷爷的钥匙晚上跑到这里来。那么——"

"我说过了，她在编瞎话。我不知道是什么原因。不是说鲁丝，是那个侦探——"

"不。"瑞妮·巴亚德停在离我的鼻尖一码的地方。"我昨天给达罗打过电话。我不赞成他给你派一位调查谋杀案的侦探。有时间，抽时间，让你钻研人类的痛苦，可是，无论如何，他说他最近没有接到你的电话，他的工作人员也没有。所以不是你自己找那个女人，就是那个女人找的你。为什么？"

"是她找我，她在跟踪我！"凯瑟琳叫喊道。

瑞妮沉默了几秒钟，显然在想怎么说。等她开口说话的时候，声音显得很疲惫。"亲爱的，如果她在跟踪你，为什么你要证明她昨天下午说过的话？如果她想敲诈你，你应该告诉我。如果你觉得需要侦探做什么事，你就不能也告诉我吗？"

"我不能告诉你。如果我能，我会说的，可我不能。别想让我说更多，因为那只会是假话，你知道了会更生气。"

"星期天晚上你来过这里吗？"瑞妮说，"有什么让你害怕的事情？"

"你是想说，如果我来过，我就干扰了杀害那个记者的人吗？不，奶奶，我没来过，我对于在这里发生的谋杀根本一无所知。"

瑞妮深吸了一口气，好像她要反驳凯瑟琳一再重复说没有来过这里的话，然后停了一下，像是感觉到这种争辩是无用的。我咬紧牙关，不让自己的牙齿在她身边打颤。

"现在你知道了，你不用回到这里。我们不知道谁杀害了那个记者。有人在利用空置的拉彻蒙特庄园——这就是为什么你的侦探要来这里。吉拉尔丁·格里厄姆曾经看到阁楼上有灯光，达罗认为她可能在编造故事迫使他更加关注她,我不同意:她是个聪明的女人,不会用这种小把戏。一个精神失常的人可能藏在这栋房子里。如果你来这里会见朋友、情人或者吸毒以及做什么你不愿意让我知道的事情,求你——"她突然停下,无法说下去。

"没有人能进到房子里,那里有安保系统,"凯瑟琳说,"警铃连到朱利叶斯的办公室里。"

"你知道这些是因为你触动过警铃?"

"这根本不是秘密。我是说,我们的房子里都有警铃,并且我们都知道它响了以后该怎么做,每个人都知道连通律师办公室和警察局的警铃会响。"

凯瑟琳说话时使用了不加停顿、词意连贯的句子,昨天对我也使用过,在她想要将谈话从敏感话题引开的时候。是什么事她不想让她奶奶知道?瑞妮·巴亚德显然也在想同样的事,因为在她说话前思考了稍长一段时间。

"你有警报系统的钥匙吗,凯瑟琳?"

"没有,奶奶,我怎么会有去别人家的钥匙?"

"如果你发现它放在哪儿,你就会拿到。"瑞妮·巴亚德的口气很随意,好像她对这个话题不感兴趣。"我以为这栋房子像这里其他的房子一样。由于所拥有的财富和地位,我们在新索尔威是特殊的人,要非常诚实与品行端正,所以新来的人不必为新的警铃系统所担心,他们知道房子的旧主人不会私闯民宅。我敢说——购买拉彻蒙特庄园的那家人叫什么名字?我敢说他们把警铃放在正确的位置并且系统的钥匙可能留在这里好几年了。我不是在暗示你偷东西,但是如果你发现了钥匙,你不可能不用。"

"哦,求你了,奶奶,我可不能长时间忍受那些加波龙家的小孩为了从他们那里拿钥匙,他们都是 nou-nous——"

"是什么?"她奶奶问。

"对不起,"凯瑟琳嘟哝道,"我们在学校用这个词。Nouveaux-nouveaux riches,就是新暴发户,你知道的。"

"现在我知道了,"瑞妮无奈地说,"轻视那些与你生长环境不同的人是停止思考最简单的途径。"

"我懂,我懂,可是如果你——嘿,奶奶,有人来过这里,看那堆东西,好像是有人来野餐什么的,除非用的全是这些破瓷器。"

瑞妮把电筒的光圈照到凯瑟琳看到的那堆碎瓷片上。那是我挖出的第一堆东西,在池塘离我们最近的岸边。我看见她向前了几步。凯瑟琳跟在后面。

"你觉得治安官来过吗?是他打捞池塘寻找线索?"

"我不知道,"瑞妮说,"里克·萨尔威对这个情况没兴趣。也许是你的侦探,回到这个犯罪现场。这些好像是吉拉尔丁·格里厄姆她妈妈的科尔波特瓷器。她收藏了上百件,都是这种青花镶金瓷。它们肯定是在举行露天晚会的时候掉进去的。"

"有人喝醉了,然后把瓷器扔进池塘?"

"我们不会那么野蛮,亲爱的。我要给里克打个电话,看他是不是派人来过。近期也有可能,这些碎片上还有水渍。你没有看见别人吗?我觉得我听到什么——但是我没有看到——"电筒的光束又在四周扫了扫。

"这还有东西。"凯瑟琳走到池塘对岸,她自己的手电筒一直照在池塘边沿。如果我在小路上留下湿脚印,她会抹掉那些痕迹。"哦,只是些脏东西。再没有格里厄姆夫人的喝酒狂欢扔掉的瓷器,全是又黑又脏——嘿,凑近看,这像是一个面具,你知道,像爷爷在书房里摆的那个。搞艺术的朋友没有把那个给他吗?看来他们也给过格里厄姆,而他非常不喜欢。"

瑞妮大步走到她孙女身边,她的脚踩在碎砖上发出嘎吱嘎吱的声音。"你说得对。我们要把它清理干净:大部分在这里,只有左眼睛上面那一块破了。我得说,这说明了很多事情。"

"什么事情,奶奶?"

"生活,虽然它总是一个无法解释的秘密。现在我们回家吧。"当她们向花园外面走的时候,她补充说,"星期天晚上你看到什么了?"

然而凯瑟琳没有上钩。她们的说话声渐渐淡去,我听见她说:"既然我不在那里,我什么都没看见。"

第二十五章 从北面爬上去

我在最近的汽车旅馆里睡了三个小时。午夜时,闹钟响了,我躺在床上打量着周围不熟悉的环境。为什么我要定闹钟?而我真的需要八个,不,应该是十个,十个小时睡在温暖的床上?天气太冷了,我对于晚上的英勇行动来说也太老了。但是当我把毯子卷成筒扭动着缩到里面的时候,我却无法再次入睡。

凯瑟琳有拉彻蒙特的钥匙。她在掩护房子里的某个人。瑞妮·巴亚德太不敏感而没有理解这两件事。瑞妮可能明天早晨第一件事就是让杜佩奇县治安官到那里去,而我找到杀害马科斯·惠特比的凶手,也可能是谋杀的目击证人的机会将彻底消失。

"好像是你的事。"我可以听见凯瑟琳·巴亚德这样说,瘦长的脸上充满蔑视,不管怎样我应该起床了。

我换上牛仔裤,但是袜子和套头衫都湿透了,散发出腐烂植物的臭味。我见朱利叶斯·阿诺夫时穿的丝衬衫放在后备厢里。我可不想穿它干重活儿,不过郊区有众多通宵商店。这家汽车旅馆的路对面就有一家二十四小时营业的大商场。我穿上衬衫和套装上衣,把那个小手包塞进我的背包,然后穿过马路——我不想把战利品单独留下,哪怕一分钟。

在上床睡觉之前,我试图打开手包,但是泥巴和杂草卡住了手包的拉锁。我没有用蛮力——如果这是马科斯·惠特比的,我不想毁坏里面任何的笔记或文件。我将把它送到通常我用来解决这类难题的物证实验室。

我在浴室的水龙头下洗干净了戒指。一位珠宝商才能用正确的方法将它清洗干净,不过我认为,它是一件昂贵而艳丽的首饰。黄金指环上宝石镶嵌呈蜂窝形状——钻石和祖母绿的小石头簇拥在四大块石头周围。有两个小石头遗失了,但是剩下的也许能为孔特雷拉斯先生和我交两年的税金。

这会是吉拉尔丁·格里厄姆的吗?或是她妈妈的?我想象着年幼的达罗在他们与他爸爸争吵之后把他奶奶的戒指扔进池塘。也许是吉拉尔丁自己扔掉的,对她的婚姻感到万分恶心。可能我太过情节剧化——可能是她或她妈妈,甚至是某个客人在瑞妮·巴亚德提到的露天晚宴上不慎丢失的。我敢说失主再见到它肯定极兴奋。

因为泡在冷水里,我的指头有些肿胀,在它们正常的状态,这个戒指可能会直接滑落骨节。我举起手在浴室镜子前研究这枚戒指。卡在我的骨节上,我的手指反射出蜘蛛网一样的切割面,这看起来很奇异。这个失主的钱肯定比品位要多,虽然我认为高级的品位是穷人虚弱的安慰。我把戒指塞进牛仔裤,然后出去买夜行服。

在马路对面的超级商场,我找到阿司匹林、橙汁、袜子、头灯的新电池、有橡胶手掌的手套和一件带风帽的海军套头衫——一共二十三美元。我心里有些不安,因为想到可能是中国和缅甸的劳工们制造了这些东西。

回到旅馆,我用半瓶橙汁送服两片阿司匹林,这跟再睡六个小时一样有效。我又把小刀和头灯塞到背包里。我把"请勿打扰"的标志挂在门上,以便我还想用这间房,但是我把所有的东西都装进汽车,如果我有足够的运气和耐力,我想在结束以后直接开车回家。

我有极强烈的感觉,在你几乎筋疲力尽的时候,有时你会达成目的。在卡佛得尔路的入口,我把车停在灌木丛后面。我想步行前往拉彻蒙特庄园,我不想让汽车的噪音惊动在那里游荡的人。

五天前的旅途让我害怕,路好像没有尽头,夜行动物让我害怕。现在我足够了解脚下的这片区域。我戴着头灯,但是朦胧的月光足以照亮这条路,我不需要用头灯。

运动放松我的肌肉,帮助阿司匹林发挥作用。我伸展手臂。肩胛骨之间的某处肌肉让我感到相当刺痛。我希望今天晚上不会再用到这块肌肉。

有两次,车辆经过时我都藏进灌木丛。我想过抄近路,但是在铺装路面上行走声音更小。我赌瑞妮·巴亚德要等到早晨才会给治安官打电话,可我不能确定——沃巴什炮弹动作很快,如果她认为她孙女在包庇凶手,她会立刻行动。我还赌凯瑟琳今天晚上不会再从她奶奶那里溜出来,可是我也不确定。

我走在拉彻蒙特的车道上,过一段时间我就会停下来倾听夜晚的声音。走路让我暖和起来;现在我的后背能感觉到晚冬的空气。刮来一阵小风,树叶和枯萎的野草沙沙作响,让我更频繁地停下脚步。我在紧张的状态,所有的声音听起来都像是有人在灌木丛里移动。

当我抵达这栋大宅之后,我先巡视了外部的附属建筑,查看是否有其他人的迹象。我很担心瑞妮·巴亚德或杜佩奇县治安官在我面前跳出来,但是我没有发现任何人。池塘附近传来很大的响声让我马上趴在地上,我的心剧烈地跳动。还有两只白尾鹿,在我接近的时候受惊而逃。

最后我穿过院子前往主宅,来到西侧的大门,白色的立柱支撑着半圆形门廊。我没有想太多，跑过最后二十英尺，纵身一跃，抓住了立柱柱头之间的横梁。肩部酸痛的肌肉开始抗议，但我快速做出动作，双臂用力将身体拉上去，用腿缠住其中一根立柱以便让大腿承担身体的重量。我的一条胳膊伸向半圆屋顶的边缘，摸到一处可以吊着我的石头凸起，然后拉我自己上去，像条死鱼一样蹭上雕花的表面。

我屏住呼吸，快速后退直到靠在墙壁上。从我的有利点，我可以看见更大的地面。我能看清的唯一活动，除了风拂草动，就是那头重新返回池塘的鹿。我透过光秃秃的树冠望向夜空。一缕缕的云飘过月亮，星星有的明亮、有的闪烁、有的暗淡，在城市里决不会看到这种景象。我紧张能量的爆发正在减退，开始打瞌睡。

起来，赶紧动起来，华沙斯基！我可以听见高中时的棒球教练大吼，好像她就站在我身边。我强迫自己站起来看着身后的窗户。从那里可以进入上一层门厅，但是上面有安保系统的警示标志。就是说我还得再上一层。没有容易的途径通往第三层，没有立柱可以爬，但是老旧墙体上的缝隙有使用手指和脚尖的空间。我开始攀爬。

我一直认为墙壁攀岩是一项愚蠢的运动。笨拙地摸索抓手，试验手指抠住的每个凹洞，靠颤抖的肌肉和发软的双腿每次让自己升高半英尺，跟粗糙的墙砖脸贴脸，如果我滑一下会从脑门疼到下巴——但没有事情能改变我的心意。

我非常清楚我的黑衣服在白色墙面上有多么显眼。如果我抓不牢掉下去，我会落到下面的圆顶弹出去并且折断许多骨头。潜伏在房子里的人会清楚地收到我正在接近的警报，然后用铅等着我。一粒子弹或一根管子，也许是一锅融化的铅，这是中世纪的做法。现在我全身冒汗，不仅仅是因为运动——想象对侦探来说不是个好东西。

三楼的窗户有狭窄的窗台，宽度不够让我跪在上面，只够我撇着脚站立，像个不雅观的芭蕾舞演员。我手抓窗框上沿以支撑身体，屏住呼吸，蹭破皮的脸贴在冰凉的玻璃上。

在打破玻璃、制造响声前，我试试窗户有没有被锁住。窗框很结实，不过可以移动——一二层楼的安全系统让朱利叶斯和名义上的房主扬扬得意。我拉开足够大的缝隙让胳膊伸进去，然后把下半扇窗户往上拉。我在狭窄窗台上的移动就像埃及壁画里的人，但是我还是努力把左腿伸进去，变成坐姿休息片刻，一条腿跨在内，一条腿垂在外，最后把窗户开到最大钻进房内。

我从背包里取出头灯并打开。我脚下就是一九〇三年报纸描述的有十三间卧室的豪宅。多年以来没人认为它值得再装修，甚至清扫。地板上的尘土很厚。渗进房内的水在退色的墙纸上留下棕黄色的印迹。

我蹑手蹑脚地走过满是尘土的地板，打开门，来到一条没铺地毯的长走廊。我在走路时尽可能不发出声音，打开每一扇门，查看壁橱，查看卫生间，什么都没看见。在走廊的中部有通往下一层的楼梯。我向下看去。这是主楼梯的最高点——在我下面的楼层，楼梯扶手更大更精美；我推测，延伸到一楼大厅的楼梯扶手应该跟我今天早晨在巴亚德家看到的一样。

在距主楼梯最远的一端，尘土中有痕迹。凯瑟琳·巴亚德，肯定是她。我跟着她的脚印来到走廊尽头的一扇门。我一把拉开门，迅速蹲在门后，以防有人开枪。没有铅弹倾泻在我身上。只有一个吓坏的声音说："凯瑟琳，是你吗？"

第二十六章　巨蚌的双颌

我站起来，打开头灯。我抬头看到一段狭窄楼梯上有一个穿着套头衫的少年。他黑色的眼睛因为恐惧而睁得大大的。根本不是要攻击我，他看上去吓得软在地上。

我站在原地，冷静而缓慢地说："对不起，凯瑟琳今天晚上来不了，她奶奶不让她出家门。"

他没有说话。他看起来年纪很小而且脆弱，像一只站在森林空地中央瑟瑟发抖的幼鹿。他如此用力地抓着楼梯扶手，以至于他黝黑皮肤下的手指关节泛白。

"你能告诉我你的名字还有你在这栋房子里的原因吗？"我用同样缓慢且温柔的语气说。

"凯瑟琳，她让我待在这里。"他小声说。

"她为什么要把你藏在这里？"

他嗫嚅着，没有说话。

"我不是来伤害你的。但是你不能再待在这栋房子里。有人知道你在这儿。"

"谁知道？凯瑟琳说她不会告诉别人。"

"马路对面有个女人以前是这里的房主。她曾经从阁楼的窗户里看到你的灯光，你和凯瑟琳的灯光。这个女人的儿子是——我的朋友。"

这个少年是那么害怕，我不想告诉他我是侦探。"她儿子让我来查看是谁住在他妈妈的老房子里。"

"那你现在要干什么？你会告诉警察吗？"

"我不会告诉警察。除非你杀人了。"

"杀人？我没有杀人，你不能说我杀人，我只是在房子里，没有杀人！"他惊慌失措地叫起来。我们一直在小声说话，他突然大喊，让我吃了一惊。

疲倦让我很难集中注意力，并且总这样盯着他让我的脖子感到僵硬。"我想上去，我们可以好好谈谈。"

我向上走的时候，他开始后退，他的大眼睛不敢片刻离开我。楼梯上面是一片很大的开阔区域，头顶是一扇天窗。就是这里透出的光被吉拉尔丁·格里厄姆看见。凯瑟琳来这里的时候，她和这个男孩在手电光的照射下坐着说话。我关掉头灯——希望在吉拉尔丁发现之前。

房顶倾斜的角度很大。不规则的几处墙面拐角弯进房间内以容纳住宅里的四个烟囱。在吉拉尔丁·格里厄姆小时候，这里是用人的公共房间。我可以想象到留长辫子的小女孩坐在台阶上好奇地观看女佣们打扑克。

房间一侧的墙边堆满了旧家具——我能认出有两个衣柜、一堆椅子和一具床架。这个男孩与凯瑟琳肯定把皮面写字台拖出来，然后直接站在天窗底下。几本书整整齐齐地摆在盘子、瓷杯和玻璃杯旁边。我想这张写字台和其他格里厄姆家丢掉的东西——它们看上去太老旧了，不适合新暴发户家庭作为主要事物保留。

男孩的眼光从我身上一下投向楼梯口，他正在鼓起勇气逃跑。

"你可以跑下楼梯出门。"我保持语气平稳，还带点友好，像是好警察。"我不会阻拦你。但是你跑不远，特别是没有凯瑟琳带路，你都跑不到一楼。"

他跌坐在最高一层的台阶上，脑袋垂在膝盖上，双手抱着头。多么孤单啊，我的心里有所触动。除了他盼望见到的朋友凯瑟琳，他还有我。

我走向房间的北墙，这里可以俯瞰花园。窗户很小很高，但是他可以搬把椅子站在上面向外看。我爬上去。从这里，你可以看见车库那里出现的人。你可以一整晚站在这把椅子上期盼她从芝加哥跑出来见你。你也可以看见池塘。

我跳下来巡视阁楼其他的地方。这个公共房间连接着一条短而宽的走廊，那里有六间朴素的卧室以及一间简陋的浴室。我打开水龙头，流出的是冷水。至少他有水用。在其中一间卧室里放置了一张床垫，上面还有睡袋，他的几件衣服折叠整齐放在椅子上。床旁边放着两支手电和一盒电池。

我回到大房间，他还坐在楼梯顶上，双手抱头。

"你是谁？为什么藏在这里？"我问。

他没有说话，没有抬头。

"这里很冷。你可能没有正常吃饭——很长时间了吧。跟我说说。"

"我在等凯瑟琳。她说'走'，那我才可以安全地走。"他头也不抬地说。

"她不会来了。你可以从这扇窗户看到池塘；你也肯定看到了她奶奶今天晚上来过。她奶奶今天晚上不会让她再离开家，并且她奶奶也会打电话找警察。我可以在太阳升起之前带你离开这里，但是我需要知道你是谁，你为什么藏在这里。"我突然笑了。"你也看到我了，今天晚上，是吗，跳进那个恶心的池塘然后又跳出来。可怜的安妮妹妹，什么也做不了只能看着窗外，你看见——"

"我不是女孩!"他的头猛地抬起来愤怒地瞪着我。

"谁说你是——哦,安妮妹妹。这是童话里的一个人物,她只能从高塔上向外看。我知道你不是女孩。我知道你今天下午看见我了。你肯定在星期天也看见了凯瑟琳。星期天晚上,有人在这栋房子外面杀害了一个人。他们把他的尸体丢进池塘。你看到了吗?"

他没有回答我,我走上前直接站在他面前。"你在期待凯瑟琳;你知道晚上她会来,或者是,有几个晚上。你看见了凶手把那个男人的尸体扔进水里。谁干的?"

"什么都没有,我什么都没看见。"

"你参与了谋杀吗?这就是你隐藏的原因?"

"不,不,不,现在——凯瑟琳在哪儿?只有她——"他突然不说了,继续看他的膝盖。"我就是女孩,一边哭,一边躲在另一个女孩身后,我是小家伙,也是女孩。"

他陷入被侮辱的沉默。我有点不耐烦,努力压榨我疲惫的大脑想出些有用的问话,引导他告诉我他的身份——还有星期天他看到了什么事。最后,我走到皮面写字台旁边查看那几本书——有一本可能是他的,有一本可能在里面写着他的名字。希望这本不是吉拉尔丁·格里厄姆的一本失眠读物。我打开头灯,拿起这本已经打开的书。

我从来没有见过跟这里的珊瑚礁一样美丽的事物。它延伸出几英里,摸上去那么柔软,像天鹅绒。在我观赏颜色亮丽的鱼儿们在珊瑚礁之前游来游去时,我愚蠢地忘记了周围的危险。突然间,我的左腿感到一阵巨痛,我不禁喊了出来,恐惧让我忘记自己还在水下。从呼吸管里倒灌进一口水。我恐惧地向下方看。一个巨大的蚌钳住了我的腿。

我翻到标题页。《艾里克·尼尔森在大堡礁》，一九二〇年出版。"卡尔文·巴亚德，他的书"，被印在标题正文一个孩子摇摆的手中。艾里克·尼尔森的探险还有两本书，《宝藏岛》和《老汤姆·斯威夫特》。凯瑟琳肯定是从他爷爷的图书室里拿出来这本书，她可能觉得有助于一个男孩学习英语。

其他的书都是阿拉伯文，旁边还放了一本英阿字典。我再一次看向这个男孩，脑子里一闪。

"你是本杰明·萨达威，对吗？凯瑟琳把你藏在这里避开联邦调查局的人。"

他恐惧地跳起来冲向楼梯，然后又跑回来抓起桌上的一本阿拉伯语书。我拉住他的胳膊，却被他挣脱之后飞快地向楼下跑去。我紧跟在后面，不想试图去抓住他，我不想我们两个人都大头冲下栽倒。

我们来到正门前厅。我们身后有两间侧房，本杰明朝其中一间猛地冲去，却发现自己闯进杂物间。在他转身的时候，我一把搂住他的上身。他的心脏剧烈跳动。我把他拖到楼梯上，逼他坐下。他仍然死死抓住从楼上的桌子上拿到的那本书。

"听我说，你这个小笨蛋。我不会把你交给联邦调查局或是警察。但是我要带你离开这栋房子。这里已经不再安全了，而且对身体也不好。房子里太冷，没暖气，也没有伴儿。"

他在我怀抱里挣扎。"你不要抱着我，你是女人。"

"对的，我是女人。对你的兴趣为零，我老得可以当你妈了。"

同样也是令人沮丧的真实想法，但是我用胳膊搂住他的肩膀。他慢慢离开我坐到最下面的台阶上，没有再次企图逃跑。

巨大橡木门上的玻璃镶板透进来足够的光线，让我不需要头灯就能看清他，虽然我看不清他脸上的表情。我也看不见在多色镶嵌的大理石地板上有不一样的区块,这种地板需要意大利工人花费八个月安装。我知道就是大理石,它的寒气从我的鞋底渗透上来。

"来吧。"我站起来。"到我的车之前我们还要走一段路,然后给你找个睡觉的地方,又暖和又不用担心有人闯进来。"

"你有房子钥匙吗?"他问,"如果你不用钥匙开门,警察那里的报警器会响。"

我关掉头灯,跪下来检查门锁。又一个令人失望的事实——门的正反面都安有报警器。我不能打开房门,我需要一把钥匙。当然,我没有带我的开门工具。我们可以上三楼从我进来的地方爬出去,但是如果不是绝对需要的话,我不想那样做。年龄足够当一个少年的母亲的女人身体承受不了晚上到池塘里潜水、爬墙还有楼梯追逐。

这栋房子至少还有另外两个出口——一个在房后阳台,凯瑟琳曾经使用过,一个在厨房。可能在地下室还有一个更容易进出的门。

"我要去找其他的门。你在这里等我,行吗?"

他没有反应。我把双手放在他肩膀上——虽然我是女人。"行吗?"

他身体僵硬,但是小声说"行,行",口气听起来像现在的少年回应成年人的专权独断。

我打开头灯在门厅里找路。没有配备家具和地毯让这里变得柔和,又高又宽阔的空间看起来不仅贫瘠而且危险。这里不只是寒冷会让我哆嗦,我打开空房间的门,查看窗户和锁,直到我走到房子后部,走廊从那里通往露台房。这个区域可以去花园和池塘,安装有玻璃门,凯瑟琳·巴亚德从这里出入。

我关掉头灯,向外面看去,想着她会不会出现。现在是凌晨一点三十分,凯瑟琳可能试图溜出来,如果她认为家里人都睡着了的话。

要是她带着钥匙来，会很有帮助。

如果我从其他的路出不去，我会打破门上的玻璃镶板，向右边走寻找厨房。途经吉拉尔丁父亲的书房，由地板到屋顶的书架空空如也，除了一张超级男孩的CD，应该是新暴发户留下的。我来到一扇去过巴亚德家以后希望找到的双向弹簧门前，又一次发现自己来到用人的空间——狭窄的走廊、劣制木地板、低矮的天花板。

厨房里摆了一排器具，仍然崭新发亮——一台六眼火、餐馆用的那种大小的燃气炉；三个烤炉，包括一个独立的落地面包炉；一台能把人装进去的冰柜，两台冰箱。这些巨型玩具是有钱人的普遍虚荣心。当然也可能新暴发户夫人是一位成功的厨子。自从她丈夫的网络公司走下坡路以后，她要烤制几千个乳蛋饼养家糊口。

我查看食品室，那里没有窗户。安保系统的电脑也在那里。显然凯瑟琳关掉了运动探测器，可是我需要密码才能关掉门和窗户的警报器。

走过食品室，我发现一间小浴室。这里有窗户，修得很高。不仅很难爬出去，而且上面也有报警器通过。

后门有一根很结实的门闩，我曾经压住的那种，但这个门闩也被人用钥匙锁住了。我急忙查看储藏柜，挂满一面墙的不锈钢厨具，弃之不用的漏勺，一盒雕花的牙签。我不得不使用背包里的小刀，但是我需要一件辅助工具，就是指雕着奇形怪状兽头的牙签。

用头灯照着门，我开始撬锁，用牙签别住制栓。第一次我别住两个制栓，牙签断了；第二次，一个干瘪的足球让我浑身的血液一下变得冰冷。我扔下小刀猛地跳起来，看见本杰明紧张地站在我身后。

"我以为你把我扔下自己走了。"他只说了一句。

"我只是在开锁。你看，过来蹲在我旁边，拿这根牙签顶在这儿。"

他手里还拿着那本书,把书放在橱柜上,他走到我身边蹲下。我给他演示了如何把这几根圆柱按住,如何用它们别在合适的位置。

"这里一共有三根。你要别住两根,同时我打开第三根。不,不要那么使劲。"我说得迟了,牙签被他紧张的手指撅断。"别担心。摸摸我的手指,感觉一下我是怎么做的。"

他的手战栗地拂过我的手指,好像触摸会烫伤他;但是第二次,我把滚轴拨开,他把牙签别在正确的位置,然后是第二个。我开始拨弄第三个圆柱和最复杂的滚轴,这时我们都听到汽车的声音。

"别动,"我严厉地说,"快要成功了。"

他的手哆嗦了一下,牙签掉在地板上。"是警察吗?"

"我不知道。我们赶紧把这该死的锁弄开。快点儿。"

在厨房这一边,我们看不见车。我们听不见前门的动静。我们只能听见有车,是因为汽车经过的主入口刚好朝向我们这一侧。

也许吉拉尔丁·格里厄姆看到我的灯光以后给治安官打了电话,在这种情况下,警察们会来看看然后就走。可如果乱弄门锁触发了警报,或者瑞妮·巴亚德已经提请司法执行,那时我们真的会有麻烦。

本杰明·萨达威哆嗦得太厉害以至于都帮不上忙。我在厨房看了一圈。在冰箱里会憋死他。不过他身材瘦小,而面包烤箱足够大。我催他赶紧躲进去。

"我不会把你抛下自己走,除非我被捕再也帮不了你。你待在这个烤箱里,直到听到我的声音再出来。"

他坚持要把那本书带在身边。我把挂架从搁板推过去,堆在冰箱后面,按住他的脑袋塞进烤箱。我拿起一只工作手套垫在烤箱门上以保留一条缝隙,让他既可以呼吸到空气,也可以听到外面的动静。然后我跑到门外面。

我感觉实在是太累了，但我仍然强迫自己有条不紊地工作。如果后门外来人……我不能让自己的心思落人未知的恐惧。发动你的智慧，维克。

一根牙签撑住了，现在是第二根，第三根制栓转动，这时我听见没有铺地毯的木地板上传来走向厨房的脚步声。我打开后门，扳动门锁，不至于再把我锁在外面，然后把我的临时工作塞进离我最近的抽屉。

"谁在那里？"我大喊道，身体紧靠着双向弹簧门后的墙面。

两名制服警员走进来，紧紧握住手电筒，我看不清他们的脸，我只能影影绰绰地看到他们身后有第三个人的影子。

一个男人的声音恶狠狠地说："就是这个芝加哥侦探。我想我们告诉过你不要再到杜佩奇县来。"

第二十七章 哦，你好，警官

是绍尔队长，治安官办公室的高官，星期天晚上他很是咄咄逼人。在他旁边安静且站得笔直的是普罗瑟罗警官。

"队长！"我满脸堆笑地打招呼。"你了解我们这些城里孩子，我们闻到一丝乡村气味然后会想闻到更多。这里是多么纯净。除非有人在远离汽车、火车和自己家的地方淹死。"

普罗瑟罗，在绍尔回应之前，很快说道"华沙斯基，你真是拉彻蒙特肥皂剧里不受欢迎的人。你怎么进来的？"

"厨房门没有锁，所以我进来了。这是你们来这儿的原因吗？警铃被触发了？"

"我们为什么来这儿跟你没有关系，但是你为什么来这儿跟我们有关系。"绍尔走到门跟前查看，它的确是开着的。

我跳到厨房中间的橱柜上坐下——这个动作做起来会比较容易，如果我没有爬墙，没有潜水，没有做今天晚上其他的事情，这样迫使绍尔站在我与本杰明的烤炉中间，如果他想面对我。现在他把电筒光束从我脸上移开，我可以看到第三个人是律师办公室的小跑腿，拉里·约萨诺。

我对约萨诺打个招呼，然后说："队长，马科斯·惠特比的家属不同意治安官萨尔威对他们儿子的死亡结论简单的乐观精神。他们雇用我开展调查。我查看了池塘，已经发现了一些有意思的结果。"

"所以你承认自己私闯民宅。"绍尔说。

"我们对这个动词一直都有歧义，不是吗？"我语气欢快得就像看到主队胜利的啦啦队长。"我同意，我的确来到这片土地。我声明，吉拉尔丁·格里厄姆女士与她的儿子达罗·格里厄姆，大陆联合集团公司首席执行官，请求我来到这片土地调查谁在这栋房子里。我认为，你，警长，对格里厄姆女士声称看到阁楼有灯光一事不予理会。我猜想，你认为她是疯癫的女人并放弃调查。我不同意你的看法。所以今天晚上，在我结束对池塘的打捞工作后，我决定最后来看一看这栋房子。后门是开着的，我毫不犹豫地就进来了。"

绍尔的眉毛拧在一起。他没有说话，不是因为他吃惊于我如此喜感的嘲弄——我觉得很有感染力，即使我是这样疲劳——而是因为我提醒了他我在高层有朋友。在他说什么或做什么都可能会丢面子之前，两个年轻人从双向弹簧门那里冲进来。他们激动得喘不匀气。

"现在已经没人了，警长，但是肯定有人在阁楼住过。看我们发现了什么。"说话者拿着一本原本放在阁楼桌面上的书，本杰明的英阿字典。

"三楼的一扇窗户被打开了，"第二个警官说，"我认为他听到我们来于是跳窗逃跑，可以从三楼下到门廊屋顶，再从立柱溜到地面。"

"你进来的时候有没有看到有人经过？"斯蒂芬妮·普罗瑟罗问我。

我摇摇头。"他肯定是听到我来以后离开的，因为我上到阁楼的时候，里面已经没有人了。在我绕房子走了一圈寻找入口时，我还没有发现有开着的窗户。正当我想查看地下室的时候，你们就出现了。"

"地窖里有藏人的地方吗？"绍尔问约萨诺。

律师耸了耸肩。"我从来没有仔细检查过这栋房子,不过据我所知,只是些平常的东西,锅炉,洗衣房,没有秘密的橱柜之类的东西。"

"我们要搜查,以防万一。"绍尔又对那两个年轻人说,"干得好,你们两个。你开始搜查一楼,这里可以藏下好多人。阿拉伯人,像是逃跑的恐怖分子,他可能有武器,只要你看到他,别犹豫。直接开枪。"

这两个年轻人立正敬礼,然后分头行动,几乎是在兴奋中开始动作。小狗们第一次参加打猎,非常渴望找到狐狸,如果碰巧遇到,他们可以杀死独角兽。

绍尔的手电筒光束一转,照到普罗瑟罗脸上。她后退一步,把脸扭到一边。"你去查地窖,斯蒂芬妮。这些基地组织分子很狡猾,让你以为他们跳窗逃跑。约萨诺,你去通电。我们要看看在这里做什么。"

约萨诺说,这要等到上班以后——艾德公司不会认为这是紧急事件。坚硬的金属硌到了警长的骨头,他一拍不锈钢台面,接着骂了一句:"这他妈的就是紧急事件,有一个阿拉伯恐怖分子就在新索尔威。快去!"

约萨诺很耐心地努力解释:"我们不得不等到明天早晨,绍尔警长。"

绍尔骂了半句,但是把后半句吞下去,走到门边大声喊他的两名年轻警员。没有人回应,他转身对普罗瑟罗大吼,后者已经找到去地窖的楼梯。

"你下去之前,呼叫指挥中心,看他们能不能给我们送台发电机来,给这里临时供电,让我们能看清自己的行动。我不想我们因为在黑暗里面乱闯朝自己人开枪。"

他还不是完全愚蠢,至少知道模仿。我从橱柜上下来,朝地窖门走去,仍然努力将注意力从本杰明的烤炉上转移开。

"我们要不要先给巴亚德夫人打个电话?"斯蒂芬妮·普罗瑟罗问道,她的手握在门把手上。"有些摄制小组会扫描我们的传呼机号码,你知道,他们会到这儿来。我们可以让她知道,我们认为这里有一名恐怖分子,在电视新闻小组采访她之前。"

那么他们会在这里,因为瑞妮·巴亚德决定提前行动。我想知道这会在多大程度上影响凯瑟琳与她奶奶的关系。

几束手电光在厨房附近投射出危险的阴影,使绍尔扭曲的眉毛变成扭曲的脸。"啊,我最好这么做。在这个陵墓里面有没有地方坐一坐,并且可以私下谈话?"他对约萨诺说。

"前一任房主离开的时候把所有的家具都搬出去了。"律师说。

"在阁楼有几把椅子和一张桌子,"我说,"格里厄姆女士可能在卖房子的时候忘记了她还有一些废品。"

"你总是有巧妙的答案,不是吗?"绍尔说,"你怎么知道那是她的东西?"

"我不知道。实际上,我猜阿拉伯恐怖分子可能从别的房子偷来这些家具,然后搬到阁楼。如今我们对任何事都不能太认真。"我打开地下室的门。

"你他妈的要去哪里?"

"你让你的警员搜查一楼,还去找发电机;我想我得开始查看地窖。"

"你就待在这儿。在我打完电话之前,不要离开厨房。约萨诺,在我找机会检查她的重罪调查授权之前,你把后门锁上,免得脚尖闪亮的公主跳舞跳到外面去。"

"我还是不理解一个恐怖分子没有钥匙怎么能进来。警报也没有响；不管华沙斯基女士怎么说，每次格里厄姆女士投诉的时候我们都要来检查一遍。"约萨诺说，可他还是顺从地把我费尽力气打开的门锁上了。

他的话让绍尔下决定他应该搜查我，看我有没有拉彻蒙特的钥匙，或者上天也不允许的，用撬锁工具进来。不管普罗瑟罗在不在场，绍尔自己上来搜身，比必要的动作更加粗野。我想到了本杰明的叫声"你是女人"——"你是男人"，我想说——"把手拿开"，但是我还是平静地站在那里。

当绍尔在我的背包里找到我家和汽车的钥匙，他动作夸张地对比房子的警报钥匙。他想着要把这些钥匙装到自己口袋里的时候，我一把从他手里拿回来。

又一次，在她的上司可能升级敌对状态前，普罗瑟罗警官插话道："我要去车里，先生，呼叫紧急状况的发电机。你不想跟我一起去给巴亚德夫人打电话吗？车里比阁楼更舒服，因为我们可以把暖风打开。"

"哦，好吧。你跟她留在这儿，约萨诺。我没有别的警员盯住这个女孩，我不信任她。"

约萨诺很有些不好意思。"真的，警长。华沙斯基女士不像是有犯罪记录的人。她正在为格里厄姆家工作。"

"可能只是她说的，"绍尔打断他的话，"这个星期每次有可疑的事情发生，这个芝加哥侦探都在现场。我很想知道是为什么。"

"我能用一下卫生间吗？"我顺从地问道，"食品室那里就有一间，我的屎马上就出来了。你没有卫生棉条，对吗？我的棉条在我的车里。"

和许多男人一样，绍尔很厌恶谈论真正女人的身体——我话音未落他已经在厨房外面了。我走进卫生间，打开头灯爬到马桶上打开窗户的锁。窗户上安了一个特别安全闩，只是为了防止从外面打开，钥匙挂在窗框旁边的钩子上。

下面的窗框积满了长年的铁锈；我冲了两次马桶，以掩盖我强力打开窗户的声音。警报肯定会响，但只会在勒波德和阿诺夫的办公室响，他们的小跑腿已经在这里，我希望他们会认为是警察在楼上搜查的时候触发了警报。我快速朝外面看了一眼——这扇窗户面向南方，对着公路。警察们在北方搜查。

回到厨房，约萨诺正在捏着一个旋钮，玩弄电脑的背光。我不知道本杰明可以在烤炉里保持多长时间的安静；我需要找个办法把律师带出厨房。

"今天晚上，他们打断了你的个人生活，然后把你带到这里来？"我问。

他点点头。"我一个月只值一个星期的班。通常我们没有这样戏剧性的危机——一般只是客户想改遗嘱，或者在夜晚感到孤独。"

"特凡纳先生在感到孤独的时候给你打过电话吗？"

他在继续摆弄按键；每次他得分，电脑都会一阵欢呼。"哦，是的。像其他的老人们一样，他把我当作用人。哦，他们都认为律师就是他们的用人，在他们眼里我是个花匠。他们需要尿尿，我就应该帮他们拿瓶子和便盆。"

"听起来很可怕。你应该找一份不这么低贱的工作。"

他无所谓地说："工资相当高。而且有时候很有意思——我们为这么多有权势的人工作，有时你会是历史的一部分。比如特凡纳的那些文件，自从阿诺夫先生日复一日地为这些客户工作，到现在已经很多年了,他可能还不了解他们,可特凡纳是一个孤独的老头子。他拍了拍锁着的抽屉,并且说他认识纽约的人,这些人为了拿到这些文件会付一千万美元。"

我想着烤炉里的本杰明,但是我不能放过询问约萨诺那些文件的机会。

"我从来没见过那些文件。"电脑发出一阵嘲笑声,让他知道他踩到雷了。"他以前说过,这些文件会让好莱坞十勇士①看起来像《女孩与三只小熊》的故事,并且按诺言保守文件秘密是他作为有尊严的男人的一种耻辱。"

"你曾想让他把文件给你看看吗?"

"哦,当然,"约萨诺说,"可我们是他的遗嘱执行人,我知道我迟早会看到这些文件。然后,你总是会想这是否真的是一件大事。这就是人,当你老去的时候,会希望自己能做一件大事,让在世的人永远不会忘记你,可是很多时候这件事情却没有人愿意关注。"

我正准备争辩说有人很关注,否则马科斯·惠特比不会淹死在我们所站立的这栋房子外面,这时,枪声划破夜空。

---

①好莱坞纪录片,里面有十个人,每个人都发表声明公开谴责非美活动调查委员会。

第二十八章 当你想乘车的时候——偷一辆

听到点四五口径的枪声,你绝不会以为是汽车或爆竹的声音。约萨诺和我僵了一下,然后他冲过双向弹簧门向前院跑去。

在门弹回来的那一刻,我打开烤炉。

"跟我来。不要问,不要说话。"我告诉本杰明。

他害怕得直淌虚汗,根本站不起来,他蜷在烤炉里时间太长了。我一把把他扛在肩膀上,以消防队员的方式,第二次冲进卫生间。他还紧紧抓着他的书,刚好硌在我的肩膀上。他有十五六岁,是个骨瘦如柴的小孩,不像我想得那么重。

在卫生间里,我把他放下,揉搓他的双腿。他还是羞于我触摸到他,但是恐惧与寒冷让他变得麻木;他没有拒绝。他一能站起来,我就关掉头灯,打开窗户向外看。我们可以听见前院传来激动的叫喊声,后院没有人。

"我要把你举到窗户上,"我用简洁平静的语气说,"你爬出去,跳到地面上。脸朝下趴着,等我。懂了吗?"

我感觉到他好像点头了。我把他托举到窗台上,帮助他的双腿也挤出去。在他准备钻窗户的时候,书掉了。他扭头开口叫出声。

我的手马上捂住他的嘴。"我会递给你。钻出去趴好。"

没有书,他看起来不情愿离开,我推了他一把。他紧紧扒住窗台,然后跳下去。他没有喊叫，所以我想他落地的时候没有摔断骨头。我站到马桶上，从窗户里把他的书扔出去，然后自己也爬到窗台上。臂膀之间的刺痛如此地剧烈，我必须克制自己喊出声。

我坐了几秒钟，调匀气息，开始穿越窗户的艰难工作——成年女人的髋部比瘦小的少年要宽很多。在第二声枪响回荡的时候，我吓了一跳，蜷着身体落地，差一点坐在本杰明的头上。跌落在地使我差点断气，我躺在地上大口呼吸，努力不发出声响。

我们在庄园的东南角，当小狗们和绍尔努力张望他们的猎物倒在哪里的时候，我们可以听见激动的叫喊。他们开枪射击……一只浣熊或一头鹿。他们不是开枪射击，不是，而是一位跑过田野来保护她提携的人的热心肠女孩。

我真想冲向背后的方向，你们这些低能儿在干什么，你们这些醉醺醺的蠢货，对阴影和小孩开枪吗？我抓着面前的草皮，让我自己定在原地。如果我加入捕猎，我会把这个男孩留下，他会被发现、被逮捕，或者被打死。绍尔也会跳着脚来逮捕我，甚至在我露脸的时候向我开枪。

"他们在干什么？"本杰明低声喊道。

"他们在射击什么东西。可能是一只浣熊，一种动物。一旦他们找到它，他们就会寻找我们，所以赶紧走吧。"

"动物？你认为不是——"他在想怎样更好地组成句子。

"来吧，"我粗暴地说，"我们走。我们要穿过这片草坪。房子会挡住后面的人让他们看不见我们。到达那片长草的时候，我们要穿过去。一定跟在我后面，懂了吗？"

他跌跌撞撞地走着。我们没法走快。他只会走路，不会跑。寒冷、饥饿、迷惑，远离家庭并身处想把他关进监狱的国家。为什么？如果他是恐怖分子，我会在那条公路上处理这件事，可是如果他只是一个孩子，在恐惧掌握了美国的缰绳时来到了错误的地点，我也需要处理这件事。

我们在草坪上走了一半的路，又有两辆警车呼啸而来，警灯闪烁。我转身把他按在地上，自己也趴在他旁边，直到这两辆车开到房子跟前。我抬起头观察房子面向我们的一侧。他们还没有发现打开的卫生间窗户，所有活动都在前院和花园。

"我们走。用手和膝盖。你在前面走，我在后面保护你。"

工作手套保护我的手不受杂草丛生的草坪上枝刺的伤害，可本杰明没有任何保护。当我看到他没法把手放在地上，我脱下手套强迫他戴在手上。"快走。这是我们唯一的机会，他们还在做他们的事。"

我们爬过没有修剪的草地，前往没有人照料的田野。疲劳和饥饿让我的脑袋空空，我的肩膀疼痛，我很害怕。只有前面那个男孩的呼吸声、使劲忍住的眼泪和忍痛呼吸的空气让我坚持向前走。

在我们蹒跚地穿越灌木丛时，警察们在四处扫射。突然出现在我们背后夜空的光束吓了我一跳。一根枯枝把我绊倒，我摔在腐叶堆上。如果他们派警犬追踪我们，至少不会循着气味追上来。

我们抵达卡佛得尔路两侧的排水沟，我警惕地从灌木丛里探出头观察路面。一辆警车封锁了卡佛得尔路与德克森路的十字路口，那里停着我的野马汽车。距离太远，我看不清楚，但是他们很可能发现了我的车，正在它旁边等我。

我缩回排水沟，几乎因为疲劳与失望而开始尖叫。我们陷入了困境。我克服了惊慌。本杰明小声说道："我们下面干什么？"

唯一的可能性是穿过卡佛得尔路并且穿过树篱前往阿诺丁公园的另一边，他们看不见走在小路上的我们。如果我有鸽子的翅膀或者鼹鼠挖土的鼻子……如果我昨天发现的那个涵洞离这……

随着现场响起警报和直升机的声音，我向本杰明努力解释我在寻找什么。我会向东查看，去往我汽车的方向，他沿着排水沟向西走。

"在这里打开，就在路边。"我向反复无常的宇宙统治者祈求道。"让我找到它，在他们找到我之前。"

我慢慢向前爬，拍打路基，祈祷它给我让路。离警车还有五十英尺的时候，本杰明温柔而羞涩地拍拍我的肩膀。他发现了入口。

我跟着他又爬回去。入口是路边的一个黑洞，高度不足以让我站直，但宽度刚好够我们两个人并肩走。里面传出霉味和动物粪便的臭味，这里黑得就像地狱的入口。我们不能开灯。我用右手抓住本杰明的左手。他没有把手抽出去；实际上，他靠着我，瑟瑟发抖。我们深一脚浅一脚地走着。

这里应该有四分之一英里长，到达树篱，在鲍威尔路下面，出口在阿诺丁公园，但是这条隧道在我们面前好像没有尽头。万一我们根本不在鲍威尔路下面，而是走向深埋隧道呢？我们会走几个小时，直到因为饥饿与干渴而崩溃至死。很多年都不会有人发现我们的骨头，如果他们不是正好碰见。莫雷尔，洛蒂，所有我爱和爱我的人，他们会忘记我。他们已经离我如此之遥远。

我的呼吸粗重，扁桃体感到很干。弯腰走路让我背痛，我的眼睛发红。突然间，我们呼吸到新鲜空气，闻到杜松果实的味道，向土丘上走，直着腰站在柏油路上。

我因为解脱而颤抖。我们站在原地哆嗦了几分钟，伸展酸痛的肌肉，倾听有没有追捕的声音。只有令人极其高兴的安静。阿诺丁，治愈伤痛的地方。我们现在只需要一辆汽车，回家睡觉。

我领着班吉顺着弯弯曲曲的小路向独栋住宅区走去，那里的车晚上都停在马路旁边的车道上。在这种富人区，我不奢望能找到一辆旧车，那种可以让我打开驾驶面板并用电线打火发动的车。可是在第五栋房子，运气光临了我们：有人把车钥匙留在捷豹XK-12里面。我一直想驾驶这个牌子的车。我为班吉拉开车门。

"你要偷这辆车？"

"借，"我呵呵笑道，"车主明天就会把车拿回去。"

第二十九章 重返荆棘丛

"是你啊,我的姑娘,是你吗?你上次露面已经是很久以前了。你来给我送早餐吗?"神父罗穿着T恤和牛仔裤站在房门边,刚刮完胡子的脸还有些泛红。在我沿着奥格丹路开车回城的途中,我想如果不能在神父罗穿上法袍之前赶到教堂,我可能要在早晨六点来祈祷的众多邻居注视下溜进教堂。因为如此,即使经过了长时间驾车,我还是设法在五点三十分将车停在教堂的背后。

在到达华伦威尔路之前,本杰明已经睡着了。我打开车窗,需要冷风吹我的脸,让我不被强烈的睡意控制;同时,我打开暖风让风口直接吹向这个少年。他的书从他放松的指间滑落;在一处红灯前,我俯身把书放在他膝盖上,不至于他醒来以后难过。我们在排水沟里行进时,他把书放下,然后带着反抗的意味说,好像他希望我打晕他或者放弃他。这本书是《古兰经》,是他爸爸抄写的,他不能丢掉它。

"在那种情况下,我们最好抓紧它。"我只说了这句话。

等我们俩都钻进捷豹车,一波困意达到了最高点,一下让我睡了过去。几分钟后我醒过来,因为直升机在我们头顶轰隆隆经过,向东飞去。我看着它,期望它带一位少年去医院,而不是停尸房。

我挂上挡,缓慢地经过保安亭。亭子里的人冲我点头示意。他站在那儿是防止外面的人进来,谁出去对他来说无所谓。

我路过收费站，选择走奥格丹路。如果绍尔下决心发我的通缉令，他们会先封锁高速公路。他们不知道我开的什么车，但是我没在野马车前出现会让他们猜到我正在某个人的车里。

尽管有四十英里长，奥格丹不是景色优美的路。这条路通过的每一个镇子都把它当成某种场所，有汽车销售商、快餐供应点，还有加油站和废品站。一旦这条路跨过城市边界，它的景象就从破烂变成了严肃，在加布莱尼绿色家园计划附近结束它的生命。黄金水景向西缓慢延伸，成片的加布莱尼公寓楼被拆除，剩下的窗户破烂，且操场还遍布弹孔的公寓楼仍然向城市展露出他们不祥的脸。

我们进城的时候，交通已经相当拥堵。搭早班公共汽车的人拥进数不清的商业街去喝早晨的第一杯咖啡，下夜班的人停下脚步为自己买一个汉堡。在一个红灯处，我又沉沉睡去。身后一辆卡车的液压喇叭惊醒了我，我以为又听到枪响，以为我们被包围了。由此而来的肾上腺素让我警醒地开完了最后一段路。

捷豹的发动机安静得像一片羽毛落在一片树叶上，马力强劲得想让我在路上来回俯冲，或者在路上用六十英里的时速前进时，还以为是四十英里的时速。在奥斯丁等红灯的时候，即将进入芝加哥市之前，我心里一动，于是用手机打电话给莫里·莱森。被叫醒让他十分暴躁，却马上警觉起来，甚至有点咄咄逼人，因为我告诉他我在拉彻蒙特遇到了县里的警察。

"他们傻了吗，认为他们那里会有阿拉伯恐怖分子？他们开枪打中某个人。我感觉他们不像在闲逛，虽然对我来说他们一直那样，可我对于开枪真的感到恶心。"

"射杀恐怖分子让你觉得恶心？"他问。

"我不认为他们射杀的是恐怖分子。我想他们可能击中巴亚德家的成员，甚至可能是卡尔文·巴亚德的孙女。如果是真的，他们会努力保持低调。"

"你亲眼看到尸体了，还是基于你的感觉？"莫里的语气带着挑衅，他认识我太久了。

"我傍晚去那里，寻找马科斯·惠特比在拉彻蒙特庄园池塘里留下的线索。顺便说一句，我找到了他的手包。"看起来与我现在是完全不相关的时间和地点。"后来，两名巴亚德家的人来了，从她们的谈话中，我感觉她们会再回来。就这么多。"

"不够。还差一点儿。给我说说惠特比的小玩意儿。里面有什么有意义的东西？"

"有的，在池塘的水里泡了四天。我准备送到物证实验室找人把它弄干然后打开。"

另一声汽笛让我记起自己在开车。在莫里愤慨的抗议声中我迅速挂掉电话。我关上手机。如果莫里打回来，铃声会吵醒本杰明。除此之外，我现在不想告诉莫里任何事情。我只想搞清楚如果子弹打中凯瑟琳，绍尔警长能不能承受得住。

在西部大道，奥格丹路向东北延伸，在青少年惩戒中心拐了个弯。"你不会去那里，我的朋友，如果我能有所帮助。"我对睡梦中的男孩说。他低声嘟哝了几个字，可能是阿拉伯语，然后在座位上换了个姿势。

我从西部大道向北走了四英里，穿过城市工业区单调的后半段。工厂和卡车的灯光让人很难说天有没有亮，这里不管白天还是晚上空气都是灰蒙蒙地充满粉尘。

我们附近还有刑事法庭和库克县监狱，所以时常能看到警车。我努力把注意力放在路面交通上，而不是失主寻找捷豹汽车的可能性。

从这个区域出去,我松了一口气。

北部大道离我的办公室只有两个街区,但是我再次扭头向西,来到亨波德公园,在这里上流化改造还没有触及到西班牙语社区。如果有人追踪我,会封锁我的办公室,但是我不认为会有人到墨西哥教堂来找我。我把车停到一条小路上。

叫醒本杰明需要不少功夫,更多的工作则是让他跟我去基督教教堂。"我知道教堂里的那些牧师对孩子们做的事情。我知道他们伤害小男孩,对小男孩做坏事。"

"不是这所教堂。"我说,像赶一头倔强的骡子一样赶他走路。"据我所知在芝加哥这栋建筑可以让你暖和,吃些东西,保证你的安全。这个神父是个拳击手——"我留给他一段足够的时间比画拳击——"这个神父收留逃亡者。他会照顾你。"

"他会让我改变信仰,我的,我的——"他在想一个词汇——"改变真理。"

"不。他不会那样做。他相信他的真理就像你相信你的,他不会不尊重你的信仰。他不会不尊重我的信仰,我的信仰与你的和他的都不一样。"

"还有凯特琳,她不能来这里见我,我怎么能知道她没有被枪击?"

"凯瑟琳能来这里见你,如果对你们俩都安全——也不会不安全。这里是你现在最好的地方,本杰明。"

他不相信我,但是他的年龄足以让他知道什么时候表达意见。或许,他认为我保护了他这么长时间,我可以被信任并保护他更长的时间。也可能他只是太累了无法抗拒周围发生的一切。不管原因是什么,当我焦急按门铃、神父罗出现的时候,本杰明站在我旁边。

神父罗的Ｔ恤露出他脖子和前臂惊人的肌肉，那是他打拳击那些年练出来的。当他看到本杰明和我皱巴巴的衣服时，他皱眉毛的样子使他看上去像是危险的大力水手。我希望他不会把本杰明吓跑。

"这是莫雷尔送给你的人？"神父瓮声瓮气地说道。

听到莫雷尔的名字我的胃一紧；夜晚的工作让我不再想他而现在他突然回到我的脑海中，他失踪了，也可以说对于我来说是失踪了。"我失去了莫雷尔的踪迹。现在别担心，这个年轻人藏在城西郊区的一所空房子里。在治安官的警察包围那个地方的时候我发现了他。他需要暖气，需要吃饭，还需要一个县警察和市警察以及约翰·阿什克罗夫特的警察们都找不到他的地方。"

"他们为了什么高尚的理由搜捕他？"神父罗把沉重的大门拉开让我们进去。

"哦，他们不喜欢他的种族、教义或他的国度。"

"这是事实。你叫什么，孩子？"他淡蓝色的眼睛直接看向男孩，后者没有像我担心的那样退缩——我忘记了神父曾经处理过受惊吓的男孩的事务。

"本杰明，"少年小声说，"本杰明·萨达威。"

"弥撒还有七分钟，"神父罗说，"我现在要去教堂。本，你跟维多利亚去厨房，她会给你做鸡蛋和热茶，带你去睡觉。如果不是过了这么长的时间，自从你上次来已经很久了，我的姑娘，你不会记得东西都在哪儿放着。"

"我不去基督教教堂。"本杰明说。

"没有让你去。如果你待在这里，有些规矩你要遵守：禁止吸毒，禁止带武器，禁止抽烟。你想做什么祈祷都行。为了莫雷尔的特别考虑，"他补充对我说，"也为了这个孩子。耶稣不会计较他用阿拉伯语祈祷。"

他移动笨重的身体，通过一条漆黑的走廊从神父住宅前往圣雷米吉欧教堂。我带本杰明从另一条没有灯的走廊去厨房。神父靠不在走廊点灯为他的教区节省钱财。我不得不打开自己的头灯照亮去厨房的路。电池的电量快耗光了，光线很弱，我的腿也一样无力。

在厨房，我找到火柴点着了一具笨重的旧炉子的火眼。我感到惊奇，照这样看，神父罗竟然花钱买了燃气炉而不是用烧煤的炉子，或者在这栋建于十九世纪八十年代教堂里找东西代替炉子。

在冰箱里，我找到了鸡蛋，这是神父食谱上的主食。他还有人造黄油和一大块芝士，我把它们胡乱折腾到一口铸铁煎锅里。

人造黄油正在融化的时候，我打开冰箱顶上放着的晶体管收音机。现在不是头条新闻时间：只有广告和体育新闻。公牛队又输了，黑鹰队也一样。作为芝加哥球迷，冬天要比夏天难过。

本杰明把套头衫脱下来小心叠好放在裂口子的油毛毡地板上。他跪在上面开始晨祷，当收音机的声音响起，他抬起头，瘦削的脸上充满紧张。

"没有新闻，"我说，"你完事了我再打开。"

我在搪瓷面餐桌表面清理出一片空间。预算数字，一个星期的体育报纸，学校论文，广告小册子，都堆在一起。我把它们拢成一堆，没有费劲去整理。如果神父罗需要找什么，他会在这一堆东西里搜寻。我见他好多次这么干，寻找布道笔记。他是我认识的唯一一个比我还没有条理性的人。

我在桌上放好鸡蛋、玉米面薄饼和牛奶红茶——一点茶和很多热的甜牛奶——为本杰明和我。现在我们都需要提升血糖水平。我从背包里掏出瓶子，倒出两片阿司匹林就着奶茶吞下去。也许它们可以使我酸痛的肩膀平静下来。

本杰明结束祈祷,用防卫性的目光看着我。他的祈祷程序肯定在长时间独自一人的时候支撑着他的信念,给他依靠的勇气。

"现在的新闻?"他说,"请你找凯特琳。"

"凯瑟琳。"我纠正他。

"凯赫琳。"他跟我念道。

我把收音机打开。最后,半点到了,我们听到了本地新闻。

作为对邻里报警的回应,杜佩奇县治安官所属警员在今天凌晨突袭了位于新索尔威非自治村的一所空置房屋。据县治安官里克·萨尔威称,一名与九一一事件有联系并受到通缉的阿拉伯男子一直藏身于这栋房屋。在警员们攻入房屋之时,这名男子由三楼跳窗逃跑。在警员们搜查庭院的时候,一名本地女孩中枪受伤。治安官办公室拒绝确认是警员开枪的报道,受伤的女孩名叫凯瑟琳·巴亚德,她当时正在她祖父卡尔文·巴亚德家后面的田野里散步。治安官萨尔威说她可能被那名受通缉的男子用枪打伤;在检查他所属警员的武器之后,他将提供完整的报告。凯瑟琳·巴亚德因伤势严重已被送入地区医院,目前伤情稳定。

这名受通缉的男子所隐藏的房屋正是芝加哥侦探维·艾·华沙斯基于星期日晚间发现死尸的房屋。在治安官所属警员抵达现场的时候,华沙斯基正在房内,但是在警员们搜查庭院的时候离开了。此时,她是否与那名失踪男子有关系还未可知,治安官萨尔威急切地想找她谈话。

"我跟你,治安官。"我关掉收音机,看向本杰明。"你能听懂多少?"

他摇摇头。"说得太快了。凯特琳,他们说她,关于她,他们说九月十一日,关于阿拉伯,可他们在说什么?"

"凯瑟琳被枪打中了,但是她会痊愈,她会好的。他们没说子弹打在哪儿,但是他们确实说'严重但是稳定',这意味着伤势严重,可没有人杀死她。"

"这是真的吗?"他因为痛苦而眼睛睁得大大的。"你——"他的嘴唇抖动好像过了一遍脑袋里的词汇表。"你发誓是真的?"

我对他发誓我关于凯瑟琳的话是真的,我还补充说我会查明她在哪家医院并且现在伤势怎么样,但是我要先睡觉。我隐瞒了剩下的故事,对他的通缉。他可能猜到了,不过说出来会显得太严酷;现在我们都需要睡眠,而不是忧虑。

我累得不想动脑,不想说话。我站起来把盘子放进洗碗池的时候,眼泪不由自主地喷薄而出,身体抗议更多的工作。不是篮球场上激动人心的标语,不是回忆起我妈妈的叮咛,可以让我停止流泪。流着眼泪,我带本杰明来到二楼,这里有一排多年前留下的狭小的卧室,在那个年代基督教教堂拥入海量的牧师,像圣雷米吉欧这样的教区都有五六个当值牧师。军用毛毯叠放在床尾,薄薄的枕头放在床头,跟这栋建筑一样古老。最复杂的家具要数每张床头上方挂的木质耶稣受难十字架,雕刻得如此写实让本杰明看着它的目光中带有恐惧。我把挂在他床头墙上的雕像拿下来,扔进杂物柜。

房间很冷,为了节约燃料没有供暖,但是有一台电暖器专为我们这样的临时客人准备。我打开电暖器,指给本杰明卫生间的位置,给两个相邻房间的床上铺上床单然后倒头便睡,眼泪不停地流。

第三十章 热身

我从最熟悉的噩梦中惊醒。我妈妈消失了。我在寻找她，惊慌失措，因为她离开我唯一的原因是她不再爱我了。寻找从一个梦转到另一个梦，这一次我在从新索尔威到阿诺丁公园的涵洞里。身后传来嘶嘶声，我知道，在梦中，是轮胎在泥巴里前进的嘶嘶声。我匆匆向前跑直到撞到一丛常青树。车轮越来越近，我看到一辆巨大的高尔夫球电瓶车向我碾过来。我醒了，心脏怦怦乱跳，我的胳膊和肩膀非常僵硬，一动就痛。

我从狭窄的床上坐起来的时候，腹肌在发抖。我双眼无神地坐着，只想躺下睡上一百年，直到我感觉好了，直到莫雷尔回家，直到这段时间的恐惧和残酷过去。我在想现在这一百年的恐怖结束，没想等今后一百年的平静会带来很多安慰。

我把自己挪到床头，找到我的手表。鉴于灰色的三月阳光仍然从那扇脏兮兮的窗户洒进来，我看清是下午一点。电暖器只有一根管子给这间冰冷的房间里添了一丝热气。我躺回床上，把军用毛毯拉到鼻尖下。

我妈妈在我还是小孩子的时候就去世了。像许多年幼失去双亲的人一样，我以为是我的错误，我的过失，是我让她离去。每一次我让她难过，与我表兄波波比赛捣蛋……如果我按时回家，像她经常要求我那样练习音乐……在早晨和下午，像这样，再一次一头扎进危险所带来的痛苦，我的心脏又一次绞在一起。我的头脑告诉我不同的事，告诉我是癌症，长年以来没有检查、没有治疗——像很多移民妇女，她不愿意让医生、特别是一个男医生检查她的私处；流产以后不停地流血也无法让她克服对暴露私处的厌恶。

我闭上眼睛，不去看十字架。它有两英尺高，蒙尘的荆棘刺与血流还是那么生动。我早应该把它扔进杂物柜，和本杰明房间里的那个一起。

我知道如果冲个澡伸展肌肉，我会感觉舒服一些，但是惯例让我觉得过时且枯燥——酸痛的关节，伸展，恢复，只是为了下次透支我的身体。这在我还是少女的时候就开始了。当时我在篮球比赛中得了感冒，第二天很难受，根据麦克法兰教练的建议做伸展与热身。从那时开始的这些年，我有太多的职业损伤，在太多的日子里，我醒来以后浑身酸痛，就好像真的被高尔夫电瓶车撞过一样。想到要开始热身运动只会让我心烦意乱。我这么努力是为什么？所以我可以绕着城镇跑圈以寻找没有人想让我找的骗子和杀人凶手吗？

我在图书馆读到对凯莉·巴兰丁的采访，只是两天前吗？她曾经说二十岁时她可以休三个星期的假，然后用一天的努力就能恢复形体，上了年纪以后缺勤一天，就要用三个星期来恢复。所以她每天工作。我的女英雄。

我再次坐起来，摇摇晃晃进了卫生间。我开始做一切我知道自己需要做的事情来恢复。这不是很容易，因为这间客用卫生间（给这个到处掉墙皮、家具布满污渍且满墙都是裂缝的房间起了一个高档的名字）没有暖气。至少这让我移动得更快。我走回狭窄的卧室，对比起来这里真暖和。我把两条军用毛毯放在地板上，用半个小时伸展我的腿和胳膊。我肯定拉伤了我的左斜方肌，在我伸展胳膊时，感觉刀刺一样的疼痛，结束以后，我觉得两腿可以承载我了。

我不禁想起昨天晚上撕破的脏衣服，可我的衣服都在新索尔威我的车后备厢里。我穿上满身污渍且臭哄哄的套头衫，努力不在意它。

下楼的时候，我看了下本杰明。他还在睡。

我看到神父罗在学习研究他在星期天的布道词。他在嘟哝着什么，听到我进来，继续打字直到把一段话打完。他还使用老式罗伊尔电子打字机，用两根手指捅键盘。我边等他，边做抬腿动作，让血液加速循环。

"那孩子还在睡觉？"神父罗说，他最后看了一下。"听到了午间新闻。猜想他就是在杜佩奇县跑掉的阿拉伯人。你认为他是恐怖分子吗？"

我苦着脸说："我可不这么认为，但是我不敢说我知道恐怖分子有什么特征。"

这个牧师的笑声呼哧呼哧的。"联邦调查局也不敢说。不要设想县治安官会比局里的人聪明。这个男孩是怎么回事？"

"我不知道原因和过程，凯瑟琳·巴亚德——昨天晚上被枪击中的那个女孩——抢先带他进入她奶奶乡下庄园附近的空房子。"我解释了谁是巴亚德，以及我是如何卷入这种局面的。

"罗密欧与朱丽叶，"神父罗这样回应我的描述，"他们相爱吗？他们做爱吗？"

我耸耸肩。"本杰明对她的感情很强烈，但是她，我认为对她来说只是空想主义，她想跟随她爷爷的脚步。凯瑟琳生活的社会环境比本杰明更大，有学校、马匹以及有地位的家庭；他只想念她的三个星期或者不管多长时间。可是她没有告诉她奶奶她正在做的事情，我还看到她和她奶奶，她们非常亲密。所以我不知道她对他个人什么感觉。也许他有异国情调，埃及人，蓝领少年。对一些富家子弟来说，跨越这么多种族和阶层的界限看起来很勇敢，甚至是值得赞扬的。"

"青少年做每件事都会太偏激。可能让她不要对别人说，她就会觉得这包括全世界。女孩在西北医院。我认识那里一个教士。他说子弹擦过肱骨，造成骨裂，但没有生命危险。你要去看她吗？"

"也许吧。不过我不会告诉她本杰明在这里。在她保护他的时候，这个国家所有的执法部门还没有掐住她的脖子。我会告诉她他很安全，但我不认为她必须要站起来追问我他的安全状况。"我抠弄正在坐着的这把椅子上的一个小洞。"我不知道联邦调查局和剩下这群人对追缉本杰明这件事有多么认真。他们可以找我了解情况，让我追查，他们也可以努力追踪我做的事情。为了安全，我想我需要确定我所有的电话——家里的，办公室的，手机，可能还有我的电邮都会被监控。"

"你认为他们会根据《爱国者法案》对你提出指控吗？"牧师问。

我苦笑道："我希望不会，过去几年我的牢狱时光已经比我真正能耗费的时光长多了。无论如何，要是联邦调查局介入，要是他们真的想抓本杰明，他们会在我身上投入足够的人手，而且我无法对抗他们。所以一旦我在家里出现，我再不可能回来跟你联系。反之亦然。如果你不能收留本杰明，现在就告诉我，我可以找别的安全的地方。"

"这段时间联邦调查局好像都追踪不到他们自己的武器。你不要以为他们有人力在市里跟踪你这样的女人。这里仍然安全。贝克街的非正规军——我可以派几个骑摩托的小伙子给你——你的办公室还在米尔沃基附近，对吗？对孩子们来说骑车很容易就到。如果你想让我——"他咧嘴笑道，露出他发黄的牙齿。"祈祷吧，上帝会让我知道。"

意思是，我可以来教堂。

"在本走之前，我来照顾他，"神父继续说道，"你是对的，他就是个吓坏的孩子在逃跑。不管怎样，在我们找到地方安置他之前，我会让他留在这里。如果他做了不应该做的事，那就把他交给山姆大叔。你知道，两条路。"

"关于他还有一件事，"我说，"我认为他看到了一部分星期天晚上发生在马科斯·惠特比身上的事情。他扒在阁楼窗户上张望凯瑟琳，在那里可以看到几乎整个池塘。如果他看见将惠特比扔进水里的人，我想知道那是谁。"

神父罗想了一下，确定这不是无理要求，点头同意。"看我能让他说多少。莫雷尔发生什么事情了？"

我胃部发紧。"他去采访热门事件，不想在网上现身。"

"让你很生气。"

"我生气。我就像是在织地毯，只有上帝知道他在干什么，给谁干。"

牧师又呼哧呼哧地笑开了。"你在织地毯，我的姑娘？你可不是被动等待型，别坐在那里自怜自艾了。翘起你的尾巴赶紧工作去。我必须得写完我的布道词。"

我红着脸站起来。神父罗注意到我的脸因肩膀疼痛一闪而过的表情。我试图装作不在意，但是他带我穿过教堂来到旁边的一所学校。即使在星期六下午，体育馆里都是孩子，有些在打篮球，大部分在击打拳袋。圣雷米吉欧的学校年年赢得州拳击赛冠军，这个学校里每个男孩都梦想加入拳击队。

神父罗停下来纠正一个男孩的手臂姿势，把另一个推到离拳袋更近的位置，并且警告他们不要把个人争斗带进他的体育馆。在这个世界里，神父罗有神奇的权威。他会严厉责备他的孩子们，但他从来不会让他们消沉。

他带我来到体育馆外一间狭小的医务室。他递给我一条大毛巾当临时浴袍，让我脱掉套头衫。我背对他坐在长凳上，毛巾围在胸前，他的手在我的肩膀和背部按压。他找到一点，按那里我喊得最响，他在上面擦了点东西。

"我小时候把这个给马用。在平地不计时赛中保证它们能重新套上缰绳。"他又爆发了一阵大笑。"给你带一点，如果你够不到那个位置，可以找人帮你揉搓。最好你能缠上绷带。把这件臭哄哄的上衣留下，穿我们的衣服。"

他递给我一件橘色与灰色相间的圣雷米吉欧套头衫，洗得发白，却十分干净。在穿衣服的时候，我的斜方肌已经感到有点轻松了。

他护送我从学校后门来到我借来的车跟前。"你要是有麻烦，姑娘，回这里来。没有人照顾你，只有两条狗和那个老头。"他又笑道，"我认识孔特雷拉斯有六七年了，但是我经常战斗，而他不是。移民归化局，市警察，他们总在这里徘徊。联邦调查局想掺和，这对我不是问题。"

我挂上挡，开车离开，我的肩膀活动稍觉轻松，可我的精神更轻松。值得信任的权威的话语对我也有作用。

第三十一章 超级英雄

我前往一个叫科技周边的地方,把惠特比的手包送到以前合作过的物证实验室。在科技周边你可以干任何事情,从照片复印到发送邮件;我用他们的电脑给实验室写了一封信,解释了这个皮夹子的由来,并说我想看到惠特比可能放在里面的任何一张纸,告诉他们将它列入最优先工作,然后把手包整个装进包着气泡纸的信封。

我准备发联邦快递包裹,可今天是星期六;实验室要到星期一才能收到。我不想使用手机,万一有人在积极地追踪我,科技周边这里没有公共电话。我冒险打开手机,用一分钟的时间打电话给我用的信息服务,安排在科技周边取件。我计划在这里待一会儿,查查来信。

我在他们的电脑上登录,查看电话和电邮记录,看完以后我很沮丧,因为没有莫雷尔的来信,只有一大堆莫里·莱森的来信。凯瑟琳·巴亚德被枪击,这在芝加哥是个大新闻。他以前有独家报道,是因为有我,所以我将在菲利格瑞用晚餐,特别是自从杜佩奇县首先企图假装她是被逃跑的阿拉伯人开枪击中之后。可是为什么我没有提及恐怖分子?并且问我知不知道三个部门的警察都想找我谈话?不,应该是四个,如果你算上新索尔威最优秀的警察!

我回他一封短信,说很高兴被别人惦记,我对恐怖分子的事一无所知,我白天一直在旅馆里睡觉,在所有穿蓝色制服的男人和女人把我撕扯一番后，我会去找他。我还写了一封短信给莫雷尔。我闭上眼睛，试图回想他的样子和他的声音，但是眼前的灰色薄雾不停旋转，在我念他名字的时间。"莫雷尔，你在哪儿？"我喃喃道，但是我马上把这个念头赶出去。"过去二十四个小时很不平凡，在一个池塘里上上下下，穿窗过户。不管你在哪儿，我希望你那里暖和，安全，有饭吃。我爱你。"也许吧。

在离开机器前，我查看了电话记录，只是确认了莫里说的话：杜佩奇县治安官里克·萨尔威想见我，越快越好，芝加哥警察也加入他——我猜不出是谁——联邦调查局的德雷克·哈菲尔德，如果能得到我最开始的信任并接到我打来的电话，他会很感激。在官僚主义套话的背后，我可以听到德雷克用低沉的男中音威胁我。

有两条来电信息来自吉拉尔丁·格里厄姆。我没想到会再次见到她的来信。自从达罗打了那个愤怒的电话之后，我们就没有联系。但是我应该预料到他妈妈想了解昨天晚上在她深爱的拉彻蒙特发生的事件的内幕消息。她可能从客厅看到了直升机和救护车。达罗也打过电话。按约定我应该去见格里厄姆一家人，但是现在被有钱有势的人咆哮会让我感觉不爽。唯一一条让我愿意得到的信息是洛蒂发来的，她问我好不好，并让我给她回电话。

邮递员一收走我发给切维奥实验室的包裹，我就找收银员换了十美元的两角五分硬币，在朗卓麦附近找了一个公共电话。

我不认为本杰明·萨达威值得大规模监控。我认为我也一样。但是我们生活在一个妄想症的时代。执法部门所有的人都紧张不安，昨夜不只是荷尔蒙过剩的年轻人向凯瑟琳·巴亚德开枪，而是每个人。

我第一个电话打给我的律师。万一不好的事情真的发生，我想让弗里曼·卡特知道我出了什么事。令我惊喜的是，他刚好在家。

"弗里曼！我很高兴你在——我还以为你像以前一样周末又去了巴黎或坎昆之类的地方度周末。"

"相信我，维克，当我在新闻上听到你的名字，后面还跟着有魔力的词组'阿拉伯恐怖分子'时，我试过订最近的一班飞机出国。为什么你不能找一般的麻烦，而不是去碰国土安全部的弦？"

"像个真正的罪犯，你是这个意思吗？我在用公共电话，即使如此，我想简短说。我一整天都没有看过新闻，我一直在睡觉，所以我不知道在我回家的时候杜佩奇县或者联邦的人还是什么等着我。根据《爱国者法案》，如果他们认为我掌握了什么东西——不管是一个逃跑的孩子还是一本图书馆的书，在他们抓我进去之前，我有没有权利给律师打电话？"

"我还不确定。"弗里曼说，想了一下。"我得去查查。但是，只是万一，给洛蒂或者你那个讨厌的邻居留个话，让他们给我打电话，如果你在预定的时间没有出现的话。并且在你自己讨厌且恶劣的生活中仅此一次，维多利亚，每天要与别人联系一次，直到这事结束。否则，孔特雷拉斯会给我打电话，而我会把新的工时费算入你的欠账。这可不是个小数目。同意吗？"

"完全同意。"没有什么事情能给孔特雷拉斯先生带来比照看我更多的乐趣。几乎没有事情能让我屈服，但是弗里曼说得对。这些日子我最好躲着点儿。

我下一个电话打给艾米·布朗特。听到语音留言，我打电话给德雷克的客户。哈丽埃·惠特比在她的房间里。

"今天早晨看到电视报道的时候，我在想，好吧，你去拉彻蒙特是因为马克，还是因为那个恐怖分子？"她问。

每次有人提到本杰明·萨达威是恐怖分子，他都会从一名躲在阁楼里吓坏的孩子变成戴着亚瑟·阿拉法特头巾的大胡子怪物。可是如果我开始说,不,他不是恐怖分子,他只是被吓坏了,然后我就不得不解释我见过他,我不能这么做。

"是你哥哥的事情让我去拉彻蒙特,我去查看了他淹死的池塘,看看他会不会有东西掉在里面。确实有东西——他的手包。我已经把它送到实验室进行干燥并提取文件。"

一个女人等着用电话,动作夸张地望着干燥机上面的钟表,我伸出拇指和食指表示,还有一小会儿。

"我在拉彻蒙特的时候,发现厨房门敞开,我进去看有没有人,治安官的激动情绪让我在那里待的时间比我想的要长。我想我知道了你哥哥去新索尔威拜访谁,但是这并不能让我离你哥哥终结在那个池塘里的原因更近。"

"维什尼科夫医生今天早晨打来电话,"哈丽埃说,"你找的葬礼指导把马克的遗体送到他的——他那里。但是他想在开始工作之前提醒我代价是什么,并且最终我会知道。我不知道,是我不想了解的事。他吓唬我,但是,什么能比马克的死更可怕?"她的声音很沙哑,是与太多人谈论了太多艰难的事之后会有的声音。

"维什尼科夫医生只是提醒。我会给他打电话,告诉他如果他想对客户负责,必须通过我,而不是直接跟你说。并且现在就开始。我们已经在这件事上失去了一个星期的时间。我能想到很多一个人不想让他深爱的家庭成员知道的事。但是,坦白地说,我无法想象你哥哥会做这些事。你知道,当鸡头或者贩毒,做这种事情的人与昨天早晨我看到的房子的房主不是一个人。"

哈丽埃疲惫地笑道:"谢谢你,我需要听到有人说这样的话。我整天都在想,我的天啊,我会不会发现马克是个毒贩子?"

等电话的那个女人大声评论有些人不体谅别人。我笑着点点头。

"你能帮我给艾米打电话吗?"我对哈丽埃说,"我想与她对照记录,我得挂电话了。问她明天早晨能否到我办公室来一趟。"

"她晚上要来我的宾馆。"哈丽埃说,"你为什么不来找我们。"

"如果警察没有把我关起来。"我把孔特雷拉斯先生的电话号码给她,以防万一她打不通我的手机。"而且,万一执法部门认为我是他们乐于倾听的、智慧火花不断的谈话对象,让你的电话评论保持简短。"

我一挂上电话,等电话的女人就一把抓过来。她尖刻地说:"简短?这就是你说的简短?"

这个女人把她的谈话拖得尽可能长,但是我一直等,因为我还需要跟维什尼科夫与我的邻居通话,而且我不想在街上找另一部公共电话。她挂上电话,冲我胜利般地点点头,好像在说现在我知道那种感觉了吧。

我挥手告别她,拨通了维什尼科夫家的电话。"啊,布莱恩特,你只会处理好死人的事情,你的临床态度把活着的人搞得很奇怪。你真的认为惠特比像是个瘾君子?"

"我只是不想让家属拒绝付账,如果我最后发现他们不想知道的事情的话。"

"哦,下次这事跟我说。我会确保付账。"我严肃地说。

"只是万一,我们会用新买的光谱分析仪,华沙斯基。一个小时就要五百块钱,不过你看到结果会很高兴。"

他挂上电话,自己很高兴。我希望他是开玩笑。否则惠特比一家不会付钱。

我打电话给洛蒂,可接听的只是她的自动应答机。星期六下午大家都去哪儿了?我现在需要听人的声音。我留下口信说我很好,只是在身体和心灵上都有点儿小伤痛。我周末会再给她打电话。

最后，我往电话里投了两个硬币，打给我的邻居。孔特雷拉斯先生预料中的难过且喋喋不休。他也听到了那个新闻，不仅报道了我的名字还有治安官里克·萨尔威急切想找我谈话。今天警察已经到我公寓来了两次，问我在哪里在干什么？

我一直往电话里喂硬币直到把钱花完，告诉他昨晚整个旅程的细节——当然，除了我带本杰明逃跑。孔特雷拉斯先生热忱地赞同我跳窗逃避县警察的行为，但是想知道为什么我当时没有回家。

"我太累了，所以找了个旅馆住，"我说，"前不久刚醒过来。"

"所以你没有看到那个阿拉伯人，是吧，姑娘？那个女孩怎么样了，那个半夜在那里找事的凯瑟琳·巴亚德？她跟恐怖分子搞到一起，你认为呢？"

"很难想象，"我随口说，"她可能有男朋友在那个地方，她不想让家里人知道。我刚投了最后一个硬币。十分钟后你能在你的后门等我吗？我的衣服破了，我得先换身衣服才能干别的事。万一杜佩奇县警局派人在那里蹲守，而且万一他们没有派人守在后门。"

提示声响起。在孔特雷拉斯先生说完话之前电话就掉线了。我转身走进阴冷的下午。

我打开手机——维·艾·又一次回到地球——爬上捷豹汽车。引擎发动的时候，我发觉自己正在想让吕克去掉序列号然后把红漆改成蓝漆。我知道我必须把它还回去，但是驾驶最酷的汽车要比神父罗的祛痛油带给我更多的愉悦。

我向城西开，经过一个新建的超级购物中心，它的长度跨跃了两个杂货店，一家电器租赁维修店，祖家私房派和点心店。啊，进步。我穿过拉辛路，我住的地方。我把车停在东边的一个街区。

我走过一个小广场，向西南方向走去，我在拉辛路上漫步，寻找任何不寻常的车辆或闲人。这个阴暗的下午逐渐变成了灰色的黄昏，向窥视者们掩盖了我的面容。

如果我是克兰西或鲁德鲁姆笔下的超级英雄，我会记住这两个街区所有的车牌号，还能告诉你，在我昨天早晨离开的时候哪辆车不在。既然我只能记得我自己的车牌号，我把注意力放在可能装载窃听设备的面包车，还有上面坐着人没有熄火的车辆上。其中有一辆是芝加哥警队的车，在我家的马路对面。并不是很巧妙。

走过北边的一个街区，我再向东走去，抄近路来到我公寓的后面。没有警车在我的房子后面给空气加温。一个我认识的女人正在倒垃圾，除此以外再没有人在这条胡同里。

孔特雷拉斯先生站在后门里面等我，还有狗狗们。这三个家伙由衷地问候我。我们还站在外面，我解释说这栋建筑有可能被电子设备监视。

在黑暗中，我能感觉到而不是看到这个老人的不安。我迅速转移话题，解释说我借了一辆车，需要把车放到离车主较近的地方。"我要上楼换衣服，然后开车去新索尔威拿我的野马车。你跟我一起去吗？"

他很乐意参与哪怕是一点点我的历险。我让他留在他自己的厨房，走进自己的房间。

从我的客厅面向拉辛路，所以我摸黑走，努力回忆屋里的东西，比如钢琴板凳。我的小腿就狠狠地磕了一下。因为没有人在后面监视。我打开了卧室与厨房的灯，先确认了百叶窗是关着的，从后部去往前部走廊的门也是关着的。在晚上去过拉彻蒙特庄园以后，我的公寓看起来很小，但是我喜欢我的小空间，它像是斗篷保护着我。

我饿极了，极其想吃真正的食物。在过去的二十四小时里，我只吃过奶昔、在牧师住宅厨房时的一盘鸡蛋、几片面包和一杯茶。我把水烧上准备下意面。在冰箱里，我找到一部分烤鸡。我把它塞进微波炉，然后去换衣服。

我试图系上胸罩的时候，肩膀的肌肉做出了抗议，可我咬紧牙把挂钩挂上。我觉得很重要的是在我最后要去找执法部门的时候不能裸露。我把神父的祛痛油涂在浴刷上，所以我能从上面够到后背把油擦到酸痛的部位。这油味道很怪，不是不好闻，只是让我联想到马厩和更衣室。记起神父罗建议我把这个部位绑住。于是我从医疗箱里找来一块艾斯牌绷带。我设法紧紧地缠上绷带，把酸痛的肌肉固定在正确的位置。穿上干净的牛仔裤与慢跑鞋，我感觉到自己有力气应付一阵子。攀爬拉彻蒙特庄园使我的跑步鞋破损得很严重。我得追加预算，买一双新鞋子。

我的冰箱里还有一些长相难看的莴苣、一袋胡萝卜和新鲜青豆。我把这些混在一起做沙拉，坐在厨房餐桌旁，就着烤鸡和意面一起吃。要么在车里吃，要么在我随时准备跑出门的公寓周围吃；这样的情况太频繁了。

我现在想把节奏放慢，而不是朝前方目标奔跑。我吃完饭，把盘子洗干净，包括我因为天气冷堆在洗碗池里的盘子。带上家用清洁剂的瓶子和一块海绵，我慢慢走下楼召集孔特雷拉斯先生和狗狗们。我们从后门出去，从胡同里去找捷豹车。

第三十二章 高尔夫灵车

西去的路没多少车，我们用了四十五分钟就走完了四十英里的路。让我感到轻松，也感到惊喜，野马车还在灌木丛后面我离开它时的位置。也许绍尔的警员没有认出它，也许他们把警员都派出去阻截班吉，而不是守着我的车。我们开车路过野马车，把捷豹停在拉彻蒙特庄园的车道上。

狗狗们在灌木丛里钻来钻去的时候，孔特雷拉斯先生和我把捷豹车清理干净。我很在乎清理掉班吉的痕迹，但是他乐意把狗毛和我的指纹也从车里清理掉。我们把它停在车道上，钥匙插在上面，以便于新索尔威的警察找到它。

我们从排水沟里走向我的野马车。曾经深更半夜里如此漫长且充满恐惧的路线，现在对有孔特雷拉斯先生和狗狗们做伴的我来说变成了很轻松的散步。

"我在找路基下面的涵洞，"我告诉我的邻居，"那里的地面泥泞，我得让米奇和佩皮在那里搅和一阵掩盖我的足迹。"

灰暗的空气越积越厚，变成黑蓝色的傍晚。孔特雷拉斯先生用我的手电，我用昨天用过的头灯。米奇率先发现了入口。我弯腰查看涵洞的地面。班吉和我的脚印清晰可见，脚印踩在星期四晚上我的涵洞另一端发现的车辙上。

"看起来像是小型运动卡车、叉车之类的,看这里。"孔特雷拉斯说。"有人跟在你后面?"

我顺着他指的方向看去,突然意识到我看到了什么。在梦里追逐我的高尔夫球车。马克·惠特比就是这样被带到拉彻蒙特庄园的池塘。有人开车带他到那里,就是这么简单。你可以在阿诺丁高尔夫球场找一辆电瓶车,开到阿诺丁公园捎上几个人;然后,如果你知道那个涵洞,就前往拉彻蒙特庄园。

在不连贯的表达中,我解释了我设想的事件发生过程。我的邻居认真地点点头。"如果你是对的,姑娘,你最好找到那辆电瓶车。或者你认为凶手已经把车处理过了?"

"我不知道,"我不悦地说,"不管是谁,不是他们太聪明,而是执法部门不在乎追捕他们。所以那辆车可能仍然在。"

我看看表。六点三十分。我推迟对抗执法部门的时间越长,在最终我露面的时候他们越难对付我。并且,既然我们已经到了这里,我会花时间找高尔夫俱乐部的人了解情况。

我颠簸着把野马车开上路面,沿德克森路飞速前往高尔夫球俱乐部。这里有大门,华丽的装饰中挂着一幅图画,也许是标志,焊在大门栏杆上。设计的亮点是一个池塘周围环绕着猫尾巴。"阿诺丁公园高尔夫球场"描了金色和绿色的几个字高挂在最上面。

我告诉门岗的保安,我为吉拉尔丁·格里厄姆工作,并且关于丢失的高尔夫球车我有些问题。他眼睛都不眨地接受了这个说法,但是不让有狗的车进球场——"你不知道,人们总说把动物关在车里,可是随后他们就把动物们放到球场上。"

我没有浪费时间争论,只是请求,他允许我们进去以后将车停在入口。我从后备厢拿出公文包,马克·惠特比的照片还在里面,然后急匆匆地与我的邻居开车前往俱乐部。

星期六打球的人非常多,俱乐部的领导都在值班。看门人把他指给我,是在壁炉旁与几个红脸的饮酒者一起说笑的一位整洁精干的五十多岁的男人。我说我是侦探,人群一下安静了。经理赶紧把我领到他的办公室,防止我给他的会员们带来紧张气氛。他听完我的故事——我为格里厄姆女士工作,她儿子几天前在路上丢了一辆高尔夫球电瓶车;她很介意并想知道是不是被偷了——他迅速把我交给装备管理员。

艾力·杰尼塞克,管理员,小跑进来,俱乐部经理让他带我和孔特雷拉斯先生去装备库。我们明显让这个地方的说话声音降低了。我们跟着杰尼塞克从服务部出去,经理重新加入壁炉旁那帮酒徒之中。

虽然杰尼塞克的注意力分为我与他的同事两部分,后者叫他汇报遗弃的球车与球杆的情况,他回答我的问题相当直接。他的车一辆都没丢。是的,上星期一早晨从阿诺丁公园捡回来几辆,但是没有什么奇怪的,会员经常开着它们回阿诺丁的住宅并把它们扔在那里等装备管理人员去回收。

我很失望,准备转身就走,这时杰尼塞克补充道:"我想起来了,有一辆沾满了泥巴,在我们清洗的时候,发现前部撞了一个大坑。这让我很不高兴。在会员们用过以后,我们清洗车辆,这是我们的工作;但是他们滥用装备并连便条也没有留说谁干了这事,这样不对。人们需要负责任。"

那辆电瓶车当时停在酒吧外面,如果他没有记错的话。我问他能不能确定日期,他取出记事的日志——是的,就是它——电瓶车的轮子上塞满了泥巴。他们把它用水冲洗干净后,发现两侧有多处凹痕,漆面有较深的划痕,前轮轴弯曲。有些孩子把高尔夫球车当沙滩车开,即使他们找到事主,父母更倾向于指责俱乐部经理,而不是他们的孩子。星期三，杰尼塞克清理完这辆车，然后把它送给修理厂，但是他认为修理工作肯定还没完，那里压了太多活儿。

孔特雷拉斯先生开始附和他议论当今的礼貌，我打断了他们。

"你能先暂停修理吗？格里厄姆家可能想报案，至少让保险公司的人先看看这个情况。不是针对俱乐部，我保证，而是他们在乎不计后果的危险行为，并且想找县治安官里克·萨尔威反映这辆车的情况。"

杰尼塞克不愿意这样，不想把俱乐部卷入严重的司法事件，但是他勉强同意明天早晨告诉修理工让他们等等再修这辆车。

在我们离开前，我给杰尼塞克看了惠特比的照片。他又叫来两个工作人员，没有人记得见过他，他们说这间俱乐部唯一的黑人会员是奥古斯图·勒威林，并且他好几个月没有来了。黑人顾客很少。

孔特雷拉斯先生和我在走回野马车的途中我仔细思考这件事。任何知道那条涵洞的人都可能通过它进入阿诺丁公园，从那里经过公园内的小路来高尔夫球场借一辆电瓶车。他们甚至可能把车停在卡佛得尔路那边的涵洞入口。惠特比在池塘里死了，当时我也在那里。如果上个星期天晚上我能早一两个小时到拉彻蒙特庄园就好了！

这很让人沮丧，得到一个线索，却无法追踪下去。开车回家的时候，我与孔特雷拉斯先生仔细思考了这辆电瓶车的事，但是没有得出任何满意的答案。我们返回望湖路时，我把我的邻居和狗放了胡同里。

"我需要面对执法部门，我已经把这件事情推迟了五个小时。现在是八点钟。如果我十一点没有回家，给弗里曼打电话，好吗？并且，在这些事搞清楚之前，每天五点半到六点半之间我们会通话。如果你没有接到我的电话，就打电话找弗里曼。在《爱国者法案》之下，如果这个法律足够扯淡，他们可以把我带走，而不让我通知律师。"

我端起肩膀，开车前往住宅前门。

第三十三章 爱国者法案

当芝加哥警察跟着我进了家门，我假装非常惊讶；但是我不用再次假装惊讶，因为又有两个人从相邻的车里跳出来急匆匆地跟在他们后面。一个是联邦探员，他快速亮警徽的架式跟《G型神探》电影里的一样；另一个是杜佩奇县的警员。我明显不是超级英雄，因为之前我根本没发现他们。

四个人不是同事。在我家门口发生了很多推推搡搡的行为，因为他们都想进来跟我说话。杜佩奇县警察说他有命令要把我带到威顿，因为"在犯罪发生时我逃避司法执行"，他有第一个筹码；芝加哥警察说他们已经说过他的命令被接替了，待联邦探员的问话完了以后，我要跟他们一起去三十五街和密歇根路。

"我奉命将搜查你的住所。"联邦探员宣告称。

这马上引起我的注意，我要求看他的授权命令。

"女士，根据《爱国者法案》，如果我们认定有紧急状况影响国家安全，我们可以不申请授权命令直接执行。"他带着鼻音、毫无表情的陈述听起来像是个完美的官僚。

"我没有卷入任何紧急状况。并且我没有做任何事情影响国家安全。"我把家门钥匙塞到牛仔裤的后裤兜里，倚着门框。

"女士，美利坚合众国伊利诺伊州北区检察官才有权判定，并且他认定昨天晚上的事件是充分的警示,要求我们检查你的住所。"

"昨天晚上的事件?你能不能不要像个该死的机器人一样说话并且告诉我你来这里的原因?"

芝加哥警察相视一笑,但是这个联邦探员继续用机械的语调说:"女士,你进入的那所房屋隐藏了一名已知的恐怖分子。我们需要确定你没有以某种方式包庇他。"

"那里有一名已知的恐怖分子?"我问道,带着客气的好奇。"我只知道杜佩奇县的警长认为他可以把我锁在那个废弃的房子里一整个晚上。"

"不管怎样,我有命令要搜查你的住所;如果你不合作,芝加哥警察将受命破开你的房门。"他在说话的时候没有表现出攻击性的兴奋,有些执法人员在力量可以压倒你的时候会表现出来这种情绪,这说明他有工作要做,而且他准备做这个工作。

"宪法条款无用了吗?'人民有权保护自己的人身、住所、文件和财物不受无原因的搜查与没收的侵犯'。"我的声音因为愤怒而变得嘶哑。

"女士,如果你想在联邦法院挑战我的命令,你可以稍后这样做,但是这些警官——"他指向那两个芝加哥警察,他们冷漠地站在他身后,仿佛事不关己,"来这里确保我能检查你的住所。"

在升级对峙状态之前,我会作为纳税人的客人花费整个晚上。孔特雷拉斯先生带着狗狗们从房间跑出来。米奇从未在大门口看见过穿制服的人,于是在走廊门口大声咆哮;佩皮也汪汪叫着作为支援。

我把走廊门打开一点,让自己挤进去并抓住狗项圈,气喘吁吁地让孔特雷拉斯先生把狗牵住。当我把狗控制住的时候,我真想站在大门后面,跟狗一起对执法部门的人咆哮,但是我知道我无法推迟不可避免的事,这样只会将不可避免的事情变成不可忍受的事。我告诉我的邻居让那个男人进来。

"他们到底要干什么?"他问。

"来搜查我家。根据那个穿深色大衣的机器人所说,他们可以来到美国的任何一个家庭,声称这里藏着奥萨马·本·拉登,然后不用授权命令就闯进来。如果你反对,他们会打破你的门。"

我们吸引了一个观众。住在一楼孔特雷拉斯先生家对门的住院医生一阵风似的跑出来,说如果我不停止在这里吵闹,她就要叫警察。在看见制服警察的时候,她眨眨眼,问他们是不是来给我开罚单或者来没收这两条狗的。

四个执法部门的人的身体同时晃了一下,但是联邦探员最先恢复过来,然后开始用庄严的语调陈述事实说他不是宠物投诉部的人。在他完成第一个自然段时,二楼的两个小伙从楼梯上探出头向下喊,让这个住院医生闭嘴并开始新生活——他们之间一直有宿怨,因为她好几次在他们举行深夜聚会的时候打电话报警。

"那两条狗训练有素,从不打扰别人。"他们喊道。

芝加哥警察现在开始感到不对劲。当邻居们开始聚集的时候,简单的形势很快会变得复杂。警察让联邦探员不要再说话,然后催促我们这帮人赶紧上楼。我们快速经过二楼的两个小伙子身边,他们正在唱"上帝保佑美利坚",声音大得把对门的年轻的韩国家庭引出来了。在我打开锁闩的同时,我听见他们四岁的小孩问:"这是在游行吗?"

在我的公寓里搜查没有花警察太长时间,你不可能在四个房间内藏一具尸体而不让它以相当快的速度暴露到灯光下。米奇和佩皮很帮忙,每次有人打开橱柜或查看家具底下,它们都在他的脚边。我把狗链子放得很短,保证它们不会真的够到某个人,可是两只共一百二十磅的拉布拉多犬甚至可以把一位联邦探员变成几缕毛发。米奇在大力拉扯我酸痛的肩膀让我想后退，我假装没感觉到。

在搜查期间，孔特雷拉斯先生喋喋不休地评论藏在警徽后面的人，总是找理由做没有一个高贵的人会做的工作。"我在安齐奥①的海滩上用生命冒过险，我知道枪林弹雨落到你头上什么感觉，我看到周围同伴被切成几块。假如我知道我做这些事会让后来的你们随意闯入任何一个美国人的家，他们绝对无法让我登上登陆艇。"

这刺激了联邦探员，没有男子汉喜欢被人提醒为了一个逃跑的年轻人而搜查一个女人的公寓不像面对真正的枪林弹雨那么危险。他不停地中断搜查来反驳孔特雷拉斯先生，但是地方警察告诉联邦探员，他们还要遵守命令，马上带我去三十五街与密歇根路，所以要快点结束。

三十五街与密歇根路是新芝加哥警察局总部大楼的地址，我想不到他们带我去那里干什么。参与会议的人正在变得没有耐心，他——或她不停地给芝加哥警察打电话催他们快点，同时他们不停地抱怨联邦探员在浪费时间。联邦探员说他想到检查我的文件记录，芝加哥警察总共找出来四张纸，而他们必须在半个小时之内带我过去。

"我没有要求她或者你们在场检查文件。"联邦探员用他机械的声音说。

"我不会让你单独留在我的公寓，"我毫不犹豫地说："你会栽赃陷害。你还会偷东西。"

当他开始宣称他的本质上的诚实，我愉快地说，"我知道，孔特雷拉斯先生和狗狗们可以陪着你。孔特雷拉斯先生会确保你能拿到艾德

---

① 安齐奥，意大利罗马省地名。

加·胡佛局长所有的文件的细节。看在老天的分上,别让他动我有用的账单,除非他承诺付账,我可不能忍受停电。"

想到一晚上独自与狗和我的邻居在一起,联邦探员决定我的文件可能不值得检查。也许客厅与饭厅的一堆信件和书籍也让他畏缩。最后,他与警员们离开了我的"住所"。我锁上门,跟着他们和狗狗一起下楼。

在前门,孔特雷拉斯先生大声告诉我把头昂起来;如果我半夜还没回家,他会打电话让弗里曼去找我。我跟四个执法人员走出去,包括杜佩奇县的警员,他从进屋以后就没说过话。他走到车跟前,除了对他的阻止犯罪的同行们说声再见之外,没有说话。至少这个美国探员对市警察表示感谢,为了他们"政府部门间合作"愉快。

我坐到警车里才知道,杜佩奇县的警察在生闷气,因为芝加哥警察们已经接手了他的命令。这两个人认为这件事相当好笑并可以对我说,但是他们不会或者是不能告诉我去芝加哥警局总部的原因。

"你到了那儿就会知道,女士。"司机说,至少他们叫我"女士"而不是"小妹",而且我没戴手铐。

司机向南开了十英里,只用了十二分钟,警灯闪烁,偶尔响两声警笛让前面的车让路。如果我当过总统,我会感觉自己重要,但是当我们抵达光滑水泥表面的大楼背后的地下停车场时,我只感觉到不想动。

我生命中的这些年一直觉得警局总部还在十一街与斯戴特路。我以前常与爸爸一起去那里,当他要开会或者需要上交某些特别的表格时,巡警部的主管会弄乱我的卷发,并给我一角钱让我去自动售货机买东西,其间他和我爸爸聊一些部门间的闲话。对于老警局总部的破旧油毡和兔子养殖场一样的办公室,我总有一种怀旧情绪。新大楼让人感觉冰冷且不友善——太大,太干净,太闪亮。

我的护卫把我交给值班警员,后者正忙着接电话。我研究着墙上的通告。至少,这些三十年都没有变——持枪危险分子,最后一次看到开车,工人的补助,一月九日失踪。

值班警员喊来一个制服警官,她是个体格强壮的女人,她的外腰带在胸和屁股中间制造了一个巨大的 M 形。

"你要跨过那条孤独的山谷……"我低声哼唱,跟着她穿过走廊去坐电梯。"你要自己跨越它。"

"有那么坏吗?"她问,在电梯上升的时候。"你到底干了什么事,让那么多大人物凑到一个房间?"

我做了个鬼脸。"昨天晚上从一个丑陋的县警长那里逃跑。但是为什么让一群大人物凑到一个房间,我不知道。实际上,我甚至不知道哪些大人物因为我凑到一起。"

她按住打开的电梯门,直到我在她前面走进走廊——决不让嫌疑人单独留在电梯里。"好了,甜心,我们到了,我猜你很快就会都知道了。"

她打门,敬礼,说:"她来了,队长。"然后离开。

我无法数清这间房内有多少人,或者哪个人我认识,我非常吃惊看到我的向导敬礼的那个人。"鲍比?"我惊叫道,"你在这里干什么?"

第三十四章 什么人权法案？

鲍比·马洛里，现在的马洛里队长——是我爸爸在警队里提携的人，我爸爸还是他与艾琳结婚时的伴郎。如果我妈妈相信教父母，鲍比肯定会是我的教父。但是在他看见我时，他的灰色眼睛里没有闪过一丝高兴。我的工作没有一点他看得上的地方，可是今晚他的脸色看起来阴沉得好像我——哦，帮助了一个已知的恐怖分子逃跑。

我感到膝盖发软——他是不是知道了我带本杰明·萨达威去神父罗那里？至少我聪明地闭上嘴，找了一把空椅子坐下。

现在我有时间看看其他坐在桌子旁边的人。我认识几个人，从相貌上，有四个人完全陌生。坐在我旁边的有大眼袋的瘦高个女人是库克县的州检察官，我们在法院见过几次。当然，我认识鲍比自己的老部下，我以前的朋友，泰利·芬奇利。绍尔警长从威顿走了很长的路来这里；他对我怒目而视，恨不得让他的警员开枪打中的不是凯瑟琳·巴亚德而是我。斯蒂芬妮·普罗瑟罗，坐在他旁边，没有看我。我也曾与联邦调查局的德雷克·哈菲尔德偶然共过事。

"维姬，"鲍比说，"我们一直在等你现身。你有很多事情要解释，我的姑娘。局长让我管辖芝加哥反恐的任务部队，并且我们在找一个恐怖分子，怀疑是恐怖分子，居住在芝加哥。他与你昨天晚上在杜佩奇县放走的那个人之间建立了联系。这些忙人都有问题等着你，所以我们开始吧。"

绍尔警长和一个我不认识的男人同时张口说话。"等一下,"我反对道,"你们这些大忙人都知道我是谁——维·艾·华沙斯基,维姬只是也只能是马洛里队长叫的。我很愿意知道你们的名字和跟这件事的关系。"

坐在德雷克·哈菲尔德旁边头发油光水滑的人是北区联邦助理检察官。与普罗瑟罗警官坐在一起的,绍尔带了杜佩奇县的州助理检察官一起来——一个长相酷似联邦检察官孪生兄弟的男人。年轻,白种人,梳得油亮的浓密的棕色头发。这间房子里每个人都带了死党,除我以外。我真希望自己带了佩皮来。

桌子上放了好几个麦克风;一个穿芝加哥警服的年轻女人戴着耳机坐在墙角的录音设备前。这个房间装修和音响设备与我上个星期天晚上在治安官房间里看到的一样;我希望绍尔会印象深刻。

寒暄了一番后,绍尔与联邦检察官又同时跳出来。绍尔想知道我为什么在他讯问我之前走掉,检察官感到愤怒,因为联邦追踪本杰明·萨达威四个星期了。

"本杰明·萨达威?那个在高档的黄金水景学校上学的洗碗工?"我停了一下,希望他们不要把他构想成一个戴头巾的大汉,而是看成一个骨瘦如柴的未成年人。"我不知道自己离他只有一分米。我到那里的时候拉彻蒙特已经没人了。绍尔警长的人认为藏在阁楼里的人听到我的声音以后,他——或者她从三楼跳窗逃跑了。"

"在阁楼里发现英阿书籍的时候你没有怀疑过吗?"德雷克说。

"整个情况很混乱,所以我也没想到。"

"你到楼上去了,对吗?"联邦检察官问。他和杜佩奇县的检察官分别叫作杰克与奥维尔,但是他们长相酷似所以我记不起来谁是谁。

我点点头,他说:"你看到那些阿拉伯文书籍的时候有什么想法?"

我皱起眉头,带着女人的困惑表情。"那里有好几本扉页上写着卡尔文·巴亚德名字的少儿书籍。这栋房子曾经属于杜鲁蒙德家——吉拉尔丁·格里厄姆的父亲,所以我想为什么巴亚德先生的书会在这里。后来我看见英阿字典,觉得可能是巴亚德先生半夜来这里学习阿拉伯语。我以为他在翻译他的少儿读物。"

"你不可能有那样的想法!"奥维尔或杰克一拍桌子。

"不,你不会那样想,维姬,"鲍比平静而坚定地说,"今天晚上的场合不适合开玩笑。九一一事件发生以后,这个国家执法部门所有的人都不可忍受,所以直截了当地回答我们的问题。"

泰利·芬奇利建议我首先从我在拉彻蒙特庄园的活动开始解释。这像是每次我冗长地叙述马科斯·惠特比的死以及他妹妹雇我开展调查的事。

在墙角的那个女人更换碟片并检查录音状态的时候,我们停了片刻。她对泰利点头示意,他继续说:"你不认为那是警察的业务吗,打捞池塘?"

"我完全是这么认为的。就像我认为搜查马科斯·惠特比的住所也是警察的业务一样。但是我无法说服你在杜佩奇县的同事,同样也说服不了你。既然你们都不愿调查,所以我代表家属去新索尔威。"

"并且搜索那个池塘。"库克县来的瘦高个女人说。

"并且搜索那个池塘。"我赞同道。

"找到什么有关的东西了?"奥维尔或杰克说。

我双手一摊。"很难说。很多旧瓷器。没有东西告诉我是谁把惠特比扔进池塘。我确实发现了,怎么说呢,凶手将惠特比先生运送到池塘所使用的高尔夫球车。"

这马上引起他们的注意。虽然杰克或奥维尔对这个想法表示不屑一顾（我们都知道他喝完酒在那里把自己淹死了），鲍比说话了，问绍尔警长马克是如何到达那栋房屋，以及他们有没有检查火车、出租车之类的交通工具？绍尔与杰克或奥维尔言辞激烈证明他们根本就没有做任何深入的调查。鲍比本来可以严厉批评下级人员的不作为；然而，对绍尔，他只是平静地说他认为这个问题值得有所研究。

"那辆高尔夫球车是怎么个说法，维姬？"

我告诉他今天傍晚我发现了那个涵洞，并且找装备管理员了解了情况。芬奇利点点头，用笔记下来。我松了一口气。警察机构将接手调查劳动密集型的工作部分。

"这不会让你当女英雄。"鲍比警告我，"昨天你在搜索完池塘以后做了什么？撬门入室？"

"鲍比——队长！"我反对道，一副受伤害的样子。

鲍比瞪了我一眼，让绍尔问问题。我们重复提到吉拉尔丁·格里厄姆对她老房子的兴趣，我们重复提到厨房门已经打开的事实。

"你说，"德雷克·哈菲尔德插嘴道，"我以前与华沙斯基共事过。她总是在法律边缘游走；虽然我从来没有证明过这一点，但是她不会做比溜门撬锁过分的事情。"

"这个杜佩奇县的大猩猩，对不起，这个警长对我搜身。相当全面彻底，足以让人提出性别不端的行为控诉。你们问他是否在我身上发现什么工具。"

"天晓得你一个人待在那里多长时间，"绍尔吼道，"你有很多时间把撬锁工具藏起来。"

我扬起眉毛夸大我的怀疑。"你没有从上到下搜查那栋房屋，并且一直认为那里有一个恐怖分子？证据只有一本英阿字典，而政府就可以在没有授权令的情况下搜查我的家？"

"这里不是喜剧中心，"联邦检察官说，"坐在这张桌子前的人都在努力保卫我们的国家。"

"啊，知道你们已经检查过我的胸罩会让我晚上睡得很香。"我苦涩地说，"瑞妮·巴亚德对阁楼里的那些书怎么说？"

"巴亚德家与格里厄姆家是老朋友。巴亚德夫人认为她丈夫可能把书借给达罗·格里厄姆先生，在格里厄姆先生小时候。"杜佩奇县检察官说，"当然，她孙女还在住院，她顾不过来，所以没有很认真地对待这件事。"

"所以人权条款对有钱的投票人还管用，"我说，"这很让人放心。你真的知道她孙女为什么住院，对吗？"

"因为一次不幸的事故。"杜佩奇县检察官斟酌用词。"昨天晚上你为什么不在那栋房子里等着绍尔警长问话？你从卫生间窗户里钻出去——这让我们认为你用这么冒险的方式逃跑是有原因的。"

"我自己很愿意从门里出去，可是警长让房产律师把我锁在房子里。"

"你可以在那里等绍尔来找你问话。"杰克或奥维尔坚持说。

"我当时很累，我打捞过池塘，房子里冷极了，而我想要睡觉。当绍尔的警官们开枪射击凯瑟琳·巴亚德的时候，他太忙了，不会记得我，所以我自己离开了。"

"可你没有回家。"库克县检察官说。

"对，"我同意道，"我相信安全驾驶的司机知道什么时候她太累而不能驾车。我在旅馆开了间房。"

瘦高个女人点点头——他们很在乎我待过的地方。很明显他们不知道我把野马车留在灌木丛后面，否则会有人集中追问这个问题。库克县检察官开始进攻。"下午服务员进房间清扫的时候你不在旅馆里。今天从中午到八点钟期间你在做什么？"

"你有什么理由知道？"我问，"如果有，我会很愿意告诉你，但是我无法想象我的活动与库克县或杜佩奇县有什么关系，或者，尤其是，与司法部门有什么关系。"

"美国在进行战争，"联邦检察官重申道，"如果你帮助一名恐怖分子逃跑，你会被指控资敌罪名。"

我突然感到非常疲倦。我趴在桌子上，研究手指头。大家都开始沉默。

"好吧——"联邦检察官打破沉默。

"不好，"我说，"都不好。有一件事，我们没有在进行战争。只有国会可以宣战，可他们还没有——除非是我们在这里坐着的期间发生的事情。"

"你知道他什么意思，"德雷克说，"你认为这是笑话吗，纽约发生的事，我们的军队在阿富汗或者波斯湾干的事情？"

我抬眼看着他。"我认为这是我一生中发生的最严肃的事。不只是世贸大楼，还有我们倾泄在自己头上的恐惧，所以我们可以说人权条款不再起作用。我的爱人在阿富汗。我不知道他是死是活，一个星期我都没有听到他的消息。如果他死了，我会很伤心，可是如果在我的生命中人权条款死了，我对美国的信念将会破碎。如果我在拉彻蒙特庄园发现了恐怖分子，我将尽我所能将他交给你，德雷克，希望你比明尼苏达或亚利桑那的同事对待相似的警示能给予我更多的关注。然而我没有看到任何暴力犯罪的迹象。你认为呢？那些阿拉伯语书是炸弹的开关吗？我想你会调查清楚的。"

我扭头面向杜佩奇县检察官。"期间，晚上唯一的收获是绍尔追捕阿拉伯人的老虎们枪击了一名本地的未成年人。我做不了任何事，而且我不认为我会有什么帮助，在绍尔思考如何编造说辞掩盖这场灾难的时候。"

一两分钟的时间内没有人说话。我仰面躺在椅子上，伸展我的脖子与肩膀。

"我们需要重新开始对惠特比死亡案的调查。我不相信巧合，一个嫌疑犯藏在房子里，一个人死在房子外面，两者间肯定有关系。"鲍比说话的时候带着他在警队工作四十年的权威。他看向杜佩奇县的检察官。"奥维尔，你能不能派你的病理学家去做彻底的尸检，包括对马科斯·惠特比的毒物筛查？"

"我们昨天把尸体还给家属了，"奥维尔说，"我会看看他们有没有把尸体带回亚特兰大。"

鲍比揉揉太阳穴。"上帝保佑他们不会这样：我不想把尸体再从土里刨出来。在三个部门之外再牵扯一个执法部门进来。"

我没有透露布莱恩特·维什尼科夫已经开始个人尸检——我希望布莱恩特在执法部门找到尸体之前结束尸检并给我结果。

"如果需要的话我们可以加速进行。"联邦检察说，"这期间，她怎么办？我们还没有了解她在那几个丢失的小时里干了些什么。她有可能藏匿通缉犯吗？"

"你搜查过我的家。"我抗议道，"我会很愿意带你去我的办公室，如果我们现在决定。你还能看看我汽车的后备厢。"

"下午我们派了人去你的办公室。"德雷克说，"我们现在在查你的朋友们。"

我努力控制自己如潮水一般的愤怒。"你们这些混蛋是不是还翻看了我的名片盒？你们没有拿几页档案走吗？你们还想干什么，没有可信的理由就能骚扰公民。"

"我们不需要可信的理由。"联邦检察官打断我。"我们知道你与嫌疑人在同一晚上从同一所房屋内失踪。如队长所说，这里没有巧合。你可能会认为他是一个无辜的孩子，推着他钻过窗户和你一起走。现在你该知道他是通缉犯，我们希望你合作。"

"我正在合作。"我喊道，双手撑在桌面上。

"维姬，注意点儿情绪。"鲍比警告我。

我闭上眼睛，深吸一口气，想象着从斜体的数字十开始倒数并呼气。"我正在合作。"我用更平静的语气说，"现在你们这些人该回应我了。他做过什么？我们怎么知道他是恐怖分子？告诉这些事，然后我会更加积极地回答你们的问题。"

德雷克与联邦检察官相互对视一眼。检察官说："他在我国停留却没有签证，在他叔叔死亡以后没有资助人。他常去市郊的清真寺，那里鼓吹极端言论。在我们想找他询问的时候，他隐藏起来。"

我让他多解释一下什么是激进言论，或者他们搜查本杰明在他叔叔死后租住的巴基斯坦人的房间时发现什么，但是他们拒绝提供更多的细节——他们只知道他们所知道的。

"我明白了。"我说。但是真的，我不明白任何事。这听起来不属于邪恶的范围，我不知道"极端言论"包括什么。灭亡以色列？灭亡美国？杀死堕胎服务提供者？极端还是爱国，取决于你的观点。如果班吉拥护上述三个观点，我得重新考虑是不是继续掩护他。但是在我把他交给这些人之前，我得等神父罗结束对他的讯问结果。我自己的判断可能会错，可我确信更不能信任这张桌子周围的人。

鲍比说，如果我解释怎样度过的下午时间，他们马上结束会议。

"我回了几个电话。发了几封邮件。带狗出去散步。吃了晚饭。"

"没有人看见你带狗出去。"库克县检察官说。

"你监视我住所的事实根本不像你吹嘘的那样。你有我的电话记录,对吗?"德雷克与联邦检察官相互使了眼色让我明白了我想知道的事。"我在弗勒顿的科技周边。你可以搜查他们收银机拿到交易记录,或者侵入他们的电脑,或者做你觉得自己能做的一切事情,以保卫国家的名义。"

绍尔还想威胁我说出昨天晚上我到底干了什么,但是每个人看起来都跟我一样疲惫。"茜茜,今天晚上就到这儿。你收拾东西可以离开了。"

茜茜?这可不像警察的名字。茜茜说"是的长官",关掉了设备并在碟片上做标签。

杜佩奇县检察官站起来,说他还有很长的路,一旦他了解到马科斯·惠特比尸体的状况就会给鲍比打电话。这种效率打散了会议。德雷克与联邦检察官马上离开,带着两个县的检察官。绍尔用严重身体伤害或者入狱一个月来恐吓我,或者两样都有——我没有对此予以理会。

"你们有没有人可以让我搭车回家?"房间里的人走完以后我对鲍比说,"你知道,我不是自己开车来的。"

鲍比点点头。"芬奇利,去找个人开车送格蕾斯公主回家。"

当他认为我令人讨厌的时候,就会这样称呼我。这完全不是亲切的话语,不过他绝不会在杜佩奇县与联邦官员面前这样说。

泰利出去找司机的时候,鲍比让我到桌子的一端去坐,所以他和我说话不用喊。"杰克·齐兰德有他的苦楚,"他闲聊道,"这些天所有的联邦官员都在追逐阴影。他们十分苦恼没有在去年夏天抓住显而易见的线索,所以现在风吹过来的每根稻草他们都想抓住,希望会有所发现。我可以理解，我们手头上有谋杀案，这里的温度高得让我们把自己烧着了却永远抓不住罪犯。可齐兰德极其想调去华盛顿，你可以闻到他身上的野心，这让他成为一个不可信任的同伴。"

鲍比的评论让我十分惊讶，以前他从来没有在我面前表现得如此放松。"你认为这是风吹过去的一根稻草吗？我是说那个失踪的孩子？"

他嘟哝道："那不是我的决定，谢天谢地。我的决定是你。在那些人面前我不会偏向你，但是现在别对我说谎，维姬。你知道那个孩子在什么地方吗？"

放松，这是经验丰富的审讯者的技巧。我感觉到了我应该感觉到的负罪感。托尼与加布里埃拉的好朋友，我不能对他说谎。我想起凯瑟琳·巴亚德冲她奶奶大喊不要问她任何事，因为她不想说谎。我想到圣雷米吉欧巨大的场地、体育馆、教室、礼拜堂、厨房和卫生间。我不知道本杰明·萨达威现在在哪里。

我缓慢地摇摇头。"我不知道，鲍比。"

他眯起灰色的小眼睛。"你最好别对我说谎。"

我郑重地看着他的眼睛。"我知道，加布里埃拉会很厌恶这种事。"

"是的，托尼也不会因为这种事发疯，但是他们两个会保护你。而我，如果让我抓到你说谎，我会把你吊在外面晒干。你从那个旅馆出来以后干什么去了，在你去那个科技什么地方以后？"

我的手指在桌面上画了一个圈。"莫雷尔沉到地底下。我去见一个认识他的朋友。"

"用了六个小时？别考验我的耐心。"

"如果我告诉你我的私事，你会用它来对付我。"

"什么是——哦。除非你准备揭露一件罪行，我会保密的。"

我刚才在玩弄关于萨达威的事实；这件事我应该对他坦诚以告。"你的人在我住所的前门蹲守，而不是后门。我以为联邦人员或者那个大猩猩绍尔会跟踪我，所以我从后门进去。我需要吃一顿像样的饭，我想要带狗去散步，我需要时间与我的邻居谈一谈。我做完全部这些事，然后换了衣服，从后门的胡同出去到大街上，再来到前门。"

鲍比盯着我，然后爆发出一阵嘶哑的声音，介于大笑与咆哮之间。"找不到失踪的埃及小子并不奇怪。奇怪的是在我们没有脑子知道守住建筑物两头的门的时候，早晨我们还能把脚套进鞋子里去。基督、玛丽和约瑟夫！"

第三十五章 在朋友中——寻求改变

在回家途中,我在警车上睡着了。只有十点钟,但是在三十五街与密歇根路的两个小时耗尽了我的精力,几乎比昨天晚上的体能压力还大。司机把我摇醒,我眨眨眼,记忆混乱。我期望看到哈德森路自己长大的那间小平房。我期待或者是想要看到我的妈妈正在等我。

然而却是孔特雷拉斯先生和狗狗们匆忙从人行道上跑来迎接我。这位老人轻松地唠叨着我没有被关起来。我平躺在他客厅的地板上,一只手搂着佩皮,回忆今天晚上的重点,或者是没有注意的事。当知道联邦调查局已经搜查过我的办公室,还可能监听了我的电话时,孔特雷拉斯先生开始绘声绘色且长篇大论地讲述他对法律的看法。他会认为任何政府以保卫美国的名义实施的措施都是正义的,不管侵犯了谁的权利——但是落到我头上的时候,联邦调查局越过了不可侵犯的底线。在艰难的时候我总是怀念妈妈,但是有我的邻居当拥护者是相当好的第二选择。

"在那栋房子里爬窗户,宝贝儿,那肯定伤着你了。我看到你总是注意你的肩膀。"

"不是那扇窗户,是在那个池塘里潜水,后来又去爬那面破墙。我去找——"在我顺口说出神父的名字之前我停下来,"了一个体育教练,下午回家的半路上。他给了我一些油膏,让我把肩膀绑住。我只是没有时间去药店买足够硬的绷带，我现在用的是艾斯绷带，没法把肌肉固定到正确位置。"

"明天去看医生。不要依靠体育教练的半吊子说法。"

这是个好主意，洛蒂在她临街的诊所里不会只让我的身体得到医治。枕在狗的肩膀上，我想自己应该起来，在地板上睡着之前上床，这时手机响了。让佩皮愤怒的是，我不再摸它。我站起来从包里找出电话。

是哈丽埃·惠特比，为这么晚打电话道歉，可她与艾米在宾馆里等我。我愿意见她们吗？

我刚打算呻吟说我实在太累，不想动弹，但是我猛地记起杜佩奇县的州检察官准备向惠特比家要回马科斯的尸体。我需要今晚跟哈丽埃谈谈。她不会想从某些小官员那里知道情况。万一联邦调查局的人真的在监听我的电话，我不想让他们知道我已经组织人手进行完全的尸检。我告诉哈丽埃我半个小时就到。

孔特雷拉斯先生看到我又要出去，努力与我争论——太晚了，我很累，我不应当开车。这些我都同意，但是我说会坐出租车去。这是生活在芝加哥最拥挤的社区仅有的几个好处之一，路上二十四小时都有出租车。孔特雷拉斯先生和狗狗们陪我走到路口等候，直到一辆出租车停在贝尔蒙特路与谢菲尔德路新的热闹地方门前。他告诉我保证会等我回来。

平常星期六晚上，贝尔蒙特路总是挤满了吃饭与喝酒的人，此起彼伏的汽车喇叭和从人行道溢到车道的人群。在我们向东爬行的时候，我一直看身后，可是一辆SUV突然跟在我后面，让我很难看到后面的车。最后，我想即使联邦调查局知道我正在前往市中心也没什么要紧的，于是我在到达宾馆之前打了个盹。

德雷克的门厅在台阶顶端,这是那种奥黛丽·赫本在《罗马假日》与《偷龙转凤》里经常爬的台阶。一位公主可以穿着高跟鞋轻松地与台阶对话,但是一位疲惫的侦探却很难抬腿迈向下一级台阶。"我可以睡一整个夜晚,"我唱歌给自己,"并且要睡更长时间。"

哈丽埃与艾米坐在台阶顶上小前厅里的沙发上。她看见我的时候,一下跳起来迎接我,紧紧握住我的两只手。在看到我眼睛下凹陷的青黑色后,她自责地大呼小叫。

"这是我第二次这么晚了还给你打电话,在你为我家的事筋疲力尽之后。非常对不起,我完全可以等到明天早晨再说。"

我安慰地笑笑。"无论如何,今晚发生了些事情你应该知道。哪里有安静的地方让我们说话,你的房间?"

"妈妈老是来我房间,如果我在那里。她和爸爸正想坐星期一的飞机回家,不管维什尼科夫医生有什么发现,而且她很担心旅途安排。"

在棕榈园的墙角我们找了一张桌子,根据五十年代老酒吧的传统,这里很黑暗。我们沉入天鹅绒面高档沙发,在桌面固定台灯微弱的灯光下努力看清对方。女招待过来把灯调亮。哈丽埃点了花草茶,我也想点同样的,然后意识到自己想来点威士忌。黑方会让我在谈话结束之前睡着,但是我想要那种热流软化我肩胛骨之间的关节。

在等饮料的时候,我们闲谈了一会儿。艾米下午去城市东南方的沙丘徒步旅行;哈丽埃与她父母见到了阿丽沙·卡宁,马克的研究助理。阿丽沙从办公室给他们带来了马克的一些个人物品。她是很好的年轻姑娘,明显很悲痛,哈里埃的妈妈在想马克和她是不是在谈恋爱。

"我呢,我一整天都在躲避三个执法部门的子弹。"饮料来了,我美美地喝了一口。"如果你们听到了新闻,你会知道一个埃及来的孩子藏在马科斯死的那栋庄园里。警察与联邦调查局现在设想那个叫本杰明的孩子谋害了马科斯。因此他们的想法有迹可循,他们会调查这两个人之间的关系。他们会想知道马科斯会不会在写一篇关于芝加哥的可疑恐怖分子的文章;他们还想知道马科斯有没有在政治上牵扯到恐怖分子团伙。"

哈丽埃爆发出一阵抑制住的叫声。"马克与恐怖分子?不会,绝对不会,绝对不会!"

"我不这么认为。但是你需要准备好回答警方明天提出来的这类问题,或者他们在别的时间找你谈话。还有一件事,现在执法部门对你哥哥的死很有兴趣了,他们想要重新尸检。他们同意先开始表面的工作。"

"可是,你知道维什尼科夫医生已经在做了。你下午没有和他说吗?"哈丽埃说。

"哦,说了。也许他已经做完了需要做的事情,毒物筛查结果。如果还没有结果,这取决于你是不是愿意将你哥哥的遗体交还给杜佩奇县法医。如果你不愿意,让他们一边儿去,直到维什尼科夫完成工作。他是一位非常杰出的病理学家,甚至联邦调查局也会接受他的结果。同样,你既然已经付钱给维什尼科夫,他就必须告诉你他的检查成果。如果你把你哥哥送还给杜佩奇县,他们会免费干活——对你免费,但是他们可能不会告诉你结果。"

表达了这么多词汇,继续让维什尼科夫工作看起来是唯一明智的决定。当然,我也有自己的计划。我想要尸检结果,杜佩奇县的人连他们早餐的时候有没有喝咖啡都不会告诉我,更别说马科斯·惠特比肚子里有什么。哈丽埃认为她不善于对付杜佩奇县治安官办公室的人;我告诉她让他们来找我,我当她的法律代表。"我习惯于被他们骚扰。我不在乎他们在清单上再多加一条。"

"我明天陪你,哈丽埃,"艾米许诺道,"除非维克有事让我去做。"

我一下倒在沙发里,闭上眼睛。很难想到明天要去做什么,但是我想应该先去凯瑟琳术后康复的医院。我努力回忆艾米的工作——只是昨天的事情吗?我问她有没有找到关于社会思想与司法委员会有用的信息。

她微笑道:"我以为永远找不到这样的内容。在伊格尔河的会议,欧林·特凡纳讯问过巴亚德关于那次会议,哦,凯莉·巴兰丁也在——"

我再次坐直。"什么?你在《国会记录》里找到的?"

她摇摇头。"在芝加哥大学档案里。"

她俯身从文件包里取出几页纸放在桌面上。哈丽埃和我趴在跟前,努力在昏暗的酒吧灯光下阅读上面的内容,可还是看不清。

我招呼女招待过来结账,可哈丽埃替我结了。"你尽心尽力地为我和我家工作,而我能做的至少是请你喝一杯英格兰威士忌。"

她签单入房费,我们三个走回前厅,在那里我们看完艾米复印的文件。一张是照片,复印得有些模糊,上面是一群非洲部落舞者。你看不出性别,因为每个人都戴着面具。在照片上订着欧林·特凡纳的一封信,日期是一九五七年五月,收信人是大学校长。

这张照片摄于一九四八年六月十四日。上面显示了凯莉·巴兰丁与她的黑色芭蕾通过演出为社会思想与司法委员会的法律辩护基金会获利。这个委员会是文艺界知名共产主义分子的主要支持者。很多大学的受托人是我的客户。他们都对巴兰丁在大学的教学感到十分不安。我不知道学生们在她的课上会学到什么,但是如果家长们看到这张照片,知道他们孩子的老师不仅支持共产主义而且从事色情舞蹈工作，我怀疑他们是否还会让孩子继续在这所大学学习——甚至是芝加哥大学左翼倾向的人。

信的末尾有一行手写的短语："找人处理这件事。"

"所以是特凡纳让凯莉被解雇的，"艾米说，"可能这就是马克找他的原因。"

"有没有证据表明马克看过这封信？"我问。

她又咧嘴笑道："有，因为你必须在稀有书籍和档案室里签名，不像图书馆别的地方，在那里你进出都要身份证。他来过图书馆三天后去找的欧林·特凡纳。"

"可是这证明不了什么，"哈丽埃反对道，"你不能说明这传递了什么信息，或者谁介入。他们怎么能因为这种事解雇她？"

"一九五七年的美国，宝贝，"艾米说，"共产主义分子？黑人？你只能悄悄地说这两个词。"

第三十六章 临床态度

"凯瑟琳,很幸运你还活着。治安官的警察可能太不计后果。我们都认为他们超过底线,并且我们会采取合适的行动,但是别企图对我隐瞒。我知道你很痛,我也知道你在对我说谎。"

有人在用具有穿透力的男中音说话——声音很容易传到门外,门没有关好。义工半信半疑地看看手里捧的一瓶花,又看看门。

"我帮你拿进去。"我提议道。

她感激地笑了笑,然后将花交给我。在驻守房门之外的私人保安反对或要求查验我身份之前,我推门而入。

我在德雷克过夜。不只是因为我疲惫得不想再挪步,而且想到在执法人员的监视下回家上床睡觉就会让我起鸡皮疙瘩。宾馆为我这样健忘的旅客准备了洗漱用品。我从前台领取牙刷、牙膏和梳子。我还有意识给孔特雷拉斯先生打了电话,让他不用吵醒弗里曼,然后陷入了完全的沉睡。

第二天早晨,在这间舒适但不熟悉的房间醒来,我感到熟悉但不舒适的僵硬。我呻吟着起床伸展肢体,然后又躺回床上,叫服务员安排按摩。等到下个月联邦快递的结算单送来的时候,我才会操心这张账单。

在床上吃完早餐。在宾馆的温泉里泡了一个小时,接下来是按摩和美容。把牛仔裤和套头衫穿上以后,我看上去好像就是黄金水景这里的人。更多的是,我可以活动我的胳膊,而不会感觉到有人在我背后扎了一刀。

在退房之前,我去宾馆花店买了一小把迷人的花束拿回房间。我又买了一只大耳朵玩具狗花瓶,很可爱。又一张六十五美元加入长长的账单,我随手把账单揣到衣兜里,没有看总额。

德雷克距离西北医院只有几个街区,凯瑟琳在那里住院。我沿着湖岸向南走去医院。大风撕扯着花束外面的包装纸。白色的浪花像冒失鬼一样在防波堤上跳舞,一会儿前进,一会儿后退。一团团的乌云在地平线上翻滚。寒风凛冽,我很高兴自己能活着并走路。

在医院里,我发现巴亚德家正在保卫凯瑟琳的私生活——导医台职员不肯说出她的房间号。我没有争辩,仅是点点头,把花递过去。这个职员把花束与其他礼物一起放在一个架子上。

我退到前门旁边一处挂着帘子的凹壁,直到一位义工去把花束放进一具手推车里。接下来,在义工运送物品的时候,只用跟着大耳朵狗上电梯穿过走廊。凯瑟琳的病房在这条路的最后一间,在两侧都是私人病房的一条长长走廊的尽头。我们经过的大部分病房门锁得很严,而有些我可以看见里面,印花棉布窗帘和沙发把病房装扮得像我刚退房的高档宾馆,而不是医院。

我进来的这间病房环境很好,扶手椅与窗帘都有相同图案的金花刺绣。访客可以在光洁的桌子旁用餐或读书。女孩躺在病床上,她的肩膀上缠着厚厚的绷带,手臂上扎着吊针,胶布没有贴正。有个男人在冲她喊叫;在这种情境中,人们都期望访客彬彬有礼。

"那个阿拉伯小子在你的学校工作。别指望我相信是个巧合,他藏在——"他的话说了一半,凯瑟琳呆呆地望着打开的房门,认出是我并不由自主地深吸一口气。

喊叫的人也转过身看向我这边。他是个消瘦的肤色较深的男人，大概和我一个年纪。他穿着圆领毛衣和牛仔裤，有一头蓬乱浓密的黑色头发。他命令我把花放下，然后出去，可是我牢牢地站在地板上，水从大耳朵狗花瓶里流到我手上。

"你是谁？"我问道。

"我是谁？"他吼道，"你他妈的是谁，竟敢闯进这里？"

他几步走到我面前，扭着我的胳膊把我向外推。我逆向使劲，站立不动的重量让他趔趄了一步。

"星期四晚上我们在欧林·特凡纳的公寓里见过。"我说，"现在，告诉我你是谁，为什么你会在医院的这间病房里。"

他猛地松开我，致使花瓶里剩下的水溅出来。"我不是，你是——"他结结巴巴地说。

"你可能没看见我的脸，但是我看见了你的脸。"我说道，低声地威胁他。"我下一个电话会打给警察。你撬开的写字台抽屉上肯定到处都是你的指纹。那里面是什么？"

"爸爸，"躺在床上的凯瑟琳·巴亚德有气无力地说，"他是我爸爸！"

我们同时转向她，因为忘记她还躺在这里感到内疚。从刚才听到他在骂她的时候我就应该想到他是凯瑟琳的爸爸，但是看到星期四用头撞倒我的人实在让我太惊讶了，没法清醒思考。

我走到她旁边。"你感觉怎么样？"

"很糟。像是我从马上掉下来，而他在我身上又蹦又跳。"

我笑了。"那是富人家小姐的想象。我受伤的时候，感觉像是被卡车撞了。很遗憾星期五晚上你被那些吃了春药的牛仔们开枪击中。他们开枪的时候我在拉彻蒙特庄园里。"

在吗啡的作用下,她的眼睛在我和她父亲之间闪烁。我露出让她放心的笑容。"那些警察相当兴奋;我还以为他们在射击一只浣熊或是野鹿,他们出去以后,我迅速返回芝加哥。在他们把你抬上救护车之前,我真心希望你没有在草地上躺了太长时间。"

她爸爸吼道:"你在拉彻蒙特?跟那个恐怖分子在一起?你是不是有责任——"

"不,巴亚德先生,我对你女儿被枪击一事没有责任,而且星期五晚上我也没有看见过任何恐怖分子。我星期五去新索尔威的原因与我星期四去那里的原因一样。"

"是什么?"

"调查一件自杀案。"我没有往下说。

"自杀?"爱德华·巴亚德迟疑地看着我。"你是警察?"

"我是私家侦探。你可能没有听说上个星期有一名记者死在拉彻蒙特庄园里。"

"哦,是那件事。我听说的时候,当然很担心我女儿在新索尔威的人身安全,但是里克·萨尔威说他们认为是这个阿拉伯小子干的。这个阿拉伯人没跑远,除非他们包围庄园的时候在房子里的那个人——是你,对吗?你帮助他逃跑了?"

凯瑟琳苍白的脸上眼睛睁得溜圆;我轻轻握住她没有受伤的那只手。"治安官和联邦调查局甚至芝加哥警察估计他们可以把马科斯·惠特比的死打成一个完美的小包裹再把挂在上面的礼品卡上写上本杰明·萨达威的名字。但是他们在便捷的打包过程中忽视了很多证据,这些证据清楚地证明萨达威与惠特比的死一点关系也没有。"

"证据?什么证据?"

我放开凯瑟琳的手,起身站在爱德华·巴亚德旁边。用极低的声音对他说,不让凯瑟琳听见。"执法部门的人开始认为特凡纳是他杀,而不是众所周知地死在梦中。你那样出现在他的寓所里,从阳台破门而入,藏在窗帘后面,这让我很想知道你上个星期一晚上在哪里?上个星期六晚上,马科斯·惠特比死的时候,你又在哪里?"

"为什么,你——你怎么敢?"他的眼睛里愤怒在熊熊燃烧,可他也把声音放低,扫了他女儿一眼,看她听到了多少我们的对话。

"你什么意思,我怎敢?你匆忙把我撞倒以逃离那个死人的家。而且你的右翼智库是特凡纳遗产的主要受益人。给我一个我不把你交出去的理由。不是交给老家庭的朋友里克·萨尔威,而是交给芝加哥警察,他们几乎对你没有什么印象。"

"马上滚出去,"巴亚德怒吼道,"我不会让你在我女儿面前诽谤我。"

"爸爸,求你了,"凯瑟琳在床上大叫,"别再喊叫了,我真的不能忍受。让我跟她说,我想跟她说话。"

"我不在场,你不能跟她说话。你还不明白吗,泰利娜,现在你有很多麻烦。"

"泰利娜有很多痛苦,而治安官萨尔威有很多麻烦。不要歇斯底里,爱德华。"瑞妮·巴亚德风一样地刮进屋内。

在她专横目光的注视下,我从凯瑟琳身旁闪开。她摸摸孙女的脉搏。虽然瑞妮穿着随意,灯芯绒的裤子和毛衣,但是她仍旧戴着那条麻将手链,在她摸凯瑟琳手腕的时候咔咔作响。我不禁想她在门外徘徊了多久,等到合适的时机,只为了戏剧性地出现。

"当你女儿把自己纠缠于一个在逃的恐怖分子的时候,关心这件事用不着歇斯底里——特别是你还在一千二百英里之外。你在干什么混账事，让她半夜里在拉彻蒙特游荡？我在华盛顿担任职务的时候曾经同意让她和你住，如果这事可能，那么她一旦可以旅行就搬到你那里去，可以得到正当的监护。"

"我不会去的。"凯瑟琳努力用平常的火气说话，可是她说得很慢。"我要和爷爷奶奶住。不会听那个右翼狗屎晚上以后——"

"你看——"爱德华·巴亚德对他妈妈说，"她和你住在一起，失去了对我工作的所有尊重。"

"爱德华，她太虚弱了，现在无法正确思考。让她休息，等她恢复一些再讨论这些事。还有你，"她对我说，"我不知道你在这里干什么，你该离开了。"

"让她留下，"凯瑟琳低声道，"我想跟她单独谈。求求你，奶奶。"泪珠在凯瑟琳苍白的脸庞两侧流下来。

瑞妮看了我一眼，好像在问她孙女看中我什么，但是她像平常做决定一样离开。"你可以待十分钟。爱德华，你和我去喝一杯咖啡。看看警卫为什么让这个女人进房间。"

这两个人离开以后，我确认房门已经关严，然后拖了一把椅子过来，坐在凯瑟琳的脑袋旁边，凑近她，以便于我悄悄地说话而不让窃听者听清楚。"本杰明很安全，可我不打算告诉他在哪里。你很英勇，为了他站出来，警察会一拨接一拨地来这里。你是卡尔文和瑞妮·巴亚德的孙女，警察不会对你太过分，但他们还是会向你提很多问题。你知道得越少，对你和本杰明越好。"

"我救了他。我……有权利——"

"这种情况跟权利没关系，有关的是保证本杰明的安全，直到我们查明他是否真的与恐怖分子有关系。"

她的嘴唇显示出倔强的线条。"班吉不是恐怖分子。我了解他。他很害怕。他很孤独，他需要我。"

我摇摇头。"你不能带他回拉彻蒙特。即使你还有别的地方藏匿他，可你受伤了。你不能照顾他。不仅如此，联邦调查局在追捕他。因为他们可能会跟踪我，我不会去看他。一旦你能起床，他们就会来讯问你。他在现在的地方很安全。"

"这只是你说的。我照顾了他三个星期，从来没有对别人说过一个字。"她从床上坐起来，脸庞苍白，眼神凶狠。"你不能就这么插手，把他带走，还不告诉我他在哪里。"

我摇摇头，对富人们的命令很厌倦，即使是年轻且热情的富人。可是我说："如果你答应不去见他，直到我让你知道安全的时候，我会告诉你他在哪儿。而且你要同意回答我的问题。"

她思考了一分钟，不想给我任何承诺，但最终同意了。当我说他在圣雷米吉欧教堂时，她反对我将一个穆斯林放在基督教牧师的住所，在我描述了神父罗以后，她勉强同意。心里计算了瑞妮的时间表，我打断了凯瑟琳的问话，开始问我自己的问题。

"你怎么接手了班吉？"

她的脸上闪过若隐若现的笑容。"有一天在自助食堂。我把书丢在那里。屋里没有人，除了他。我看到他努力在读……三年级的课本……帮助他。后来，他有时在午餐时会停下……他当服务员，你知道……他问一个单词的意思……从来不打扰……我喜欢他……不知道他的故事……叔叔死在这里……妈妈在开罗的家里……三个小妹妹……一个弟弟……给他们寄钱……了解到这些……后来……"

她停下来，气喘吁吁的。我帮助她喝了些果汁，看看自己的手表。

"是的，奶奶。争不过她……一天他们来找他……班吉藏在我们的体育装备间里面……看见我……我在放……曲棍球棒……祈求我的帮助。把他藏在装备间……把链子锁的钥匙拿回家……像你猜测的一样……沿着消除救生楼梯……开奶奶的车……在维纳·菲尔茨把班吉接上……带他去新索尔威……他不能一直待在装备间里。我知道拉彻蒙特是空的……我唯一能想到的地方……我们找到全部……老家具在阁楼里。关掉……警报的动作感应。带食物去……我能去那里的时候……"

"你们怎样进入拉彻蒙特的？"

"爷爷去过一次……去年……我看到他离开，凌晨两点……特雷沙没有醒……我跟着他穿过树林并且看到他……进入那栋房子。爷爷的确有大门钥匙，警报……那是真的……我不知道……他怎样得到钥匙……带爷爷回家……他不跟我走……甚至他不走……和奶奶……爸爸在家，所以我不说……什么都不说……但是我保留了……那把钥匙。"

"我想特雷沙的床头有警铃，如果你爷爷晚上离开他的房间，她会被叫醒。"

"她会的……可是有些时候她……有病还是什么……警铃响了她还睡觉……奶奶肯定不知道。这不经常发生……爷爷喜欢她……她对他很好……请你不要告诉奶奶。"

她的脸色变得越来越苍白，气息也越来越短。我向她保证不会把特雷沙的事告诉她奶奶并让她躺下休息，我们还能说一会儿。凯瑟琳躺回床垫上的时候，爱德华和瑞妮走进来。

爱德华看到他女儿，躺在那里双眼微闭，脸色苍白，然后盯着我。"你对她做了什么？"他在女儿床前弯下腰用令人惊奇的温柔声音说，"泰利娜，泰利娜，好了，宝贝，爸爸在这儿。"

一个护士跟着巴亚德家的人进入房间。她把爱德华和瑞妮都推开，把手指放在凯瑟琳的手腕上。"她好着呢,只是太累了。我要给她喂点东西让她休息得更好。现在,再不许跟她说话。"

爱德华看着我。"你对她做了什么?"

"我在跟她谈话,巴亚德先生。正好我也想找你谈话。"我的目光从他扫过他妈妈。"我们有很多事情要做,你和我。"

瑞妮的注意力被吸引过来。"你和我儿子认识?"

"不是很熟。"我拘谨地笑道,"但是我希望有所改变。我们之间在玩橄榄球,或者是顶牛?我把这两项运动搞混了。"

瑞妮皱起眉毛,她不喜欢我的语气,或者她不喜欢我所暗示的与她儿子的秘密关系。"你是时候离开凯瑟琳的病房了,你在外面等一下。我要和你谈谈星期五的事情。"

更多的命令来自有钱有权的人。我没有冲她吼叫,因为我想自己查明某些事,比如瑞妮是否在星期五晚上的现场,还有治安官在问什么样的问题。首先,我想找时间单独与爱德华·巴亚德谈。

在外面的走廊里,我斜靠在门旁边的墙上,里面的低语声传不到我这里。保安盯着我。我希望他把我的脸认成可以自由进出凯瑟琳病房的人。

我漫步走向走廊尽头的窗户。跟我期望的一样,私人病房要求能看到湖,在窗户的正下方,一栋单元楼正在拆除,可以让医院在它巨大的经营中再添一栋建筑。他们在缓慢地分解这栋楼,而不是炸成碎片——我猜爆炸会吓坏有心脏病的豪华帐篷。在外墙倒下的地方,我可以看到缠在一起的管线和一张被人遗弃的床。

大约过了十分钟,瑞妮·巴亚德与她儿子从房间里出来,目光锐利地看着我,她告诉警卫不允许任何人进入病房,除了私人护士、两名警卫知道姓名的医生、她自己和爱德华。送花的义工、私家侦探和执法部门的人都不可以。如果上述人员企图暴力闯入,警卫要立刻呼叫瑞妮——清楚了吗?

他回答清楚,她示意我跟他们一起走去前厅。爱德华和我差不多高,比瑞妮高四英寸多,可我们几乎得小跑才能跟上她。

在下行的电梯里,瑞妮随意地讲话:医生强烈认为到今天结束不应该再继续用吗啡泵;她希望爱德华同意;凯瑟琳会在医院多住几天;他们应该把她的笔记本电脑带来便于她与朋友们聊天;他们需要决定什么时候可以让她的朋友们来探视。

在底楼,瑞妮领着我们从前门出来,进入一辆等候在此的汽车。她告诉司机把我们带回家。"班克路的房子,吉。凯瑟琳小姐非常虚弱,但她很清醒并警觉;我们很高兴看到她现在的表现。"

我不由得为爱德华感到可怜,他不能插话只能说:"是的,无论如何我不想让她第二天还打吗啡。"有这么一位性格强悍的妈妈,你很难成长。也许这就是为什么他在父母极其厌恶的右翼寻求庇护的原因吧。

第三十七章 男孩最好的朋友

在班克路的寓所，瑞妮停下告诉艾斯贝塔她要在书房喝咖啡，然后一阵风似的进入走廊，根本不看她儿子和我有没有跟在后面。爱德华悄悄跟着他的妈妈，不愿跟我说话。他在生闷气，因为瑞妮把他当成八岁的孩子。我好奇地向经过的几个房间内张望，特别是放了一架小型钢琴的长条形客厅，墙上还有挂画。走廊两边摆放有内藏小件珍奇物品的玻璃柜。在我停下观察一个希腊风格的罐子的时候，爱德华迈着炫耀的脚步走过来。我问他这个罐子有多古老，可他只是让我跟上，并带我进入一个可以看见后花园的房间。

这里看起来是瑞妮在寓所里的个人空间，既有她的办公设备也有家居用品——书籍，家庭成员照片，用旧的小地毯和躺椅。这里也有一处壁凹，摆了几把不怎么舒服的椅子，她示意她儿子和我坐在那儿。

"爱德华和我想知道你是怎样与凯瑟琳搞到一起去的。请不要再编故事说是为了学校报纸的采访。"瑞妮·巴亚德有飓风一般非人的影响力，你不能冒犯，你要么站稳，要么趴下。

我笑道："那是凯瑟琳的故事。虽然我当时对她有点不满，但是我很佩服她在紧急时刻能想出这个故事的急智。"

"这不是回答问题。你叫什么名字？以前显得不怎么重要让我记住。"

"维·艾·华沙斯基。"我递给她一张名片。

"哦,我知道了。现在。你因为什么原因在——星期三下午,对吗?你怎样跟踪凯瑟琳回家?然后你为什么星期四去新索尔威骚扰我的工作人员?"

"夫人,我非常尊敬你的丈夫,并且我也十分尊重你,在我看到你行动的时候——但是你不要忽视事实得出你想要的结论。"

爱德华的眉毛一扬;他明显没见过几个跟他妈妈较劲儿的人。瑞妮仔细打量我。"你认为我忽视了哪些事实?"

"你猜测,或者是愿意相信,我在上个星期跟踪凯瑟琳回家。"

艾斯贝塔走进来,手推车上放了一套华美的瓷器。她为我们服务完就离开房间,瑞妮继续说,好像我们没有被打断。

"我知道凯瑟琳不是从达罗·格里厄姆那里得到你的姓名。你怎样找到她的?"

我告诉她如何发现马科斯·惠特比,我在调查他的死,为什么我想先找凯瑟琳谈谈——掩盖星期天晚上凯瑟琳在拉彻蒙特出现的事情已经没什么意义。我甚至还告诉瑞妮我星期五在池塘里打捞,却没有说我听到了她们的谈话。我坚持自己的故事说发现拉彻蒙特庄园的厨房门是打开的,我不想让我的活动情况被太多人知道。

"治安官的警察突然抵达的时候,我很吃惊,"我说,"我实在很想知道是不是你提醒他们说房子里真的有人。"

瑞妮把蛋壳一样薄的杯子举到嘴唇边,没有停顿。她喝了一口,把杯子放下。"什么原因让你想知道?"

"你知道凯瑟琳晚上去拉彻蒙特;她不会告诉你原因。她热情四射,可她太年轻了,也许你认为她没有认清她所帮助的人的危险性。也许你认为她隐藏了某个罪犯,她浪漫地以为自己是罗宾汉。我不知道你怎么猜想这个人,可你知道她重视保护他的诺言更甚于你与她的牢固关系。你想让他被发现并被带离拉彻蒙特庄园。"

"那么你的确知道她在那里出入,"爱德华对他妈妈说,"却根本没有阻止她!"

"我星期五才知道。"终于有一次,瑞妮在辩解。"我打电话给里克·萨尔威说有人藏在庄园里;当然我没有告诉他那是凯瑟琳要见的人。"

"即使如此,"爱德华吼道,"你也应该——"

"我认为凯瑟琳就在我眼皮底下,"瑞妮说,"半夜我去查看,就在给里克·萨尔威打电话之前,她好像在睡觉。我认为在她明天早晨醒来之前我能把问题解决掉。然而,她明显在等我查看她,然后从她的窗户爬到门廊房顶,并沿立柱下到地面。听到树林里传来枪声,我又回到她的房间,发现她不在。那天晚上到拉彻蒙特的花园没有人会比我更快。很幸运,我到达那里的时候,他们正集体注视着凯瑟琳,好像他们在看电影。他们甚至没有派救护车来。"

爱德华的眼睛闪烁。"我确定你的组织能力救了她的命。很遗憾你没有运用这种能力让她远离危险。"

"她是你的女儿,爱德华,她会去做她想做的事,不管我多么努力地策划不同的结果。"瑞妮说话时带着一种神圣的顺从,让听者恨不得把说者狠狠抽一顿。

爱德华叹了一声,对我说:"她跟那小子的关系有多深,和萨达威?"

"我只见过你女儿几次,不过我想她爱上这种浪漫的局面,而不是那个小伙子本身。你在华盛顿的人了解多少他的情况?他是很严重的安全威胁吗?"

"我们根本对他一无所知,只知道他与一个可疑团体有联系。他经常去的那间清真寺宣扬相当激烈的言论，而且他从一个团体成员那里租了一间房，那个人一直给和谐基金会的兄弟会捐钱。"

"那些兄弟会不是跟美国利益保持一致吗？"我追问道。

"哦，他们的立场不是很清晰。据我们所知，他们给车臣的叛军送了一台 X 光机；他们为埃及的家庭购买食物，但是我们认为其他的资金通过蜂蜜销售汇集到基地组织手上。"

斯帕多那基金会有直接的渠道通往现政府。像我预期的一样，爱德华已经与总检察官谈过，于是想当然地回答，而没有意识到他正在被人追问情况。她妈妈的愤怒打破这种平衡对他有所帮助。

"一台 X 光机听上去不是那么危险，爱德华，"瑞妮评论道，"你该不会臆想它可以用来制造核武器吧。"

他在椅子上不舒服地扭动一下。"妈妈，别把你的敌意对准总检察官，他的方法让你无法认识到我们的敌人有多危险。"

"你说得对，"她说，"他的方法让人很难记得谁更危险——在国外攻击我们自由权的人，或者是那些在国内镇压他们的人。"

"国内最危险的是拒绝与政府合作根除恐怖势力的人，既有真正忠于基地组织的人，也有漠不关心的人，还有对美国仇敌的法律权利持有错误看法的人。"爱德华放下咖啡杯的动作非常重，以至于折断了精致的杯柄。

"只是因为你表达愤怒的方式比我更粗暴，并不表示你的正确，甚至也不表示你比我更愤怒。"他妈妈说，"你难道没有认识到凯瑟琳被枪击正是因为里克·萨尔威这样的人相信他们被亮起绿灯看到恐怖分子就可以随心所欲地使用任何手段？他们看见的正是你的女儿。他们一字不差地按老话在做，'先开枪，再问问题'。"

他愤怒地睁大双眼。"他们知道有一个恐怖分子从那栋房子里逃脱；他们不知道我女儿也在那里。这是个令人震惊的失误，但是如果你把她照顾好，就不会发生这样的事。"

他转头对我说："还有你，如果星期五晚上你在拉彻蒙特庄园，又从现场逃走，你很可能带着萨达威一起。"

"他被我夹在胳膊底下，就像夹着安妮·博林①的肖像。"我赞同道。

当他刚喊出"什么——"我就说："你知道，波特·李的歌里唱到——'卫兵的叫声是军队将胜利，他们认为那是红脸格兰治②而不是可怜的老安妮·博林'。警察问你有关巴亚德先生的书时你怎么说的？"

"巴亚德先生的书？"爱德华迟疑地重复了一遍，看向他妈妈。

"你爸爸的儿童图书。也许警察对你这样的人的问题与对我这样的人的问题不一样。他们想知道为什么他的小男孩被巨蚌袭击的儿童图书会放在英阿字典旁边。我告诉他们我以为卡尔文·巴亚德先生半夜来把故事翻译成阿拉伯语。当时，我不知道那里有阿拉伯语的小孩。"这些话从嘴里一冒出来我就后悔了：这对于一位患有老年痴呆的男人是一种可怕的嘲笑，开玩笑说他在学习外语。

瑞妮看着我，浓密的眉毛挤在一起，几乎快要挨到鼻子。"我想我们都知道这些书为什么会在那里。并且我知道你很善于对不想回答的问题避而不答。你看见本杰明·萨达威了吗？还跟他说过话，或者帮他逃跑？"

"不，夫人，"每次都说谎会越来越容易，"我是最想找他谈话的人。"

---

①安妮·博林，英国国王亨利八世的第二任王后。
②格兰治，芝加哥著名橄榄球运动员。

"为什么?"她问。

"因为他在阁楼里放了一把椅子,站在那里向外看是后花园。他很孤单;可能他站在那里张望,盼望凯瑟琳的出现。所以我认为他看到了那天晚上马科斯·惠特比如何死在那个池塘里。"

爱德华很不耐烦地敲打着他椅子的扶手。"联邦调查局坚信是萨达威谋杀了惠特比。"

"在医院我告诉过你,他们的论断忽视了很多重要的事实。有些事情你比我清楚。"

在令人不快地提醒他溜门撬锁的行为后,爱德华闭上了嘴。

"如果你不相信警察关于这个记者之死的说法,你自己有没有什么信息,关于他为什么要去拉彻蒙特庄园?"瑞妮问。

"我知道大概十天前他拜访过欧林·特凡纳。我知道特凡纳向他出示了一些秘密文件,他说这些文件可以让好莱坞十勇士变成小女孩与三只狗熊。我不知道这些文件是什么内容,现在特凡纳先生也死了,我们可能永远不会知道——因为有人撬开锁把文件偷走了。"

"杂志社与他的家属一点儿都不知道惠特尼去新索尔威的原因?"瑞妮追问道。

"惠特比,"我纠正她道,"我推测肯定与舞蹈家凯莉·巴兰丁有关,惠特比对她很有兴趣。"

"哦,对,那个跳舞的。"爱德华说,他的声音里潜藏着恶意。"父亲的特别项目之一,是她吗,妈妈?"

"如你所说,爱德华。"瑞妮平静地说,但是她眉毛又一次拧在一起。

"他在资金方面帮助她摆脱困境是很好的一件事。"

"我也总是很乐意资助她,"他妈妈更积极地说,"像很多三四十年代的黑人艺术家一样,她的生活很艰难。并且她不仅是艺术家,还是有天分的研究人员。"

"是的,在五十年代出书很赚钱。父亲可以合情合理地帮她出一本书而不是给她救济。现在惠特比想写一本关于她的书。"

"他想写书?"我说,"你是怎么知道的?"

他看起来有点不自在,然后说:"我想是你说的。我肯定是直接跳到结论。"

瑞妮改变话题。"你说你打捞了不幸的惠特尼先生死的那个池塘。你发现什么有用的东西了吗?"

"惠特比。"我再次纠正她。"杂七杂八的东西。很多碎瓷器——我想会不会是吉拉尔丁·格里厄姆对她妈妈不满时扔进去的。我还发现了一个旧的木头面具,凯莉·巴兰丁在加蓬收藏的那种。非常奇怪,等我再回去拿东西的时候,面具消失了。"

瑞妮失神地看着她的空杯子。"也许治安官的人拿它当证据,也许在他们来回跑动的时候它被踢到池塘里。为什么你刚开始的时候不把它拿走?"

我笑道:"我当时很冷。星期天晚上把惠特比先生的尸体拉出那摊脏水让我感冒了,并且我不想再一次生病。我到旅馆去换暖和的干净衣服,后来被那些对本杰明·萨达威兴奋不已警察牵扯。等我最后记得返回池塘的时候,那个面具已经没有了。"

"是不是父亲从凯莉·巴兰丁那里买来的其中一个?"

"好像是,"他妈妈说,"这是他帮助凯莉的一部分。他坚持让新索尔威的每一个人都要有一个。就是那年我们结婚的时候,我还记得在聚会上他从书房里拿出好多面具,甚至劝费利提家的人和欧林买一个。"

"那时候格里厄姆夫人得到了她的那个?"我问。

瑞妮顿了一下。"可能吧。这是四十多年前的事,我无法记得大部分的人。我记得卡尔文强迫欧林买了以后哈哈大笑。当然,我了解欧林,因为我在华盛顿为卡尔文的辩护做志愿者,我们在那时相遇。"

她挤出一丝苦笑。"像我这样积极向上的年轻女人坐着火车去华盛顿,为受调查的人们打印演讲词并且发布消息。国会可以利用一个无限期的预算,而卡尔文——"

"只能用他个人财产付账。"爱德华插话道,"当时那是财产吗?是个人的吗?可能他对此也有疑问,所以他对你这样积极向上的女大学生运用他的魅力,妈妈。"

瑞妮·巴亚德看向她儿子的目光可以把骨头碾碎,她没有回应。这是爱德华第二次暗示他父亲的财产不可靠,可能是虚幻的,并且他妈妈第二次让他少说两句。他们两个人都不说话了。我不知道该如何把事情深入下去,所以我把话题回到池塘里发现的那个面具上。

"即使格里厄姆女士买非洲艺术品只是为了让巴亚德先生高兴,我也不能想象她把面具丢在池塘里。是她妈妈干的吗?"

瑞妮忍住笑。"劳拉·杜鲁蒙德不喜欢非洲艺术,她从来不羞于表达自己的意见——她认为她每一句话都是为耶和华而说的,从婚姻到,哦,面具。不过我不能想象她会把任何东西、即使是非洲艺术品,丢进她的池塘——她把礼节看得比任何事都重要。也许是吉拉尔丁干的,向卡尔文显示她有多么不同意他把他的娃娃新娘带回新索尔威的家。"

我记起吉拉尔丁·格里厄姆说过,她感到对不起瑞妮·巴亚德,直到她看到瑞妮可以把她自己照顾得多么好。

好像是回应这个想法,爱德华准备离开。"我肯定有事情发生过,她比不上你,妈妈。我要回医院去。我觉得那个警卫不可靠。我不知道他是你从哪儿找的人，不过我明天会让斯帕多那替我们找个好点的。我想到病房去，万一他让执法部门的警察进去怎么办。你和卡尔文可以劝泰利娜反对我的价值观，可她仍然是我的女儿，不是你们的。我仍然爱她。"

"亲爱的，在很多事上，我们都极为不同意对方，但是我们都同意爱护凯瑟琳。我会晚点儿去，你肯定有时间单独陪她，我还有最后一句话要说，对不起，我平常记名字记得挺好。"

我跟着爱德华走出房间。瑞妮用刺耳的声音大声说她还有些话想对我说。我说"等一下"没有回头。

"你和我需要在今天结束前谈一谈。"

爱德华企图不理会我，但是我强迫他面对我。他很生气，准备反抗，后来意识到他最好搞清楚局面。他同意四点钟在他的办公室见我。

第三十八章 两个死脑筋的对话

我返回她的房间,瑞妮坐在写字台后面宽大的皮面扶手椅里。我从手推车上的茶壶里给自己倒了杯水,看着墙上挂的照片。大部分是巴亚德出版公司畅销书的封面艺术。《双国记》放在瑞妮写字台最显眼的位置,上面还有"老迈的男人,阿蒙德·派勒提尔"的题词"致天才的小伙子"。我觉得这是个玩笑——卡尔文出版第一本非宗教小说的时候派勒提尔只比卡尔文·巴亚德大十二岁。

"我只想对着你的正面说话,而不是背后。"瑞妮说。

我拉过来一把椅子坐在她对面。"我们上个星期三第一次见面,我对你说过,我曾经在法律学校上学时在巴亚德基金会工作过,因为我非常敬佩你丈夫的工作。你儿子什么时候开始与你们有如此不同的观点?"

"这只是其中之一,"她说,"从青春期叛逆开始到成年以后的绝不退让。"

我一脸无奈。"你至少跟我一样,在不愿回答问题的时候善于顾左右而言他。"

"我没有那么灵活。在你提出冒犯性的问题时我会压制你,而不是避而不答。你不会在这个房间里向爱德华露底,因为很明显,他支持总检察官把这个国家所有的阿拉伯人翻出来审问。现在就剩我们两人,你可以告诉我那个阿拉伯小子在哪儿。我觉得你肯定知道。"

我很惊讶。"你错了,巴亚德夫人。我不知道本杰明·萨达威在哪里。如果他是恐怖团伙的一员,我希望执法部门能很快抓住他,然而他若是一个受惊而逃的小孩子,我希望他能找到另外一个像你孙女一样好的朋友。"

她从眯缝的眼皮中间打量我。"我不知道怎样说服你告诉我。因为我不相信你不知道。"

"为什么这件事让你如此介意?我应该认为你很想把他从凯瑟琳的生活里剔除出去。"

她停了一会儿,选择该说的话。"我是这样想。最保险的办法是让她继续被他冲昏头脑,或者是对他的浪漫感觉,像你说的,是让她认为他正在逃跑过程中。如果她能认识到他是什么人——一个卷入自己无力控制的事件的移民洗碗工——她就会不再把自己想象成小说里的浪漫女英雄。"

"她有冲动,也有激情,"我说,"但是我认为她基本上还是冷静的。还是像我说的,我非常想自己询问他,所以如果我找到他,我会让你知道。此外,你应该了解,我的电话有可能被不同的执法部门监听。"

她不想满足于我的回答,但是她想不出办法从我这里打听到消息。如果这些事情在二十年前发生,她可能会让卡尔文雇用我当个人助理,只是为了得到她想要的,可这个下午她找不到任何途径或贿赂的办法。她是很聪明的女人,在她发现自己没有办法劝说的时候,她停止继续劝说。

"如果达罗·格里厄姆不是那么憎恨拉彻蒙特,它不会一直空着它。"我漫不经心地说,"如果是那样的话,凯瑟琳很可能带年轻的萨达威来见你。我猜达罗憎恨拉彻蒙特因为是他发现了他父亲的尸体。你知不知道是什么原因促使格里厄姆先生结束自己的生命？"

瑞妮平静地看着我。"在我跟卡尔文结婚那段时间发生的事，我当时心里有很多想法。我的确记得格里厄姆先生的死在那个社交圈子里被认为是件丑闻，即使老杜鲁蒙德夫人确保这件事不被报纸报道。

"正是这种事件让我决定不在新索尔威生活：在男人们相互做交易并且与邻居发生关系的时候，女人们的生活就是在背后使劲传闲话诽谤他人。女人们把自己的儿子与邻居的女儿配对结婚，所以诽谤继续存在于婆婆与儿媳之间。我坚持在城里买这栋单元房。我全心投入公司。我们在卡佛得尔路度周末，骑马，干农活儿，但是我从来没有介入过邻居们的私人生活。"

这回轮到我对她投以不相信的目光：我确信她知道格里厄姆家和卡佛得尔路住户们更多的事，而不是像她假装的那样，然而，像她一样，我没法撬开她的嘴探听到更多的信息。我再次转变话题。

"芝加哥公共图书馆的维维安·哈什文集存有凯莉·巴兰丁的文件。我去那里查阅过，里面几次提到一个佚名的委员会还有委员会的赞助人。那会是你丈夫吗？"

她傲慢地看着我。"卡尔文对艺术和艺术家的支持众所周知。但是我得说，对你有时间去图书馆让我很吃惊。你准备跟随这个记者的脚步写一本关于巴兰丁的书吗？"

"不，夫人，只是想查清楚为什么他要去新索尔威。"

"哦，我不认为这与我有关。我对你唯一的兴趣在于你的活动会如何影响我孙女的幸福。"她站起来按座机上的电铃。过了一会儿，艾斯贝塔出现并被告知带我出去。

"什么时候你决定告诉我萨达威小子的事情，就给我办公室打电话约个时间。我肯定会让我的秘书立刻带你进来。"她是对的,她不躲避,只是压制。

我从班克路走四英里回我的办公室。今天我听到了太多的内容,我希望我能记住足够多的细微差别,从而把谎言从真相里找出来。我希望有人跟我探讨一番。我以前的助手,玛丽·路易斯,对业务的感知能力很强,会给我很好的反馈。

还有莫雷尔,对我富有激情的想法总是考虑周全。莫雷尔,我现在变得只要说他的名字就会在我破碎的心里感觉到什么。一阵绝望的感觉如此强烈,让我倒在长凳上,头沉在膝盖之间。我猛地伸出手,好像能触摸到他。

有个冰凉的东西落在我伸开的手指之间——一个路人给了我一枚两角五分的硬币。我向周围看看,自己正在北方大街的十字路口。任何离开沃尔格林或前往星巴克的人看到一个衰老得连头也抬不起来的女人都会心生怜悯。

我叹了一声,站起来。回到你的织布机旁,佩内洛普。

我沿着北方大街向西走,顽强地思索巴亚德一家人。瑞妮与爱德华都没有对我说很多他们自己的事情,当他俩在一起的时候。爱德华在凯瑟琳的事上对他妈妈的愤怒,以及他妈妈对他右翼立场的愤怒,让我对巴亚德出版公司的财务状况感到可疑——既包括今天,也包括以前的某些时候。爱德华还暗示说他的父亲曾经跟很多女人上床——他说过凯莉·巴兰丁是他的"特别项目"之一。

还有吉拉尔丁·格里厄姆呢?我到达芝加哥河上的大桥,停下脚步,注视着河边工厂里一台起重机正在吊装废旧金属。她也曾经是卡尔文·巴亚德的特别项目吗?一位情人,被来自瓦萨的年轻妻子取而代之?如果是这样,那么麦肯齐的自杀就是个笑话,在卡尔文带着瑞妮返回新索尔威以后，除非当时吉拉尔丁与卡尔文仍然保持情人关系。

所有住在新索尔威的人像是起重机磁铁里缠绕在一起的铁丝。你可以以不同的组合转动或认识他们。我可以想到一个版本，吉拉尔丁·格里厄姆把面具丢进池塘里，所以她不会再记得它是情人让她买的；或许因为她发现了她与面具提供者分享同一个情人。我可以想到，不是很清晰，她强悍的妈妈把面具扔掉，不允许原始艺术？不允许原始的激情？或者达罗把面具丢进池塘，因为他憎恨与卡尔文·巴亚德有关的东西——如果卡尔文是吉拉尔丁的情人的话。

卡尔文也强迫欧林·特凡纳买了一个面具。爱德华·巴亚德长大以后向欧林复仇，并且老律师会渴望得到报应。但是为什么特凡纳应该想要复仇——无疑卡尔文·巴亚德正是犯错的一方。这跟马科斯·惠特比有什么必然的关系？除了他对凯莉·巴兰丁有兴趣。

起重机丢下它的货物。声音没有传到我这里，因为桥上车辆往来的噪声太大，但是结尾的景象激励我重新开始走动。在大曼路拐角，一个醉鬼正在乞讨。我把在威尔士路得到的那个两角五分钱硬币给他。他不怎么高兴，这年头两角五分是少得可怜的救济。

特莎的卡车在停车场。我推开她工作室的门，站在门口看了一会儿。她在周末加班工作，完成与辛辛那提公园签约的一个活儿，高度磨光的大块圆顶让你想摸一摸并在上面滑动。不顾寒冷的天气，她关掉了暖气，在保护服下面只穿了无袖T恤和短裤，她的小辫子扎在脑后，头戴一顶安全帽。

她把喷枪扭到最大，我想还是不要打断她的工作，可当她看到我站在门口，她关掉喷枪的火焰，转过来面对我，摘掉安全帽，把护目镜抬起来放在头顶。"你还是全身都有病菌吗？我应该离你有多远？"

"把你的喷枪放在鼻子底下，能杀死所有的病毒。"

她哈哈大笑着向门口走来。"最近你把你办公室的钥匙给了多少个人,华沙斯基?"

"只有一个人——一个年轻的经济学博士,她替我干一些活儿。"

"昨天有几个男人在这里,今天早晨又来了,他们看起来在你的前门一点都没遇到麻烦。发生什么事情了?"

这么多肆无忌惮的行为让警探们的脸皮厚到无法接受的水平。"他们认为我藏匿了一名阿拉伯恐怖分子。"

"如果是这样,把他继续藏着,直到那些家伙住手——他们是彻头彻尾灵魂卑鄙的一群土匪。如果不是我这个星期要完成'玩耍的儿童',我会出去徒步旅行。他们让我紧张。这些人是联邦警探?你知道,我妈妈一家来自密西西比的卡梅隆。我的爷爷奶奶不得不在半夜逃跑,当时地方治安官领着一群人来烧他们的房子,因为有些当地的白人富豪想在那个地方盖房子。当执法部门接管他们的家,公民们不得不无助地站在一边希望这不会让他们发疯。"

"我也希望,但是我不知道该怎么做。他们不停地在我脸上挥舞该死的《爱国者法案》。"

"畜生!"她带我来到工作室后面一间玻璃构造的小房间。她坐在绘图板前开始用炭条快速地画素描。一分钟内,她画了四张脸,两张白报纸上各有两张脸。他们是同样的两个人;第一张纸上他们穿着工装裤,第二张纸上穿着西装。其中一个就是昨天晚上坚持要搜查我公寓的那个男人。

"一个人是联邦执法官,所以我猜他的跟班也是。"我从她手里接过素描画。

"不要做任何让这些小子悲伤到发狂的事情,他们会把我们的房子烧掉。我在这里有价值二十万美元的设备,我可不想更换。保险公司一个硬币都没有付给我爷爷。"她脚步沉重地走向喷枪。

  我慢慢穿过走廊,打开我办公室的锁。当联邦调查局或什么人可以用复杂的开锁工具进来并且在我的空间里自由自在的时候,为什么我会觉得不安?

第三十九章 不可告人的秘密

爱德华·巴亚德在我们会面的时候来晚了。我猜是向我展示他才是真正的掌控者，除了同意在我的主场见面之外。在我等待的时候，我给孔特雷拉斯先生打电话，让他知道我还没有被捕。

从昨天到现在，我还有一堆没有回复的来信。大部分回应我的都是自动应答，因为是星期天下午，但是我打通了吉拉尔丁·格里厄姆的电话。自己被忽视让她感到奇怪，说她听不清楚我在嘟哝什么，然后又训斥我对她大喊大叫。她真正想说的是让我去新索尔威见她。我告诉她我会尽量明天下午去，如果我的日程允许的话。她相当生气并且命令我记住谁在给我付钱。

"不是你也不是达罗，夫人。如果你想把我列入你的工资表，我会收您每小时二百美元。"在那些情况下，我找到了可能付钱的客户。

她想了一下。"我希望你明天五点来。"

"如果我有时间的话。如果我没时间，会告诉你。"

我感觉有义务给达罗打个电话，只是让他知道我要去拜访他妈妈，除非他的命令是相反的。他在家，而且与上次通话相比态度稍微有点缓和——自然，他没有为威胁要解雇我而道歉。

"所以我妈妈的确看到有人在阁楼上。也许她是反恐战争的女英雄。今天早晨她可能相当享受礼拜之后的社交时间。"

他想要一份关于在拉彻蒙特庄园实际发生事情的报告。像鲍比·马洛里和瑞妮·巴亚德一样，他也不相信我不知道本杰明·萨达威在哪里，可是，即使我坚信我的电话没问题，达罗也肯定没有权利知道我最近的秘密。

我们结束交谈的时候，我看到特莎的素描画——那个高效率破门进入我办公室的男人。我不知道他们是不是在我房间里也装了窃听器。虽然我了解，如果联邦调查局想要窃听我的电话，他们会在很远的地方。我卸开电话听筒，走出去检查了接线盒，不过没发现任何东西。

如果他们想窃听办公室……我气馁地看看周围。即使特莎租用了三分之二的仓库，我仍然有很多房间。我把它分成人性化的工作区域以便看起来更友好——一间与客户见面的会客室里摆着沙发和玻璃台面的桌子——我自己的工作区有一张长条桌可以放大型证物或地图，是玛丽·路易斯的旧桌子。然后是电脑、固定的灯和墙上的挂画。四面墙围起来的后部区域用来储物，一个小房间放了一张简易床让我临时睡觉时用。

我想可能有人进来并且扫荡了这个房间，可是，在这期间，我应不应该让我的客户在这里跟我谈话？我是不是应该带爱德华·巴亚德到别的地方去，如果他准备倾诉衷肠？

在等待的时候，为了自娱自乐，我在特莎给两个联邦探员的素描画像页眉处写道：警告：非法侵入民宅者。假冒联邦执法官。有武器。危险分子。如果你在这个地区看到他们马上拨九一一报警。我复印了二十份，然后在这个街区转了一圈，把这些画贴在电线杆上，并且让本地的商店和咖啡店贴在他们的窗户上。

艾尔顿，一个在米尔沃基路卖《城市生存》的流浪汉，在我贴最后一张画的时候在我身后探头探脑地看。"他们入侵你的地盘了，维·艾？我要是在路上看到他们，我打赌我一定马上告诉你。"他也可能会这样做，如果他还清醒；他在与酗酒斗争，但是这不是一个容易克服的习惯，更别说当你在街上的时候。

"看起来像现在的那个。"他说，用大拇指指着对面我的办公楼。我急忙转身。是爱德华·巴亚德。他的外形确实像一个联邦官员，留着浓密的小分头，这种发型在主流政治世界已经成为一种制服。可是没有联邦探员能穿得起他的衣服，或开得起他的宝马敞篷车。

巴亚德的目光从我开始到艾尔顿，再到他的车，不太确定他和他昂贵的机器想和我们接近。我穿过马路，高兴地跟他打了个招呼。

"我没有太多时间。"他强硬地说，在我输入前门锁密码的时候。

"是的，我知道，你是大忙人，"我安慰他。"我当然，没有什么事情可做，所以我不介意你晚到了四十五分钟。"

他脸红了，唠叨他的女儿和医院的事。是的，我想，首先道歉的人会输。

爱德华拒绝我给他倒饮料，很有进攻性地把我的办公椅子挪到我会见客户的地方。

我坐在沙发扶手上。"告诉我为什么你要在星期四强行进入欧林·特凡纳的住宅，并且对你家人假装你在华盛顿，直到凯瑟琳受枪击以后才回来？"

"我没有——"

"不，不，你是大忙人，不要把审查谎言当作负担压在你身上。我们都知道你在那里；你没有戴手套。"

"是的，我在那儿。"他开始说，然后咬着嘴唇停下。

他从来没有被审讯过——所以会落入教科书式的最简单的把戏里。

"我们都可以说'是的，我在那儿'。凯瑟琳会感到激动，当她得知你非法侵入民宅。这让你在她的眼中显得更年轻、更有胆量。但不要告诉你妈妈，她会认为你很乏味。"

他的嘴张得大大的。"我，我女儿年纪太小，理解不了我为什么要做一些非常规的事。"

我甜甜地一笑。"而你妈妈年纪太大。所以特凡纳锁在抽屉里的文件上面都是什么内容？"

"你他妈的知道得太多。"

"巴亚德，对一个聪明人来说，你还不够机灵。里克·萨尔威可以装在你们家的口袋里，但是芝加哥市警长马洛里开始严肃关注新索尔威了。他能把警员调到杜佩奇县去开展真正的刑事调查。所以不要拖延时间，因为你要再这么干，我会给警长打电话。"

他用拳头一捶大腿。"我是欧林的遗嘱执行人；我有权去那儿。"

"那为什么你要打破阳台门？为什么你不去朱利叶斯·阿诺夫的办公室提供证明并找他放你进去？"在他沉默的时候，我又说："是不是因为阿诺夫才是真正的遗嘱执行人，而你的斯帕多那基金会只是受益人之一？是不是因为你不想让别人知道星期四你不是真的在华盛顿？是不是你星期天跑出来杀害了马科斯·惠特比，却没有意识到特凡纳的写字台里还有重要文件？"

巴亚德脸色变得苍白。"这是蛮横无礼的指控！我没有杀害马科斯·惠特比或任何人。"

"包括欧林·特凡纳？"

"特别不会是欧林。他在我生命中是一个重要的人物。"

"比你爸爸更重要。"我暗示道。

他的嘴唇露出轻蔑的笑意。"当然比卡尔文更重要，他仅仅表明我的存在。"

我好奇地望着他。"欧林·特凡纳在你小时候很积极地关注你,就是他带你玩勇气游戏并且教你骑第一匹小矮马的?"

他把头扭到一边,有点难堪。"不,可是卡尔文的确不——他实在太过忙碌,给整个该死的世界当英雄。我成长期间,欧林也住在华盛顿。他在那里有很多法律业务。不管怎样,在听证会以后,卡尔文和瑞妮占领了新索尔威;他们使欧林待在自己家都觉得不舒服。你能相信吗,卡尔文和瑞妮劝说他一生中所有认识的人都与他断绝关系,这令他满心怨恨。"

"他企图毁掉你爸爸的人生,"我说,"这并不令人惊奇,你父母不是他的祝福者。"

"好吧,他们都藏有不可告人的秘密。或者至少卡尔文有,而瑞妮,当然,用她繁忙的效率鞍前马后地帮他埋藏秘密。"

"那特凡纳什么时候给你展示了他们不可告人的秘密?"

他瞟了我一眼,好像试图确定我最愿意相信哪种故事。

在他选择故事版本之前,我说:"今天下午在你妈妈那里,你暗示你爸爸的财务状况岌岌可危。这是特凡纳告诉你的吗?"

"不完全是这样。"

"那到底是什么情况?"

"我在卡尔文的办公桌里找到一封信,"他脱口而出,"来自老杜鲁蒙德夫人,也就是格里厄姆夫人的妈妈。"

"她了解你爸爸的财务状况?"我表示怀疑。

"显而易见,卡尔文从杜鲁蒙德家偷东西,或者是格里厄姆家。我仍然能够由心坎里背诵出那封该死的信:

亲爱的卡尔文，

我已经察觉到了你在我房产内的偷窃行为。一丝虚伪似乎在你们家庭性格的深处成长，你母亲也有相似的倾向——展示大厅里挂着的正直的幕布，但同时她在幕后的行为却经不起近距离的审视。我会，当然，期待赔偿，并且你要明白，如果你继续这样的行为，我将采取合适的措施。

"她签了自己的全名，劳拉·特凡纳·杜鲁蒙德，这才让我知道她与欧林的关系。没有人告诉我任何关于那些人的事，我断断续续地了解到这样的信息并且感觉受到意外的打击。"

二十五年前的憎恨仍然在燃烧：他的脸颊现在变得通红，他的声音因为愤怒而颤抖。

"那你当时把信拿给特凡纳看了吗？"

"我当时只有十六岁，我去找瑞妮，要求她告诉我这封信是怎么回事。她哈哈大笑——哈哈大笑，请注意，好像这是个笑话，不是性格污点。她说卡尔文曾经'有点肆无忌惮地'向邻居们借东西，但是他们结婚以后，她阻止了这种行为。可你知道，在小城镇里话语总会泄露出去，人们有无穷无尽的闲话。有一件事我欠瑞妮的——我基本在芝加哥长大而不是卡佛得尔路那处死气沉沉的金鱼缸里。在那里过周末已经足够糟糕了。"

"是啊，的确是这样。"在任何小社会圈子里，包括我小时候城区的邻里，人们毫无怜悯地议论某位夫人。女儿怀孕了，某位夫人多可怜啊。在她丈夫赌色子输光了房租钱之后，他们也是这样议论的。我瞬间感觉到歉疚对达罗和我面前这个愤怒的男人——两个可怜的选择自我道路的富家子弟。

"我想知道你爸爸为什么保留那封信？你家里的任何工作人员都有可能发现它，并用来敲诈他。"

"卡尔文是，曾经是一只不可救药的仓鼠。他在新索尔威的书房塞满了纸张。我不能想象兰特纳能不厌其烦地检查那堆垃圾。"

"那你为什么要看那封信，因为天生的缺陷就想窥探别人的办公桌？"我故意说得很不中听，希望能刺激他说更多的内容。

越来越强烈的怒火使巴亚德的蓝色眼睛变成黑色。"都是因为那该死的谈话。我们举行过大型聚会，那是卡尔文接手巴亚德出版公司四十周年的聚会，他在左翼光辉岁月时的朋友都来了，甚至还有老阿蒙德·派勒提尔，他在我们家住了三天，直到他与卡尔文举行了一场喊叫比赛，之后马上离开。那些全天聚会中有一场——人们来骑马，吃早餐，在我家待一整天，直到晚饭的时候足足有八十个人。瑞妮喜欢卖弄，不是她的财产，而是组织活动的天赋。

"所有卡佛得尔路的邻居都露面了，当然除了欧林。老杜鲁蒙德夫人满身钻石。她九十八岁，如果她有什么奇思妙想，她会让所有人都停止手头在做的事情。当杜鲁蒙德夫人敲鼓的时候，连瑞妮也跟着跳舞。吉拉尔丁·格里厄姆也来了，虽然她与瑞妮一直合不来，与杜鲁蒙德夫人也不太合得来，她妈妈，想想吧。我听到几个女人用激动到不喘气的声音在聊天。'他没有怀疑过吗，你想呢？毕竟，他看起来就像他妈妈，他为什么要那样？'"

他下巴抬起好像他挑衅我的嘲笑。"我的确长得像瑞妮，所以如果卡尔文不是我爸爸，只站在镜子前是看不出来的。在我小时候，我一直相信自己会长得像他一样高，后来当我十六岁的时候，我的身高停在了五英尺八英寸。我长得像瑞妮的父亲，像他年轻的孪生兄弟，我身上根本没有巴亚德的痕迹！

"所以他们在聚会上浪费生命的时候,我检查了卡尔文的书桌——我知道人们不会去他的书房乱翻。那是神圣的地方,甚至在我的卧室里,我发现过阿蒙德在搞彼得·费利提的老婆!我希望在他的旧日记里找到关于我的一个字,一个想法,他对肚子里的我和我的诞生有过关注!"

巴亚德气喘吁吁的,好像他跑了很长的距离。"泰利娜在出生的时候,我自发地写下来。这是我人生的重大时刻,我应该思考父亲的人生,他第一个孩子的降生,看到那个自己制造出来的完美小生命。可卡尔文不是。我永远不知道,是因为他不是我爸爸,还是因为他对自己的重要性如此在乎?因为我还不如一坨屎。每个人都崇拜他,连我自己也是。啊,我想要一位父亲,不是一个期望被立在雕塑底座上的神。"

我听到这样的谴责胃里一紧,但是我保持语气坚定。"你妈妈以前与别人有亲密关系吗?看性格的话不像,虽然她二十岁的时候我也不认识她。"

"这也是我会想的事,"他粗暴地说,"我问她的时候,当然她也这样说。"

"你遇到特凡纳的时候,对他怎么说的?你有没有问他,你的父亲到底是谁,或者只是问杜鲁蒙德夫人写的那封信?"

"我决定开始探寻除卡尔文和瑞妮之外别人的看法,并且在陶尔参议员的办公室当实习生。就在那时我遇到了欧林,并开始了解他。他很吃惊,当然,在那个办公室看到姓巴亚德的人都会很吃惊。他与陶尔是好朋友。欧林与卡尔文是两种不同的人,不是很懒散,不期望别人趴在地上崇拜他。我喜欢他,我们逐渐成为朋友。"

"并且另外的好处是结识他让你的父母勃然大怒。"

"好像他们一般不这么认为。"他从拍纸板上撕下一条橡皮。现在里面的纸张全掉了,不过与我得到的信息相比,那只是一点点代价。

"所以你后来告诉他那封杜鲁蒙德夫人写的信。他知道这封信吗?"

"他说他很吃惊于杜鲁蒙德夫人的介意,她对黑人的看法就像她自己一样过时——她坚持到一九八四年。你知道,把拉彻蒙特庄园经营得就像刚搬进去的时候一样。除了安装电力,谈论有色人种并知道他们的位置,雇了四个日本园丁收拾花园和池塘。杜鲁蒙德夫人也是欧林的姑姑,即使他取笑说她威胁过他。"

"她对黑人的看法与你父亲有什么必然的关系?"我试图说要点,可我不知道什么是要点。

"卡尔文明显也偷过奥古斯图·勒威林的东西。欧林一直没有讲清楚,他说他不想揭开旧伤疤,当我看到他姑姑的信,我应该了解到卡尔文曾经——"

"可那说明不了什么,"我插话道,"你父亲借钱给勒威林开办《丁字尺》。"

他盯着我。"是瑞妮告诉你的?"

"是的。而且勒威林企业里的人确认了这事。"

"卡尔文对勒威林的资金做过一些事,"巴亚德坚持说,"欧林对我说过,他不会说谎。"

"他给你说过什么?"我问道,"为什么他隐晦地提到你父亲的财务状况却从不讲清楚?"

"因为他承诺过,并且遵守诺言。"

"你多大了,巴亚德?你有没有见到过任何特凡纳设计的那次听证会的手抄记录?他十分享受揭开别人的秘密。他保持沉默是因为——"

"我知道你赞同卡尔文的观点,"他冲我吼道,"你不相信特凡纳有节操,因为你如此崇拜的共产主义分子不相信这一点。"

"在五分钟之内你说了二十件可以起诉的事情,巴亚德。"我的火气也起来了。"我们得说真正的问题。特凡纳自己保存秘密会不会更是因为他不想让他自己的秘密泄露出去?"

"如果你的意思是说他是同性恋,可他从来没有在我面前掩饰过。这也不影响我对他的尊敬。"他生硬地说。

"现在不像五十年代那么要紧了。"我赞同道,"特凡纳如此在乎自己的什么秘密,以至于他为你父亲守诺四十年?"

"你完全理解错了欧林的性格,因为你只相信你在自由媒体上看到的他。"

"关于自由媒体的这种说法与共产主义同情者一再重申的'资本主义媒体的谎言'是一模一样的垃圾。"我厉声说,很生气。"两个都是口号,让你不去思考你不想知道的事。你自己要有想法。特凡纳以他的人生、他的财产和他神圣的节操立誓不向别人透露你父亲曾经偷过奥古斯图·勒威林的东西。现在,告诉我,你怎么知道特凡纳把这个秘密放在他的书桌里,那个你打破门都要找的东西?"

他怒视着我。"那个书桌以前属于最高法院法官威廉·约翰逊,而且它是欧林最珍视的物品。他把书桌放在华盛顿的家里,而不是他的办公室。后来他又搬到芝加哥。有两次我去拜访他,我们谈到卡尔文和瑞妮,他拍拍桌面然后说,'东西都在里面,我的孩子,什么时候我走了,你就可以知道全部悲伤的故事'。"

"所以当你得知他死了,你就想在律师之前知道全部悲伤的故事。"我提示道,"万一朱利叶斯·阿诺夫认为这些文件应该送给你妈妈甚至被搁置,而不是想着他应该交给继承人。"

"朱利叶斯很可能那样做。"他苦涩地说,"这多管闲事的矮子,蹦蹦跳跳地像是卡尔文的哈巴狗,大人物只要扔给他饼干他就摇尾巴。"

"你到那里,克服了所有的麻烦打开阳台门,看到文件已经不在的时候你怎么想?"

"我认为是照料他的墨西哥人偷的,看能不能得到什么。"

我想到多明戈·里瓦斯,在照料他的"绅士们"时带有沉默的尊严,又感到一阵愤怒。"那么你跟里瓦斯先生谈过了?"

"我告诉他,可以付给他一千美元交换他从欧林书桌里拿走的任何东西,可是他声称自己根本不知道那些文件。"

"他对荣誉有自己的理解,并且我怀疑这会包括偷病人的东西。哦,当然,如果他想拿特凡纳的东西,他肯定知道钥匙在哪儿,不至于学你的优秀范例把锁撬开。"

他脸红了。"那么是谁拿走的?除非是那个黑人记者偷的。因为我绝对没有拿。"

"哦,按规矩要么是黑人记者要么是墨西哥人,难道不能是有钱的白人?"我现在彻底愤怒了。"这才是问题所在,不是吗? 如果你没有拿,马科斯·惠特比也没有拿,那么欧林·特凡纳的秘密文件在哪里?"

第四十章 纠缠，纠缠，纠缠在一起的人生

"肯定是那个记者拿的，"爱德华坚持道，"不是因为他是黑人，而因为他是记者。只是因为我反对肯定的行为不代表我就是种族主义者。实际上，恰恰相反。肯定的——"

"是的，我读过所有那些立场文件。"我打断他的话，"我理解，如果白人放弃所有特权，这对非裔美国人来说是多么大的侮辱啊。马科斯·惠特比没有拿特凡纳的文件。惠特比离开的时候，特凡纳把那些文件又放到抽屉里锁起来。里瓦斯先生目睹了他这样做。"

"他可能之后又过来拿文件。欧林星期五给我打电话，在他还活着的时候，他想让我知道他准备把他的故事公之于众。我在电话里乞求他，告诉我那些文件的内容，可他不想说，不在电话上说。他总是想着电话被窃听，自由媒体的人会窃听到他的谈话。所以我说我会坐飞机回去。我周末要跟总统去戴维营，我告诉他会星期二乘飞机回来。但是，星期二，欧林死了。"

"跟总统去戴维营。多么高端的生活，因为一次小小的非法侵入而有争议性。当然，这里有先例，对吗？水门事件的强盗同伙不是也在周末去的戴维营吗？也许你星期一提前走了，然后坐晚上的飞机又回到奥亥尔。"

他眯起眼睛盯着我。"你为什么要这样说？"

"特凡纳在星期一晚上有一位意外的客人。那不会是你,对吗?努力说服他不要公开,或许仓促间把他打倒,然后你可以拿——"

他站起来。"我受够了你的含沙射影。星期一我不在芝加哥,只是你说的话否定说我星期二才在这里。"

"还有联邦调查局的人。"我轻轻地说,"我认为你在司法部的朋友们正在聆听我们的交谈。至少,他们派了两个知道如何绕开我的警报系统和门锁的探员。我不知道他们是否安装了声音启动窃听器,但是有这个可能。你应该问问他们今天有没有记录我们的谈话。"

他的脸变白,然后转红。"你不告知我就对这次谈话录音?"

"不,巴亚德。认真听别人真正对你说的话。我是让你知道你为其行动欢呼的总检察官可能在窃听我们的谈话。考虑到他们认为我知道本杰明·萨达威在哪里,或者因为马科斯·惠特比知道欧林·特凡纳文件的内容,而他们希望我能找出来,或者因为他们热情地关心一般公民在想什么做什么。"

他四处看了看这个房间,评估窃听器会装在哪儿。像我一样,他看起来认识到这种可能性不仅是无穷的也是令人气馁的。

"你是其中一个我妈妈允许接近我女儿生活的人。上帝对我说,凯瑟琳一定得跟我回华盛顿。"

"那应该是一场很有趣的交谈。"我干巴巴地说,"出于好奇,我问一下为什么你刚开始把凯瑟琳留在她祖父母家?"

"那样更简单。"他直截了当地说,"我妻子去世的时候,我让瑞妮照顾凯瑟琳。我实在没有精力照料一个蹒跚学步的小孩子,而且我还经常出差。我想——我以为凯瑟琳会像我一样看穿卡尔文在政治上的虚伪,其间她还能得到新索尔威的稳定的环境。可是我早应该知道,更简单绝不会更好。上帝说,现在我再做会很艰难。"

他站起来的动作太粗暴,使我的椅子向后倒砸在茶几上。"我要做出的第一个改变是禁止你再找我女儿说话。我不会让你继续把她和恐怖分子搅和在一起。"

"我没有把她和恐怖分子搅和到一起,我遇见她跟遇见他是同样的方式,恰好打断她侵入民宅的行为。如果我有孩子,决不会让你靠近她,我不会让她认为有钱有势就能随便犯法。"

他瞟了我一眼,发怒的方脸盘看上去极像瑞妮。

"你可能想回医院,"我站起来说,"我探望凯瑟琳的时候,不会向她提及我们的交谈。我不以我的节操保证,因为我们都知道我是自由主义者,而且没有什么节操,但是我真的在意孩子对父母的信念不能破灭。不管什么原因,你女儿看起来很喜欢你。"

"我告诉你离我女儿远一点儿,我很认真地说。"他昂首阔步从我的办公室走出去。

我跟着他从走廊来到前门。"你可能注意到了凯瑟琳的长相酷似你新索尔威住所楼梯上挂着的卡尔文妈妈的肖像。你想过 DNA 测试吗?那会扫清你关于父系的担心。"

他没有对我有所帮助的建议表示感谢,只是走到他的宝马车旁,检查有没有损伤。艾尔顿穿过马路来推销《城市生存》,巴亚德没有理会他,在一阵发动机的轰鸣声中开车走了。

我走回办公室。我的愤怒已经平息,但是爱德华·巴亚德汹涌的情绪还在房间里盘旋。

我真希望自己把这段交谈录下来。我努力重建这段对话,特别是劳拉·特凡纳·杜鲁蒙德写给卡尔文的信。"在她房产里的偷窃行为",可以指任何事情,从性关系到财物的掠夺。

我应该要更好地掌控自己的脾气。如果我保持冷静,那么我不会在交谈中表现得比应该有的更多的情绪化。爱德华把这封信解读为卡尔文从格里厄姆家或至少是从杜鲁蒙德·格里厄姆的房产里偷窃的证据。然后欧林·特凡纳说他很惊讶看到劳拉·杜鲁蒙德会关注黑人。卡尔文会不会偷了杜鲁蒙德家的黑人佣工？

奥古斯图·勒威林是唯一在与巴亚德家相关事件中出现的非裔美国人。万一……我登录律商联讯查找勒威林。

像巴亚德出版公司一样，勒威林基本上也是股权封闭的公司，所以我找不到多少它的财务信息。除了《丁字尺》，他们还有四本其他的杂志，包括一本少儿杂志、两本女性杂志和一本综合新闻杂志。勒威林还拥有广播许可，一个特色是爵士和福音音乐的短波电台，一个调频电台播放说唱、嘻哈和两套有线频道。我无法了解他们如何筹资或者他们有多少贷款。

个人信息的搜集会容易一些。奥古斯图·勒威林七十多岁，在湖区森林的一栋大房子里，有六千平方英尺。他在牙买加有一栋度假屋，在巴黎乔治五世路有一套住宅。他已婚，有三个孩子和七个孙子。他女儿詹妮斯管理两本女性杂志，一个孙子在短波电台工作。勒威林自己仍然每天上班。他是民主党的大捐款人，除了曾经被大佬党的体力劳动者当作富人家的司机——当时他自己开着他的奔驰车去一家歌剧院参加资金筹集活动。他是充满激情的水手。在一张照片里，身材纤细的他穿了一身整洁的白色网球服，站得笔直，没有一点衰老相，除了灰白头发。

从《丁字尺》以前对他的采访中，我发现勒威林曾在四十年代就读于西北大学，专业是新闻报道。当他发现自己找不到白人同学能找到的工作，他开始在地下室里出版《丁字尺》，白天为以前的《每日新闻》当邮差。在最开始的日子里，他和他的妻子朱恩把杂志运送到城南黑人区的商店里，使用并修理手摇印刷机，每一页版面全都是用手写。

一九四七年，他有能力付钱请一名摄影师和一名兼职记者；一九四九年，他找到资金建立真正的出版经营；到一九五三年，他已经赚到了足够的钱创办一本女性杂志《梅露》并且购买了调频和短波电台执照。电台开始真正地赚钱；在六十年代初，他开始经营其他出版物，也是在那时，他在西艾里路建造了他的大楼。

我小声哼唱着"如果你在公共汽车后面错过我"。信息都很有趣，可是不能告诉我勒威林家是否在过去为劳拉·杜鲁蒙德工作过。我又翻回商业报告更细致地阅读。这里，藏在第三幕的精美印刷之中，有一条吸引人的陈述。勒威林集团的注册代理人——勒波德·阿诺夫，律师，地址是奥克布鲁克和拉萨尔路。

"到公共汽车前面来，我就在那里，真的。"我大声说，"为什么你要用新索尔威的温顺律师当你的注册代理人，勒威林先生？"

我认为朱利叶斯·阿诺夫不会告诉我任何事情，但是年轻的联系人会。我打电话给拉里·约萨诺，他家里的电话和手机，两边都是语音应答。我在留言里说了自己的手机号。

当然，吉拉尔丁·格里厄姆也会了解。她还了解她妈妈在说到对她房产的偷窃行为时所指的是什么。我给阿诺丁公园打电话。丽沙告诉我说，格里厄姆女士正在休息，不能被打扰。

"我只是想知道奥古斯图·勒威林家在变得富裕而且出名之前是不是在拉彻蒙特庄园工作过。"

"你在为谁工作？"她嘘道，"达罗先生知不知道你在挖掘陈芝麻烂谷子？我们从来不认识勒威林。格里厄姆夫人在社交场合通过巴亚德先生结识他。如果你想说什么，律师会处理你的事，或者达罗先生会亲自过问。"

我挂上电话，比任何时候都迷惑。吉拉尔丁曾经是勒威林的情人吗？可是这与她妈妈给卡尔文的信又有什么必然联系？

吉拉尔丁只是在社交场合通过卡尔文·巴亚德结识的勒威林。这也是她如何结识凯莉·巴兰丁的方式，后者被芝加哥大学解雇，因为欧林·特凡纳要求大学校长这么做。欧林既是吉拉尔丁的表兄，也是他的邻居，即使当时他大部分时间住在华盛顿。

艾米·布朗特曾给我特凡纳写给大学的信的影印件，上面的照片是凯莉·巴兰丁通过舞蹈表演为社会思想与司法委员会筹资。那个影印件还在我的公文包里。

我取出来仔细研究。舞者们都穿着西式的紧身衣和舞鞋，脸上蒙着非洲面罩或者面具。谁知道这里面有一个人是凯莉·巴兰丁？或许，对于这件事，她在哪里演出？相片是在舞台上拍的，不在观众席。所有你能看出来的只是地点在户外，因为在两侧后面可以看见常青树枝。

谁拍了这张相片？谁把相片送给特凡纳？我把它扔在桌子上。收集了越多关于新索尔威的点滴，我变得越困惑。为什么爱德华·巴亚德坚信卡尔文不是他父亲？他小时候无意中听到的流言与真实的事有没有关系，或者只是流言？

艾米总结了关于社会思想与司法委员会的几条笔记。她说没写多少内容，因为它不像四五十年代其他的左翼团体那样知名，"不像国民权利大会，该组织由达谢尔·哈梅坐镇指挥，德加·米福德与鲍勃·楚霍夫特为奥克兰的非裔美国人做开创性的司法和社区工作"。她在《劳动历史报》里找到一篇文章，这是四十年代黑人劳工组织者口述历史的一部分，包括这个组织早期历史的回忆。

这篇文章大部分写的是旅馆工人联合会的黑人成员在与黑手党和旅馆产业斗争时所发挥的作用。其中一个受采访的人是一名共产主义者，经常在城西一家叫作弗罗拉的酒吧活动，有左翼倾向的工作者和知识分子，既有白人也有黑人，在那里聚会。

显然，阿蒙德·派勒提尔从西班牙回来以后，他开始带他的作家和画家朋友去弗罗拉，他们在那里举行非正式会议，即兴音乐会，还帮助劳工领袖书写并印制传单。美国黑人剧院计划的艺术家和作家们经常出席。"……被采访的人清楚地记得凯莉·巴兰丁去过那里，"艾米写道，"没有提到多少作家和艺术家的名字，除了派勒提尔，因为他是重要的组织者；采访的焦点是黑人劳工领袖。"

有一天，派勒提尔开玩笑说国会的戴斯委员会会关闭弗罗拉，如果他们知道美国剧院计划还在那里活动的话。"我们也将称呼我们自己为委员会，像戴斯一样，它会让美国的价值观活着。但是我们不会调查别人的厕所并窥视他们的卧室，我们会有一个委员会，为了那些坚信真正的美国价值观的工人。"有人想到了一个沉重的名称，社会思想与司法委员会，成员把这个名字简称为"思想委"。

思想委从来没有常设机构或主管，但是他们经常资助一些被国会从新法案里砍掉的实验艺术项目。因为弗罗拉的许多人是共产主义者，并被逮捕，所以思想委在四十年代末五十年代初开始为他们提供法律辩护费用。派勒提尔自己也在牢里待了六个月，既是因为他捐款，也是因为他拒不交代别的捐款人。

我又想起吉拉尔丁还有她捐钱给卡尔文小小的慈善。她妈妈绝对会憎恨任何被她认为是共产主义阵线的组织。

我看看表。昨天我和洛蒂通话的时候，她邀请我今天晚上跟她一起吃晚饭。现在是五点三十分，如果交通之神够善良，我可以前往阿诺丁公园并在两个小时内返回。我打电话说我可能要晚一点；她郑重地说不要太晚，明天一早她还有一台手术，如果我八点钟到她那里，她会很高兴见到我。

第四十一章 在家里开始的慈善

"你真是个意志坚定的姑娘,不是吗,华沙斯基女士?"吉拉尔丁·格里厄姆坐在她妈妈肖像下的一把椅子上。小圆桌上的盘子里还有剩的晚饭。

"它能带我去大脑和肌肉都让我去不了的地方。"我赞同道。

我在六点三十分抵达阿诺丁公园,丽沙已经告诉门卫不让我进去。我没有浪费时间争吵,只是开车返回卡佛得尔路。天已经黑了,我很快找到了公路下面涵洞的入口。我用手电照照四周,没发现鲍比已经组织人查验过这片区域的痕迹。

我仍然穿牛仔裤和运动鞋,弯着腰,我的背痛得需要直起来。我每一步都踩在班吉和我的脚印上,努力避免破坏高尔夫球车的轮胎印迹。我抵达阿诺丁公园一侧的杜松树丛,我好好地伸展了一番。我试图把鞋上的泥清理干净,但是当我走进吉拉尔丁的住所时,我把鞋脱掉了,不给丽沙眼中我的恶劣行为再加一点泥巴。

进入吉拉尔丁的住所不需要任何的特殊技巧,只要用传统的方法,按门铃然后等人开门。芝加哥的老住户会更加警惕,不过他们这些在阿诺丁公园住的人相互信任,至少信任他们在门口的保安。

在吉拉尔丁·格里厄姆的前门,丽沙来为我急促不断的铃声开门。她非常吃惊,怔了一秒钟。就在她决定把门摔到我脸上的时候,我友好地道了声"晚安",把鞋子扔在门外,从她身旁绕过去,来到门厅。我可以听见格里厄姆女士在客厅里喊,问是谁在门口。

我走进去向她打招呼,很满意地听到她责备丽沙不让我进来。我是应吉拉尔丁的要求来的,来告诉她星期五晚上发生的事情。我讲了大部分最精彩的部分——包括我被联邦调查局审讯——来满足她,最后,我转到了自己的安排。

"我知道我们约好了明天下午见,"我说,"但是今天下午我跟爱德华·巴亚德在一起,他告诉了我一个奇怪的传言。"

"爱德华?我想他来这里是因为那个女孩。"

"还有别的事情。你知不知道,星期四晚上我在欧林·特凡纳的住所里发现他破门而入,企图寻找特凡纳答应给他的几页秘密文件。"

"非常奇怪。他找到了吗?"她做得很好,在她尖利的声音里保持一种略微的兴趣,然后她的手紧紧抓着扶手。

"没有。"我等着她的手慢慢放松,然后加了一句。"不过他告诉我,他找到了你妈妈给卡尔文·巴亚德写的一封信。"

"我想你开车过来就是为了告诉我这件事?"她的双手再次握紧,但是她仍然努力保持声音稳定。

"你妈妈写信给卡尔文,指出他在她的房产内的破坏行为,并且要求补偿,否则她将采取行动。"

她沉重眼镜上的反光让我看不见她的眼睛。"妈妈认为她自己就是法律。她根据自己的规矩来定义偷窃行为。"

"还有呢?"我提示道,在她又陷入沉默的时候。

"我写了一张支票给卡尔文的慈善活动。那是个妈妈反对的组织,因为它为需要法律援助的贫穷黑人提供帮助。"她不由自主地看看身后的等身肖像画。"我当时四十五岁,但是她仍然认为自己有权在每个月检查我的银行对账单。我还没有意识到她会这么做,直到她拿了这张支票当面找我;仅这一次我毫不退让。我应该能想到她后来去找卡尔文。"

"她有这么强烈的反黑人偏见吗?"我迷惑了。

吉拉尔丁·格里厄姆微微一笑。"她有这么强烈的情绪是因为她的意愿被阻挠,所以我想她忘了原本的事情是什么。"

"她威胁巴亚德先生说要报复。这件事发生了吗?"

"妈妈拥有巴亚德出版公司的股份。她总是威胁说要卖给欧林——她的侄子,或者留给他当遗产,只要卡尔文出版她认为有伤风化的书。这只是虚张声势——比起卡尔文大胆的作家们,她更反对欧林的性取向。很奇怪卡尔文的作家曾经被认为是大胆的,而现在每一个色情动作都被描述得如此详细从而变得索然无味。更别提在电影里的色情场面。像阿蒙德那样,以前被渲染成语言大胆的人,早已经过时了。"

"为什么丽沙坚决认为我不能和你谈论这些事?"我不想转变话题。"她指责我为报纸工作,企图挖掘陈年旧事。"

"你说得对,女士。"丽沙从她偷听的位置突然出现在房间内。"我很清楚地记得麦肯齐先生去世的时候杜鲁蒙德夫人有多么悲痛,维持——"

"那会发生的,丽沙。维多利亚小姐在努力调查谁杀害了死在我们池塘里的黑人作家。她对我的关系没有其他兴趣,我们不用对她隐瞒。"

最后一句话好像是警告,像是在说,我们的手比她的眼睛快多了,你可以说任何事,除了她看不见的画室里的大象。丽沙嘟囔着可能是道歉的话。她退到地毯外面,但是她没有离开房间。

"没有人认为我会哀悼麦肯齐的去世,可他的死标志着我很多事情的结束,"吉拉尔丁对我说道,"对我妈妈来说,他的死是他给她引起的众多麻烦之———很奇怪,只要你一想到我跟他的婚姻是她的主意,她和麦肯齐父亲的主意。布莱尔·格里厄姆先生是我父亲的商业伙伴之一,所有人都认为婚姻会让我和麦肯齐安定下来,让他远离纽约的诱惑,让我远离芝加哥的诱惑,会让我们安心养育自己的孩子。毕竟,孩子总是被看成一个女人最大的快乐。多么奇怪,我妈妈经常告诉我说,我从来没有给她带来过一点点快乐,除了实践她把自己的意愿强加在我身上的快乐以外。"

"你妈妈同样不认为达罗应该哀痛他父亲的去世?"跟吉拉尔丁谈话总会发生的现象,我必须努力维持主题,或者记得主题是什么。"这就是你丈夫去世以后,达罗从学校逃跑的原因吗?"

吉拉尔丁的手开始揉捏裙子的硬质面料。"达罗儿子出生的时候,我妈妈还在世。他给儿子取名'麦肯齐'让我妈妈觉得这是对个人的侮辱,而不是对敬爱父母的称赞。她认为达罗应该让儿子随我父亲的名马修。或者随她父亲的名维吉尔·法比安·特凡纳——他被命名的时候流行维多利亚风格,所有的命名都按天主教方式。即使如此,在麦肯齐洗礼几天后她改变了想法。这就是男孩的魅力,并且我孙子一直讨人喜爱,可这都无法说服我妈妈不通过他的儿子惩罚达罗。"

"我知道小麦肯齐,他确实很有魅力。除此之外你妈妈做什么样的慈善?"

她没有理解我刚开始说的话。我提醒她说她给卡尔文的慈善活动写了一张支票,她又僵住了,只是说:"多奇怪啊,我竟然想不起来。现在好像在消耗重要性——我的举动,妈妈的插手。然而,对这件事的记忆像个好长时间以前摘掉的水果一样消失了。"

"那不是社会思想与司法委员会吗? 瑞妮·巴亚德说正是这个组

织，你表兄欧林特别想证明它是个共产主义阵线。"

她再次摇摇头。"姑娘，我也曾经历过你这个年纪。所有的事情在心里都清晰又深刻，但是如果你活到我这个年纪，你会发现过去如此广阔，许多记忆，甚至是珍贵的记忆，都藏在叶子底下或小山后面。你现在得原谅我。交谈让我感到劳累，而从前不会。"

我站起来准备离开；丽沙露出胜利的笑容。

"很感谢你能抽出时间给我。在勒威林需要资金开创自己的出版公司的时候，巴亚德先生是如何介入并提供资金的？"我问。

"我从来没有介入过新索尔威生意人的事情。我年轻的时候，我们被认为只要打扮好就行了，不需要用来思考的脑袋。"

丽沙拉着我的胳膊带我往门口走，我甩开她的手。"勒威林先生跟你一样支持过那个慈善活动吗？"

她摇摇头。"我不会知道，姑娘。这有可能。可是那是很久以前了，在另一个国家。"

格里厄姆女士通常结束一段话的时候都会用我听不懂的引语。我知道这次的引语。我在门厅穿鞋的时候，依然能把引语丢失的第二部分加上——除此之外，那个乡下姑娘已经死了。

我不认为吉拉尔丁把所有事情都忘了——慈善活动的名义，为什么她妈妈强烈反对，还有卡尔文·巴亚德是如何去支持勒威林的。可是不管什么原因，吉拉尔丁认为当年的那个自己已经死了。她妈妈取得了最终胜利——她妈妈的肖像挂在她的头上日复一日地提醒着她这一点。

后面的日子她是怎样度过的，在杜鲁蒙德夫人经营拉彻蒙特的时候？也许她把自己投身于母爱浓浓和业余戏剧或者乡村政治之中。婚姻曾被认为会让她和麦肯齐安定下来。我还记得三十年代描写她从欧洲回来的文章,外表"很有意思的消瘦"。她生活放荡,怀孕,去瑞士堕胎?还有麦肯齐?他在纽约市所犯的过错是什么?

即使有十三间卧室可以游荡,吉拉尔丁是怎样与她妈妈和没有共同语言的丈夫度过那些年的?当她说她哀悼麦肯齐的死的时候,她一直在哀悼什么?

第四十二章 沉默是——

洛蒂没有给予我想要的安慰。喝完一碗扁豆汤,我历数最近几天的细节,苦苦思索新索尔威的复杂关系。

我说完,她问:"那个埃及小伙子怎么处理?"

"先不管。除非我认为他可以告诉我惠特比是如何被扔进池塘里。"我向她描述了拉彻蒙特阁楼的布局,还有我想象本杰明·萨达威站在椅子上张望凯瑟琳的情景。

洛蒂把老花镜推到头顶。"那你的确知道他在哪里,维多利亚。"

我的脸红了,但是点点头。

"这就是你为什么隐瞒他的下落,因为你想要向他了解信息?如果他是恐怖分子,你应该把他交给当局。"

"如果我了解到他是恐怖分子,我马上就会把他交出去。"

"你是最好的法官,能断定他是不是恐怖分子?"

我从沙发上站起来,走到窗前,我可以看到每当车经过时湖面反射的灯光。"这就是当前的麻烦,洛蒂。我们不知道该信任谁。可是认为带白斑的杂色猫就是魔鬼的总检察官没有给我比自己的判断更多的信心。"

"你的判断既没有经验,也没有专业支撑。你从来没有对付过阿拉伯武装分子,所以你不知道怎样并且依据什么来说他是或不是。你也不会说阿拉伯语,甚至无法跟他对话。"

我转身看着她。"洛蒂,你认为这个国家的阿拉伯人都应该被关起来吗?"

"当然不。你知道我最憎恶任何老一套的东西。可是今天早晨报纸刊登了一篇关于那个年轻人经常去的清真寺的报道。那里大肆鼓吹反犹言论。"她叹道,低头看看她的手。"这段时间以来在伦敦和巴黎这种言论也很高涨。从我小时候到现在根本没有变化。整个欧洲和中东,除了谴责制造我们当前灾难的恐怖分子,人们也在谴责犹太人。甚至新泽西有些诗人在歌颂那些令人厌恶的老调调。所以我愿意搞清这个特别的阿拉伯男孩是否不想看到我死,在我为你藏匿他的行为喝彩之前。"

我猛地一拉百叶窗的细绳。"我懂了,就是它让这段时间里每件事都那么艰难。如果我把本杰明放走,并且他杀害了像你一样的某个人会怎么样——受人爱戴并挽救他人生命的人,没有人会在乎他与世界的争吵?如果我把他交给当局,并且他们把他关进监狱会怎么样,远离他认识的人,在那里他会被一群成年男性轮奸?如果他还不是一个恐怖分子,那保证会让他成为一个恐怖分子。"

她点点头,脸上满是担心。"你准备怎样解决这个两难?"

"我把他留在神父罗那里。他处理过很多轮奸犯,也许他也能把这个小孩处理好。"

"我希望不管怎样你在这件事情上是对的,维多利亚。我很担心,所有的事,还有你自己的安全。你可能会受到严重伤害,你知道。不是被这个孩子,而是像对着巴亚德家的孩子开枪并以此为乐的警察。这个埃及男孩的健康和安全真的值得你用自己的生命来冒险吗?"她露出一丝嘲讽。"为什么我连这样的问题都问出来?你就像是你的狗——嘴里一旦叼到骨头，你就不会松口。"

我们又聊了一会儿闲话，十点钟的时候，她告诉我她明天早晨六点钟还有手术，我应该回家了。尽量小心一点。她在对我笑，而眼神却显得悲伤。

洛蒂悲伤的话语一直在我睡觉的时候盘旋，充满了我的梦境。我引发了一场惨剧，而她死在其中，莫雷尔站在洞穴的入口，对我摇摇头，转身走进洞穴消失不见。四点三十分过一点，我从床上起来。与其再睡这样受折磨的一个小时，还不如起来转动酸涩的眼珠。

我开车去圣雷米吉欧教堂赶早弥撒，在早晨的街道上绕了一大圈，直到我确定没有人在跟踪。我溜进正在上课的圣母堂，一个矮胖的女人正用西班牙语念书，她是学校的护士。有几个住在周围的妇女在座，还有一个昏昏欲睡的小男孩，学校的学生在助祭。

祭祀完毕，神父罗示意我去他的书房。班吉还好，对于在基督的手中有点紧张，但是他很喜欢去昨天下午去过的体育馆，并且已经开始用装备锻炼。只是仍然不肯说，惠特比死的那天他从阁楼窗户里看到的事情。

"不知道这事进行得有多好。我把他放在四年级，他可以阅读足够多的英语，如果他留在这里会提高得很快。我告诉孩子们说他是非洲人——这倒是真的，不让他们想到他是敌人。但是他们还是取笑他上小孩子的班级，所以他的自尊受到了伤害。我对他和孩子解释过真正的力量不是在很多人包围之中把别人打败，而是在他们的包围之中打败你自己的魔鬼。只有软弱的人才加入一群暴徒。我从来不知道这样的说教对他们有多大用处。"

我点点头。"他去的那间清真寺，昨天报纸上说，那些人宣称犹太复国主义应当为世贸中心的事件负责，并且犹太人让普林节覆盖了厚厚一层穆斯林儿童的鲜血。我不愿想到自己在保护想杀害我朋友的人。"

他哼哼着说："我只能告诉你，我所成长的天主教堂也能听到同样的故事。犹太人害死了耶稣，用天主教信徒婴儿的血做逾越节面饼。我长大以后，知道了不一样的故事，知道了更多的事情，希望这个孩子也能这样。那个女孩怎么样？"

"恢复得很好。她今天从医院回家。跟她父亲和她奶奶摊牌。父亲有法律权利，而我的钱取决于奶奶……我可以跟班吉谈一会儿吗？"

神父罗看看表。"他现在应该在厨房。看起来可以照顾自己了。我认为他是个好孩子。他害羞，但是渴望与别人交流。"

我穿过没有灯的走廊前往厨房，班吉在破旧的水池里洗盘子。我进去的时候，他很紧张地看向门口。看到是我，他放松了下来。

我把一片面包塞进烤面包机。"昨天我见到凯瑟琳了。她挺好的，她的上臂被击中，但不严重，今天他们准备从医院把她送回家。"

"这很好，这个消息。你告诉她我在哪儿了吗？"

我点点头。"在她知道不会因为她的到来让你有危险时，她会联系你。班吉，如果我们能解决你现在的难题以后你想做什么？你想留在芝加哥，还是回开罗？"

他把洗过的盘子擦干，很小心，好像它们是塞弗河瓷器而不是批量生产的。"解决我的难题，你说的是什么意思？终结我的难题？"

"是的，解决。"

"对我的家庭来说，我留在这里比较好。我寄钱，我妹妹和我最小的弟弟，他们上学，他们学习。对我，总是藏着不好。是不健康的，是——"他做了个手势，可以理解的屈辱和愤怒。"并且我藏起来，我不能工作。不能工作。我不能工作，当我总是藏起来。这个天主教牧师像你说的，他人很好，他帮我学英语，可我还是不能工作，我不能去清真寺，我不能让人看见我。"

"所以我需要想到如何让你留在这里，但是不让你被联邦调查局抓住。"我把黄油涂在面包片上。"班吉，上个星期天死在拉彻蒙特后面的池塘里的人——凯瑟琳把你藏在那栋房子里，你知道它的名字是'拉彻蒙特庄园'，对吗？我认为有人把这个男人扔进池塘；我认为有人杀害了这个男人。在你张望凯瑟琳的时候，你看到了什么？"

"没什么。我什么都没看见。"盘子从他手中掉落。哐当一声砸在地面上，碎成几大块。

我跪下来把碎片收集到一边，但是蹲下看着他。"为什么你害怕告诉我你看见的事情？我把你从警察那里带出来。你也看到了为了保证你的安全给我带来多少麻烦。为什么你认为我现在还会伤害你？"

"我什么都没看见。我可怜，我不是——教授，但是我知道发生什么。我看见某个，你告诉警察，他们说，啊，埃及小子，他恐怖分子，他凶手。我看见某个人，然后他们下一个杀我。不，我没看见人。"他把洗碗布一扔，飞也似的跑到房子里面。

第四十三章 被停尸房赖账

我离开教堂的时候激动又紧张。我和班吉的谈话确认了我的推测,他看到了杀死马克的凶手。他也解释了为什么他害怕说出他看见的事情。我还不能责备他;执法部门在想杀死他的渴望中向凯瑟琳·巴亚德开枪。他又为什么应该相信如果他走出来做证,我可以阻止他们处决他呢?

如果我可以找到办法让司法部门支持他,作为交换,班吉也许会给我提供信息,但是我现在还没有想到什么好办法。

今天还没有展现出会让我高兴的迹象。回到家,我发现布莱恩特·维什尼科夫留的信息。期望他能有新鲜的消息。我把大衣和手包扔在地板上,马上回他的电话。他中断验尸来和我说话。

"为什么你不告诉我市警察想要对你那具尸体做检查?"

"你好,布莱恩特。周末过得好吗?我也过得挺好的,谢谢,只在聚光灯下和来自三个执法部门的人过了两个小时。我不知道你注意了没有,可是,不管我讨人喜欢的举止,警察不是我最大的崇拜者。他们不告诉我他们的期望与愿望。他们要求什么时候尸检?"

"鲍比·马洛里的办公室昨天下午就发文书过来。我打电话解释说我已经做完了,是个人工作。马洛里警长理所当然地问替谁做的。他说你在星期天参加的那个会议上,他们同意送惠特比到这里做第二尸检。他还说他很不高兴你没有告诉他你代表惠特比家属雇用了我。"

"我参加了那个会议,"我承认道,"作为向联邦调查局隐藏包庇一个埃及男孩的嫌疑人,不是作为参与者讨论刑事案件。你在尸检的时候发现什么了?"

"你混蛋,华沙斯基!不要像这样偷袭我,然后还认为我会告诉你我知道的事。"

"你也混蛋,维什尼科夫,给我打电话就是为了对我吼叫,而不是耐心跟我谈。"我彻底愤怒了。"我完全相信你才雇你,我按你指定的规矩通过私人葬礼指导把尸体转交给你。你到底发现了什么?"

"没什么,对你和对马洛里说的一样——没有任何外部击打痕迹或伤口。在他掉进池塘之前,惠特比没有枪伤、刀伤或钝器伤。他是淹死的。"

"还有他的血液酒精含量?"

"毒物筛查结果要等到今天晚上或明天。你可以从马洛里那里要。我不会向你收费,因为县里命令做同一个工作,但是你也不能随意查看筛查结果。"

他很快挂断了电话。我看着自己的双手感觉在紧缩。我曾经对维什尼科夫投入了很大的期望。我曾经相当肯定会有某种创伤……然后,高尔夫球车穿越那个涵洞,或者那些轮胎印不属于高尔夫球车。歇洛克·福尔摩斯会测量一下电瓶车,把轮胎印铸成石膏模,用来对比检查涵洞里的那些轮胎印。也许我臆测了很多并不存在的联系,想把一件仅仅是无法解释的事故构建成一场谋杀。

我父亲以前经常教训我,说我太冲动。"不要太情绪化,胡椒瓶子。先慢慢思考。你可以避免受伤,我也是。"

他说过不止一次,但是我能清晰地记得有一天他的声音,那天他被叫到校长办公室去接我。当时我企图举行静坐，抗议开除一名同学。我以为他们这样做是因为乔伊居住在棚户里且散发臭味；实际上是因为乔伊在衣帽间里放火。我现在想知道，如果情绪的放纵指引我去包庇另一个乔伊，本杰明·萨达威会不会也被证明是一个纵火犯。我好像在过去二十五年里没有学到太多。

我带着狗狗们出去走了一小段，然后到我卧室壁柜的保险箱里拿我的史密斯威森。我开车到靶场，打了一百轮，发泄我对自己的失望。脱靶要比中靶多，这没有让我的心情改善；我来到办公室，感觉我最好能用点手段来解决自己的难题。

我没有回忆起任何的手段，这时，鲍比在十点刚过就给我打来电话。这次轮到他对我大加责备，为了我没有让他知道维什尼科夫已经在检查惠特比。"你听到了整个讨论，关于尸体在哪并且谁会做第二次尸检，而你却没有让任何人知道你已经让维什在做这件事。"

"我在两个多小时的时间内都是充满敌意的审讯的目标。如果我对那伙人说什么，我还会在那里多待两个小时。"

"可是后来，你单独和我在一起……"

"鲍比，你的关注点在那个埃及小孩，我当时很累，我忘了。你还没有发现他吗？"

"我现在告诉你，维姬，这不是开玩笑。如果你知道本杰明·萨达威在哪里，而你隐瞒不报，就像你隐瞒尸检的事情，我会亲自用粉红丝带把你绑起来，然后送给联邦执法官。"

"用别的颜色，好吗？"我忘记了我要在说话之前仔细思考。"你知道我痛恨性别模式化。"

我能听到他把电话摔掉。我发呆了好长时间。前门的门铃声让我回过神来。

是邮差，拿了一个切维奥实验室寄来的大信封，里面包括惠特比手包里可以恢复的资料，分别装在塑料保护袋里，还有几张纸总结了对资料的恢复工作以及结果。对内容的激动让我暂时忘记自己的挫折。

卡斯琳·张在封面的信里说她昨天必须得参与另一个项目，刚刚发现我的包裹。

你说你的分析需求很急切，所以我认真检查了它。大部分的纸张都被损坏了，首先是在水里泡得太久，其次是被干燥。为了今后参考，如果你真的需要再做这个工作，把这些纸泡在水里，直到我们可以着手工作。我只能告诉你，这是一个经历了最大损坏的小笔记本。

两份文件被折叠好放在侧袋里，都相当完整，并且我可以恢复它们。当然，在水里浸泡了这么长时间，很难分辨纸张和墨水。一份是在学校练习本上的手书，日期在三十年代；另一份是在二十磅淡黄纸张上打印的，日期在四五十年前。你触摸它们的时候要非常小心。附上照片件与复印件（用照片保留原件比复印要好得多）。

我把照片铺开。一份是给凯莉·巴兰丁的打印信件，另一份是她自己手写的回信。所以马克的确找到了一些文件。这些信非常珍贵，他把它们保存在胸口的衣兜里，在他心脏上面。在我阅读打印信件的时候，我的心跳加速。

亲爱的凯莉，

不管命运女神的车轮如何转动，这规定了当我们这些凡人要享受名声与金钱的时候,并且当我们用笔名给妇女杂志写废话谋生的时候(我自己的笔名,万一你还没有读过《女人的日子》,是露丝玛丽·伯克),我在令人敬仰的,但你不再欣赏的慈善机构里还有几个朋友。其中一个告诉我说欧林·特凡纳不知怎么得到了一张你于一九四八年在乡村度假屋里为思想委进行舞蹈表演的照片。他把照片发给大学校长,要求他们解雇你。我不知道在那儿的哪个人带了照相机,也不知道是谁为那个不折不扣的法西斯分子提供了照片,不过你可以问特凡纳。

你这段时间靠什么生活?卡尔文为《荒凉的土地》付给我五十美分,并且在讨价还价的时候非常傲慢——可是至少这篇文章署我自己的名字,不是露丝玛丽·伯克(她曾经在她制造的废话里出现过吗),也许在明年四月。

永远是你的朋友,特别是当我回忆起星光下的那个夜晚。

阿蒙德

这封信依然没有告诉我从艾米在大学档案馆里找到的资料里没有了解到的事情。我取出一个放大镜方便阅读凯莉的回信。

亲爱的阿蒙德,

我厌倦了乱成一团的事业。我写信给欧林·特凡纳,回信中他的傲慢达到一个新高度,在一个人对某个认为自己是这个星球上唯一正确的人有所期待的时候——沃克·布什耐尔只是在保障其他美国人不受你我这样的人的侵害,而不是痛斥共和党员布尔什耐尔以及其他跟他一样低能的同类,我应该与"那些我的同伙"了解特凡纳是怎样得到那张照片的,等等。如果你想和卡尔文继续追查这件事,或者在公众场合申诉,我不会拦着你。我十八号去非洲,我会像我妈妈庆祝并恢复她自己一样在那里庆祝并恢复我自己。让美国自己想去吧,我不在乎了。我已经能品尝并感觉到覆盖在我身上的自由。

她的签名从 K 开始模糊,像我在哈什文集里看到的一样潦草而难以辨认。

我把这两份文件在手上翻过来、倒过去,好像这会让它们的意思更清楚。马科斯·惠特比找到这些信的时候,他已经拿给特凡纳看过。我肯定即使是歇洛克·福尔摩斯也只能推断出这么多。也许还没有。有某件事情让惠特比去找特凡纳,除了这些信还能有什么,惠特比想了解多年前特凡纳发给芝加哥大学校长的那张照片。

我希望惠特比的资料还能从水中挽救回来,否则我只能把它泡在水里了,直到把它拿到切维奥实验室。马克在与特凡纳会谈时有笔记,特凡纳的护工曾说过;卡斯琳·张封在保护袋里的那一团灰色的东西就是所有笔记的遗留物。卡斯琳能把其中一部分分解成纸片,但是只能看清几个单独的词:告知,不雅,和,厌恶,现在,死了,六十。我怀疑恩尼格玛密码机能否把这些词变成有含义的句子。

我回头再看卡斯琳·张的来信。我还没有看最后一段,她解释说惠特比的掌上电脑也在他的手包里。她可以把它送到电子部门,看他们能不能恢复数据。"这相当贵,所以我不想继续,除非有你的同意。"

因为她做纸张恢复的账单已经一千八百美元了,我很害怕知道她说的"相当贵"是多少钱。我把这一千八加入惠特比咨询费的账单。借方列得很清楚。而我不确定哈丽埃能支付多少——她没有授权付钱给切维奥实验室加班工作。我发愁地看着摊开的达罗的档案,可我不能把那项开支加在他头上。我打电话给卡斯琳·张让她等等再做掌上电脑的事。

她恢复的材料里包含了大量的信息，但是我需要某种钥匙或线索来破解。我从哈什文集巴兰丁档案里了解到的东西不够多，也许派勒提尔档案会透露更多的信息——如果我可以看到的话。

关于马克已经找到隐藏文件的想法让艾米的声音相当激动。她等不及要看这些信；她马上确定了派勒提尔档案的位置。

在等她回电话的时候，我一直反复阅读这些信件。特凡纳告诉巴兰丁去找"那些她的同伙"问问。我看到这样的词语不由得摇摇头，充满了种族和遗传的暗示，而我也很想知道他在指谁。可以是奥古斯图·勒威林，他无疑参与了这次事件。另一方面，某个我不知道的人可能出卖了巴兰丁。她参与过美国黑人剧院计划，她认识所有二十世纪中期的黑人作家和艺术家——特凡纳可能指的是谢莉·格里厄姆或者理查德·赖特或者更多别的人。设想这些人之中有人会向非美活动调查委员会告发她是件荒谬的事情，而且我也无法想象奥古斯图·勒威林会做同样的事。

我盯着相片复印纸看，直到文字在我眼前乱跳。最终我把它们放在一边，开始为付钱的客户工作，已经推迟了一个星期的枯燥的追查。在我埋头查看以前的一个保险业务时，拉里·约萨诺，法律小跑腿，打电话来。我昨天忘记了给他打电话，必须查看我的笔记本才知道原因。

"拉里，这个星期你不当班？"

"是啊。这就是说，如果我晚上十点钟把电话关掉，所以不会设想如果你被锁在拉彻蒙特外面或里面的时候你可以给我打电话。这个星期值班的新人是一个年轻上进的女人，她会和治安官萨尔威站在一边，而不是和你,所以你要小心一点。"

我哈哈大笑。"拉里,你的公司是勒威林出版公司的注册代理人。那是什么情况?"

让我感到轻松的是,他没有问我为什么我想知道,只是让我等一下,他要去查看档案。"卡尔文·巴亚德在五十年代初拿回了勒威林的初始贷款。他把勒威林先生交给我们,并且从那时起我们为他工作。"

"会不会在某个时间巴亚德自己的财务状况很艰难?昨天我见到了爱德华·巴亚德,他暗示说巴亚德出版公司在同样的时间摇摇欲坠。"

"爱德华先生心怀怨恨,是因为阿诺夫先生在星期五告诉你的原因,所以瑞妮夫人在分配股票的时候没考虑他。"

"谁是继承人?"

他想了一分钟。"我想告诉你也无妨。财产都留给了凯瑟琳·巴亚德,信托财产直到她二十五岁再交给她。"

我又深入地问了一点,他告诉我说达罗是受托人,连带还有阿诺夫和勒波德公司。杜鲁蒙德家、特凡纳家、麦肯齐·格里厄姆的父亲以及布莱尔都一直是巴亚德的原始持股人。巴亚德家有百分之三十一的股份,杜鲁蒙德家,特凡纳家和格里厄姆家共有百分之三十五的股份,剩下的都分给二十多个小股东。

"所以吉拉尔丁·格里厄姆现在在公司里有控制性的利益?她继承了她母亲、她父亲还有她丈夫的股票,对吗?"

约萨诺再次犹豫了,最后说:"实际上,她只持有她丈夫的百分之五的股票。劳拉·杜鲁蒙德在做出遗愿的时候对吉拉尔丁·格里厄姆女士以及达罗·格里厄姆先生都很恼怒;她把股票转给了格里厄姆女士的女儿范·德·克里夫女士,她居住在纽约州。"

"劳拉·杜鲁蒙德真是个令人讨厌的女人,不是吗!所以格里厄姆女士卖掉拉彻蒙特是不是出于财务方面的需要?"

"不是,哦不,她有巨额财产,部分来自她丈夫的房产,而且她父亲在她结婚时也给了她一笔可观的现金。不,我想——杜鲁蒙德夫人可能非常恶毒,特别在与她女儿有关的事情上……华沙斯基女士,我希望只有你知道这个信息。"

"那还用说。"我坚定地承诺道。我会保密,除非与马科斯·惠特比的死有关,仅此而已。

在我挂上电话不久,艾米回电话。"在芝加哥大学图书馆派勒提尔的档案就在我旁边。你想我去查阅吗?"

"我想我还是自己去查吧,"我说,"这是一次钓鱼,而我却不知道自己要钓什么鱼。"

"在电话里我只能告诉你,数量十分巨大,"她说,"有四十个霍林格纸盒子——你知道,这是放文件的特别纸盒箱的名字。你要是现在来,我可以帮你查资料。"

我看看日历:没有安排,只有四点钟要去一家我正在调查背景的小公司。我告诉艾米我二十分钟以后就到。

第四十四章 天才少年

你好，天才少年——

　　凯撒吃什么肉？你的娃娃新娘真是个迷人的小马驹，并且我可以理解你对她的迷恋，但是在她长大并学会认字之前，不要拿我的作品哄骗她。如果你不喜欢《荒凉的土地》，你就自己说。收到一个宝贝的来信说"此刻还不是时候列入我们的名单"是种极大的侮辱，我甚至愿意去相信——只是，关心你，而且仅是自己的幻觉——你不知道你的宝贝已经写信给我。我也愿意骗我自己相信你不可能会变得像这个产业的其他人一样懦弱，害怕接触我，因为华盛顿的小猴子们把我放进罐头里六个月，并且把我的书从世界所有的使馆里撤掉。我和达什。在堪培拉没有礼仪部的副部长因为看了《马耳他猎鹰》或者《双国记》让自己的道德崩溃。达什，可怜的杂种，把自己喝成了一个钝音符，但是我不想这么早就垮掉。

　　这是个复写本，因此没有签名，只有个黑印子。
　　像艾米说的一样，派勒提尔的档案数量庞大。她和我坐在芝加哥大学珍稀图书室里一张桌子的两端，成箱的文件和书籍堆在我们俩中间。我们签名的时候，图书馆管理员说派勒提尔肯定突然成了热门人物——在过去的一个月里我们是第二个要求看他文件的人。

带有天生侦探的本能，艾米说，是的，她的表兄马科斯总是抢在她前面，管理员附和道，马科斯·惠特比三个星期前来查看过这些箱子。他只来过一次，管理员说，不管他在找什么，第一次来就找到了。我们很幸运，她补充说，麦克·古德，他们的首席审阅管理员整理并标记了这些纸箱。

即使如此，我们也有巨量的存档要查阅。这些收藏可能使一个文学批评家的梦想成真，却是一个侦探的噩梦。派勒提尔保存每一件东西——账单和房租通知单和值得纪念的晚饭的菜单。他高度评价自己的历史重要性，所以他把自己大部分信件都复写过。大部分都像写给卡尔文的这封，长篇大论地谴责某个人或某件事。在三四十年代，通讯员很来劲，在讽刺名人机敏的观察或者对公共事件方面。

随着时间流逝，派勒提尔变得越来越苦恼和挣扎。他写信给《纽约时报》，为他们对《荒凉的土地》的评论表示愤怒，写信给芝加哥大学为他们在六十年代不让他当讲师表示愤怒，写信给房东为涨房租表示愤怒，写信给洗衣房为丢了一件衬衣表示愤怒。艾米和我气馁地看着对方——马克在第一次查阅这堆文件的时候找到了什么？

《明星先驱报》用两栏刊发派勒提尔的讣告。我在里面找自传内容。他于一八九九年生于芝加哥城西的朗得尔，在芝加哥大学上了一年学，一九一七年志愿参军去法国打仗，后来回国参加席卷芝加哥和全国的激进劳工运动。

派勒提尔在三四十年代曾是共产主义分子的事实并不是秘密。《双国记》就是基于一九三六年到一七三七年他在西班牙十五个月的经历写的，西班牙内战中他在亚伯拉罕·林肯旅参加战斗。理所当然，这本书对历史人物没有太多遮掩，包括毕加索和海明威烧焦的肖像，并且它披露了在共产党小组之间发生的关于战争的争论,每个人都可能是派勒提尔在芝加哥小组里的真实的人。

在被叫到沃克·布什耐尔众议员和非美活动调查委员会面前做证的时候,委员会大力逼迫派勒提尔指认书中的角色,可他拒绝,称这只是编出来的,并且因藐视国会罪被判入狱六个月。后来,作为黑名单之列的作家,他发现自己的作品很难出版,于是用"露丝玛丽·伯克"的笔名写浪漫故事。他在星期四因营养不良导致肺炎恶化去世,时年七十八岁。

在《双国记》之前,派勒提尔写了一本小说,之后的十年又写过两本。所有四本书出版后,无论在批评界还是在商业上都赢得喝彩,虽然评论家们一致认为《双国记》才是他的杰作。在那之后,在他完成《荒凉的土地》之前,有十年多的断层,他显然让卡尔文羞愧地买了他的书,因为巴亚德在一九六〇年出版了它。

我们找到了一九六二年另一封写给卡尔文的信的复写件,上面说巴亚德才卖了八百本《荒凉的土地》,这一点也不令人惊讶,因为他们在营销方面一分钱都不想花。

八百个人肯定在他们本地书店的阴暗角落里跌跌撞撞,努力躲避呕吐物或者税收员。他们摔倒在地,起来的时候发现手里攥着一本《荒凉的土地》。欧林在那个听证会房间里对你做了什么事告诉你如果你永远舍弃年轻时的朋友他就会放过你?

我揉揉眼睛。"这不是一天能干完的工作。我几乎盼望派勒提尔向布什耐尔和特凡纳告密——我很想知道三十年代他的共产主义小组里的人都是谁。"

"那与马克被谋杀有什么关系？"艾米问。

"我不知道，"我烦躁地说，"可是翻阅了书评，我看到《双国记》里有一个认真的年轻黑人摄影师，他是男同性恋——也许那是指勒威林。这里有一群知识分子，还有大学里假装工人的人——像是六十年代学生争取民主社会组织那类人。他要是能提供一个答案就好了。"

艾米嘻嘻笑道："那是别人的博士论文，不是伟大作家自己的工作。在文学课上，我读过了《双国记》。文字优美，比《丧钟为谁而鸣》更真实，而《荒凉的土地》，我认为没有热卖是因为它不是本好书。也许派勒提尔在写这本书的时候太愤怒，也许是他不再习惯写作。在黑名单之前，他停止写小说，开始为好莱坞做了很多工作。

"《荒凉的土地》是不是像《双国记》一样自传色彩那么浓呢？我是说，我能不能从书里了解到卡尔文与那个组织的事情呢？因为在巴亚德出版公司高调推出《双国记》以后，派勒提尔才与卡尔文成为朋友。"

"你认为这是另一部纪实小说？如果《荒凉的土地》是，我在阅读的时候根本没意识到，因为我不知道任何一个角色是谁。我想我可以在图书馆查阅并且试着看看现在我是不是能认出里面的人物。"

图书馆管理员警告似的看看我们——阅览室里还有别人在看书。我们继续保持安静，只有在吃自动售货机卖的外形古怪的三明治时才停一会儿。在我们吃饭的时候，我告诉艾米说，警察已经开始自己对马克的死亡进行调查。

"坏消息是，他们认为他被本杰明·萨达威杀害，那个在拉彻蒙特阁楼里藏着的孩子，所以他们没兴趣跟着我们的想法走。不过至少他们说会追查马克到底是如何去拉彻蒙特的。他们命令维什尼科夫医生做全面尸检。维什尼科夫已经排除了在马克落水之前有任何外部击打或伤痕,但是他对我很生气,他认为我找警察暗算他,所以他说毒物筛查结果出来以后不会给我。你能不能让哈丽埃作为家属提出要求?我愿意让我的律师帮她出面干预。"

艾米草草地在口袋日记本上记下并且从我这里拿走弗里曼·卡特的信息。"哈丽埃今天晚上要搬来我家。她父母下午已经飞回亚特兰大——谢天谢地!"

我们把手上的碎屑拍干净,回到珍稀图书室。两点钟的时候,想到我过一会儿必须得走,我不再仔细读信,开始快速翻阅剩余纸箱里的内容。在一沓手稿中间,我找到一个马尼拉纸文件夹,标签是"完全陨落:没有完成的,没有出版的手稿"。打印在发黄的纸张上,页边空白处还有派勒提尔手写的笔记。笔迹有些乱;这肯定是在他生命即将结束的时候写的,那时他经常喝醉,又生病。

  他们想让我们认为,当拉撒路[①]从死人堆里爬起来时,他的朋友和姐妹们高兴得失去自制力。但是当他被埋葬时,在悲伤之中隐密的想法是——感谢上帝,我们终于安全地把他埋了,可恨的酒鬼,老是不能控制自己。感谢上帝他不会活着告诉别人那天晚上在杰里科他在羊圈后面碰到我和妈妈的女仆。他很晚才从酒馆或者跟别人打架回来,马上就要吃热饭,不用太着急。

  后来他再次站起来,明显地看到他的亲属在欢乐之后的想法——我们才过上新的生活,没有了他尖刻的言语和问题,而他

[①]拉撒路,《圣经》中的人物,麻风病患者。

又来了，死而复生。

我知道，我死了，现在我从墓地偷偷走到地下室的角落，拖着皱巴巴的布单，我可以闻到我的亲人们恐惧的臭味。虽然也可能是我自己身体腐烂的臭味。

吉恩，最害怕的人，可以料想到在我的墓前他哭得最响亮。这个小孩子，亲爱的，他五岁的时候总是黏着我，让我玩，荷曼，告诉我为什么，荷曼，从跟着我在沙地上踢球直到跟着我去酒馆，再到后来跟我去泡妞。我早应该知道他怎么看我，但是那时他还是我热心的好兄弟，我时常取笑也很少关心的人。

我是从战争中归来的英雄，不管怎么说，在某个地方是英雄，胳膊吊在胸前，双眼因为见过太多的血而迷离，太多的血我没法都喝下去。我好兄弟的英雄，我作战的时候他发家致富。我在战斗，他在照料家里的生意。

吉恩做不了乔治·巴利，不，先生。不，吉恩有真正美好的生活。大哥在艾勃罗用生命冒险，小弟在水桶里创造东西，把冷清的家庭产业变成国际大企业。所以当我回来的时候，虽然女人们围在我身边听我讲战斗的故事，但是他们都跟吉恩从侧门溜出去。那段日子他在艾尔姆路租了一间公寓，只为了带女人去，妈妈看不见那里，然后每周日回家去教堂，头发梳得油亮，细致地关心她，黄油在他的嘴里都不会融化。

我们去高迪的酒吧闲逛。城西鲁普那里的一个酒吧。回家干活的男人们在这里停一会儿，打听赛马结果或者最近球赛的消息。我们以前经常开会以后去，托菲·诺贝尔痴迷于他的地下室杂志。他有时和露露一起来，那个人画大幅非洲宗教舞蹈的油画。他也和艾德那·迪尔帕斯经常在一起，代表旅馆洗衣工人与黑手党火拼的黑色卷发的小个子。

托菲从不参加任何人的战斗，只是站在一边得意地笑。摆酷先生，回家并把我们都写在他家地下室手摇印刷出的报道里面。我们从来不知道他是否有一张门票能进入内部圈子。有人说他太胆小不敢加入，别的人说他太胆小，不敢承认他是同路人。

那时我们都是兄弟，或者是兄弟姐妹，甚至还有吉恩，我的亲弟弟，虽然所有人都知道他只是来泡妞的。我们经常取笑他，你认为你是好资本家吗？这个不会被吊死在电线杆上的人只是因为你喜欢苏维埃式的形成？

我是年纪最大的人，比别的人大五六岁，除了露露，唯一因为是共产主义者被枪击的人——虽然艾德那和露露因为自己黑色的皮肤而小心翼翼。高迪不在乎你是黑是白是红只要你折纸是绿色的，是她定的调子。高迪酒吧的所有人只看你的人，当然这个地方也有富人的姑娘来，因为富人的姑娘们会不由自主地受穷小伙儿吸引，尤其当他们想要一时的快活的时候。

那些人中有一个是洛娜。我以前见过洛娜很多次。富人的姑娘有太多钱，并且没有什么事情做。她们尝试吸毒、滑雪、飚车，然后浅浅地接触一点儿政治，一点儿共产主义，因为这既勇敢又刺激。第二天，在德雷克的化妆室，哦，亲爱的，我去过城西的棚户，你能相信人们住在两间房子里吧，连橱柜都没有，我不得不把我巴黎世家的外套挂在钉子上，公用的卫生间在走廊里，并且他们都很热情，这个同志那个同志地称呼，但是荷曼把我放在那些黑眼睛的人中间，我感觉自己真的被固定在椅子上，一个湿乎乎的小坑，我不能站起来，否则所有人都会知道。这非常刺激，因为下一秒钟政府就可能袭击我们。我带他去奥克戴尔，妈妈没有猜到，否则她会脸红十五次。

奥克戴尔。拉彻蒙特庄园，卡佛得尔路。名字很像。我看看表，努力再读快一些。洛娜穿着丝绸连衫衬裤画着彩色指甲，变得对共产主义满腔热情，但是极害怕被家长发现。她会在荷曼位于卡得维尔路的公寓里打印传单——除了连衫衬裤什么都没穿，为了强烈地满足荷曼，然后她穿上工作服，戴上金黄色假发，在警察队伍面前游行或者给路人发传单。她与荷曼下午在他的脏床单上做爱。

洗床单时用的肥皂太少，所以床单发灰色。像洛娜这样的姑娘，她可以打字或摇动滚桶油印机，但是站在地下室的洗衣机前，她被难住了，并且被五岁就开始使用压干机的小女孩们取笑，所以床单的味道变得像洛娜，并且像做爱，巴杜犬也有小小的快乐，荷曼也有小小的快乐。

"很可爱。"我低声说，把这段拿给艾米看。"他不能自己用压干机吗？"

"别太热心。这只是小说，不管怎样，这个男人已经死了。看在上帝的分上，别评头论足！"

于是我把铅笔放下，回头再看派勒提尔的书。

我喜欢在她身上留下自己的气味。她太挑剔了，不愿在公共浴室洗澡。富有的共产主义小姑娘，我趴在她乳白色的身体上把她的乳头吮成红樱桃，我会问肯怎么想，当她跑回家脱掉衣服洗澡的时候。"他难道不会凑过来，并且想搞清楚在浴盐的味道之外还闻到了谁的味道吗?"起初她会对此哈哈大笑,但是有一天她解释了这个令人难过的事实,肯是阳痿,他已经有很长时间没有在洗澡间、床上或别的地方靠近她了。

德莱登说过,同情使爱的心思融化,也许我开始爱上她的时候,也是我开始同情她的时候。可能在她第一次为此哭泣的时候,她就解开了白色丝绸外衣的纽扣,"我只与陌生人做爱,因为我丈夫阳痿",我可以鄙视她,但是在我知道之前已经过去四个月了,后来她再没有提起过这件事。

还有吉恩,他从来没有错过任何事,看到了值得同情的,也看到了爱。他开始经常来公寓,对门厅的老鼠屎和前厅摇摇欲坠的窗户表示很无奈。但是那不能阻止会议之后他来闲逛。"我可以开车送洛娜回家,然后再回来和你讨论业务,荷曼。你需要一块钱去洗衣服吗?那些床单马上都可以自己从床上站起来走掉了。"

恶心并不能让他不躺在那些床单上。就在那天我发现她和他一起躺在上面,那天我打了她(红色指印在她乳白色的皮肤上,红色指印来自她的红色恋人,红色指印变青,青色血液是统治阶级的血,那最终会统治她)。那天她走了,而且再没回来,那天我开始走向死亡。

下面的二十页在写他的死亡过程。"每个男人都设想他是耶稣,至少也是托洛斯基,重要得足以被处决。在我躺倒的第一个五年我如是想到。最后,我认识到自怜和酗酒才是真正击垮我的原因。"他把自己与露露对比,"她跟我坐在一条船上,没人爱,没人要,但是她并没有整天对着墙。她反而把后背对着我们所有人。她前往非洲,不管有没有人买她还在画的巨幅油画。"

如果派勒提尔的作品全都是——艾米说的意思，那就有一个根本性的错误——露露绝对是指凯莉·巴兰丁。凯莉继续她的工作，去了加蓬，她不想在特凡纳使她被解雇的恶意面前弯腰。

还有吉恩是指卡尔文，天才少年。还有洛娜……和肯。麦肯齐·格里厄姆。他是阳痿，所以吉拉尔丁到别处去找爱？当她说自己与麦肯齐极少有共同语言，难道就是指的这事吗？

我在笔记本上画了一个又一个圆圈。爱德华·巴亚德小时候听到过传言说某人相貌像他妈妈，并且好像不太清楚他的父亲是谁。青春期的专注，在幻想中向往完美的父亲，让爱德华以为邻居们的闲话是在说他。然后他对卡尔文的痛苦与烦恼让他依赖于这些青春期事件。很可笑，看到受过这么多教育的人，因为个人的财富和在斯帕多那基金会的地位而拥有权势，却无法抛弃少年时形成的世界观。

我在一个圆圈里列出巴亚德家的人。在另一个圆圈，我放入达罗的家庭，从劳拉·特凡纳·杜鲁蒙德开始，然后是吉拉尔丁和麦肯齐，他父亲与劳拉共谋让两个野孩子结婚。他们的女儿劳拉，以她凶悍祖母的名为自己的名。达罗，生于一九四三年。然后是达罗的儿子，年轻的麦肯齐。

我慢慢地用线连接格里厄姆家与巴亚德家。达罗的相貌完全像他妈妈。每个人都说吉拉尔丁·格里厄姆曾经是狂野的姑娘。在近期的病中，卡尔文·巴亚德深夜里在拉彻蒙特徘徊。他有房子的钥匙。他曾经紧紧攥住我，喊道，"迪妮"。吉拉尔丁——迪妮。她曾把咖啡洒在身上，在我向她汇报的时候。不管派勒提尔怎样看待卡尔文，天才少年，卡尔文曾经爱过吉拉尔丁·格里厄姆。

我再次设想达罗作为一个男孩，没有在田野里纵马飞奔，而是午夜跪在床上，双手托住他的脑袋，看着卡尔文·巴亚德从树林里出现，在用人们锁上房门以后自己溜进拉彻蒙特。他强烈地为麦肯齐·格里厄姆感到不平;他顶着祖母的暴怒给他儿子取名麦肯齐。就这件事来说,不管卡尔文·巴亚德、麦肯齐·格里厄姆,还是阿蒙德·派勒提尔,谁是他的生父,麦肯齐才是达罗所爱的人。难怪他痛恨拉彻蒙特庄园。

第四十五章 冰块人来了

我大致看完剩下的手稿。阿蒙德关于个人的苦闷倾诉太多,没有记录一件小事,比如"洛娜"的怀孕,所以关于他与卡尔文谁是达罗的父亲,他没有留下任何提示。另一方面,他大肆蔑视托菲·诺贝尔——对任何人来说都一个令人反感的名字,甚至是个完全虚构的人。如果诺贝尔可能是勒威林,听起来就像他,还有他的地下室印刷报刊,派勒提尔肯定是真的恨他。

勒威林这些年是共和党的重要捐款人,而在四十年代,他与卡尔文·巴亚德、派勒提尔、凯莉·巴兰丁一起经常出没于那个左翼分子与劳工运动组织者聚集的酒吧。

马克读过这篇手稿。万一他在看过这一切以后去找勒威林说:"我有麻烦,先生,因为看了阿蒙德·派勒提尔的手稿。里面暗示四十年代的时候你是共产主义的同情者。"也许勒威林不想让他共和党的朋友、或者一起航海的朋友知道这件事。如果他要求马克几个小时后见他——"跟我去新索尔威,我会让你知道什么是栽赃,那些人真正是什么样子"——马克会时刻准备跟他走。毕竟,勒威林的确了解新索尔威的所有人。他是阿诺丁公园高尔夫球俱乐部的黑人会员。朱利叶斯·阿诺夫是他的注册代理人,也是吉拉尔丁·格里厄姆与卡尔文·巴亚德的注册代理人——在他与客户无意的闲谈中,阿诺夫可能告诉勒威林被新暴发户遗弃的拉彻蒙特庄园；那里被空置是多么可惜啊，装饰性的池塘里漂满了死鲤鱼……

"维·艾！醒醒！你刚才呆呆地看着我。"艾米摇晃我的胳膊。"你不是说四点还有会见吗？已经三点四十了，你光发呆就有十分钟。"

我对她眨眨眼，努力回忆我的紧急会见。"三点四十？是的，我想我得走了。"

我刚想把手稿装进我的文件包里，但是想起来这是图书馆的，就在艾米叫我前一秒钟。"对不起。看，他们一个小时以后关门。你想那时你还能阅读这个吗？复印一份？如果这是名人不为人知的事情什么的——"

"纪实小说，"艾米插话道，为我拼读出来，"一本包含答案的小说。我会读它并且告诉你我的想法，并且复印一份，但是这仍然是小说，即使是包含答案的小说，我也不认为你可依靠它当证据。"

图书馆管理员走过来说我们能不能去外面交谈；别的读者正在投诉我们的噪音。于是艾米跟我走出去。

"不是作为证据，"我说，"而是你找到关于思想委的文章说那个组织开始于城西一间名叫弗罗拉的综合性酒吧，左倾知识分子和劳工领袖在那里聚会。派勒提尔的手稿里也谈到了城西一间名叫高迪的酒吧，艺术家与劳工领袖在那里聚会。这份手稿影射的全都是那些人。即使阿蒙德在歪曲事实，因为他自己的经历，或者因为他把自己看作被卡尔文甚至是勒威林愚弄的受害者，手稿指出在麦卡锡听证会之前勒威林、巴兰丁、吉拉尔丁都与派勒提尔和卡尔文整日厮混。他们都涉足共产主义活动。这可能是特凡纳保守了五十年的秘密。虽然这解释不了为什么特凡纳保持沉默，直到马克去找他的那天晚上。"

我烦躁地把一个石子踢到一边。"都去他妈的！我最好赶紧走。你看,都读一遍,可以吗?今天晚上我给你打电话。"

"好的,我会读这本幸运的书,我还会复印一份给你。现在走吧,除非那些客户是你想赶走的人。"艾米双手推我的肩膀。

我飞速跑过图书馆后面的宿舍楼前往五十五街,我的车停在那里。我的客户们在西鲁普,瓦克路,城市在那里分裂;我一把车停下就赶紧跑向他们的办公楼,我已经晚了二十分钟。这有损于我的专业形象。糟糕的是,我忘了在包里装支笔,不得不借公司职员的。更糟糕的是,我无法集中精神在他们的困难上。这不公平,因为他们按时间付钱给我。在下去一楼的电梯里我检查自己的笔记,尴尬地发现我的笔记本上写了三四次"托菲·诺贝尔",像个入迷的小女生。

我看过的报告说勒威林仍然坚持每天上班,除非他在牙买加或巴黎。我看看表。现在是五点三十分,前厅里挤满了下班的办公室职员。可我只需要走路十分钟到河对面的勒威林大厦,他很可能晚下班。我把笔记塞到包里,开始向北走。

当我走到埃里路,我的乐观有了回报:一辆牌照是"丁字尺"的深蓝色宾利车停在大楼前。一个穿制服的司机坐在车里,一张《太阳报》摊开放在方向盘上。这就是说,那个大人物还在办公室。

我一路小跑来到弗兰克林路,努力想办法避开前台充满敌意的接待员。穿过涵洞到阿诺丁公园只是个案,进入一栋不欢迎你的大楼要困难得多。我还没有想出好办法的时候,看到离我半个街区在埃里路上的杰森·汤普金。我又开始跑步。我在威尔士路的路灯下追上了他,拍拍他的肩膀并叫出他的名字。

他转过来,一脸惊讶,然后露出他骄傲的笑容。"女侦探。哦,哦。你是不是以谋杀马克的罪名来逮捕我?"

"你杀害了他吗?那很有帮助。别人不想回答问题时,我可以不问。"

"我想你这样的女人一定把脸皮练得相当厚。没人想回答侦探的问题。我也不想。"虽然他还在笑,但是笑容跟用手一样有效地把我推开。

"哦,好吧,只要棍子足够粗,犀牛也能被敲昏。我没有设想过你杀害马克·惠特比,但是我可能这段时间都找错了目标;也许你厌烦他的进取心和冷淡,把他灌醉,并且开车把他运到池塘淹死。"

他收起笑容。"我没有害死这个哥们儿。我只是没有在每次有人提到他名字的时候跟大家一起高喊'哈里路亚'。"

"如果你帮我个忙,我不会问你任何问题,也不会期望你在提出马克名字的时候高唱'哈里路亚'。我想见勒威林先生。不需要对接待员花言巧语,她是最近打到我犀牛皮的人之一。"

"啊,是的,那个声音甜美的尚特尔①。我无法带你去见勒威林先生。他认识他办公室所有的人,当然,因为我们归他所有,不管怎么样,不像我们在《时代》公司。在圣诞晚会或电梯里,当我们迎面相遇时,他能叫出我的名字:他说,'今天好吗,汤普森先生?你最近的一篇文章写得真好,是一篇非常好的文章。'一年以后,他叫我邦普金先生。"

我哈哈大笑。"我进去了再找机会。如果他今天还没有走。"

"回报呢?"

"如果你把狗丢了,我会帮你找回来,不收费。"

"妈的。你肯定已经知道我养了一只猫。"他转身领着我回到勒威林大厦。

---

①尚特尔,男,著名德国DJ与音乐制作人。

司机还在看《太阳报》，这是个好现象，因为这就是说他不会期望很快见到老板。在前厅，敌视我的接待员已经走了，换成一个穿制服的保安，他要看我的身份证，但是没有反对杰森带我进入电梯。毕竟，这是个印杂志的地方。作家们经常带人进去采访。

在六楼，我让杰森用他的电脑打印了一张便条给勒威林。"你知不知道马科斯·惠特比在死之前试图见你？他读过阿蒙德·派勒提尔未出版的回忆录，关于经常在城西弗罗拉酒吧聚会的组织。在他看过回忆录之后去见了欧林·特凡纳。这四十年肯定让你一直在不安中度过。我们可以谈谈这些事情吗？"

杰森不停地踱来踱去，在我们等待公共打印机打印便条期间。他迅速从机器上把我的文档删掉，告诉我勒威林的办公室在八楼，在我把名片夹在便条上的时候，他飞也似的跑向走廊。等我走到电梯门口，杰森已经消失了。

电梯门在八楼打开，一个跟我岁数差不多的女人站在另一边。我们的共同点只有年龄：她在棕色皮肤上刚化了妆，但是很巧妙，发型梳得很完美，指甲最近才修剪过。她暗红色套装里面的羊毛衫平滑柔软，不会挂在像我这样人逛的商店里卖。她上下打量我，好像她能看到我夹克里子上的裂口，然后才问我有什么事。

"我来见奥古斯图·勒威林先生。"

"你预约了吗？"

"我知道你不是她的秘书，并且这是要保密的事情。"我突然想起经营勒威林两本妇女杂志的他女儿的名字。"我想你应该是詹妮斯·勒威林女士？"

她没有对我回以微笑。"勒威林先生今天准备下班了。如果你没有预约而想见他，明天早晨给他的秘书打电话。"

几乎在同时,走廊尽头的一扇门打开了,勒威林本人从里面走出来,身旁有两个年轻男人和一个年纪大一些的女人。

詹妮斯喊道:"爸爸,回你的办公室等一会儿,为什么不呢。我准备把这个人从楼里赶出去。"

在所有人都呆住、试图理解电梯这里的形势时,我沿着走廊几步走到勒威林跟前,把我的便条递给勒威林。他被动地接过去,而那两个年轻男人走上来挡在我和勒威林中间,告诉他回办公室去,与那个年长的女人一起。他们把那个老人安全地送进去,一个年轻男人走出来,跟詹妮斯和我站在电梯旁。

他抓着我的胳膊对詹妮斯说:"你进去陪爸爸,叫大厅的瑞基过来;我把她赶出去。"

他有中后卫的矮壮身材。我知道我不可能扭过他,但是我从来不愿意让别人抓着我。我厌恶被人摆弄并且被所有我想见的人推来推去。我一个近身,肘部猛地击中他的肋骨。他大叫一声放开我。

"如果你爸爸不想见我,我马上就走,"我说着离开他身旁。"但是不需要你来帮助我。"

詹妮斯拿出手机。她开始严厉地对大厅警卫说话,问他我是怎样不经许可进来的,这时办公室的门再次打开。另一个兄弟走出来。说话的声音充满了惊诧与愤怒,他大声说"爸爸"想要跟我说话。

詹妮斯和她兄弟瞪着我,但是爸爸的意愿高于他们受挫的自尊或是肋骨,事情就是这样。詹妮斯精心修过的眉毛在鼻梁上拧成一团,但是她尽量不使额头上有皱纹。这就是在妇女杂志工作的代价,你会学到如何保持面容的好办法。她把手机塞进公文包的侧袋,让我跟着她。她兄弟跟在我身后一步。

我们进入行政套房,另一个兄弟带我进入他爸爸的办公室。奥古斯图·勒威林坐在办公桌后面——张可能有两百年历史的人造革楦孔加固板。在办公桌两旁摆放了很多有趣的古董，而吸引我目光的是放在一张八角桌上的一台老旧的手摇印刷机。

我走到它跟前。"晚上好，先生。你以前就是用它来印制《丁字尺》吗？"

勒威林没理我，告诉他的孩子们说他们可以离开了。当那个被我肘击的儿子反对说我可能会有暴力行为，他爸爸挤出一点儿笑容。"如果她伤害我，你会明白知道是谁做的，你可以让警察来抓她。可是现在我想单独见她。还有你，马乔里。"

最后一句话是对那个年长的女人说的，我猜她就是我之前通过电话的秘书。等四个人都离开了，我把这个房间里仅有的两把简易椅子拿了一把来，坐在他办公桌的对面。他把手摊在腿上，什么也没说。

"我是惠特比家雇用的侦探——"

他打断我。"我知道你和你的喽罗最近已经问过我的工作人员，姑娘。这间公司发生的事情我基本上都知道。"

"那你也知道马科斯·惠特比在死之前想短暂地跟你见一面。他有没有告诉你他与欧林·特凡纳的会面？"

"即使他告诉过我，那也跟你没关系。"

"你同意见我，勒威林先生，"我平静地说，"我想如果你知道特凡纳给惠特比讲过什么，你不会再需要找我谈。所以我推测马克·惠特比死之前你没有见过他。"

他微微地点头，却没有做出任何的评论。

"欧林·特凡纳掌握了一个秘密，或许是一系列秘密，关于新索尔威的人，还有与思想委有关系的人，社会思想与——"

"哦，我了解思想委是什么。"他又打断我的话。"我还知道特凡纳认为它是共产主义组织。我不认为他们像欧林宣称的那样对美国的安全构成威胁，很多年前我在弗罗拉参加过左派活动。他们人非常多，相互之间暗算，像是桶里的老鼠。他们真正的兴趣不在工作的男人和女人，只有愚蠢的革命言论。美国看重自我决定。他们从来不懂这一点。"

"派勒提尔说你参与了这个委员会在弗罗拉的创立。"我直白地说，好像我说的话是不容争议的事实，而不是我自己未经核实的猜测。

"你说这是未出版的手稿。"勒威林的食指敲敲我的便条。"你怎么能读到的？"

"跟马克·惠特比一样，在芝加哥大学查阅派勒提尔的资料。听上去好像弗罗拉是个刺激的地方。肉联厂厂长和小说家与舞蹈家和记者肩挨肩，在城西的微缩格林威治村。卡尔文·巴亚德时不时到那里去，所以你结识了他。最后他担保了一项贷款，让你可以放弃手工出版并且用上真正的机器。作为回报你必须做什么事，勒威林先生？"

"我搞不明白这与你有什么关系，姑娘。"

"他有没有要求你给思想委的法律辩护基金捐款？如果有，为什么这要保密呢？"

"还是，这与你没有关系。你来这里告诉我阿蒙德·派勒提尔和巴兰丁小姐的故事，可是你被雇用，我相信，是为了找出杀害马科斯·惠特比的凶手，并且，如果我没有记错，惠特比先生死于上个星期，而不是一九五七年。"

我邪恶地笑道："他的死是因为他了解到一九五七年发生的事，你、巴亚德与阿蒙德·派勒提尔的关系。而我正在追踪那些事。"

他恼怒地抿着嘴唇，说："阿蒙德·派勒提尔创造了卡尔文的财富。不只是那本书，那本著名的《双国记》，而是他把卡尔文带进了巴亚德出版公司。如果卡尔文准备把他古板的家族产业变得成功,他就急需那类作家。如果派勒提尔痴迷什么事情,卡尔文肯定也会跟上。我从来不知道卡尔文是否在保护他对派勒提尔的投资,还是他扮演了围在派勒提尔身边的一条大耳朵狗。毕竟,阿蒙德在西班牙受过枪伤,在他们那群人里这事很受人推崇。我当时是个年轻又热情的记者,派勒提尔认为他可以提携我,卡尔文跟着他做。我还清了那些贷款。如果你追根究底发现卡尔文担保贷款,那你也会知道我还清了贷款。"

"是的,先生。但是巴亚德先生强行要求交换条件,这甚至吓到了新索尔威古板的老淑女,她不赞同他对你事业的热情。"

"他要是做过这种事,你认为我会告诉你吗?"他的声音平和,但是他的太阳穴一跳一跳的。

"我会查清楚,"我说,"吉拉尔丁·格里厄姆,你还记得她在弗罗拉时的样子吗?她可能下决心讲出来。也许我可以从瑞妮·巴亚德那里知道。也许是别人。人们喜欢交谈,当他们变老后,他们会变得像欧林·特凡纳,他们不想让秘密跟自己一起死。"

他的嘴角泛起一丝讥笑。"哦,我记得吉拉尔丁·格里厄姆。她就像四十年代大多数白种富人家的姑娘一样。还有五十年代,还有当今的时代。热辣无聊的小东西们想寻找黑种男人可以提供的隐秘兴奋。对她来说,是红色的男人,共产主义男人,但是触摸黑人工人汗水的情趣对她来说只是附带的快乐。如果她决定告诉你那段日子的事,我会非常惊奇。"

"每一代人都认为最先做的事情就是了解性;格里厄姆女士可能愿意提醒我们这些人她已经领先了。如果派勒提尔可以相信,她最先和他睡,然后是卡尔文·巴亚德;其间,你带凯莉·巴兰丁去弗罗拉的酒吧,在那里她遇见了派勒提尔和巴亚德与所有的那些人。"我毫不顾忌地添油加醋，以派勒提尔的手稿和从吉拉尔丁·格里厄姆那里得到的提示为基础。"所以当他们决定为思想委的法律辩护基金找一个筹款人的时候，你们都去伊格尔河。"

他冷冰冰地说："对记者来说，记载一个政治筹资人不是不平常的事情，特别是它还是一个不平常的政治组织。"

"派勒提尔写到你在四十年代是共产主义的同情者。我肯定这会引起布什耐尔的委员会无穷的兴趣。"

"派勒提尔在他最后几年写了一大堆废话。他那时是个酒鬼和自暴自弃的人。那时我不担心，现在我也不会睡不着觉。"

"你不会介意如果共和党国家委员会知道你曾是共产主义者，或者至少是个同情共产主义的人？"

他嘲笑地哼道："我在共和党的伙伴包括很多感到后悔的前左翼分子。作为一个黑人，我已经在党内得到非比寻常的注意。如果我为曾信共产主义而忏悔，那只会增加我的光辉。"

"所以马克·惠特比了解到你曾是思想委的筹款人并不会让你感到困扰。你会不会介意让世界知道就是你寄给欧林·特凡纳的照片让凯莉·巴兰丁丢掉了工作？"

"那是他妈的撒谎！"在盛怒中，他大声吼道，"不管阿蒙德有没有这样写，我会让任何散布这个谣言的人在法庭被毁灭，在地狱中被诅咒。"

"或者推到拉彻蒙特庄园的池塘里淹死。"

他站起来。"如果那是我认为的那样，我的律师会找你谈一谈诽谤罪，姑娘。"

"诽谤在法庭上是不可靠的，"我说，"马克的笔记会是我辩护的一部分。那就是说指控会进入公众视线。"

我希望他说"什么笔记,我已经毁掉了他的所有笔记",而他却说马克不可能有任何关于他把凯莉的照片寄给欧林的笔记,因为他从没那样做过。

"特凡纳给凯莉·巴兰丁写一封信;她在给派勒提尔的信中讨论了这件事。"我从包里取出复印件拿给他。"看看这里,她说特凡纳让她不要指责他和布什耐尔,去找'她的同伙们'谈谈?如果他不是说你,他说的是谁?旅馆工人?"

一个丑陋的笑容让勒威林脸上堆满皱纹。"即使我知道,我也不会告诉你。你可以告诉惠特比的家属,他们儿子被害的悲剧只是众多未曾破案的年轻黑人被谋杀案件的其中之一。让他们回亚特兰大的家。让他们节哀,继续生活。把你搅和那个旧池塘的棍子拿出来。水底腐烂物的臭气会升上来把你呛着。"

会见明显结束了。

第四十六章 滚轮上的仓鼠

勒威林的孩子们在办公室外面等候。我一出现，儿子们把我推搡到他们一直打开的电梯里，然后用比正当情况更大的力气把我推到外面。他们盯着我直到我在弗兰克林路转弯。

天很黑，餐厅和夜间活动的区域刚开始拥挤。一群三十多个叽叽喳喳的人从我身旁经过前往爵士酒吧和餐厅。他们中间也有一个吉拉尔丁吗，从阳痿的丈夫和跛扈的妈妈身边逃离进入这个城市的夜生活？是不是还有一个阿蒙德·派勒提尔，卓越、冲动，努力把他们都组织起来行动？

我慢慢走着，背微驼，双手插在裤兜里。勒威林是前新索尔威队另一个保守以前秘密的选手。他说他不在乎别人认为他曾是共产主义分子，但是这可能是虚张声势。讥笑威胁总是最好的策略，而不是在威胁面前退缩。暗示他付出凯莉事业的代价让他极为愤怒。如果马克认为他已经找到了勒威林背叛她去找欧林·特凡纳的证据，也许勒威林会让他的明星记者就此沉默。

他肌肉发达的儿子们强壮得足以把某个人从他车上搬下来运到池塘，并且把他按在水里直到淹死。他们的爸爸想做什么他们就会做什么。

我的前方是商品大市场，它在黑暗中巨大的身影不是好兆头。我绕过它来到威尔士路。我来到河边，没有穿越它，而是沿着它向东走。

我小心穿行在建筑垃圾中，在我经过临时搭建的窝棚时，里面的流浪汉们一直在盯着我。老鼠在路上乱跑。

道路越走越窄，我左边的大堤越来越陡。我可以隐约看见桥墩。下面是深不可测的黑水，头上是高高的铁塔，我感到自己渺小且脆弱。从湖面上刮来一阵寒风穿过河流。我把自己的破夹克裹紧，脚步沉重地向前走。

我需要本杰明·萨达威说出上个星期天晚上他从阁楼里看到什么。他害怕告诉我或神父罗，但是有一个人会让他说——凯瑟琳·巴亚德。说服她从他身上挖掘信息会很难，但是我找不到别的方法。今天她应该从医院回家了。也许瑞妮会让我进入房子跟她谈。

我拿出手机，可周围的钢铁建筑屏蔽了信号。等我走到密歇根路，我爬了两段楼梯才来到路面上。当城市夜间的灯光迎面而来的一瞬间，我把眼睛闭上。突然之间，来自老鼠和无家可归的男男女女的单一的沙沙声没有了，我站在人群之中；游客、在附近大学上夜校的学生、和下班途中购物的人在我身边云集。成群的公共汽车、小汽车在马路上缓缓前行，相互之间不耐烦地按喇叭。我在马路上小心行走，找到一家宾馆，那里的玻璃墙可以隔开大部分的噪音，让我打电话。

我拿出掌上电脑找到巴亚德家的电话，突然我想起来还没有给孔特雷拉斯先生打电话。电话接通了，我的邻居告诉我说他已经打电话给弗里曼提醒他我失踪了。老人听到我声音的轻松很快变成长长的责备。我很快挂断他的电话，赶紧打电话给弗里曼·卡特，在他花费若干个小时努力在监狱小号里找我之前。

现在是七点三十分，弗里曼在家。"我很高兴你还逍遥法外，维克。你邻居焦急地给我打过三回电话。看在老天的分儿上，如果你没有麻烦缠身，记得按时给他报平安——他一旦开始说话，得花一两年才能停下。"

"好的,对不起:我当时在会见奥古斯图·勒威林,努力查明那些富有且重要的人在五十年前做过而不想让现在任何人知道的事情。在我给你打电话之前,哈丽埃·惠特比有没有跟你说从县里拿到哥哥毒物筛查结果的事情?"

"毒物筛查。对。卡莉说就在今天我们下班的时候结果就到了。我们都没看,但是我会让她的通讯员明天早晨先复印一份。我要去吃晚饭了。晚安。"

人们总是匆忙挂掉我的电话,或者把我赶出他们的家和办公室,好像跟我说话一点儿也不愉快。甚至洛蒂……而莫雷尔,此刻应该紧紧抱着我并告诉我说我是一个好侦探,也是一个好人,可他在哪儿呢?

好像是强调这段时间我是一个贱民,门卫走过来问我是不是在等宾馆里的人;如果不是,我能不能到别处去打电话?我不禁火往上冒——没用的,因为我没有选择只能离开。在穿过旋转门的时候,我从大厅的镜子里看见自己:我的脸因为缺乏睡眠而显得憔悴,头发因为下午在鲁普奔跑而乱糟糟的。难怪门卫想赶我走。难怪詹妮斯·勒威林的第一反应是叫警卫——我的外表更像是路基下面那些棚户里的人,而不是上面这些经过我身边的人。

我也感觉更像他们:迷惑,劳累,寒冷。我劳累的大脑一圈一圈地转动,就像是滚轮上的仓鼠。在最高点,是的,我很明白惠特比的死因是他杀;在最低点,不,是他自己去那个池塘。惠特比怎样……班吉为什么不……为什么勒威林说……达罗为什么……瑞妮·巴亚德……我累得无法做出决定,累得无法做任何事,只能按照我已经开始的方向顽强地向前挺进。

在昏暗的路灯光线里，我把巴亚德家的号码从奔迈掌上电脑里提出来输入手机。是的，艾斯贝塔告诉我，凯瑟琳小姐今天已经回家，但是她现在在休息，不能打扰。我问能不能晚一点儿再打电话？不行，瑞妮夫人有严格的命令。

我要跟瑞妮夫人通话的请求把沃巴什炮弹带到电话前。她想知道我是否找到了那个失踪的埃及男孩；如果没有，我们没什么可谈的。并且，不，我不能见凯瑟琳。我已经给她孙女的生活带来了足够多的混乱；她不想让我再来打扰她。

"星期五晚上可不是我叫萨尔威治安官去拉彻蒙特的，"我说，"我只是旁观者，想起来了吗，刚好碰到你制造的交叉火力。"

"你根本不是旁观者，华沙斯基女士。我更想称呼你为煽动者。谢谢你，我已经接到吉拉尔丁·格里厄姆指责我的电话，并且刚把奥古斯图·勒威林的电话挂上，他说你从头到尾都在指控他精心策划谋害了他自己的记者。"

在路灯下打哆嗦不是最好的交谈办法。"他是这样说的吗。那很能说明问题，弗罗拉酒吧的老人们集合到一起。我真正想知道的是为什么给思想委的法律辩护基金捐钱是一件令人羞耻的事情，无论勒威林还是格里厄姆都不愿意谈论。我猜你丈夫劝说他们捐钱。为什么他们害怕告诉我？"

"特凡纳和布什耐尔最卑鄙的影响是让人们害怕承认自己曾经支持过进步事业，甚至是成功且富有的人，或许是最特别的成功且富有的人。奥古斯图特别想知道我告诉你多少思想委的事情。我不得不提醒他，那些事情发生的时候我还在高校上学。"

我肩膀上的肌肉因为寒冷又开始疼痛。"你知不知道阿蒙德·派勒提尔在档案里留下一份未出版的手稿？描写思想委在哪里集会，还有参加讨论的都有谁。根据他写的内容，巴亚德先生明显参加了在弗罗拉酒吧的那些会议。我想他可能给你说过，尤其从你帮助他面对布什耐尔的审讯时。"

"阿蒙德是个悲剧，一个天才的男人把他的天赋都挥霍在喝酒上，并为自己的问题而责备他人。他从未原谅卡尔文，为了《荒凉的土地》这本书的惨淡销售；他也从未原谅我建议卡尔文不要出版那本书。阿蒙德因为信仰被关进监狱，卡尔文感觉我们欠他的，并把他营救出来。我丈夫像那样努力帮助过很多思想委的人，向欧林和沃克·布什耐尔表明他不在乎他们龌龊的黑名单。这与一个众所周知的共产主义组织的背后驱动力量有非常大的区别，欧林和布什耐尔议员希望给卡尔文别上后者的标签。过去的事情过去很久了。我认为你该放手并让过去自我埋葬。"

"这就是格里厄姆给你打电话的原因？抱怨我在挖掘往事？"

瑞妮顿了一下。"我不知道你们两个人谁更冒失。她想询问卡尔文的健康，好像我不知道如何照顾他一样。如果不是你最先侵入我在新索尔威的个人事务，然后与吉拉尔丁讨论巴亚德先生，我不会受到无礼的对待。除非你有什么有用的事，华沙斯基女士，否则不要再继续干扰我的家庭。你可能不是煽动者，但绝不会是旁观者——你制造了混乱。"

她挂上电话的时候，我有一种冲动想跑到班克路，发射一枚火箭弹到她家窗户里。只有会发生巨大爆炸的东西能匹配我无力的愤怒。但是我脚步沉重地前往密歇根路，招了一辆出租车去找我的车。我发现车上又夹了一张罚款单。再来一张罚款单我就能堆到后备厢里了。

我回到家，泡在浴缸里的热水中，我努力思索今天所有的谈话。特凡纳的秘密与性有关。还有卡尔文和吉拉尔丁以及麦肯齐·格里厄姆和劳拉·杜鲁蒙德复杂的关系。然而也与钱有关。有吉拉尔丁给卡尔文慈善活动的钱，可能是思想委的法律基金，还有卡尔文贷款给勒威林的钱。性与金钱，这两个东西在激动的一刻引发了谋杀，但是这些时刻的激动肯定已经在过去五十年凉透了。

过去的某件事情让一些人如此苦恼，也一直在威胁我。达罗称之为流沙，勒威林称之为有腐烂东西的池塘。达罗亲自威胁我，当他知道我正在追查什么信息，即使刚开始是他把我带到新索尔威。他也很强壮，强壮得足以制服马科斯·惠特比。可是他是带我去新索尔威开始工作的人。仓鼠的滚轮又开始在我脑袋里转动。

我在浴缸里放了很多热水，可以深深地沉下去。我的肩膀开始放松。我的骨头也热起来。我从惠特比和混乱中飘到别的事情。去年七月，我生日那天，密歇根湖水比这洗澡水还热。我在夏日的夜空下躺在印第安那的沙滩上，夜晚的空气和莫雷尔长长的手指爱抚着我。

前门刺耳的门铃声猛地把我叫醒。我坐起来，水溅在地板上。当门铃第二次响起的时候，我爬出浴缸，轻手轻脚地走到前厅，找了一条浴巾把自己裹住。不是警察，而是三个骑摩托车的男孩在人行道上做机车动作。顽皮的家伙们。我恼怒地抿着嘴唇。我走回卧室穿衣服，当他们第三次按响门铃，我突然想起神父罗曾说他会派他的小骑士给我送信。

"马上就来。"我在通话器上大喊。

我飞快把自己擦干，穿上牛仔裤和厚厚的套头衫，把湿淋淋的头发塞到棒球帽里，快速跑下楼。孔特雷拉斯先生和狗狗们已经站在门厅，与孩子们在争论，他们正从米奇面前后退——到目前为止最嘈杂的一群人。

"没事了，让我来。"我从他们中间挤出前门。

其中一个男孩站出来,摆出一付决心进攻的架式。"你是女侦探?"

"是。你是从圣雷米吉欧来的人?"

他点点头,眯着眼睛,肩着执行任务的侦探。"神父罗要告诉你,今天早晨你来教堂的时候不是一个人。懂了吗?"

"他就说了这么多?他想让我给他打电话吗?"我问。

"哦,是的。是的,你应该试试给他打电话。"

我机械地对孩子们表示感谢。我给他们五块钱,然后回到楼里。

"出什么事了?"孔特雷拉斯先生问,"你不应该给小混混那些钱,这只会鼓励他们四处乞讨更多。"

我摇摇头。"他们是神父罗派来的。今天早晨有人跟踪我去教堂。不知道用什么办法。但是——妈的,我确定我后面没有人。我必须给他打电话,看联邦调查局是否抓住了班吉。"

我飞快地跑上楼梯,狗狗们比赛一样地跑在我前面,老人笨重地跟在后面。他走到我门口的时候,我已经穿好了运动鞋和大衣。孔特雷拉斯让我用他的电话,但是我不能肯定他的手机没有被窃听——如果他们在听我的电话也会想到听他的。

我能想到的最近的公用电话在贝尔蒙特饭馆,在我们南边两个街区。我跑到那里,打电话给牧师家。

"今天早晨我后面没有尾巴——我检查了三遍。"在牧师终于接电话的时候我说道,"发生什么事情了?"

"今天下午来了一个联邦执法官和一个芝加哥警察。他们问你的情况。我告诉他们你是我的教民,不经常来。"他发出一阵嘶哑的笑声,我从来不敢肯定他是不是怀有把我转变为教民的秘密幻想。"他们还认为我藏匿他们通辑的人。我告诉他们尽管来搜查这个地方。但是这里可是很大的教堂,花了他们两个多小时。他们上教义课和拳击课的时候也跟在我后面。"

"他们找到人了吗?"我问。

"只是男孩子们在圣餐桌后面玩捉迷藏,认为跟警察藏来藏去很好玩。我发现他们的时候就知道怎么对付。但是如果你再带警察来教堂,你最好找个别的地方做礼拜。你总是给这里的教育添乱。"

意思是,如果我对他的话理解正确,那么他把班吉藏在密室里,就在圣餐桌后面,而我最好把他转移,以防警察再次来访。

"这就是我今天晚上要思考的事情吗?"我问,"你知道我不经常去教堂,我手头再没有第二个教堂。"

他哼哼道:"等到明天吧。也许是后天,不能再长了。"

联邦调查局会去圣雷米吉欧教堂,因为他们对我进行了很多研究,知道神父罗是我和莫雷尔的朋友。或者,他们在我车上安装了小机器,可以跟踪我,而不用派人到大街上。我的胃翻江倒海。我努力回忆自己是不是在过去几天去过错误的地方。医院,大学图书馆,回到鲁普,然后回家。也许警察下一步就会去芝加哥大学,要求查阅我今天阅读的内容。根据《爱国者法案》,他们不需要授权令或者可能的缘由找图书馆调查,但是如果图书管理员告诉我联邦调查局曾经来查过,图书管理员就会进监狱。那么我永远不会知道。当然,除非派勒提尔的档案不见了。

我整天都很累,而现在我更是感到精疲力竭。这就是我昨晚想讲给洛蒂听的:我不知道这些天来谁让我更害怕,极端的穆斯林,还是极端的美国人。

我没有吃晚饭,而且我也没有精力给自己做饭。我走进餐馆,在柜台找了个位子坐下。

这间饭馆是从湖岸边还是蓝领工人居住区那个年代幸存下来的英雄，那时，孔特雷拉斯先生和我曾在我们的合作社买过股票。现在这里变成了我们根本买不起的住宅区。饭馆也改变了，我想它为了生存必须这样。之前的桌子不在了，还有炸鸡排，被聚氨酯木头和烤三文鱼代替。今天晚上我不想吃现代潮流食物，不过他们的菜单上仍然有一些老菜色。我点了一盘芝士配通心粉。这跟我妈妈以前做的完全不一样，她用手搓的面条和自家做的白酱汁，尽管如此，这也是令人舒服的食物。

　　在我喝一杯晚餐淡咖啡的期间，我努力思索一个能容纳班吉的地方。我不能带他回家，不管是我家还是孔特雷拉斯先生家；当然我也不能请求洛蒂或马克斯收留他。我完全不了解艾米·布朗特；不管怎样，她住的是单间公寓。如果我明天早晨能见到凯瑟琳·巴亚德，我会知道她是不是有应变的地方。也许是家庭在香港或伦敦的住宅；不，那就是说要通过安全检查把他带出国。我放弃了思考，回家睡觉。

第四十七章 犀牛皮的坚韧

我醒来的时候,太阳在这几天首次露面,也许这是个预兆。我深深地睡了九个小时,没有外界打扰,除了我带上床的焦虑。这又是一个好现象。

我穿着白天的牛仔裤和运动鞋。既然警察跟踪我到圣雷米吉欧教堂,那我就把车留在办公室;我想要快速在城市穿行。这是狗狗们最短的一次散步。我把它们留给孔特雷拉斯先生,然后开车去办公室。我只进去查信息。没有毒物报告,没有不能等的信息。我给手机换上一块新电池,然后匆匆离开。

在去艾尔路的途中,我猛然拐进一家面包房,然后从门里探出头。没有人站在我背后的人行道上。我买了一块姜饼和一瓶橙汁,拿了一份晨报,然后匆忙去赶火车。

侦探的生活在公共交通工具上更艰难。火车很拥挤,我必须得站着。我不能吃也不能喝,出了车站,我离目的地还有两英里,因为去黄金水景的铁路线与我办公室附近的不一样,我拦了一辆出租车去班克路阿斯特路路口。我下车的时候,一个姑娘在我付完钱之前就钻进后座——现在是八点十分,是积极上进的年轻律师和金融家们竞相赶往办公桌前的时间。

我穿过马路来到可以看到巴亚德住所的地方。用《明星先驱报》

遮住脸,我打电话找瑞妮。她还在家;她接起电话,我马上挂掉。我在《明星先驱报》上抠了一个小洞;在我吃姜饼的时候,我观察保姆和妈妈们急匆匆送孩子们上学。我还看见上班的人们野蛮地抢夺出租车——包括两个女人的推搡比赛。我默默地赌其中一个肯定输。

瑞妮·巴亚德有可能会赢得争夺出租车的战斗,但是她根本没必要那样做:一辆黑色的三厢轿车等在班克路住宅前。八点四十八分,司机下车站在后门旁边;八点五十分,瑞妮从前门出来,深蓝的毛衣让她很显眼。她儿子跟她在一起。司机伺候瑞妮坐进后排,但是爱德华走向斯台特路前往北方。

他可能要去什么地方,维纳·菲尔茨学校就在那个方向。如果他替凯瑟琳去领书和课程表,艾斯贝塔会了解,我不能用它当借口进去。我咬着嘴唇准备做决定,可最后我还是穿过马路,按下低层单元的门禁系统,从一楼开始。没有人应答;二楼的人把我的呼叫挂掉,我刚说完我来自维纳·菲尔茨学校,就哔的一声把我放进去。他们又在进入内门的时候呼叫我。为了减少楼里的人对我的怀疑,我来到三楼,说我来找凯瑟琳·巴亚德,并且被告知在五楼。到目前为止,很顺利。

在五楼,通向巴亚德家的入口敞开——他们想着院子门和楼门有足够的保护。我不赞成地摇摇头:持斧杀人犯就是这样进入你家的。

我从门口溜进去,停在路易·内维尔森的青铜艺术品前崇敬了一下,然后顺着拱顶的走廊进入住宅内部。我努力回忆凯瑟琳的房间在哪里。左边是去瑞妮书房的路;凯瑟琳的房间应该在相反的方向。

我在走廊上的时候,一个真空吸尘器突然发出尖啸声,吓了我一大跳,我毫不犹豫地向前走。偷偷窥了一眼,看到清洁工们在工作。艾斯贝塔背对我站着,用波兰语在大声嚷嚷。很好。

在走廊尽头,我来到凯瑟琳的房间。门关着。我草草敲了两声门就推门进去。卧室没有人,旁边有一扇门通向卫生间。我在门边伸头查看,看见凯瑟琳在梳妆台前努力用一只手扣上一件男式衬衣。她的黑头发披在肩上。她没有看到我进来,一直在顽强地扣扣子。

"如果你不看镜子会更容易。"我说。

她转过来,惊讶地说:"噢!是你。我以为是艾斯贝塔。你怎么来了?班吉还好吗?"

我拉来一张椅子坐在她对面。"昨天我还见他了。看上去不错,他还问你怎么样,但是有两个难题。"

她的眼睛无奈地黯淡下去。"比如?"

"比如芝加哥警察去那儿搜索他。很明显,因为我曾经去过。所以我们需要——"

"我以为你是侦探。"她轻蔑地说,"你不知道查看尾巴吗?"

"检查有没有尾巴!现在,要你告诉我,天啊。"我的巴掌拍在额头上。"听着,小家伙,早晨六点钟我在马路上开车兜圈子。马路上空荡荡的。没有人在我后面。两件事中的一件发生了:他们在我车上装了追踪器,所以他们不用在耗费汽油,只需要在屏幕上看我,也许他们跟踪并调查我认识的每个人。神父罗有时间把班吉藏在教堂安全的地方,但是这孩子不能那里待时间太长。因为显而易见的原因,我不能把他带到我朋友那里去。我希望你可以找你奶奶,让她同意他留在你们新索尔威的房子。她基本上站在——"

"不!她认为我爱上了班吉,或者是爱上了班吉的冒险。她想让他离开这个国家。她和爸爸同意的唯一的事情是送班吉回埃及。如果我告诉她我知道班吉在哪里,她会马上给司法部打电话。他们不会把他驱逐出境,只会把他关起来。你以前说我不看新闻,但是我现在一直在看这类新闻,一直看,一直看。人们会因为签证到期被捕,他们甚至不能回家。他们被关押在某些地方，一关就是几个月。我向班吉保证过，我不会让他受苦。"她开始哭泣。

我拍拍她没受伤的那只手。"好了，孩子，我们再想办法。你正在恢复枪伤。努力保持镇静。你需要攒足力气康复。这件事我支持你，真的，一点不假。如果我不支持你，我早就瞒着你告诉你奶奶了。"

她把鼻涕擦掉。"我连自己扎辫子都不行。我几个月都不能玩兜网球或者骑车，直到我的破胳膊完全恢复。做什么事都要花很长时间，我只能让别人替我做。我恨这样。"

"有一个经历过战争的人说过，我同意他的话：这是伤痛。想让我帮你扣吗？就这一次？"

她点点头，眼睛里还有滴泪水。根据大小和剪裁，这件衬衣肯定是从她爸爸衣柜里拿的。可以盖住她被固定的胳膊，还有点儿富余。

"你爸爸拿你的课程表去了？"

"是的。他去找米尔福德女士看我能在网络上做什么。就几天，我一直告诉他不要太龟毛。"

"而他说，'姑娘，你在哪儿学会的那种话？'"我隐晦地说道。

她猛地笑道："就是那样。这是竞争的世界，我需要明白失败者不是奋斗者。然后他补充说他准备带我去华盛顿，去我同龄人的学校，在那里我会学到如何以正确的尊重行事。比如，学会如何毁坏环境的同时假装在保护环境，那就是他的尊重。如果班吉离开圣雷米吉欧，他还能去哪里？"

"我只有一个不太聪明的主意。我可以把他放在汽车旅馆里几天，其间我努力找一个可以帮助他的移民律师。这不是最好的办法，我讨厌把他四处藏匿，更别提让他自己做了。这对他的精神不好。不管怎样，像他自己说的，如果他不能工作，待在这里没有一点意义。而且他应该和同龄人在一起,像你这个年龄,才能够放松。"

"但是那些种族主义者搜索他的同时他无法做到。"她没有受伤的手一拍梳妆台。"我试过让他同意通过我给他妈妈寄钱,可他不接受。不管爸爸和奶奶说什么,他不会想要利用我。"

"我还有个小办法。上个星期天晚上,在马科斯·惠特比淹死在拉彻蒙特池塘里的时候,班吉正趴在阁楼窗户上张望你。我几乎可以肯定班吉看到了发生的事情。如果马科斯·惠特比不是自己掉进去的,那班吉就看到了把他推下去的人。班吉不想告诉我和神父罗,可如果你能让他说出来,我就能跟芝加哥警察找个办法出来。马洛里警长,掌管市反恐单位,他可以——"

"不!"她叫道,脸色变得苍白。"你跟我和他都不是一边的,对吗?你只是想利用他从他那里了解你那愚蠢的谋杀。我早就应该知道,而不是相信你。滚出去!不要再靠近我。不要再靠近班吉!"

"凯瑟琳。有些事不得不改变,如果他要留在这里,不被逮捕或驱逐。如果他目击一场谋杀——"

"出去!如果你现在不走,我会呼叫我奶奶,她会让我们的律师来。我恨你,我恨你。"她一边哭一边说。

我站起来。"我在你桌子上留了一张名片。如果你改变主意,如果你意识到我站在你这边,你可以随时打我的手机。但是我必须得去转移班吉,不管他愿意不愿意对我说。"

我等了一分钟,可她只是哭。"哦,走,你为什么还不走?"

我在她的笔记本电脑中间放了一张名片,防止她奶奶或爸爸四处窥视的眼睛看到,而她下次打开电脑的时候可以看见。在走出住宅的路上,艾斯贝塔从瑞妮办公室那一侧走过来。她吓了一跳,因为她没有给我开门,并且问我来干什么。我告诉她凯瑟琳叫我来的,是的,我知道瑞妮夫人不想让我来，可无论如何我来了，现在我要走。

就在我打开马路边的院子门时，我刚好碰见了爱德华·巴亚德。他也想知道我来干什么。

"我一家挨一家地推销特百惠，这可以提高我的销售收入。昨天我去了希勒路，但是在这个住宅区很难卖。"

他的反应在预料之中像是佩皮看见了松鼠——他是总统顾问，他姓巴亚德，没有人跟他这样说话。

"是啊，在你想要点特权的时候你是巴亚德家的人。剩余的时间，你跟你父母都不是一路。"

我向西边走，离开了财产和特权的孤岛，回到了我自己的世界。我感觉很累，今天早晨的好兆头被凯瑟琳的感情爆发打个粉碎。她的伤和体内的麻醉剂使她情绪失衡。还有，她只有十六岁。她还不会稳定地做出判断。

我了解这些事，但是她发脾气让我感觉好像被人用棍子打。我一直在回想我们的对话，思考刚才应该用不同的方式说话。我应该先描述鲍比这个人，解释他与联邦调查局的不同；我还应该花多一点时间先跟她谈些闲话；我应该这样，我应该那样，翻来覆去。你会认为我们侦探一直都是脸皮厚的人，就像杰森昨天晚上说过的，但是最近每一次在我的犀牛皮上的重击都使我更加受到没有自信的折磨。

第四十八章 发病

我走到北方路,上了一辆开往我办公室的城际大巴。这条路是连接城市与高速路的一条重要的通道,这就是我认为这条宽阔的国家公路上挤满了众多出口的原因。近年来北方路的交通如此拥挤,所以大巴走走停停地花了半个小时才走了三英里。像这样耽误时间让我很少见地开始烦躁地啃指甲。今天我想找时间休息。

我到达西方路,没有不厌其烦地检查有没有尾巴。我很累,我不在乎,而且即使有人跟踪我到办公室也没关系——如果他们在窃听,肯定也会知道我在那里。

马上到午饭时间。我走路前往冬雾餐厅去吃鱼肉炸玉米卷。出来吃午饭的人很多,所以我没有找阿圭拉夫人攀谈,而是在角落里的一张高脚桌旁吃我的玉米卷。其间我快速浏览报纸。

玉米卷非常好吃,我感到很对不起自己,所以我打包了第二个带到办公室吃。在迪维任路,米尔沃基路从一条住宅区便道突然拐到雅皮区,我在一家咖啡馆里喝了一杯卡布奇诺。无论蛋白质还是咖啡因都会让我恢复精力,至少这是我的想法。

在我外出期间,弗里曼的秘书寄来了毒物报告,特莎签收了,并把它系在我办公室的门上。我把它拿进去放在办公桌上。我几乎承受不了阅读它的结果:我已经推动至少两个县的法医,去得出这个文件的结论。如果它告诉我什么事都没有，我可能就此躺下再不起来。

最后我还是从信封里把报告拿出来开始阅读。卡莉送来的是十页传真的复印件，所以有些地方不太清楚。文件内容充斥着"肾小管末端上皮细胞"还有"肝细胞的免疫化学电子显微图像"。很吸引人，如果你知道这是在说什么的话。

我仔细看完全部十页纸。对马克最后一顿饭（去皮鸡肉，西兰花，烤土豆，莴苣番茄沙拉，在死亡前消化了三个小时，从消化过的东西里面统计出这么多的种类）的分析十分细致，所以我猛然把第二份炸玉米卷扔到垃圾桶里。

实验室在马克的尿液中没有发现柯卡因、安定、去甲安定、氢可酮、可卡乙碱、苯甲酰芽子碱、海洛因氢氯化物或者大麻代谢物。在他的眼球玻璃状液里有酒精，在血浆中有苯巴比妥，检测到"高指标的液体色谱"。报告中使用的药品单位是毫克每升，而其中马克的体重是八十公斤，所以我没法搞清楚马克除了吃药之外喝了多少酒，不过维什尼科夫在报告结尾提出了结论。"……六百毫克苯巴比妥的剂量同时服用两口波本威士忌会抑制呼吸，如果他的第一死因不是溺毙，那么这是最有可能的死因。"

我躺在椅子上。它快散架了，我需要找把起子把脚轮上紧。

我只知道苯巴比妥被用来治疗癫痫。如果马克有癫痫，他应该知道不把酒精与药混在一起。所有人都说他是一个谨慎的人；他不会吃下一种药，而不知道药的副作用。可也许因为经历长年的病痛，他了解喝适量的酒不会抑制呼吸。

失望又回到我的胃部隔膜；他独自前去那个池塘。除非——两口威士忌对一个男人不够——体重八十公斤——我在一张废纸上草草算了一下—— 一百七十五磅。可我还是不知道怎么计算他吃苯巴比妥的量。

因为我不能找维什尼科夫解释,我打电话给洛蒂,她今天在诊所。科尔特林夫人,她一直以来的管理员,说赫切尔医生正在给病人看病,不能被打扰。

"我只是想知道六百毫克苯巴比妥的药量是多少。你能不能问问她,或者露西·周?"露西是高级护士,在诊所里做日常护理工作。

等了一分钟,洛蒂自己来接电话。"六百毫克是极大的药量,维多利亚。什么人给你开的处方?你要是一次吃完就会死。"

"会有多长时间?"

"这不是玩笑,对吗?我不知道。药会被身体吸收,抑制呼吸。如果有人救你,会支撑一个小时,也可能只有半个小时。"

"如果我体重比现在重三十磅会怎样?"

"远远不够。如果有人给你开这个方子,永远别再去找她了。"

她挂上电话。我回头再看报告。如果马克有癫痫,他不会故意吃下这么致命的剂量。除非他想死。那么,为什么要去拉彻蒙特的池塘?为什么不躺在他舒服的床上?也许他不知道那会让他死亡——也许他认为那会让他无惧淹死的痛苦。可是为什么最后跑去那恶心的池塘而不是水域宽广的密歇根湖?还有,他的车——我甩甩头,努力停止连续不停的嗡嗡作响:仓鼠又在滚轮上跑。

我的手犹豫地拿起电话。哈丽埃·惠特比曾计划在她父母昨天回亚特兰大以后搬到艾米那里住。如果我给艾米的公寓打电话,会不会让执法部门也监听她的电话?我愤怒地摇摇头,我不能这样生活,预言是否有人正在监听我和我的朋友们,或者跟踪我。我不会花一个小时坐公交车只是为了确定我和她的谈话没有人窃听。

是艾米接的电话,语气很轻松,她和哈丽埃一起享受了舒适的一天。她解释说,因为不用时刻操心哈丽埃的亲属。在她叫她的朋友来的时候，我感觉自己像是秃鹰，准备打扰她们快乐的心情。

"维什尼科夫医生给我发来了你哥哥的尸检报告。"我告诉哈丽埃，"你愿不愿意我去艾米那里，以便我们能当面谈谈？"

"你是不是想让我准备听到坏消息，"她问，"我不愿意知道的事？现在告诉我。这是我生命中最艰难的一个星期，我不想在等你的时候有哪怕半个小时在痛苦中胡思乱想。"

"马克的体内有大剂量的苯巴比妥，却只有一大口波本威士忌。他以前得过癫痫吗，或者是让他吃这药的任何突然发作的疾病病史？"

"没有，"她毫不犹豫地说，"没有。他一直，以前一直很健康。那代表什么意思？"

"恐怕意思是我们这段时间一直在说的事：他的确是被谋杀的。有人让他吃药，把他打倒，然后扔到那个池塘里致死。"

大声说出来这些话让我感到一阵轻松。滚轮停止转动，脑袋里的嗡嗡声也停止了。是谋杀，不是自杀，不是事故。我不用去涵洞里面在轮胎印迹上浇铸石膏模——杀害马克的凶手用高尔夫球车把他运到池塘。

哈丽埃沉默了如此之久，我还以为她也许走开了，可最后她还是用像她妈妈一样呆板、死气沉沉的声音说："不管怎样，我们知道了，用了一个星期。不是吸毒，而是有人杀害了他。很难听到这个消息被大声说出来。马克终究不是真的健康，是吗？他上过密歇根大学或者是获奖作家并不重要，或者有健康饮食，是吗？可他还是死于黑人的疾病。"

"不好意思我没听懂？"我迷惑了，我只能想到镰状细胞性贫血。

"谋杀，"她顿了一下。"这与你受过教育并且有体面的生活没有关系，这仍然会在你身上发生。"

"实在不好意思，"我无助地重复道，"如果你愿意，我想跟艾米说两句。"

"不，谢谢。我知道你为了我的事努力工作，为了我们家的事。我知道你只做我要求你做的事。但是我现在需要单独和一个姐妹待一会儿。"

她挂上电话的时候，我感到有些尴尬，让我欢欣的消息让她痛苦。我站起来在房子里走了几圈。我们上个星期搜索马克家的时候找到一瓶美格威士忌。波本威士忌和清水——他的饮料，艾米告诉过我。如果他的酒瓶上有指纹——我想把美格的瓶子拿去检验，即使我必须自己付钱做这项工作。

在星期五艾米和我检查过马克的房子之后，我把他的钥匙放哪儿了？我把文件包里的东西全部倒在办公桌上。我从马克的家政那里借来的钥匙从一堆文件、卫生棉条和掌上电脑里滚出来。吕克·爱德华的锁匠为我打造的土星汽车的钥匙也掉出来。

我拿起车钥匙，在我手上反复查看，好像这是一段未知的语言。我可以坐火车去马克的房子，拿到他的瓶子，借他的车。只要我不把它停在我办公室或者家附近，我就可以在市里自由地开几天。我还可以去接班吉。除了带他去汽车旅馆，我可以把他留在马克·惠特比的房子里，对邻居说班吉是我侄子，需要找工作并找个地方住——我们留他在这里看房子，所以在他家把房子卖掉之前这都是成立的。天啊，你真聪明，维·艾！

我把报告塞回信封放在包里；还有撬锁工具，以备不时之需；枪里的一夹子弹，依然以备不时之需；橡胶手套；放酒瓶子的塑料袋，干净地从盒子里揪出来，放入第二个干净的袋子里，保证不会污染样本。

"心里想快快远离，你怀疑，你害怕都没用。"我唱道，跳舞般走楼梯。

艾尔路到城南很远，因为我得坐车先到鲁普换火车。我焦急地在月台上等车，身体前倾坐在座位上，好像这会让火车快点来。在三十五街，我一次跳下两个台阶向吉尔路跑去。

我在去马克家的人行道上一路小跑。六个女孩在房子外面跳花绳。他们看着我走上门廊打开马克家的前门。也许这不是个带班吉来的好地方——没有事情能不被别人看见。除了有人到这里来偷走马克所有的文件。

这栋房子开始像那些被废弃的建筑一样显得凄凉并有霉味。只过了一个星期，我这样的非家政人员都能看得到灰尘。我环顾四周，我不认为有人来过，强盗或是警察都没有来过，尽管鲍比·马洛里声称警察会重开对马科斯之死的调查。

在厨房，我戴上橡胶手套，用拇指和食指捏着美格酒瓶的底部，把它放进干净的塑料袋里。整个袋子都装在我的包里。

在出去的路上，我停下来看楼梯墙壁上贴的凯莉·巴兰丁的海报。"你能告诉我什么？"我问，"你是巴亚德的情人吗？你是奥古斯图·勒威林的情人吗？什么样的秘密让新索尔威那些人如此关心，为保护它杀害了你年轻的拥护者？"

生动的身影飘在我头上——在所有她认识的人的小事之上。凯莉·巴兰丁向前走，不让她的生活深陷在麦卡锡时代制造的痛苦之中。她为了赚钱奋斗，不像那群有钱人，她摆脱了在那个动荡时代所受的伤。即使她已经知道生活艰难，巴兰丁幸运地在去世时还有她完全的力量，她强大的精神。不像卡尔文·巴亚德，他的精神曾经打败欧林·特凡纳，而他现在以观看煮牛奶取乐。

我的手攥紧公文包的提手。我走向前门，努力思考最好的办法把美格的瓶子送到切维奥实验室。可还是禁不住想象：用爽身粉掩盖尿味，卡尔文的护士像赶羊一样赶他去厨房。

我的手抓到前门把手的时候，停住了。房子周围死一般地安静。那个护士，特雷沙·吉克。谁有突发病症，凯瑟琳·巴亚德曾告诉我；奶奶肯定不了解。

我从没想过苯巴比妥从哪儿来。但是就在这里，就在新索尔威，特雷沙服药控制她自己的突发病症。在那里，鲁丝·兰特纳，那个管家，威胁说要告诉瑞妮药的事情，如果特雷沙再次因为睡觉没听到卡尔文的警铃声，她就要告诉瑞妮。

我转身走回去再次盯着海报。新索尔威发生的事情没有瑞妮不知道的。即使鲁丝·兰特纳还没有告诉她特雷沙的突发病症，瑞妮总会以别的方式发现。瑞妮得意于她的组织能力——白天她全力应对巨型商业企业的所有细节；晚上她轻松地解决主要家庭事务。

如果是她谋杀马克，可能是为了保护卡尔文的名声；可卡尔文不需要保护。他是那个没有人站出来的时候站出来的人，那个正面对抗特凡纳和布什耐尔并转身离去的人。

我的脑袋里仔细回忆很多谈话片断。它们相互作用就像桶子里的一群老鼠，奥古斯图·勒威林昨天晚上说的派勒提尔的天才少年，撇去派勒提尔作品上的油，还有派勒提尔的爱情生活。

是谁寄给特凡纳那张照片并且告诉他拍摄的地点？是谁让人们捐钱给思想委的法律辩护基金而不是他自己主动提供？勒威林做过什么事才能才巴亚德那里得到那笔钱？特凡纳保留着卡尔文·巴亚德一个卑鄙的秘密，只是因为巴亚德也知道一个关于特凡纳的同样卑鄙的秘密。那个真相好几天来一直在我眼前。我只是不想看见。

跟我年轻时的偶像无关。不是卡尔文。不是，不是。我的膝盖发软。我跌坐在楼梯上。

第四十九章 恐怖分子或乘 SUV 逃跑

我坐在凯莉的海报下面很久。有人可以拿到苯巴比妥，这是一般的药品，不一定非要来自巴亚德家。不一定是瑞妮把药下在马克的酒里，也可能是特雷沙·吉克干的，或者是鲁丝·兰特纳。如果马克已经濒临死亡，鲁丝·兰特纳有足够的力气把他抬进池塘里，可她没有理由这么做。

爱德华·巴亚德呢，坚决保护欧林·特凡纳的回忆？毕竟，正是爱德华上个星期暴力闯入欧林的住所，正是爱德华对他的父母心怀怨恨，在两个强悍性格的人中间拼命地构建一种支配力。

走廊处的寒冷慢慢渗到我的骨头里，让我的肩膀酸痛。我更愿意是勒威林或爱德华做的，而不是瑞妮。我喜欢她，不喜欢她儿子。而真相，啊，真相，是，如果卡尔文·巴亚德做了，做了我不愿意说的事，放在我心里沉默的地方，我无法忍受。他做过很多好事。可那有用吗？

如果瑞妮杀害了马科斯·惠特比，她的行为是为了阻止世人知道她丈夫背叛了凯莉·巴兰丁。我能不能随它去，保持卡尔文的名声不受伤害？当前，一个杰出进步人士些微的错误只会让右翼极端分子有更多的理由去不可一世地庆祝胜利。我不能忍受自己协助他们快活地践踏人权。

我再次看向凯莉·巴兰丁的身影。她失去了她的事业，因为有人把她出卖给欧林·特凡纳。马克因为试图唤醒世人对她的记忆这一简单的罪行而失去生命。卡尔文做过再多的好事，通过他的基金会，或者他出版的图书，也抵不过杀害马科斯·惠特比罪行的重量，如果是瑞妮杀害了他的话。考虑到这个可能性——她是享受经营大企业过程的人。我可以想象爱德华对下属说"给我解决这个问题"；我不能想象他会亲自做。

我不应该漏掉奥古斯图·勒威林。他比陌生人更容易给马克一杯下了药的威士忌。他也有自己要隐藏的秘密。

我试图想象对抗会让瑞妮和勒威林摊牌，可想不到任何结果，让警察去查吧。鲍比·马洛里多年来一直告诉我说谋杀案是警察的工作，我会交出所有纠缠的想法，有突发病症的护士，我从吉拉尔丁·格里厄姆和档案里了解到的所有的细枝末节。他会开动警察机器，并且如果它指向瑞妮，警察就会去。

我努力挪动脚步，在寒冷的地方坐了太久，关节有些僵硬。公文包里的重量让我想起自己的喜悦。马克的酒瓶我也要交给鲍比；作为交换，我会要求鲍比保护班吉，告诉他班吉是目睹凶手把马克扔进池塘的重要证人。鲍比与联邦检察官不和，他会解决某些事。

我推开一个唠叨的声音说鲍比不会理睬我既无实质内容也无有力证据的想法。或者他会对我藏匿班吉的行为很生气，不听我说的话。我没有证据，唠叨的声音说，只有从档案和与他人的交谈中得到的联系；我没有确凿证据。我努力不去想鲍比会当即拒绝调查新索尔威那群人。

不管怎样，我不应该在没有与神父罗和班吉谈之前就去找鲍比。我会向班吉解释，自从昨天早晨事情就已经发生变化了：现在我知道凶手可能有一到两个人,也许是三个人,我只需要他说出那些人的特征。鲍比和班吉都会接受我的提议。他们没有选择。

我慢慢从楼梯走到人行道,进入马克的土星汽车。令我惊奇的是,现在只是四点,我感觉好像这一天到现在过了三四十个小时。

女孩们还在路上跳花绳。她们中间有上个星期给我指认马克汽车的那个女孩。她轻轻地推另一个等待跳绳的人。她们都停下来看着我。我在钻进驾驶座的时候冲她们挥挥手。

"你给警察办事吗,小姐?是警察要车还是你要偷车?"我的告密者问,双手叉腰。

"偷车。"我说,把车窗摇下来让她们能听到我说话。

这让她们哈哈大笑地围过来。"警察想要惠特比先生的车做什么,小姐?"

"找线索。他是被谋杀的,你知道。我们希望这辆车里有凶手的线索。你们中间没有人看见上个星期天晚上把车开回来的人,是吗?"

这话说得太重。她们默默走开,挤成一团。一名凶手来过这个街区,不,她们不需要在年轻的头脑里产生恐惧。

我乐观地说:"别担心你们今天晚上会看见这栋房子有灯光。我们会带看门人过来,这个人会住在这里,直到家里决定把房子卖掉。好吗?别担心这个凶手,他们不会再到这里来。"

"你怎么知道?"其中一个问,"没有人有嫌疑。"

"三个人有嫌疑,他们都住得很远。你们在社区里是安全的。"

我开车离开这条路的时候,可以从后视镜里看到她们的绳子在手中摇晃。我在三十五街等绿灯,她们还是把绳子摇起来,但是玩的时候没有什么活力。做得好,维艾,把小女孩的热情都糟蹋了。

我看了看堵在丹莱恩高速路上的车流,让车行进在辅道上,安静而缓慢地前往圣雷米吉欧教堂。马克的绿色土星汽车正好适合这种路，不花哨，不是那种引人注意并让人记住的车。我把车停在离教堂两个街区的地方，走路绕了一大圈，所以我能从南边学校的入口进去。

我脚步轻快地从大门走向操场，没有东张西望，虽然我的后脑勺有些刺痛，在我琢磨会不会有执法人员将我保持在他们的视线之内的时候。在校园里，一名楼门警卫在值班。现在已经四点三十分，课后活动还是突然增多。没有身份牌或合理要求，没有人能进到学校里面。

警卫打了电话。神父罗在体育馆；我可以到那里去找他。牧师正站在一个拳袋前，穿汗衫，向一群十岁的孩子演示手臂动作。男孩们好奇的目光让他向我这边看过来。在对孩子们吼了几句指导的话之后，他向我走来。

"我拿到一辆干净的车，"我说，"而且我想还有一间安全的房子可以让班吉住几天。可是我想把谋杀调查交给警察。那对我来说太重大了，我实在需要班吉的配合。我想可以找马洛里警长保护班吉，如果他说出上星期天晚上看到的事。你能帮我劝劝他吗？"

他点点头。"现在他应该在这里，不过可能是他礼拜的时间。我去找他。你在这里等着。"

他快步走出房间，脚步轻盈得像舞蹈家。两分钟后，我把公文包放在角落，捡起一个篮球。第一个投球以不可思议的角度从篮板上弹开，但是后面五投全中，然后牧师回来了，甩头示意我跟他到走廊去。

"他跑了。三四十分钟前来了一个女孩找他。肯定是那个女孩——一条胳膊在衣服下面绑着。她极其大胆地向警卫打听班吉，说他是她从摩洛哥来的表兄。警卫带她去找校长，校长把班吉叫来，说这孩子看见这女孩很兴奋，跟她一起走了。全是傻子！校长、警卫、那些人。他们没一个人来找我。"

他大力水手般的脸颊愤怒地鼓起来,可我只觉得冷。如果凯瑟琳带班吉去找她奶奶——像我上午思考的一样——如果是瑞妮把马克·惠特比推进池塘的,班吉的下场可想而知。

我闷闷不乐地跟着神父罗去校长办公室。我与警卫和校长敷衍了一番,问他们有没有看见两个孩子怎样离开的,他们说不知道。学校是栋老楼,盖楼的时候窗户设置得较高,为了不让学生从窗户里看到街道。

神父罗命令校长召集楼里的教职员工到她办公室来。其中一个管理员,从货车上搬纸箱进来的时候,看到一个胳膊吊在夹克里的女孩与一个年纪比她稍大一点的学生离开学校。他相当肯定地说他们上了一辆白色的SUV,但是他没有特别注意。

老牧师非常愤怒。经过昨天联邦调查局来搜查班吉,他不能相信校长会让那个小孩离开,而不与他商量。

"我们努力把这里构建成一个安全的地方。如果有人进入学校,找一个孩子,而你看也不看,怎么能阻止帮派分子、绑架者和所有毁坏我们平静的人?"

校长的脸发红,轮到她发火了——她怎么知道班吉一见就兴奋的女孩会是危险人物?如果神父罗想管理这所学校,他应该接手,她很乐意辞去这个职务。

校长的红脸突然变成波浪起伏的线条,她的嘴一张一合,特别像个木偶。她身后的书柜也开始移动,在同样起伏的波浪中。看上去如此滑稽。这让我开始哈哈大笑。地板开始晃动,也很可笑,我摔倒在地的同时也没停止大笑。

我的脑袋湿乎乎的。神父用体育馆一条粗糙的毛巾擦干净我脸上和脖子上的水。

"不会再昏过去了吧,我的姑娘。除了我以外还需要有个能用的脑子。自己坐起来。"

我坐起来。牧师低声唠叨着扶起我。一百四十磅的女人对一位老拳击手来说不算什么。他把一杯茶送到我嘴边,我吞了一口热茶,呛了一下,然后把剩下的茶水喝个精光。我把脑袋放在膝盖之间,努力驱使我心中的阴霾听指挥。

"那个女孩会去哪儿?"他大声对我说让我集中注意力。

"这部分取决于她为什么逃跑。"我的声音发抖。我稳了稳继续说,"今天早晨我请她跟班吉谈谈,结果她变得歇斯底里。我也建议她向她奶奶坦白。只是希望她不要按我的建议去做。"

我拿出手机,打电话给巴亚德家。艾斯贝塔接的电话。

"你怎么总是来找麻烦?"她问,"爱德华先生,因为你今天早晨来过,他要解雇我。现在凯瑟琳小姐也跑了,都是因为你。"

"瑞妮和爱德华谁在家?"我没有理会她的话。"我想跟他们说凯瑟琳的事情。"

"你不能骚扰他们。他们下命令不接电话。"

"告诉他们我准备把凯瑟琳的失踪报告给芝加哥警察。"我冷冷地说,"如果他们想跟我说话,他们会打我的手机。我给你号码。"

听完这些话,她让我等等。一分钟之内,瑞妮和爱德华都来到电话旁边,都命令对方不要接而让自己接。

"凯瑟琳在你那儿?"瑞妮问。

"她不是跟你在一起吗?"我说。

"她离家出走了,"爱德华说,"连一张字条都没留下。"

"你就像维多利亚的爸爸,爱德华,命令她收拾行李去华盛顿,还不许她争辩。艾斯贝塔给我办公室打电话,但是——"

爱德华喊的声音压过她。"如果你以前认为应该在她身上投入你对卡尔文和你该死的出版帝国一半的注意力——"

"如果你听别人的话但是你的——"

"都住嘴，你们两个。"我吼道，"她什么时候离开的家，开什么车？"

"你不能给警察打电话。"他们异口同声地说。

"我想干什么就干什么。有人说看到她开一辆白色SUV。你们真的认为她用一只手开一辆三吨重的车会安全吗？"

这让他们马上联合在一起：他们想知道是谁看见了她。我愈发愤怒了，催他们快说，直到他们承认凯瑟琳开走了瑞妮的白色揽胜，他们知道她没有去新索尔威的房子，她大约三点三十分离开，在她与她父亲争吵以后。

"你们有没有打电话给朱利叶斯·阿诺夫，看看她是不是去了拉彻蒙特？"我问。我认为这不可能，因为她和班吉才从那里被赶出来，但小孩子们可能不会想太多。

"这是我的第一个想法。"爱德华说，"在瑞妮还在骂你把泰利娜带给她的阿拉伯男朋友的时候，我已经派了一个警卫看守那栋房子。她不在那里。"

"当你今天早晨不请自来的时候，你有没有为泰利娜安排约会？"瑞妮问。

"别傻了，"我叫道，"我不知道班吉在哪儿，也不知道凯瑟琳在哪儿。不要再为了她的失踪责骂别人，告诉我你们为了找她都做过什么事？"

"爱德华动用了他的个人安全关系，"他妈妈讥讽地说，"如果他们看见她更想对她开枪。如果你要找她，你会从哪里入手？"

"我才不告诉你们两个。"我恶狠狠地说,把手机关上。

"他们让私人保安人员去找她,"我对神父罗说,"这的确让我害怕。"

"女孩敬爱她的爷爷,你不是有天跟我说起过吗?也许他们有特别的地方。人们都会去能让他们感到安全的地方,与她爷爷有关的地方会让她觉得安全。"

"他得了深度老年痴呆症。他不会告诉我,不用介意。我知道谁能告诉我。我会在车里给你打电话。"

我从学校跑出去。

第五十章 爱人们的工作丢了

麦迪逊市的北方，威斯康星州，冻雨从天上落下。州际公路立交桥的路面光滑得如玻璃；我必须降低车速保持对车辆的控制。除了偶尔有巨大的载货卡车以八十英里的时速冲开路面的冰雪以外，路上没什么车。

吉拉尔丁·格里厄姆在我旁边的座位上轻声打呼噜。她坚持要一起来。她还有那个小屋的钥匙，她很容易就找到了钥匙，在她卧室的抽屉里。然后她把它们放在黑色的爱马仕包里，现在放在她脚边。我试图强迫她留在家中，但是她说她认识路，而我不认识，更重要的是，至少对她来说，她需要知道班吉和凯瑟琳都安全。"如果我上个星期就告诉你这些事，现在他们可能不会有危险。"

我抵达阿诺丁公园的时候，丽沙来应门，匆忙而好管闲事地说：你不能进来，夫人在休息。我把她推开，大步流星穿过走廊，打开房门。我看到吉拉尔丁在床上打盹，台灯开着，手下面还有一本打开的书。

丽沙猛地从我胳膊底下钻进来。"噢，夫人，是这个侦探，闯进来的。我要不要给达罗先生或朱利叶斯先生打电话？"

吉拉尔丁有点吃惊地坐起来。"丽沙！不要慌张。这个侦探？达罗的侦探在这里？哦，你在这儿啊，姑娘。等我收拾一下。"

我跪在她旁边。"有紧急的事情。我需要你的帮助；我不需要你穿衣服。"

"请原谅我自身的小缺点,姑娘。我认为穿衣服说话比光着身子更方便。我马上就来。"

我在她房间外面的走廊里焦急地踱来踱去,而她,实际上,动作非常快,不考虑她的年龄和丽沙的帮忙的话,几分钟之后她已经和我在客厅的壁凹处说话了。看了看我的脸色,吉拉尔丁马上让女佣出去。丽沙给我一种表情让我庆幸幸好没有带着枪,之后她还是退下了。

我听到关门的声音,确定丽沙在门的另一边,我告诉了吉拉尔丁关于凯瑟琳和班吉的事。

"我知道你和卡尔文那些年是情人。上个星期他喊的迪妮正是你,对吗?"

她的手指紧紧抓住椅子的扶手,可她点点头。"你怎么知道?是因为他有拉彻蒙特的钥匙?"

"别的,别的事情。阿蒙德·派勒提尔在他档案里留下了一份未完的手稿,里面很清楚地写到此事。"

"啊,阿蒙德。我还在想他是不是会回来纠缠我。他那么热衷于劳工权利,有一段时间我也有那种激情,因为我充满激情并需要找个目标释放热情。我离开他跟卡尔文走的时候他很痛苦;他指责我过于挑剔,指责我需要的奢华生活。我告诉他有干净床单就够了。然而还有更多要做的,卡尔文是个大方的情人,而阿蒙德……索取的比他给的更多。他的激情最终还是为了他自己。对卡尔文也是这样,只有一个办法让他得到自己想要的,但是直到很久以后才见过他。"

"你一直都没有想过离开你丈夫吗?"不自觉地,我被引得偏离主题。

"我想过,我想到如果我与麦肯齐离婚,卡尔文和我可以结婚。但是无论妈妈有多么痛恨麦肯齐,她都不能忍受离婚引发的丑闻。因为在我鼓起勇气反抗她之前,卡尔文与瑞妮结了婚。"她捻着右手戴的大钻戒。"在他被叫到委员会的时候,我去了华盛顿。我就在听证室里面。我是观众之一。我去的时候就想给他一个惊喜。我爱他;我以为他也爱我,并且如果我站出来会帮助他渡过那些艰难的日子。"

"而他让你失望了?"

她转过头,我看不见她的脸。"我没机会说出这个提议。他离开听证室的时候身边围满了律师和记者。晚上的时候我去他的俱乐部找他,他们告诉我他在哪里用餐。等我到了餐厅,我看到他与瑞妮坐在一起,就像他经常与我坐在一起,如此贴近,好像衣服都要融化到身体里。我走了,盲目地走,走过黑夜,只是想着我不能让任何人知道我有多么丢脸。我走了几个小时,直到我精疲力竭地走到一个我不认识的街区。我走进一家酒吧,想着自己可以喝一杯白兰地,并让他们给我叫一辆出租车。"

她停下来,手指还捏在戒指上。"我看到我的丈夫。与欧林·特凡纳在一起,就像瑞妮和卡尔文那样贴近。这是那种酒吧。麦肯齐抬起头,认出了我。"

"你的丈夫是酷儿,不是阳痿?就是在那天晚上被你发现了?"

"'酷儿'?对一个男人来说是多么奇怪的一个词汇,同性恋关系像德鲁伊巨石般压在他身上。不,我知道好多年了。唯一让我惊讶的是,他和欧林在一起。我们结婚的时候,麦肯齐经常在纽约,这在他和他父母间是一个公开的秘密。他去那里的同性恋酒吧。婚姻被认为可以治疗他,同时也能治疗我——情人和意外怀孕。我以为找情人会让我妈妈震惊并离我远点儿,但是她比我固执得多;她会带我去欧洲,去那些瑞士的疗养院。在她和布莱尔让我和麦肯齐结婚以后,他和我试了几年；我的女儿劳拉是他的孩子。但是麦肯齐在我怀里很难受，在任何女人的怀里都很难受，所以我们达成了心照不宣的理解——在世人面前我们会表现出一个温柔的联合阵线，而私下里各自寻找自己的快乐。我们都很低调，并且在一段时间内成为好朋友。"

停了一会儿，在我认为她被钻石划到骨头的时候，她说："后来我遇到阿蒙德，在卡尔文为他举行的聚会上，那是一次胜利的聚会。那时阿蒙德的《双国记》持续二十个星期被列入《时代》的畅销书名单。我开始和他一起组织会议，你知道会发生什么。"

"是的，"我轻轻地说，"我知道。卡尔文是达罗的父亲吗？"

"我一直不敢确定。"她用充满痛苦的眼睛望着我。"有可能是阿蒙德，可我想是卡尔文。这没有关系。达罗和麦肯齐深爱彼此，噢，我认为这比大部分的爸爸和儿子感情都深，即使麦肯齐知道这个男孩不可能是他的，妈妈也相当怀疑。当麦肯齐去世的时候，当我杀害他的时候——"

"不！"我不由自主地发出一声尖叫。

"哦，我没有把绞索拉紧。可是我让卡尔文知道了我在华盛顿酒吧看到的事。作为情人，这是我给他的最后一件礼物。我想，这会给他撬动欧林的杠杆。这的确有用。"

我看看表。试图催促她，让她告诉我卡尔文会把他孙女放在哪儿。吉拉尔丁不会着急，她在给我讲一个她在心里排练了许多遍的故事，它已经快被磨平了。现在，她第一次有机会全部大声说出来，在那么多年的沉默之后，在她还记得的时候，她只能告诉我。

"全都因为社会思想与司法委员会法律辩护基金。欧林知道是卡尔文在支持它，而且他追卡尔文就像狗追兔子。你看，他们相互看不起对方好多年。"

"你给基金捐钱,所以卡尔文的名字不会出现?"我提醒她,控制住自己的焦急情绪。

她苦笑道:"是的。就在那段时间,卡尔文要求的几乎所有事我都会去做。他告诉我,如果他直接给基金捐钱,巴亚德出版公司就不能自由运转,在那段阴暗的有黑名单的日子。"

"从那时起,我逐渐认识到,卡尔文慷慨,英俊而任性,同时又胆小。他无法面对艰难。可我是后来才明白。当时我在意的是我妈妈发现我为了他写支票给法律辩护基金。"她再一次看向肖像。

"我告诉卡尔文她准备把她在出版公司的股份给欧林,如果我再给基金会捐钱的话。卡尔文转而去找奥古斯图·勒威林。勒威林当时还是共产主义同情者,我和阿蒙德在一起那几个月才知道。我撤出以后,卡尔文让勒威林给基金捐献了一大笔钱。而这笔钱实际上是卡尔文通过为勒威林申请贷款创立公司自己捐献的。卡尔文非常欣赏自己的聪明。有一天晚上我们躺在拉彻蒙特的大床上,他突然哈哈大笑并且告诉我这件事。"

她闭上双眼,好长时间才喘气。"在第一次委员会的听证会以后,我一直不清楚欧林和卡尔文之间到底发生了什么事。没有人谈论过。我们生活在新索尔威的秘密之中,那是我们的肉食和呼吸。我推测欧林去找勒威林,因为他的名字签在支票上,你知道,给法律辩护基金会的支票。我想勒威林告诉欧林说会给他组织头目的名字,如果不让他自己进监狱,并且决不暴露他的名字。奥古斯图肯定给欧林报告了卡尔文涉及此事。谁能知道?

"在欧林对抗他的时候,卡尔文作为回报,暴露了凯莉和阿蒙德的名字。他们在社会思想与司法委员会里表现很突出,当我们在弗罗拉酒吧频繁聚会的时候。卡尔文可能把他们牵扯进来,也许他也把我牵扯进来，以避免自己受到公开的耻辱。有一部分我知道是这样。这部分的我没有在爱情中受伤。"

"瑞妮在结婚的时候知道卡尔文这些事吗？"我大胆地说。

"我想是瑞妮建议卡尔文用凯莉和阿蒙德交换自己的安全。"她以惊人的平静说道，"她绝不会视此为背叛原则，你知道，而是组织上的需要。我现在这么想；当时，我只看到她二十岁，而我四十五岁，我做了最后一次努力想将卡尔文和我绑在一起。我告诉他关于欧林和麦肯齐的关系。在去火车站的路上，我在他的俱乐部给他留了一张字条。

"我去了纽约，让自己单独待一段时间，远离妈妈的视线。我也可以不用面对麦肯齐，我知道我做了一件可怕的事情，把他出卖给卡尔文。"她的嘴一张一合。

"委员会那天下午中止了对卡尔文的调查，当时我在商业区的套间里睡觉。我想卡尔文和欧林达成了'君子协定'。"她用词非常曲折变化。

"欧林会停火，阿蒙德会进监狱，凯莉会丢掉工作，同时卡尔文会保守欧林与麦肯齐关系的秘密——在五十年代，那会毁掉欧林，你知道。我做出所有这些推断，因为麦肯齐回到拉彻蒙特后上吊自杀。我们俩都没想到达罗会从埃克塞特大学回家。"

她凄凉地看着我。"当然，瑞妮了解所有的事。关于我和卡尔文，关于欧林和麦肯齐。她向我夸耀她的所知，以那些在熟人圈子里都会用到的巧妙的途径。我从来没有对什么事觉得如此感激，当我知道她与卡尔文在城里买房子的时候。"

我走进厨房，给她拿了一杯水。"夫人，我没有想让你告诉我这么多事，或者让这些事打击你的情绪。可你看，我认为欧林把这个故事告诉给马科斯·惠特比。并且我认为马克去找瑞妮问她的想法。马克正在研究一个关于凯莉·巴兰丁的跨度很大的项目,并且他是个谨慎的记者;他不会不听巴亚德一方怎么说就出版这样的故事。瑞妮杀了他,用很有效的办法。她给他喝下了苯巴比妥的波本威士忌,在他昏迷倒地的时候,她从这里开车去阿诺丁公园,借了一辆高尔夫球车,带他到你的老池塘。现在,我害怕如果她在我之前找到那个埃及男孩,她会杀了他。"

吉拉尔丁把水喝了。"你认为我能阻止她?我在更年轻更有活力的时候都没有那个能力。"

"我在思考凯瑟琳会不会前往一个对她和她爷爷都很重要的地方。我很想知道,也许现在已经太晚了,但是你和卡尔文有没有什么隐蔽的地方?"

她挤出一个嘲讽的笑容。"很多特别的地方,全都很隐密。可是,我想,他家以前在伊格尔河附近有一间打猎用的乡间度假屋,在北威斯康星。三十年代北方森林成为国家森林的时候,他们家不得不放弃他们的土地,但是卡尔文的父亲争取了一个协议,在那里,他们家可以因个人使用保留那栋度假屋二十五年。卡尔文和瑞妮结婚的时候那个协议就已经过期了。

"那栋度假屋就是我们保存委员会救济金的地方,并在国会引出了无数的问题。那里也是以前我和卡尔文秋天经常去的地方。除了大度假屋,可以睡三十个人,还有一间村舍在度假屋后面的树林里。我们在那里很快乐,在那个地方我们可以很亲近,不用担心有人在卧室门外。我想卡尔文在他孙女小的时候带她去过。"

这是一个风险很大的赌注,可也是我唯一的赌注。我马上动身,毫不犹豫地向北方驶去。

第五十一章 死人说话

在水陆联运港口，麦迪逊市以北五十英里，雨水变成雪花。我停车加油买汉堡。吉拉尔丁醒过来，使用了加油站的厕所，但没有评论，即使那里几十年都找不到肥皂。她还吃了一个硬纸板一样的汉堡。

"有一年十二月，我和卡尔文冒着大雪开车来这里。"她说，"我告诉妈妈说我要去圣奥古斯丁骑马；我经常在冬天那样做，逃离新索尔威。即使在白天也很难通行。当时也是两车道的路，时不时就能看到停车标志。战争还在继续，汽油和橡胶定量供给；只有富人，像卡尔文和我，有钱开车来这么远的地方。我们没有遇到多少车。"

我在想她是不是还记得去度假屋的路，但是在去伊格尔河的时候我会有所担心——目前，保证车辆在路面行驶就已经耗费了我全部精力。还有，我必须保证自己清醒。

"星期五我清理过拉彻蒙特的池塘，"我说，"我找到一个戒指——我星期天见到你的时候忘了告诉你。基座上镶满了钻石、红宝石和祖母绿，样子像蜂巢。"

她发出一声可能是笑声的声音。"原来这些年它一直在池塘里。那是妈妈的。她解雇了一名用人，怀疑是她偷的，而我一直以为肯定是达罗拿的。那是一件极为丑陋的东西，那个戒指，但是妈妈很自以为豪，因为那是她父亲在她的登场晚会上送给她的。麦肯齐去世以后不久，戒指就消失了，那时妈妈活得很开心，控制出版公司，不让人接近，穿着黑纱在别人面前夸耀自己，私下里幸灾乐祸。达罗总是粗暴地攻击她。

"他也攻击我，但我感觉那是我应得的，我也没有试图躲避他的怒火。那时没有事情能让我开心，失去了卡尔文，失去了麦肯齐，正在失去达罗，都发生在那个短暂的春天。我女儿劳拉躲到瓦萨。总之，她用我妈妈的态度对待我和她父亲。她用冷漠的态度避开我们所有人和我们混乱的关系。她现在是一名优秀的中老年妇女，她奶奶一定会以她为荣，因为她坚持了传统。"

"达罗知不知道你丈夫不是他的父亲？"我问。

"我从来没有告诉过他。妈妈曾经暗示过，但是她也不能肯定。虽然她把窥探我的私生活作为她的主要工作，买通用人，搜查我的房间。"吉拉尔丁尖利的声音有所犹豫。我盯着湿滑的路面的眼睛迅速扫了她一下：她呆呆地望着前方，双拳紧握放在腿上。

"在麦肯齐死后，达罗和妈妈没完没了地以令人不能忍受的方式吵架。她对我儿子说麦肯齐是个丑陋的名字，残忍的名字，并且暗示麦肯齐从来没有给孩子当过父亲。达罗来问我，我说他当然是麦肯齐的儿子。可是达罗不相信我，他为妈妈的话感到痛苦，感觉是我背叛了他和麦肯齐。他离家出走。我们雇用了像你这样的侦探，可找不到他。"

"我最后去了法国，我在那里住了将近一年，直到我知道达罗突然在埃克塞特大学重新出现。好像是一个导师激发了他的自信。他再次与我说话是几年后的事，在他结婚以后，他妻子成了调停人。伊莉斯是个可爱的姑娘。她软化了我们所有的人——哦，她软化了达罗和我。当然不包括我妈妈，妈妈一直企图让我们鄙视她，因为达罗认识她的时候，她还是一名打字员。因为白血病，我们失去了伊莉斯，达罗又把自己封在冰里。"

我把车停在路边，下车清理车灯和堆积在挡风玻璃下方的积雪。等我回到车里，吉拉尔丁问我在池塘还发现别的什么东西没有。

"一个凯莉·巴兰丁的面具。"

"那是我干的，"她说，"如此冷静地说这些话是多么奇怪的事情，我牢牢地守在心里五十年。我们都买了面具以支持凯莉，在她失去芝加哥大学的教学职位之后。后来，卡尔文给瑞妮买了房子，瑞妮让我搞清楚我只是卡尔文曾经的情人之一，只是那些年与他一起去伊格尔河的女人之一。我在半夜，大概在现在这个时候，把面具扔进池塘里。"

她沉默了一会儿，我以为她想睡觉，但是这是她时时回忆的往事。"我不认为卡尔文曾经带瑞妮去过那间村舍。他们家和政府的协定已经过期了，正如我所说，如果那儿不再是他自己的家，卡尔文不会再去那里。此外，他一直忙于和他的新妻子一起构建政治和社会圈子：在听证会以后，他成了大家的宝贝。我禁不住留意他，你知道。甚至我从法国回来并且重新找到了理智，我不能阻止自己注意他的一举一动。这在精神上是一个小小的安慰，知道即使凯莉·巴兰丁和十几个别的女人都曾经和他躺在那间村舍炉火前的熊皮地毯上，而瑞妮从来没有躺过。"

"那凯瑟琳不知道那间村舍？"我叫道，"我们跑了这么多路是白费了？"

"如果你不对我喊叫我会更好受，姑娘。卡尔文对孩子没有兴趣，他很少注意他和瑞妮的儿子。但是当凯瑟琳被留给瑞妮和他照顾时，他骄傲得好像是他发明了孩子，而她是被创造出的第一个样本一样。

他变老了，瑞妮却仍然年轻。瑞妮总是为他的公司工作；他让她承担更多的责任。她很乐意做这些事，雇用人和解雇人，买进和卖出。卡尔文对这个小女孩全心投入。他以前经常带凯瑟琳去威斯康星钓鱼和骑马，直到四年前他不能开车为止。"

"是他告诉你这些事？"

她冷笑几声。"上帝啊，不是。我一直都是从用人的闲言碎语中与他保持联系——这就是富人们关注对方的办法。谁的用人会知道谁在做什么，并且他们的朋友是另一个豪宅的用人。直到瑞妮为他的病情建立了一堵沉默的厚墙之前，卡尔文做什么我都能知道，丽沙会告诉我。如果她想惩罚我，她就会讲瑞妮和巴亚德一起参加的大事件的故事，说他为瑞妮而骄傲；如果丽沙想安抚我，她就会告诉我他们吵架了。"

我想起妈妈说的关于有钱人家小姐们所担心的事情。我很庆幸自己成长的贫穷环境，很庆幸花的每一分钱都是自己赚来的。你为钱付出很高的代价，代价太高。

我们都陷入沉默，我把所有精力都用在路面上，每三四十英里就停下来清理车灯。现在我们抵达沃索，已经是午夜，可是清雪车在外面工作，路况好多了。我在一处卡车休息点停车，找杯苦咖啡和北方森林的详细地图。回到车里，我把地图递给吉拉尔丁，让她看看能否把去度假屋的路拼出来。她看不见地图，她说，印得太小了，戴上眼镜也不行。

她又迷糊地睡着了。我在筋疲力尽的时候开始这段旅程。雪片在前灯光线中旋转飞舞像催眠一样让我昏昏欲睡。我打开收音机，只能收到通宵宗教复兴音乐。我播放磁带，以防马克在听什么内容。

一个老男人粗糙的声音从喇叭里传出来。"哦，不，年轻人，不要用磁带录音。你可以写笔记，但是不要把我的话录在磁带上。"

一个年轻而深沉的声音回答道："好的，先生。"

随后响起很大的咔哒声，然后这个年轻男人又说，他的声音被捂住。"我正在写一本关于凯莉·巴兰丁的书。我找到一封她写给阿蒙德的信，在信中她提到跟你有一次见面。"

土星汽车疯狂地甩尾。我全力控制，把方向盘转向打滑的方向。我们奇迹般地停在路中间，面向南方，但是我们没有掉到坑里。

"那是欧林。"吉拉尔丁惊奇地坐起来，没有理会车在旋转。

我把车停在尽量靠路边却不会掉进雪坑里的位置，把磁带倒回到开头。马克明显把录音机放在口袋里或者公文包里，却没有关闭；他录下了全部的谈话。

欧林笑了几声。"那个黑人舞蹈家，她名字叫什么？巴兰丁，是的，就是这个名字。她非常忧虑。但是我告诉她，如果她认为哭泣和喊叫可以改变我，那她就大错特错了——感情丰富的女人总是让我恶心。一个感情丰富的黑女人更是东施效颦。"

"这就是你写信让芝加哥大学要求他们解雇她的原因？"马克问，"因为她的情绪让你恶心？"

被捂住的麦克风没有录下欧林所有的话，所以他回答的第一部分听不见。"在那个年代芝加哥大学不应该有红色老师大批出没于校园。她是我可以证明与共产主义组织有联系的人。如果我可以证明还有别的人，我一样会目睹他们丢掉工作，年轻人。不要以为这与种族或性别有关。这与美国的安全有关。"

"我看到一张照片——在大学的档案馆里。你怎么知道那是巴兰丁女士？你如何知道拍摄的地点？我猜那是她的舞蹈剧团，因为那些面具好像是她从法属赤道非洲买来的，而你不可能知道。"

"我四十多年都没有谈论过这件事,年轻人。为什么我要告诉你?"

"因为我准备写进书里。如果你不告诉我你的故事,我会推测你做过的事情以及原因,然后全世界都会知道我的说法。"

录音机被包住,然后欧林叫多明戈·里瓦斯扶他去办公桌。我没有看到马克的录音机,可他肯定有一台好货,因为它把欧林的助步车敲击地板的声音都录了下来。马克明显跟在他后面,因为我能听到里瓦斯安慰性的唠叨。"是的先生,我们走,先生,再来几步。"然后是打开抽屉锁的声音,还有欧林低声说话。上个星期我们见面的时候,里瓦斯跟我说过:"我老了,保守秘密的时间也过了。甚至对自己也保守这些秘密。"

纸张的沙沙声。坐在马克的车里而不知道他在看什么真让人发疯。

过了一会儿,欧林说:"我签署一份,卡尔文签另一份。朱利叶斯·阿诺夫是见证人并且把第三份保存在勒波德和阿诺夫的储藏室里。"

马克大声说:"可为什么你要签字?"

"卡尔文签了一份什么文件?"我尖叫道。

"巴亚德先生寄给你照片?"马克说。

"是他交给我,在勒威林让我去找他以后。"

"勒威林先生?"马克回应道,"《丁字尺》的老板?"

"哦,你在他的公司工作,不是吗,年轻人?我忘了《丁字尺》是他最宝贵的杂志。是的,所有的支票全是他签署的,并且我们让他无法逃避。布什耐尔想把他关进监狱——他憎恨黑人煽动者更甚于他憎恨红色分子,他把勒威林看成一个既红又黑的煽动者。但是我知道卡尔文会是哪种滑头的杂种,所以我相信勒威林。我们传唤卡尔文到委员会来。他坐在那里笑,好像他拥有全世界。我的天啊,我最憎恨的就是他那种笑。在他做证的时候,我让他用他的方式傻笑,随后我犯了个错误。"

马克是经验非常丰富的记者。他推动着谈话,他等着,直到欧林自己说出这个故事。"在会议之后我跟他对质,告诉他我们有勒威林的供词。明天我就会加入记录,他胁迫勒威林写的那些支票。除非卡尔文开始交代名字。如果他不交代,他会进监狱。他说他要想想,可我知道卡尔文绝不会进监狱。他太爱自己了,他不会像派勒提尔或达谢尔·哈梅那样的人做出伟大的姿态。两天后,卡尔文带着那个舞蹈家的照片来找我,还有派勒提尔的名字。当然,我们已经把派勒提尔纳入视线,并且我们不太在乎那个舞蹈家。"

"那足够毁掉她的事业。"马克怒冲冲地说,忘记了他记者的立场。

"她自己毁掉自己,年轻人,因为参与那些共产主义活动。可是我们不能证明她曾经给那些活动捐过钱,或者是不是党员,所以我们放她走了。我告诉卡尔文他还有一天时间给我们一些真正的名字,他第二天早晨回来了,带着那封信。"

"就这么完了?为什么你让巴亚德先生脱钩?"马克的声音很迷惑,跟我感觉同样的迷惑。

"就在文件里,年轻人。我不想谈这事。"

不久以后磁带就停了,马克感谢欧林的声音,还有住所房门关闭的声音。我把磁带播放到结束,却再没有别的声音。

吉拉尔丁和我在黑暗的车内相互盯着对方。

"你的年轻人之后去找瑞妮,对吗?"吉拉尔丁说。

"马克很谨慎;他不会在没有查明整个故事的时候出版任何文字。"我悲哀地赞同道,"如果他不是这么优秀的记者,他也不会死。"

第五十二章 某些人的包装

凌晨一点半,我们终于到达伊格尔河。所有的地方都关门了,没有加油站,连买汉堡的小摊都没了。我真希望自己在卡车休息点买了食物,而不是喝了一杯在我胃里烧了一个洞的淡咖啡——而现在让我急切地想找个厕所。

伊格尔河是个度假小镇。夏季,当数千名芝加哥人拥入他们的夏季住宅,这里就会活过来。有些人冬天来这里玩雪地摩托,而三月中旬,所有地方都关门,本地人会在外地人拥入的两个波次中间休息。如果我们找不到自己的度假屋,就不得不等到早晨。我们还可以睡在车里,因为我们经过的汽车旅馆没有一家亮着灯。

吉拉尔丁对高速公路旁边的小商店很无奈。"这些都是新开的!我和卡尔文来的时候,这里没有一家这样怪异又干净的商店。"

"你觉得自己还能在地标改变的情况下找到那间度假屋吗?"我很急躁。"如果你不行,我们就有麻烦了。"

"不要这么没有耐心,姑娘。我只要能找到方向。看地图。森林应该在城镇的东北方。"

"尼柯莱国家森林,是的。"

"是不是以前叫作'北方森林'?你要找到一条进入森林并经过艾尔克霍恩湖的路。"

我研究地图。那个湖在森林边缘东北方向三英里处。我穿过小镇向北走,找到一条东去的乡村公路,在巨大的美国梧桐和松树的笼罩下努力前行。

在黑暗中,到处是积雪,森林让人感觉到寒冷与危险,像童话故事里的原始森林,扭动的树上住着魔鬼。小小的土星汽车划过没有清扫过积雪的路面。我下车检查道路情况,确保我们没有开出路面。我哆嗦着趴在地上刨了一个坑让自己放心。

我们前方没有轮胎印。凯瑟琳,如果她走这条路,于四个小时前到这里,雪花会覆盖她的轮胎印。还有瑞妮呢?组织大师会花费多长时间研究出她孙女逃跑或藏在哪里?

经过半个小时艰难的车程,我看见一块被雪盖住的标志。我又下了车。它指向艾尔克霍恩湖。我告诉吉拉尔丁,她闭上眼睛,在心里重新寻找地标。我要第二次拐往北方。

我真切地希望自从她最后一次来这里以后不要新建别的路,我第二次开车向北方走。雪已经停了,而风一直在树枝间呼啸,跳着折磨人的舞蹈。我的胳膊酸痛;我实在忍受不了继续抓住方向盘,左肩的肌肉开始抽动,几乎是无法对付的疼痛。

在行驶两英里后,在我认为自己无法再开一码的距离时,我看到标志。大尼柯莱度假屋,四分之一英里外。我告诉吉拉尔丁,她露出胜利的笑容。她一直是对的,没有她我找不到这里。

两根柱子之间摇曳着一条粗粗的铁链挡在入口处。度假屋的开放时间是从五月一日到十二月三十一日,铁链上的标志解释如上,还有一个做预订的电话号码。如果凯瑟琳和班吉在这里,他们可能开着揽胜绕过立柱。实际上,他们很可能已经过去了。左边的一丛灌木损坏的痕迹较新,可是我的土星汽车不是这样的设计。

在汽车灯光下,我的手指因为寒冷而僵硬,我在用棍子撬铁链上的挂锁。吉拉尔丁出来看我,她从来没有见过专业的撬锁工具是怎样工作的,并且想增长些经验。她在雪地里一滑,因为撞到其中一根立柱上,所以免于摔倒在地。

幸好挂锁不是很复杂,否则我绝不会在寒风中解决它。我开车通过路口以后,把铁链又横在路上。如果瑞妮在我们后面,这会让她减速至少三十秒。

我关掉灯光,慢慢向前开,左手开车,右手手指放在暖风口取暖。我们在四分之一英里的路程里时不时打滑。度假屋模糊的轮廓突然出现在我们面前,一所巨大的木屋横卧在林木和天空之下。吉拉尔丁指引我向左走,这条路前往外部建筑和村舍。土星汽车短暂地在雪地上滑了一下,然后猛然向前。在度假屋后面,吉拉尔丁指明后墙上哪里可以卸下合页并打开——他们以前这样做,以搭建一个临时的舞台为一九四八年义演。观众们都坐在庭院里的椅子或毯子上。

我们慢慢开向谷仓,那里现在是车库和器材库。谷仓背后就是艾尔克霍恩湖。呼啸而过的风把雪吹走,白茫茫的湖面间或有黑色的色块。在湖岸边的开阔地竖立着一栋石头房子。与拉彻蒙特庄园和背后的度假屋相比,我想你可以称之为村舍,但是它比我小时候住的平房还要大一倍。

吉拉尔丁把带身上的钥匙递给我。"大的以前是谷仓的钥匙。如果不是,我敢说,你会用自己的方法进去。"

让我惊喜和放松的是——门锁五十年都没有换。我从打开的门里摸进去,风把冰雪吹进我的眼睛和嘴里,但是它在树枝间的呼啸声掩盖了我发出的声音。

我不由轻轻地惊叹一声——白色揽胜车正停在谷仓里。它的右侧有一道深深的划痕，凯瑟琳对立柱周围的障碍物情况估计不足，不过，她在这里。

我开车带吉拉尔丁尽可能靠近村舍。她下了车，她的长筒袜、高跟鞋和爱马仕手包实在有点荒诞，却仍然有触手可及的端庄仪态。在下车前，她告诉我她记忆中村舍的布局——主房间面朝湖水。我们会从厨房进去，右边是餐厅，再往前是与整个房子等长的客厅，在客厅有楼梯前往顶上的卧室。

我把土星车倒进谷仓，把门关上，但是没有锁，以防我们要紧急逃跑。我再次与吉拉尔丁会合，让她进去的时候跟在我身后。

"我两只手都要处理门那边的东西。还有我的枪在手里，别在我背后跑动。"

她把钥匙递给我。跟谷仓一样，这里的门锁也没有更换。是老式的锁闩，啪的一声弹回去。我右手持枪，一转门把手，猫着腰走进去。

一个高亢年轻的声音喊道："如果你再走近一步，我就在你身上打个枪眼。"

第五十三章 死得不值得

是凯瑟琳,因为恐惧而声音发抖。我看不见她。我不知道她离我有多远,在我前方的哪个角度,或者用什么武器。

"别做傻事,"我气呼呼地说,"吉拉尔丁·格里厄姆跟我在一起。即使你在黑暗里在我身上打个眼,格里厄姆女士也会告诉你的祖父母和你爸爸,你肯定会在少年法庭备受折磨,别再想华盛顿的学校了。班吉在吗?"

"是你!"她的声音在颤抖,是失望,还是愤怒?"我命令你不要靠近我!"

"住嘴,凯瑟琳。"我向前爬,想找把椅子什么的当掩护。"我不想理会你发脾气。你以为自己是女英雄,在北方森林里吃麝鼠吗?万一警察来打开这栋度假屋,你也会向他们开枪吗?"

我碰到一把凳子。在我身后,我能听到吉拉尔丁缓慢笨拙的脚步。

"我们要想想。我们还有一个月。快走,除非你已经告诉爸爸和奶奶我在哪儿。"

根据我对这里的判断,我认为她在我上面,可能在后面的楼梯上——用人出入的楼梯,她在回忆房屋布局的时候没有想起来。

"亲爱的,在新索尔威没有秘密。格里厄姆女士告诉我你会在这里,你和你爷爷在这里度过了金色的孩童时期。因为同样的原因,你奶奶也可能猜到你在这里，我敢说你爸爸也一样。所以，把你的猎枪放下，在你家里人来之前跟我走。你不会想让你奶奶找到你，对吗？特别是班吉。让我带你回家上床睡觉，让我带班吉去芝加哥，在那里我可以协商他的安全。"

她开始哭泣，在失望、疲惫和青涩中哽咽。我听见班吉在对她小声说话，声音轻柔得比她的哭声还小。

在她的哭声中，我在黑暗中尽量快速向前移动。楼梯在我面前突然出现，比黑漆漆的房子更黑。我向上爬，左手摸索面前上升的台阶，右手仍然握枪，以防万一。十五级台阶之后，我摸到了猎枪的金属枪管。我一把抓住枪管往旁边一推。凯瑟琳扣动扳机。

巨响回荡在狭小的空间里。枪管的震动让我失去平衡。后背猛地靠在楼梯扶手上。我的下方，吉拉尔丁·格里厄姆一声大叫。在我上方的哭声中，我听到咕咚一声，她的身体跌倒在地板上。然后是班吉的急呼："凯特琳，凯特琳，你为什么要开枪？"

"打开灯，你们！"我叫道。

过了一会儿，楼梯上面的灯光亮了。我可以看到吉拉尔丁躺在最下面的楼梯上。我从凯瑟琳手里一把把猎枪拽过来，几步跑下楼梯。鲜血沾满了吉拉尔丁的腿和脚，在她身子底下积成一滩。

我关上史密斯威森的保险，把它掖在夹克口袋里。在楼梯上面的灯光中，我找到厨房的开关。我需要毛巾、水和肥皂，还有一个奇迹。我翻遍所有的抽屉，找到一包洗碗布，赶紧跑回老太太身边。

用最简单的话说，子弹擦过她的左脚。她的左脚脚背可能有骨折，而我检查她的腿部，没发现有别的伤。

我扭开洗碗池的水龙头。水流出来；热水嘶嘶地叫。凯瑟琳说着什么，传到我耳朵里的哭声仍然很响；我听不到她说的话。在我把洗碗布拧干的时候,她出现在我旁边。

"她是不是——我杀死了她?"

"不。你打中了她的脚。"

"对不起,"她小小的声音说,"对不起。她,她不动了。你保证她没有,没有死?"

"她昏过去了。我希望只是因为枪声,而不是摔到头部。我要包扎她的脚;你去找氨水。到洗碗池下面找。如果找不到,去杂物间找。班吉!"我冲楼梯上大喊,"拿条毯子下来。"

我把吉拉尔丁的裙子拉上去。她穿着老式的尼龙吊带袜。我把她的袜子脱下来,擦干净她的腿。我把洗碗布搓成条,缠住她的脚。现在,我们有一个瘸腿的老太太,一个手无缚鸡之力的未成年人,一个埃及的逃犯,还有一个疲惫得皮肤发麻的侦探。我必须保持清醒,我必须保持足够的警惕让我们所有人出去,到更安全的地方,并且我必须马上就做。

在凯瑟琳找到氨水之前,班吉抱着两条毛毯回来了。我让他帮我把吉拉尔丁裹起来,然后把她抱到客厅,我一只手摸索着把灯打开。灯亮了,我看到宽阔的长条形房间里堆满了家具和无用的小玩意儿。一张沙发靠在远端的墙边,那里的一排窗户可以看到湖面。我们把吉拉尔丁平放在沙发上。在我把她的腿放平的时候,我看到壁炉上面挂着凯莉·巴兰丁的面具。

我跑回厨房,凯瑟琳还在徒劳地翻抽屉。我拉开一扇小门,找到存放清洁用品的货架。漂白水,家具打磨工具,就是它——家用氨水!我冲到客厅,在一条洗碗布上倒了一点儿氨水,拿着它放在吉拉尔丁的鼻子底下。她打了个喷嚏,把头转到传来味道的方向。眼睛无力地睁开。

"丽沙？丽沙，出什么事了？哦，是你啊，姑娘。"

"是我。"我闭上眼睛，然后马上睁开，为她能认出我长长地松了一口气。"你还记得我们在哪儿吗？"

"村舍。卡尔文的孙女。出什么事了？"

"我开枪了，格里厄姆女士。我开枪打中你。我没想过，对不起。"凯瑟琳在我左边露出脸。

"甜言蜜语做不出冰激凌，"吉拉尔丁厉声道，"你让我们都——"

"是的，许多的麻烦。"我打断她的话，"我们要离开这里，凯瑟琳。马上。吉拉尔丁，对不起，夫人，格里厄姆女士，我们准备把你留在这儿一分钟，我去把凯瑟琳的揽胜开到门口。我不想让你带伤坐车，但是我想我们可以让你平躺在车里。班吉！"

这个年轻人出现在客厅门口。"上楼收拾所有能拿走的东西。凯瑟琳，两分钟之内坐在这里，什么都别干。不要哭，不要逃跑，不要再对别人开枪。"

她的下巴动了动，虚弱地笑了笑，然后顺从地倒在一把面向湖面的椅子里，照顾她打着石膏的胳膊。"班吉和我打开了丙烷和水，他知道开关在哪里。"

"我们不要操心那些了。赶紧把你的车钥匙给我。"

她从牛仔裤后面的兜里把钥匙掏出来。我拿着钥匙和用过的毛巾到厨房去。地板上看起来好像我们刚在这里打完一场战役。我尽可能地把血擦干净，以使自己在把吉拉尔丁抱出去的时候不会滑倒。毛巾都堆在洗碗池里——五月份度假屋开放的时候，家政会处理它们。

我进屋的时候把公文包放在后门。我把吉拉尔丁的鞋和长筒袜放在包里，对楼梯上的班吉喊让他快一点儿。"我去开车。带上你的东西和凯瑟琳下楼。然后我需要你和凯瑟琳帮我把格里厄姆女士搬到车上。"

耳边的哭声越来越小。等我走到外面，我又听到风声，在周围的树林里呼啸。我把谷仓口推开，发动揽胜。我得想个办法，找时间回来把马克的土星车开走。

揽胜的发动机启动时的一阵轰鸣吓了我一跳，发动机启动以后，它是如此安静，我几乎听不到它的声音。坐在离地面这么高的位置让我有些不适应，很难判断两边的距离。我一点一点小心地向前开，不想蹭着马克的车，也不想把谷仓大门撞烂。

我从揽胜上跳下来，走进房门，哭声又回到耳边。我不耐烦地摇摇头，企图让耳朵清静。哭声更响了。不是我耳朵的问题；是雪地摩托向村舍呼啸而来，滑停到前门。一个留着黑头发、穿黑色皮大衣的坚实身影从摩托上跳下来。

"瑞妮！"我喊的声音比风声还大。

她转身朝向声音的源头。"是你这个侦探！我早应该想到你会跟我孙女在一块儿。我知道你在埃及小子的事情上说谎。你利用他引诱我孙女从家里出来，对吗？"

"编得好，但是不要在报纸上刊登了。"我喊道。

她开枪的时候离我只有十英尺。我迅速倒地，努力从夹克里拔枪。我在还击之前，她打开村舍的门进去。

等我举着枪进入厨房的时候，我看到凯瑟琳在楼梯最下面，瑞妮在她上面的第二层台阶。

凯瑟琳用她完好的那条手臂死死抓着她奶奶。"不，奶奶，没有人强迫我来；这是我的主意，不是维·艾·的，不是班吉的。是我绑架了他，他没有强迫我做任何事。"

"凯瑟琳，他们把这叫作斯德哥尔摩综合征；我太熟悉这个病的后果了。我一点儿也不感到惊奇，你受伤的那个星期以后，麻醉剂还在你体内。现在出去，在车里等着；我等会儿直接去找你。"

凯瑟琳看到我，泪流满面。"噢，告诉她，告诉奶奶。班吉是和我来的，他没有强迫我，你没有强迫我！奶奶，奶奶，没有事！"她尖叫道。

"凯瑟琳，出去到车上去。你挡着我了。"瑞妮走下楼用枪指着我。"你！放下枪！现在！把枪踢到桌子下面！"

我不能冒险对她开枪而不伤到凯瑟琳。我丢下枪，把它踢到餐桌下面。

凯瑟琳的眼睛在苍白的脸上就像两个黑洞。"奶奶。你不懂。维·艾·是来帮我的。她是我的朋友。"

"是你不懂。凯瑟琳。你现在卷入的事情太大了。"

凯瑟琳从瑞妮的胳膊底下钻过去向楼上走。她奶奶对我开枪了，毫无顾忌的开枪迫使我迅速卧倒在地板上。她跟着她孙女上楼。我爬到桌子底下拿回自己的枪，挣扎着站起来，瑞妮和凯瑟琳都在楼梯顶上。

我听到班吉的叫喊声："不，我什么都没做，对凯特琳，我没碰过她，你不要开枪，"还有凯瑟琳的喊声："你不能，你不能对他开枪，他是我的朋友。奶奶，不！"然后又是一声枪响。

我冲向楼上，但是在我走到顶楼之前，瑞妮出现在楼梯口并向下面的我射击。石膏掉在我身上，让我睁不开眼，我紧紧贴在楼梯墙面上。我在横飞的石膏粉中眯着眼睛，只能看到她的腿和她手部的动作。我努力还击一枪。她的腿向后退，但是她再一次开枪。我猫着腰，紧贴着墙壁快速上楼，开了两枪逼她后退。

瑞妮的腿突然一瘸。她的枪咕咚咕咚从我旁边的台阶上滚下去。我在怀疑中爬上最后三层台阶。在最上面的平台，吉拉尔丁·格里厄姆站在瑞妮旁边，患关节炎的手紧紧抓着加蓬的面具。她不停地哆嗦，鲜血从左脚的毛巾里渗出来，但是她无畏地笑着。

"去看孩子们。"她说。

班吉和凯瑟琳躺在一大摊大衣和鲜血中。鲜血之花在他们周围绽放花瓣。起初我还不知道是谁受了伤，他们紧紧地抱在一起，但是当我跪下来摸到他们，凯瑟琳依然温暖，而班吉的手指像冰，他的脉搏微弱如线。他睁开眼，用阿拉伯语说着什么，然后用英语说："一个星期前我看到奶奶。她开了和今晚一样的车，不是车的东西，像今天晚上从窗户里看到的，她把那个男人扔到了水里。"

"嘘，我知道你看到了。现在别说话。凯瑟琳，放开他，我要抱他下楼，带他去医院。"

我从他冰凉的身上扳开她的手指。"你带上大衣，能让他保暖。"

我把他抱起来，很轻的少年，在我臂弯里好像羽毛。"坚持住。为我坚持住，班吉。"

凯瑟琳跟在后面，靠着我，完好的那只手放在班吉身上。在厨房，我用脚踢面前瑞妮的枪，在出门的时候一脚把它踢到雪堆里。在我们到达揽胜之前，班吉死在了我的臂弯里。

第五十四章 诡异的睡眠

我渴望睡觉,比我这辈子渴望的所有东西都热切。我想要洗澡,和一张床,还有忘却,但是现在只有伊格尔河的警察和维拉斯县治安官,而他们想要搞清楚无意义事情的意义。

我和凯瑟琳带着班吉的尸体返回屋内,我把他放在餐桌上,也算是一种灵台,庄重的陈列。凯瑟琳拒绝离开他,即使她哆嗦得如此厉害,以至于她的手都无法摸到班吉的头。

我前往客厅找之前包裹吉拉尔丁的毛毯。当我带着毛毯回到餐厅,凯瑟琳已经爬到餐桌上班吉旁边的位置。她把班吉的头放在她腿上。我把毛毯披在她身上,可她的颤抖没有停止。

我从包里拿出手机,把麦克绕在脖子上。在我查询本地报警电话的时候,用手搂着凯瑟琳,试图用摩擦让她暖和一点儿。等我最终接通了县调度员的电话,她不像之前颤抖得那么厉害了,而房间里弥漫着奇怪的甜味,她的恐惧,还有她的尿液。

客厅里的人影使我放开她,跑向拱顶门廊。是吉拉尔丁,不是瑞妮,以她惊人的意志力用受伤的脚一瘸一拐地走下楼梯。她看看我,又看看裹在毛毯里正在哆嗦的凯瑟琳,然后瘸着腿走过去,把她的黑貂皮大衣披在女孩的身上。我尽量地把凯瑟琳身上的衣服掖好。她既没动,也没看我,只是双眼直视前方。班吉的头放在她腿上。

我看到客厅角落里有几把藤椅。我把其中两把拿到客厅和餐厅的拱门那里，我们坐在那儿还可以盯着凯瑟琳。我给吉拉尔丁搬了一张咖啡桌可以支撑她的脚。我缠在她伤口上的毛巾掉了，鲜血滴在玻璃台面上。

"真是可怕的行为，在她自己的孙女面前射杀一个男孩。"吉拉尔丁说，带着探讨的口吻。"我杀不死瑞妮。她醒来以后我们拿她怎么办？"

"还是先想好我们怎么说，"我严肃地说，"执法人员马上就到，她肯定会编造谎言说班吉是个恐怖分子绑匪。"

"他是恐怖分子吗？"吉拉尔丁问。

"我认为他是个远离家庭的孤独的孩子，被他不知道的一场战争卷入其中。他想做的只是赚钱帮他妈妈和妹妹。"泪珠蛰到我的眼皮。我愤怒地把它们甩掉。我需要我的智慧，不是我的情感，为了即将到来的事情。

吉拉尔丁和我坐在一起，都没说话，我们两个都筋疲力尽。突然，她说："想想达罗和爱德华知道后会多么奇怪，知道他们的妈妈在相互殴斗。"

我嗯了一声，没有动也没有说话，直到我听到瑞妮在楼上扭动的声音。我站起来，拔出枪，因为她蹒跚地走下前部的楼梯，衣衫凌乱却表情傲慢。

她无视我而直接看向吉拉尔丁。"你有个毛病，我们最不想看到你的时候，你总是出现在我们家周围，吉拉尔丁。你现在可以把我孙女交给我了。"

我感觉到自己的火往上冲。"瑞妮，我不知道你是真疯还是在装疯，但是今天晚上专横的行为不管用。凯瑟琳吓坏了，因为她看到你冷血地谋杀了本杰明·萨达威。我们不会让你单独和她在一起。"

瑞妮高傲地看着我。"我认为你和那个恐怖分子绑架了她；我向他开枪是因为我相信自己在保护她。"

"我真应该把你打得更狠，瑞妮，"吉拉尔丁以她尖利的嗓音说，"这让我极为满意，我真应该四十年前就揍你。也许我可以把你打醒。我明白你在做什么；我明白你相信自己能说服警察和法官听你的话，因为你有巴亚德家的权力和地位做支持。你认为维多利亚是个毫不起眼的小用人，可以随意贬低并忽略不计，就像我妈妈四十年前对待侦探那样。但是时代变了；当前的侦探们很复杂，我儿子和我对维多利亚的评价都很高，非常高。我们准备支持她对今晚事件的说法。"

"你不能原谅我跟卡尔文结婚，对吗？"瑞妮说，用嘲笑的口吻。"这么多年过去了，你仍然不理解他受够了你的装腔作势和过度依赖，还有你衰老的身体；他找我是为了摆脱这一切。"

吉拉尔丁笑了。"他恐惧的时候，只会打电话给我，瑞妮。不是你，不是凯莉，也不是其他的人。你们家用人以为他叫'迪妮'的时候是在叫你，但是对他来说，迪妮一直是我，从我们四岁第一次尝试在拉彻蒙特池塘里游泳的时候开始。"

"是我保护了他的名声。"瑞妮叫道，她泰然自若的状态被打破。"是我从监狱拯救了他，是我帮他建立了巴亚德基金会和出版公司。是我把他变成国际知名人物。在这期间，你只是冷眼旁观，在坟墓里越变越老，被你妈妈活生生地埋葬。"

"直到卡尔文的名声变得对你如此重要，所以你杀害了三个人以保护他的名声。"我插话道，"我不是要假装哀悼欧林·特凡纳，可马科斯·惠特比是一位优秀的年轻记者，一位优秀的年轻男士，同时班吉·萨达威是个无助的旁观者。你认为你孙女现在知道你杀害了这些人以后,还会愿意再次和你生活在一起吗?你牺牲了他们的生命,你牺牲了她的幸福——"

"凯瑟琳了解我。她了解我深爱她就像深爱卡尔文。"瑞妮说。

"那么她会跟你在一起生活,因为她了解你会杀死任何威胁到你对她想法的人?我不这么认为。我认为你孙女心灵的本质比你和卡尔文要好得多。她会像躲避下水道的脏东西一样躲避你。"

瑞妮在我说话的同时笑了。"你没有孩子,没有家庭生活,我非常怀疑你判断家庭关系的资格。"

我想到我妈妈对我强烈的爱,还有我父亲更强烈的慈爱;他们要求回报的代价不是崇拜,不是成就,而是诚实和正直。我不能为了避免麻烦而说谎或是欺骗,我不会告诉瑞妮这些。

"令人不快的事情是我喜欢,瑞妮。我像崇拜英雄一样崇拜你的丈夫,但是我的本心还是喜欢你。你有我崇敬的能量和进取心。"

她脸红了,让我们进入餐厅。凯瑟琳毫无表情地坐在餐桌上,像一尊可怖的小佛,当瑞妮抓住她完好的胳膊企图拉动她的时候,她一把甩开,趴到班吉旁边,亲吻他的嘴唇。

我可以听见警车从车道上尖啸而来。过了一会儿,几辆车涌到院子里,车上的标志灯映红了天空。

第五十五章 伊格尔河畜栏的枪战

在我上床睡觉之前，冰冷的太阳挂在艾尔克霍恩湖顶上。跟地方当局把事情说清楚花了几个小时。我没有指责他们。屋内的残杀令人震惊。我也没有指责他们刚开始想把我拖走，因为一个少年的尸体放在餐厅，一个少女和一个老太太都有枪伤，同时我是拿枪的人。

主管警官，一个面目粗野的、名叫布劳德尔的人，命令两名警官看住我和我的枪。吉拉尔丁展示了她最高雅的贵妇举止。她要求布劳德尔听她说完，在他做出任何可能会事后感到"曾经后悔"的事情之前，不要冲动。不管她的伤痛和失血，她简短而流利地描述了瑞妮在晚间破坏事件中的角色。她坐在藤椅中，但是她发号施令的气场让布劳德尔停下手头的事情听她说话。

"她射杀了那个男孩，她还企图杀害维多利亚。维多利亚，瑞妮的枪在哪儿？"

我告诉布劳德尔他会在厨房门外面的雪堆里找到。"枪上面有巴亚德夫人的指纹。你还会发现枪里的子弹与杀死餐厅里那个男孩的子弹相匹配。"

布劳德尔派一个女人出去找瑞妮的枪，而他另外一个警员紧紧盯着我。瑞妮认为这是她控制局面的机会。她离开凯瑟琳身边，穿上第二件自带发号施令的气场的夹克，告诉布劳德尔说本杰明·萨达威是一名恐怖分子，被联邦调查局通缉，她开枪打死他是为了保护她的孙女。如果布劳德尔能帮忙把她孙女送上飞机，她会非常感谢。因为这个孩子吓坏了，正在恢复伤情，需要飞回芝加哥接受医疗救治。

吉拉尔丁和我越听越愤怒，但是我们无法插话反对她——我们一试图说话就被布劳德尔阻止。

吉拉尔丁的怒火最终让她站了起来。"噢，这些谎言，瑞妮，这些谎言；它们适合你就像手套适合手。你应该知道，瑞妮，马科斯·惠特比看到了卡尔文和欧林一起签署的文件。不管文件上写了什么内容，朱利叶斯·阿诺夫都有文件备份。"

在她还想说话之前，她受伤的脚支撑不住了，她跌坐在椅子里，在跌落的过程中，她抓住了布劳德尔的胳膊。看守我的警员放了我，帮助吉拉尔丁坐回椅子上，并且确定她没有受到别的伤害。在他们的注意力都放在吉拉尔丁还有瑞妮身上的时候，瑞妮正在说："哦，吉拉尔丁，你肯定总是扮演受害者的角色，以吸引他人注意对吗？"我拿出手机退到客厅角落里。

我的第一个电话打给弗里曼·卡特。我的律师对我在凌晨四点给他打电话感到很不高兴，但是他听我简短地说了现在的事情。他说他认识莱茵兰德市的一位律师。那是离这里最近的大城市，并且告诉我别挂电话，他要查一下号码。他把号码给我的时候，告诉我等半个小时再打，让他先对那个当地人描述一下情况。

下一个电话我打给了鲍比·马洛里。经年累月的午夜紧急情况让他接电话的时候有些愠怒但头脑清醒。

"我在伊格尔河，鲍比。瑞妮·巴亚德刚才枪杀了本杰明·萨达威。"

"赶紧跟我说，维多利亚。照实说，别打折。"

我照实对他说——大部分照实说，没有打太多折。我告诉他凯瑟琳昨天下午是怎样与班吉逃跑的，这里他插话问我怎么知道？这不是因为我早就知道班吉在哪儿并帮他逃跑吗？

　　我避开这个问题，告诉鲍比苯巴比妥的事情，还有卡尔文·巴亚德护士的突发病症。我甚至还告诉他关于卡尔文与欧林·特凡纳的秘密。尽管我含含糊糊，几乎是一带而过。

　　"瑞妮在四十五年前的那个事件中协助牵线，鲍比。马克·惠特比在这件事情上遇到困难，去找她询问。她不想让卡尔文的秘密见光。她建立自己的生活就是以把他塑造成一个伟大人物为基础；她不想让世人把他看成小人物。她也有可能杀害了欧林。"

　　"以你说的为准？"鲍比讽刺道。

　　"家庭律师保存有卡尔文·巴亚德和欧林·特凡纳共同签署的文件的复本。我不知道上面的内容，但是公司的名称是勒波德和阿诺夫。如果他们允许你看，所有事情都会很清楚。"

　　鲍比在我耳边哼道："那这个孩子跟此事又有怎样的关系？"

　　"他目睹了瑞妮·巴亚德在上个星期把马科斯·惠特比扔进池塘。就在他死之前，班吉说他看见瑞妮开了一辆不是汽车的某种车辆；他看着她把马克的尸体推进池塘。还记得上个星期我给你说过的那辆高尔夫球车吗？对她来说那很容易。"

　　我已经构想了她是怎样做的。她会邀请马克单独去见她，"你自己知道就行了，不要让勒威林听到风声。"她会说，"你不想毁掉自己的事业吧，就因为让他知道你和我谈过。"马克会牢牢地保守秘密，换了别人也会，所以瑞妮可以考虑让他彻底沉默。

　　那个星期天晚上凯瑟琳在新索尔威；艾斯贝塔当晚放假。瑞妮邀请马克去班克路，给他喝他最喜欢的波本威士忌，里面加了特雷沙的苯巴比妥。他一开始感到难受，在他昏倒并失去行动能力之前，她可能急忙催促他返回他的车里——"我要送你去医院"，我可以想象到她在说这句话时的样子，组织天才开始工作了。

在瑞妮抵达卡佛得尔路的时候，马克几乎没有自主意识。她可以安全地把他留在车里，从涵洞里穿出去，拿到一辆高尔夫球车，把他从车里搬到电瓶车上，带他去池塘。

鲍比一直在听我说话，但是我说完以后，他表示怀疑。"很生动，但是没有证据。"

我的双脚几乎已经站在挫折上。"如果我是正确的，那辆装备库的电瓶车会有证据。让你的物证技术员搜查。如果他们能在那辆高尔夫球车被重新喷漆或捣毁之前检查，那就太好了。"

他想了一下。"好吧。我把它放在优先名单里，可是你的童话故事跟你现在的事情又有什么关系？"

"瑞妮急忙赶到这里来让班吉沉默，让他不能指认她。而吉拉尔丁·格里厄姆和我都听到他说他看见她把马科斯·惠特比推入池塘，当他住在拉彻蒙特庄园阁楼上的时候。"

"是啊，一个已死的恐怖分子道听途说的证词。我根本不会把这个上呈法庭。"

"好吧，试试真正的证据，做些真正警察该干的工作。"我被惹火了。"在瑞妮作为击毙恐怖分子的女英雄返回芝加哥之前，这是个很好的机会。调查卡尔文·巴亚德的护士和管家；查明护士的苯巴比妥有多少丢失了；酒瓶上有没有瑞妮的指纹；他们上个星期一晚上有没有看见瑞妮，其时她声称自己在芝加哥；同样，特凡纳死的那天晚上有人应该会看见瑞妮进了特凡纳的住所；还有，应该有人看到惠特比上个星期天进入瑞妮的住所。"

"有很多的应该，"鲍比反对道，语气非常幽默，"一百个'可能'加起来还没一只跳蚤重。"

"高尔夫球车是他妈的相当重要的铁证。"我努力不让自己吼出来。

"别骂人，维姬，对女人来说这是丑行。我说过我们会检查电瓶车。我们今天就干，而其他的事，你知道我不愿意草率对待你的结论，特别是像这样说给陪审团听。更加不愿意让萨达威这样受通缉的恐怖分子牵扯到这件事情里。"

"并且特别是不愿牵扯巴亚德这样的家庭。但是格里厄姆家会在这件事情上支持我。我准备找莫里·莱森查这件事；如果警察不找证据，他会找。甚至还有可能杜佩奇县的一个警员会愿意去巴亚德家，如果我告诉她刚才告诉你的话。"

"我不会像容忍你的含沙射影一样容忍你的威胁，维姬。"鲍比的脾气也一点就着。"你他妈的非常了解我的工作总是看书面的东西，从不考虑嫌疑犯是谁。你还了解我必须去联邦检察官办公室找杰克·齐兰德告诉他萨达威的事情，我不打算把你无助孤独男孩的说法告诉他。懂了吗？"

"噢，鲍比，如果你现在在这里，如果你能看到凯瑟琳·巴亚德躺在那里，像是坟墓里的朱丽叶，你不会——"

"好了，维姬，冷静。你工作的时间太长，你看到了太多的血，你需要上床睡觉。我会告诉齐兰德说萨达威死了，我们让别人先离开，直到拿到弹道鉴定结果。好吗？"

"谢谢你，鲍比。"他突然的我负担不起的好心让我又想哭了。"你要不要跟这里的主管官员说话，看看你是否能命令他离开？格里厄姆女士躺在这里，脚上有伤，而且她已经九十一岁了。她需要医生。我需要床。"

鲍比在跟布劳德尔谈。他能当着我的面鄙视我的侦察，但是他会支持我，支持托尼和加布里埃拉的女儿，当着一个局外人的面。

布劳德尔先与鲍比通话，后来是弗里曼推荐的律师，他提问的方式开始改变。他不再像警察对坏蛋一样对我说话，开始像一个法律专业人员对另一个法律专业人员那样说话。

最后，大约在早晨六点钟，有人来把班吉的尸体运送去县停尸房。在两名公务人员的帮助下，才把凯瑟琳从他身边移开。最后他们把她从桌子上挪下来，她跟着他们上了灵车。有一个警员抓住她，把她抱进厨房。她跌跌撞撞地向我走来，像个婴儿一样紧紧抓着我。我搂着她，低声细语地念叨着安慰伤痛的孩子时会说的无意义的话。

一辆救护车前来运送吉拉尔丁去本地医院。紧急医疗救护队还想带凯瑟琳一起走，治疗她受到的惊吓并检查她的伤口，但是她更深地钻进我怀里，身体紧紧埋在我胸口。

瑞妮匆忙赶过来，像一枚全速飞行的炮弹。"过来，亲爱的。我们带你去找医生检查，然后我们租一架飞机回家。"

凯瑟琳牢牢抱着我。"走开！别靠近我。你射杀了班吉，你射杀他就像射杀一匹瘸腿的马。我不想再看到你。走开，走开，走开！"

我不知道执法部门会不会逮捕瑞妮·巴亚德，但是凯瑟琳的爆发比整个晚上发生的所有事情都令她震惊。短暂的一刻之后，她的脸垮下来了；她像是一个受打击的老女人，而不是发号施令的准将。这不是我能给哈丽埃·惠特比或班吉妈妈的安慰，这是正义带来的小小的报应。

瑞妮试图与凯瑟琳争辩几句，但是她孙女尖叫起来。两个公务人员催瑞妮快走。他们表示，不会对她指控任何罪名，但是他们想询问更多有关她的枪的事情。

布劳德尔看到他没有可能带我回警局做正式的口供，除非他准备对付更加歇斯底里的凯瑟琳。最后，他在村舍的客厅里跟我谈，一名警员做记录。我最终有机会回顾每一件事，哦，几乎是每件事，自从吉拉尔丁和我离开芝加哥以后。我没有说在土星汽车里找到的录音带，因为我想把它带回芝加哥。

等布劳德尔和我结束谈话，一名女性公务人员从她自己年少女儿的衣橱里为凯瑟琳拿来干净衣服。她还叫醒了一个本地旅馆老板，给我们安排了一间卧室。

在旅馆里，女公务员帮我给凯瑟琳洗澡并换上睡衣。我自己在莲蓬头下冲了好长时间，努力阻止皮肤继续感觉好像包不住里面的东西。我躺到床上的时候，迅速陷入沉睡，我甚至不记得自己躺下的动作。我在中午醒过来一回，因为凯瑟琳的身体钻到我后背上，我翻个身又睡着了。

下午三点钟，我醒来，她还在睡觉，她瘦长的脸庞灰暗且肿胀。我摇摇晃晃地站在地上穿上我破旧的衣服，真心期望那个女公务员昨天晚上也给我拿来了干净衣服。

我叫醒凯瑟琳，告诉她我出去找吃的，一个小时之内回来。她蒙眬的睡眼对我眨了两下，又昏睡过去。

我拿着一袋子零食和一张热比萨饼返回旅馆。我呆住了，看到达罗·格里厄姆在等我。他说他雇了一架小飞机来接他妈妈，而且他计划带凯瑟琳和我一起回芝加哥。我解释说在村舍还有两辆车等我去开，可他告诉我，他会派一个小组周末过来把车开走。

"妈妈告诉了我过去二十四个小时你的作为。为了她，为了那个小男孩，为了凯瑟琳。我现在去医院接我妈妈，过一会儿回来接你和凯瑟琳。虽然我的飞行员水平很高，可那是小飞机，最好还是在白天飞。"

我说我需要与当地律师确认与当地警察的事情都了结了以后才能离开,而达罗说他已经在处理那些事情。我想这是第一次有人替我料理事情。我颤抖着谢谢他,来到走廊去叫醒凯瑟琳。

在向南方的飞行中,我们大部分时间都在昏睡。我们在湖边的小机场降落,达罗早就安排了一辆车等候在这里。他派司机送他妈妈去新索尔威,陪同凯瑟琳和我搭出租车去市里。当他在指挥出租车前往班克路住所的时候,凯瑟琳又开始抽泣——她不能见她奶奶,她不会见她爸爸,不是现在,不是在目睹班吉的死亡并且听到所有人都叫他恐怖分子之后。最后,我不知道该怎么做,我告诉她说她可以跟我一起回家。

第五十六章 死亡留言

出租车到达了我的公寓。达罗付过车钱,送我们走到门口,说他想跟我谈谈。

"那太好了,因为我也想跟你谈谈,"我说,"我得跟我邻居解释一下我在做的事情并且把凯瑟琳安顿好。你愿意明天见面吗?"

"今晚。我明天要去华盛顿。你做你该做的事情,我要用你的电话。"

正在此时,孔特雷拉斯先生和狗狗们激动地从他的公寓里跑出来。达罗惊人地承受住这次猛攻。他和孔特雷拉斯先生曾经见过一两次,但是他们的共同点多得就像鱼和长颈鹿——他们都是动物,但是仅此而已。另一方面,凯瑟琳马上就与孔特雷拉斯先生混熟了。佩皮起了作用,但是孔特雷拉斯先生直率朴实的性格让她在过去这些天悬着的心放松了一点。

我的邻居跟我上楼,帮忙在我的餐厅搭了一张简易床给凯瑟琳,同时来听我们详尽叙述冒险的细节内容。我在伊格尔河给他打过电话,可他想了解所有的事——从吉拉尔丁和我离开芝加哥那一刻起,直到我们下午坐飞机回家。

达罗坐在我的客厅打电话,我带凯瑟琳看怎样开锁,还有卫生间和茶叶之类的东西在哪里。我在想她住在四室的单元房里多久会感觉到不舒服，这里既没有管家把角落里的灰尘打扫干净，也没有她要求的保加利亚酸奶和特制豆腐。

在我带她看房子时，孔特雷拉斯先生一直在查看我的冰箱和橱柜。"你什么吃的也没有，宝贝儿。你一直靠苍蝇生活，我总是给你说这样对你的健康不好。你要和格里厄姆先生出去吗？我会给这个姑娘做意大利细面。"

"不要放肉丸；她是素食者。"我说。

"西红柿酱汁。我自己做的西红柿酱汁，你妈妈都不会做得这么好，一点不夸张。"孔特雷拉斯先生向凯瑟琳保证道。

她害羞地笑了，明显没有被提到她一岁时就去世的妈妈所困扰。老人带凯瑟琳和狗狗们下楼。我换掉了臭烘烘的衣服，冲个澡，穿上毛料绉布长裤和玫瑰红色的真丝衬衣。不管达罗不得不跟我说什么事，我想要自己警惕而且有魅力。

我来到客厅找达罗，他圆满完成与他的个人助理卡罗琳的谈话。我问他喝点什么，但是他想出去，他不想在我们谈话的时候孔特雷拉斯先生和凯瑟琳进来打扰。

我们在贝尔蒙特路搭了一辆出租车，前往黄金水景的特莱佛尔宾馆。达罗在角落里给我们俩找了一张可以俯瞰密歇根湖的小桌子，点了一杯干马提尼给他自己，一杯黑方给我，然后让服务员去忙自己的事情。

他自己动手给柠檬削皮，在玻璃杯口摩擦，把它挤破。我没有想给他帮忙。

"拉彻蒙特是栋可怕的房子，吸取每一个靠近那里的人的生命力。"他说，把柠檬皮撕成小块。"我早就应该知道当妈妈告诉我她看到灯光——早就应该知道会发生惨案。你做得好，在那种情况下，非常好。

没有人会像你一样适合承担我妈妈的工作。"

"她是个非凡的女人。很不幸,你的祖母主宰了她的生活。"

他的牙关紧咬。"劳拉·特凡纳·杜鲁蒙德是个令人恐惧的人。她严重地伤害她身边的每个人。我爸爸去世的时候,她让我的生活变成地狱。我十年没有跟她说话,直到我结婚以后,我妻子坚持说我们必须要努力缓和关系。后来我祖母企图贬低伊莉斯在那个蜂窝一样大的村子里的所有人眼中的形象。伊莉斯是世界上最温柔的人,而劳拉——说什么都没用了。"

他一口吞下半杯马提尼,然后快速地说话,眼睛没有看我。"我发现了我父亲的尸体。我知道妈妈给你讲过。她不知道我找到了他的自杀留言。"

我猛地把杯子放下,威士忌溅了出来。

"那是写给她的,给妈妈。如果他知道我会发现他的尸体,他绝不会像那样自杀,或在那里自杀。埃克塞特学院匆忙把我们赶回家,因为三个男生得了脊髓灰质炎。我不想麻烦地发电报给他们。我习惯独自回家,并且我知道妈妈当时在华盛顿,跟卡尔文在一起。"

"一楼有书房,我父亲在那里读书,看电视。我到家以后就去看他,希望他在那里。却发现他吊在桌子上方。真是——"他用双手捂住脸。那个景象在他心里仍然历历在目,即使已经过去了四十五年。

"我割断绳子把他放下来,我尝试对他做人工呼吸——我们在夏令营学的。当时我只想着祖母肯定不知道。她憎恨我父亲使用书房,那是男人的房间,她说,那里由她丈夫建造,为了做男人的工作,所以她从来不进去,后来我父亲接管了那里。我用自己的大衣盖住他的脸。后来我看到了留言。"他从胸前的口袋里拿出皮夹,拿出一张折叠了很多次的纸片。学校男生的工整笔迹写满这张纸。

你是不是对我的那点爱感到忌妒，吉拉尔丁？我从来没有让你爱人反对你，但是你利用我的爱人去帮助你的爱人。我知道欧林和卡尔文一直不和。我知道欧林相信正义人士都不支持的事情，但是爱情是不治之症，我爱欧林。既然你看到我们俩，并且告诉了卡尔文，欧林计划告诉世人说是我企图勾引他，我的同性恋告白震惊了他。

真相是——没有人知道真相。欧林和我在第一次见面的时候就认清了对方。我们恋爱了。我们在纽约或华盛顿抓住一切机会见面。现在他计划向世界背叛我，就为了保护自己的脸皮——不，不仅那样，还为了胜过卡尔文。

我的心灵、身体、理智都病了，无药可医，我在这个星球上无法继续生活，看到你无助地爱上卡尔文，而他抛弃了你，看到欧林背叛我，看到你妈妈用她恶毒的目光注视我们。只有达罗把我和地球系在一起，他不久就会去更广阔的世界，留我在身后。你发现我的时候，想做什么就做。

等我把纸片递回去，达罗继续他的冷酷。"我小的时候，我们不谈论同性恋，不像他们现在做的那样。我很震惊。那个下午所有的事都让我震惊。我就像年轻的凯瑟琳，看到我的世界四分五裂而感到眩晕。我跟我父亲的尸体坐在一起，我的一个想法是保护他。不受我祖母、我妈妈和欧林的伤害。我不知道该找谁说。在我的惊慌失措中，我选择了瑞妮。我以为她是局外人，新来的人，她可以阻止欧林做出他威胁要做的事情。我给她看了这封信，她说她会努力保护我父亲的秘密。"

"我明白了。"我说,"瑞妮肯定用过这封信去逼迫欧林停止对卡尔文的审讯。我一直没能明白为什么欧林要自己保守卡尔文的罪恶,即使后来同性恋已经变得不再令人震惊。但是这么多年以来,瑞妮肯定在用这封信作为胁迫手段——如果欧林背叛了卡尔文,她会让世界知道他是什么样的人——不是因为他是同性恋,而是他为保存脸面而背叛你父亲的主观意愿。他保持沉默,直到马科斯·惠特比找到他。"

达罗喝完他的马提尼,又来了一杯。

"你有没有告诉她,如果她需要可以随时拿到这封信?"我问。

"这只是复本。我自己手抄的并随身携带,我不知道该怎么处理。我在纽约的街道生活了一年。我以卖淫为生,我想你可以这么称呼。是的,我试图过我父亲的生活,但是我最终明白那不是我的生活并且返回埃克塞特学院。"他露出冷冷的笑容。"我很幸运,那是在艾滋病传播之前。即使如此,我还是经历了其他肮脏的疾病和不幸的事情。"

我隔着桌子握住他的手。他紧紧闭上眼睛,而在此之前,我看到了烛光在他眼眶里泪水的反光。

过了一会儿,我把手缩回来。"上个星期你为什么对我的调查方向那样恼怒?你在威胁我,那种方式让我考虑我是否将要或是可能再为你工作。"

"瑞妮给我打电话。她告诉我你企图挖掘出所有的陈年旧事,关于我父亲,卡尔文,我妈妈。"他咬着嘴唇,把头扭到一边,过了一会儿又看着我。"我爱他。麦肯齐·格里厄姆是个好男人,他是个好父亲。他的死亡,他的一生,是我仍然在疼痛的伤疤。我以为你要揭开它。我应该更早了解你。"

第五十七章 爱人失而复得

在后来的一个星期，我跟达罗吃过几次晚饭。一天晚上，我几乎在他东岸路的住所跟他上床。在最后一分钟，我意识到我不能这样做——不是作为佩内洛普对不在家的尤利西斯保持忠诚，而是作为一个侦探——这只是因为孤独，我和他都一样孤独，孤独把我们牵在一起。那会过去，当它过去的时候，我会发现很难再为他工作。我想他懂的。我想有距离会好相处。

凯瑟琳跟我住了一个星期。威斯康星州的官员拘押瑞妮的时间很短，很快就将她释放了，并没有备案指控。后面会有的，如果警察机器搜索围绕在马克·惠特比之死周围的所有法庭证据；而现在，瑞妮在家。实际上，她又回去工作，经营巴亚德出版公司。她甚至在《早安美国》节目上出现，编造那天晚上在伊格尔河发生的事件始末。

凯瑟琳不肯接她的电话，瑞妮给她孙女写了一封信。这封信反复重复，不承认有罪或羞耻，只是请求凯瑟琳理解，如果瑞妮做了什么让凯瑟琳痛苦的事情，这只是出于对卡尔文的爱和他们坚持的信念。这封信让凯瑟琳如此难过，以至于我们议论它到凌晨三点都没睡觉。我已经忘了少女会吸收多少感情能量。

吉拉尔丁和我都付出了全部的力量，试图使伊利诺伊州和威斯康星州的当局确信瑞妮枪杀班吉只是为了不让他做证，以保护自己，但是我们配合不了政府让伊斯兰流血的渴望。而凯瑟琳，虽然因班吉的死对她奶奶充满仇恨，却不愿把瑞妮送进监狱——她拒绝做证。

马克之死也是一件令人为难的事情。不管他对我冷言冷语，鲍比派出他得力的探员，泰利·芬奇利，跟杜佩奇县治安官一起工作寻找证据。我在土星车里找到的马克采访欧林的录音带对构建事情经过有所帮助——从麦肯齐自杀留言上知道的那部分事情我保留在了自己心里。

当泰利找到一个出租车司机，马克死亡那天晚上在三十五路和国王路拉瑞妮上车，我感到有点希望，但我仍然知道我们在面对艰难的斗争，在我努力给艾米·布朗特与哈丽埃解释的时候。我们三个人经常聚在一起开策略会，并且试图搞清楚马克死亡的方式和原因。

"为什么瑞妮带马克去拉彻蒙特？"艾米问。

我耸耸肩。"我的猜测是，她认为他在那里几个月都不会有人发现。那栋房子没人住，并且在这样的经济状况下，没有人会买它。中介对那片地方不会做很多维护工作，所以很合理推测出马克的尸体会在那里分解得认不出面目，或者有一个真实的死因。瑞妮的孙女也在使用那栋房子实在是幸运中的幸运。"

"我讨厌你这样说话，像是一个游戏。"哈丽埃说。

"对不起。可对瑞妮来说这就是一个游戏——她用以对抗世界的智力。她驾驶马克的汽车半夜返回他的房子，自己进去销毁了他所有的笔记和电脑文档。她在欧林的睡前酒里加入苯巴比妥，杀害了他，销毁了那个秘密抽屉里的文件，并且第二天早晨像个新灯泡一样在办公室出现。她儿子说瑞妮总是自豪于自己的组织天赋。过去的两个星期，她在干自己擅长的事情。问题是，她努力组织得太多了，并开始从边缘渗出。"

一天下午我带凯瑟琳去看神父罗，他在她心里留下磨炼的框架。

她曾经不负责任地带班吉匆忙前往北方森林。瑞妮枪杀了他,而凯瑟琳把他置于枪口之下。牧师依然非常愤怒,到他教堂来寻求避难的人从来没有一个在他的照看下死亡;凯瑟琳苍白的脸色和颤抖的嘴唇一点儿没有软化他。

第二天,凯瑟琳和我去班吉的清真寺出席了他的葬礼。男人们在里面举行仪式,我们和几个女人站在外面。两个女人对我们发出嘘声,因为我们俩是致使班吉死亡的西方人,但是有几个人同情凯瑟琳,想象她与他相爱。有可能曾经发生过罗密欧和朱丽叶的故事。你十六岁的时候,每件事好像都会是永远那么长,无论好事还是坏事。

是孔特雷拉斯先生带给凯瑟琳所需要的安慰。他很乐意倾心关怀一名年轻漂亮的流浪儿。白天,在我工作的时候,他带凯瑟琳去他家,她躺在沙发上,一边康复,一边跟他和狗狗们在电视上观看赛马。在有人骑乘和清洗马匹时,她甚至给他说一些窍门如何才能让动物们跑得快;在她的建议下,孔特雷拉斯先生在他常去的外围场地中赢了一百块钱,然后全给我们买了肉排。凯瑟琳,尽管她是素食者,禁不住他诚挚的好意,也吃了一口让他高兴。

凯瑟琳知道我正在针对瑞妮构建一个谋杀马科斯·惠特比的案子,而惠特比对她来说根本不存在。一天晚上,在我与杜佩奇县治安官办公室的斯蒂芬妮·普罗瑟罗通完电话之后,正在认真思索特雷沙·吉克供认她的药剂丢失了多少数量,凯瑟琳问我能不能放过这件事。

"我知道奶奶做了很可怕的事情,但是我不想让她进监狱。"

"你想要的两件事不会同时发生。"我开始说,然后告诉她跟我出去一趟。

"不是回家?"她怀疑地说。

"不是回家。我想带你去见一个人。"

我们开车去城南，把她介绍给哈丽埃·惠特比。"这是凯瑟琳·巴亚德。她的胳膊被打上石膏，因为一群容易兴奋的警察在两个星期开枪打中她。告诉凯瑟琳关于马克的事，我想让她知道你哥哥是什么样的人。"

哈丽埃想了一分钟。"他是一位作家。他是很谨慎的人，安静又内向，真的非常害羞；但是当他决定为别人出头的时候，他会很勇猛，并且总是忠心耿耿。那年，我六岁，他十二岁，我的脸感染得很严重，得了某种不可控制的痤疮。

"有些孩子经常等着我，并且在去上学的路上嘲笑我，最后导致我早晨离开家，然后整天都藏在公园里。当马克发现我逃学时，他告诉我我应该上学，那些欺负弱小的人不能阻止我接受教育的权利。他送我去学校，牵着我的手。当我们遇到那些等着我的孩子，他就停下来对他们说，'这是我的妹妹，她是一位美丽的黑人女孩，我希望你们看到她的美丽并且尊重她。'他说这些话时冷静得就像在念天气预报。三个月以来，他每天都陪我去学校，跟五个人打架，和有两个人不止打了一次，如果我能活一百二十岁，我不会知道有比他更好的人。"

在开车回家的路上，凯瑟琳一句话也没说，但是第二天下午，我结束工作回家的时候，她试图搞清楚自己复杂的感情。

"我爱奶奶。我以为她和爷爷是这个世界上最好的人。我看待他们就像哈丽埃看待她哥哥。而他们怎么能把凯莉·巴兰丁的名字交给那个可恶的欧林，然后还把他们自己树立为世界上最伟大的自由言论捍卫者呢？"她完好的那只胳膊搂着佩皮，坐在我客厅的地板上。

我走到椅子旁坐下，同样的问题也在我自己的心里回响。"每个人都有一个不同的屈服极限。还有一个恐惧的极限。我是说，你无法承受去面对的事情。麦卡锡和非美活动调查委员会的黑名单摧毁他人的生活。人们不再有工作,或者不再有好工作。他们被排斥,在可怕的贫困中生活。有些人自杀了。更多的人进了监狱,只是因为他们的信念,不是因为他们做过的事——伊拉克,而恰恰是在美国。"

"你不必相互比赛去接受那种牺牲。在此同时,你爷爷害怕失去巴亚德出版公司的未来发展。吉拉尔丁·格里厄姆的妈妈总是威胁要把她在公司的股份交给欧林·特凡纳。如果劳拉·杜鲁蒙德知道你爷爷支持的组织是她认为的共产主义组织,她肯定会把她的股票交给欧林。那会让巴亚德出版公司变成右翼组织。他们再不会出版今天这些优秀的杂志,比如《旁注》,或者是作家,比如阿蒙德·派勒提尔和你去年夏天一起工作的人,海尔·塔尔波特。"

"那你认为爷爷是正确的,背叛凯莉·巴兰丁和派勒提尔还有——别的人,只是为了拯救出版公司?"她眼睛里的火焰熊熊燃烧。

"不。我不认为这是正确的。我不认为保护巴亚德出版公司的完整是正确的,在这件事情中,这只是为背叛朋友找的蹩脚的理由。"

"而现在,他已经失去思考能力,我永远不能问他当时在想什么,他为什么要这样做!"她喊道,"我不能再忍受这些。在我深爱他的时候看到他生病,我以前是那么自以为了不起,知道奶奶和爷爷是我的家人,跟我朋友的家人对比,他们是那种时时刻刻都只想着钱的人!而现在,我的家人想着的可能不是钱,而是他们不考虑别人,也不考虑生活的原则,就像他们总是声称自己在做的那样。"

"你和我平静地坐在我的卧室里评判这些事,"我说,"我们没有在面对国会用我们的信念把我们变成罪犯的审讯。只有在我们身上发生,然后我们才会知道自己的本质。我曾经在监狱里待了一个月。真是可怕的经历,这几乎毁了我。如果我知道自己又要进监狱,我不知道自己在保卫自己的价值时会变得多么强悍。我希望到结束时也能强悍,而除此之外,我希望自己永远不要有机会去发现。我只是想说你爷爷的作为实在让我——哦,极其难过和心碎,真的。但是我不能评判他,因为我从来没有身处那个战场上,看着那些大炮的嘴。而你奶奶在诉诸于谋杀时跨过一条不同的河。我想要看到她通过杀害马科斯·惠特比获益后付出代价。这就是为什么你要搬出去住,而不是留在这里看着我做这件事。"

"可我怎么还能再跟他们住在一起?"

"你可以跟你爸爸一起去华盛顿。"我建议道。

"是啊。你知道他每个小时都给我打电话说一个小时。"

虽然没有那么频繁,但是他的确每天从华盛顿打电话来一两次,不是哄骗就是命令凯瑟琳跟他到东部去。

"爸爸不能相信我还没有准备去接受正确的事情。他认为我会看到爷爷是骗子,我应该抛弃他和奶奶的理想。爸爸已经让我厌烦去为他们辩护。"

"我也这么认为。你不能一直待在这里,你知道。很快,睡在简易床上的浪漫就会让你厌烦;你会开始想念个人浴室,你的大屏幕电视和所有的家庭简单乐趣。另外,从你奶奶的角度说,你还需要上学。"

"回到维纳·菲尔茨学校,让所有人都盯着我,谈论我?"

我笑道:"一次让你表现出自己本质的机会。可你是富有的女孩,又聪明,你有很多选择。你可以去华盛顿,坚持去比你父亲选的学校更具有进步价值观的学校。你可以去寄宿制学校,你们家不是有去埃克塞特学院的传统吗?你再过一年就可以去了;在高年级转学可能不是你最好的选择。你有没有朋友家可以去住?"

她把脸埋在佩皮的毛里。"这个冬天我过得太艰难了。我没有朋友关系好到能理解我。不管怎样,学校不是全部的问题。兜网球,谁和谁约会，像是——在看到班吉的死亡之后，那些对我来说都没有意义。"

"你可以休学一年，去为人类家园等类似的组织工作，帮助像班吉妈妈那样的穷人。我的男朋友，如果莫雷尔，莫雷尔回家以后，他可以帮你找一个好项目。"

这个建议马上引起她的兴趣。后面几天我们在讨论怎样做与什么时候做。凯瑟琳最后决定完成在维纳·菲尔茨的学年，因为在她的胳膊恢复之前什么都不能干，然后在夏季开始为人类家园这样的项目工作。

自从那天晚上我把达罗抛弃在他的卧室以后，他就再没给我打过电话，而在凯瑟琳决定回学校以后，他又给了我一个惊喜——他打电话来说在学年剩余的时间给她提供住所。让我感到轻松的是，凯瑟琳接受了——我还没有准备为了某人照顾一个热情的少女。

她决定跟她爷爷在新索尔威过一个周末。星期一早晨，她收拾东西跟达罗走。她跟瑞妮谈过，让她许诺会留在市里，三月的最后一个周末，当阳光开始暗淡下去的时候，跟我一起钻进野马车一路西行。

我把狗狗们也带上了。我看着凯瑟琳走进巴亚德的豪宅，鲁丝·兰特纳拒绝同我说一个字，之后我开车到拉彻蒙特，把狗放出来。我带着米奇和佩皮穿过树林，重走凯瑟琳给班吉送完补给后溜回家的路线。狗狗们很爱这里——它们看到鹿并且在树林里追赶它们。

在我走回拉彻蒙特的时候，我没有想凯瑟琳和班吉，而是想着卡尔文·巴亚德和他沿着这条路去找吉拉尔丁上床的那些夜晚。跟她上床，对她说谎。

天才少年，他曾经是金牛犊吗，为了崇拜而设的假偶像？或者只是有缺点的凡人？卡尔文闪闪发光，那是他的问题。当我多年以前听到他讲话，他看上去真正地像金子一样闪光。我在为他着魔中迷了眼。

如果你有那种天赋，让周围的人眩晕的天赋，是什么曾让你想要中和它？

在我经过拉彻蒙特的外部建筑时，狗狗们又跟上我。米奇跳进池塘里叼出来一条死鲤鱼。在我抓住它之前，它就把鱼吞了下去。在佩皮加入他之前，我把它关到车里，然后回去牵它。"在这种生活中有一件事是肯定的，我的朋友，"我告诉它，"你需要非常耀眼，才能让我忽略那条臭鱼。"

我把它推进汽车后座，开车从卡佛得尔路到阿诺丁公园的路程很短。吉拉尔丁·格里厄姆在家，门口的保安对我说，我可以直接进去。

吉拉尔丁自己过来开门，就像我第一次来拜访她一样。她的左脚还打着石膏，她在用助步车，不过她尽力自己做事。她的确让我把她的科尔波特瓷器取来喝茶，但是她自己倒热水放茶包，不用我帮忙。

我拿着茶杯来到壁凹处，像第一次来访一样被薄薄的瓷杯烫到手指。这里看起来更宽敞，更明亮。起初我还没想到有什么不同，在照入室内的、即将到来的春天的明亮阳光里，我放下茶杯。当吉拉尔丁拄着助步车脚步沉重地走到我身后坐下，我才意识到她取下了她妈妈的肖像画。取而代之的是一幅小小的山中景色的画。

她看见我注意到墙壁，满意地笑了。"当我用凯莉的面具打了瑞妮的时候，我感到以前从来没有经历过的快意，甚至在卡尔文的怀里时也没有过。当然也不是在阿蒙德的怀里，或者其他人的。"

她停顿了一下，然后继续说道："我爱卡尔文，你知道的。我了解他的缺点，可尽管如此我还是爱他。我不认为自己能原谅瑞妮，为了她猛然介入并把他带走，为了她对我发号施令，或者为了她崇拜他、并纵容他的缺点。可是当我把那个面具砸在她头上的时候，我感觉到了无与伦比的轻松。现在我九十一岁了；我现在没有力量上天入地，但是我为自己在余生有了更自由的精神而感到高兴。我认为你说得对，我不需要把妈妈挂在这里随时提醒我过去受到的屈辱。"

我跟吉拉尔丁在一起坐了一个小时，又谈了一遍这个案子，她的生活，达罗的生活。她终于在这个星期告诉他说卡尔文（可能）是他的父亲。这就解释了为什么达罗邀请凯瑟琳去跟他住，我猜，他惊讶地发现她是他侄女。我在想，当他知道爱德华·巴亚德是他兄弟的时候他是什么感觉。

"当然，这让达罗很难过。"吉拉尔丁以她高亢而颤抖的声音说，"他爱麦肯齐。我告诉达罗这没关系，他做得对，把麦肯齐作为父亲去爱：当达罗出水痘的时候，麦肯齐是站在他病床旁边的男人。麦肯齐不是护士，我当然也不是。他给他洗脸，防止他抓破水疱。麦肯齐养育了达罗，并把他放上他的第一匹小马驹。麦肯齐做了所有父亲会做的事情，还有一个没有逃避家庭折磨的母亲应该做的事情。"

"达罗应该告诉他儿子，他自己的麦肯齐，"我说，"你们这些人在这里过着如此关系封闭的生活，年轻的麦肯齐可能永远不会爱上凯瑟琳·巴亚德。"

她短暂地对我露出傲慢的目光，然后放松并且说她会向他建议的。"瑞妮后来又发生了什么事？他们还没有逮捕她。"

我愁眉苦脸地说："我不知道他们还会不会逮捕她。证据就在这里，却在某种程度上都是间接证据。特雷沙·吉克的药瓶上有她的指纹又能怎样，瑞妮为什么不能拿起来看看，想搞清楚她丈夫的护士在吃什么药？剩下的事情——她在马科斯·惠特比家附近的路口乘坐的出租车，高尔夫球俱乐部看到她开走电瓶车的服务员，她态度坚决并声称他们搞错了。警察准备拘捕像新索尔威这种地方的人时会小心翼翼。"

她听出我语气中的苦涩。"不要让那成为你对我们的唯一看法,维多利亚。我们也做过好事。毕竟没有我们,就没有给交响乐和剧院的钱。"

我厌倦地用手指捋捋头发。"我不认为有善恶簿这种东西,这件好事抵消了那件坏事。那只是,哦,你知道,几年前流行的书,当坏事在好人身上发生,诸如此类的。那是天上掉馅饼的东西,它让我们麻木,而不是对世界的不平等愤然反击。没有人写过所有的好事都落在坏人身上的故事,有钱有权的人如何在糟蹋完之后转身离开,而像我,像我邻居,像我父母的这些人为了收拾乱局付出代价。

"我受够了这种事。我已经看护一名迷失的富人女孩整整一个星期了。我喜欢凯瑟琳,可是她带他逃跑的时候让班吉冒险。她可以在学校抽时间关注自己的生活,与此同时,班吉的妈妈和妹妹甚至都不能来美国在他的墓前哀悼,谁知道他们靠什么生活?"

"是啊,那是一个大错误,"吉拉尔丁说,"留下他们生活无依。在凯瑟琳跟达罗在一起的时候我会找她谈,提醒她必须照顾班吉的家庭。"

她努力用助步车站起来送我出门。"我希望你下次再来看我的时候,不会怀疑我们新索尔威的道德。"

我慢慢地走在曲折的小路上,努力摆脱这次谈话给我带来的忧郁。富人与你我都不同:他们有更多的钱财,并且他们有更大的权力。

我最后拖着脚步回到车上。满车都是烂鱼的臭味。一时间,我陷入情景剧的情节,想象这是新索尔威的臭味,一路伴着我回到芝加哥。可这毕竟只是米奇和狗狗们都爱做的事。我打开所有窗户,沿着收费公路飞速前进。

等我到家以后,把米奇从后座上牵出来锁在门廊的扶手上。我从厨房拿来水桶和刷子。刚给它打完泡沫,电话响了,我几乎没接到,就在即将转入应答服务的时候,我飞快跑进去接了厨房的分机。

一个有意大利口音的男人。他要找维多利亚·华沙斯基。不就是我吗?他是人道医学组织的尤利奥·卡雷拉。

我的心跳停止了。刷子掉到地板上。

"莫雷尔?"

"是的。莫雷尔在我们这儿。他中枪了,在阿富汗乡下。我们还不知道发生了什么事,但是一个当地女人发现了他并照顾他。我们根据传言找到他,今天早晨把他空运去苏黎世。"

"他还活着?"

"他活着。那个女人救了他的命。他很虚弱,却给了我们你的电话号码,让我们给你打电话。他说要告诉你他中枪的地方不在开伯尔通道。你明白是什么意思吗?"

我笑得直哆嗦,我担心他会在开伯尔通道中枪并死在那里。他很警惕,他能记得我的话,他记得我的电话号码,他记得我。"他在哪儿?"

卡雷拉告诉我医院的名字。我发消息给莫雷尔,我含糊不清地用意大利语和英语说话。在卡雷拉挂上电话很久,我还把电话紧紧抓在胸前,我泪流满面。曾经不可能发生的事情,在痛苦和无助中,生活让我们暂时得到喘息。

BLACKLIST
By SARA PARETSKY
Copyright © 2003 BY SARA PARETSKY
This edition arranged with DOMINICK ABEL LITERARY AGENCY through BIG APPLE AGENCY, LABUAN, MALAYSIA.
Simplified Chinese edition copyright: 2018 by New Star Press Co., Ltd.
All rights reserved.
著作版权合同登记号：01-2018-5507

图书在版编目（CIP）数据

黑名单／（美）莎拉・派瑞斯基著；王伟译 . —— 北京：新星出版社，2018.9
（守护天使：芝加哥首席女侦探精选集）
ISBN 978-7-5133-3165-4

Ⅰ.①黑… Ⅱ.①莎… ②王… Ⅲ.①长篇小说-美国-现代 Ⅳ.①I712.45

中国版本图书馆 CIP 数据核字（2018）第 156028 号

午夜文库
谢刚 主持

黑名单

（美）莎拉・派瑞斯基 著；王伟 译

责任编辑：曹晓雅
责任校对：刘　义
责任印制：李珊珊
封面插图：宣　和
装帧设计：周伟伟

出版发行：新星出版社
出 版 人：马汝军
社　　址：北京市西城区车公庄大街丙3号楼　　100044
网　　址：www.newstarpress.com
电　　话：010-88310888
传　　真：010-65270449
法律顾问：北京市岳成律师事务所

读者服务：010-88310811　　service@newstarpress.com
邮购地址：北京市西城区车公庄大街丙 3 号楼　　100044

印　　刷：三河市文通印刷包装有限公司
开　　本：910mm×1230mm　　1/32
印　　张：14.625
字　　数：351千字
版　　次：2018年9月第一版　　2018年9月第一次印刷
书　　号：ISBN 978-7-5133-3165-4
定　　价：258.00元（全五册）

版权专有，侵权必究；如有质量问题，请与印刷厂联系调换。